"十四五"时期国家重点出版物出版专项规划项目

半导体与集成电路关键技术丛书

微电子与集成电路先进技术丛书

U0140369

CMOS 集成电路 EDA 技术

第 2 版

戴澜 张晓波 陈铖颖 等编著

机 械 工 业 出 版 社

集成电路发展到今天，单芯片内能够集成高达百亿个晶体管，在集成电路的设计中需要依靠电子设计自动化（EDA）工具进行电路仿真、综合、版图设计、寄生参数提取和后仿真。EDA 工具的使用可以使设计者在虚拟的计算机环境中进行早期的设计验证，有效缩短了电路实体迭代验证的时间，提高了芯片设计的成功率。一款成功的芯片源于无数工程师成功的设计，而成功的设计在很大程度上又取决于有效、成熟的集成电路 EDA 设计工具。

本书面向微电子学与固体电子学专业相关的课程教学要求和集成电路设计相关的工程应用需求，以提高实际工程设计能力为目的，采取循序渐进的方式，介绍了进行 CMOS 集成电路设计时所需的 EDA 工具。主要分为 EDA 设计工具概述、模拟集成电路 EDA 技术、数字集成电路 EDA 技术与集成电路反向分析技术等部分。在模拟集成电路方面，依次介绍了电路设计及仿真工具 Cadence Spectre、版图设计工具 Cadence Virtuoso、版图验证及参数提取工具 Mentor Calibre 在内的各种工具的基本知识和使用方法。在数字集成电路方面，在简单介绍硬件描述语言 Verilog HDL 的基础上，介绍 RTL 仿真工具 Modelsim、逻辑综合工具 Design Compiler、数字后端版图工具 IC Compiler 和 Encounter 四大类设计工具。最终对集成电路使用反向 EDA 技术进行全面的阐述。书中配以电路设计实例，进一步分析各种 EDA 工具的设计输入方法和技巧，形成一套完整的 CMOS 集成电路设计流程。

本书使读者通过实例深刻了解使用 CMOS 集成电路 EDA 工具进行设计的基本流程和方法，可作为高等院校微电子学与固体电子学专业本科生与研究生集成电路 EDA 课程的实验教材和辅导书，或者相关专业技术人员的自学参考书。

图书在版编目（CIP）数据

CMOS 集成电路 EDA 技术/戴澜等编著. —2 版. —北京：机械工业出版社，2022.7（2023.6 重印）

（半导体与集成电路关键技术丛书. 微电子与集成电路先进技术丛书）

"十四五"时期国家重点出版物出版专项规划项目

ISBN 978-7-111-70350-1

Ⅰ.①C… Ⅱ.①戴… Ⅲ.①CMOS 电路-电路设计-计算机辅助设计 Ⅳ.①TN432.02

中国版本图书馆 CIP 数据核字（2022）第 043090 号

机械工业出版社（北京市百万庄大街 22 号 邮政编码 100037）
策划编辑：江婧婧 责任编辑：江婧婧
责任校对：潘 蕊 王 延 封面设计：鞠 杨 责任印制：常天培
北京机工印刷厂有限公司印刷
2023 年 6 月第 2 版第 2 次印刷
169mm×239mm · 23.5 印张 · 457 千字
标准书号：ISBN 978-7-111-70350-1
定价：109.00 元

电话服务 网络服务

客服电话：010-88361066　机 工 官 网：www.cmpbook.com
　　　　　010-88379833　机 工 官 博：weibo.com/cmp1952
　　　　　010-68326294　金 书 网：www.golden-book.com
封底无防伪标均为盗版　机工教育服务网：www.cmpedu.com

第 2 版前言

集成电路自从产生以来，集成度一直按照"摩尔定律"不断提高。集成电路（Integrated Circuit, IC）作为当今信息时代的核心技术产品，一直是电子信息技术的核心与"真正"的硬件，其发展水平在一定程度上反映了一个国家综合的国力。

随着 CMOS 集成电路的集成规模逐步增大，对电子设计自动化（Electronic Design Automation, EDA）工具的依赖变得更加严重。在电路仿真、综合、版图设计和寄生参数提取等各个环节中，EDA 工具都具有非常重要的地位；同时，在集成电路知识产权纷争中，通过反向分析来进行权利认定也变得日益重要，因此在第 2 版中增加了关于反向分析 EDA 技术的内容。本书依据 CMOS 模拟集成电路和数字集成电路设计、验证与芯片反向分析的基本流程，结合具体实例，系统地介绍了模拟集成电路设计及仿真工具 Cadence Spectre、版图设计工具 Cadence Virtuoso、物理验证工具 Mentor Calibre，以及数字仿真设计工具 Modelsim、逻辑综合工具 Design Compiler、数字后端版图工具 IC Compiler 和 Encounter 共七大类 EDA 工具，以供集成电路相关专业的师生以及集成电路工程技术人员使用。

本书分四个部分共 9 章内容介绍了目前广泛应用的 CMOS 集成电路设计与反向分析 EDA 工具。

第 1 部分：CMOS 集成电路 EDA 技术概述，包括第 1 章。主要介绍 CMOS 集成电路 EDA 技术的基本概况，包括发展历史、特点、现状以及未来趋势，使读者对该领域有一个概括性的了解。同时分步骤介绍了 CMOS 模拟集成电路和数字集成电路的基本设计流程，并依据该流程分类讨论了目前主流的 EDA 设计工具。

第 2 部分：CMOS 模拟集成电路设计 EDA 技术，包括第 2~4 章。第 2 章首先对 Cadence Spectre 仿真环境进行了总体说明，包括 Spectre 软件的基本介绍和特点，以及 Spectre 的仿真设计方法、与其他 EDA 软件的连接。之后介绍了 Spectre 启动的配置和几个主要窗口，包括主窗口、设计库管理窗口、电路图编辑器窗口、模拟设计环境窗口、波形显示窗口和波形计算器，以及 analogLib 库中的基本器件和激励源，作为读者学习 Spectre 的知识储备。最后以一个低压差线性稳压器实例来阐述 Cadence Spectre 的基本设计方法。第 3 章主要介绍模拟版图设计工具 Cadence Virtuoso 的主要界面和操作，并配合两级密勒补偿运算放大器的设计实例进行讨论。第 4 章在电路和版图设计的基础上，详细讨论了模拟版图验证和提取工具 Mentor Calibre 的主要界面和操作，最后在两级密勒补偿运算放大器的版图基础上进行了基本的操作说明。

第 3 部分：CMOS 数字集成电路设计 EDA 技术，包括第 5~8 章。第 5 章首先对数字集成电路设计进行概述，包括一些基本语法和规范，并举例说明组合逻辑电路和时序逻辑电路。之后以交通灯为设计实例对仿真工具 Modelsim 进行了总体说明，从 Modelsim 的应用特点到基本使用方法，再延伸到一些高级用法，不仅囊括了建立工程、建立仿真环境、启动仿真、观测仿真结果等基本内容，还包含了使用过程中的一些小技巧。第 6 章主要对数字逻辑综合及综合工具 Design Compiler 进行了详细说明，包括逻辑的定义、发展简介和逻辑综合的流程。之后介绍了综合工具 Design Compiler 的功能、使用模式及 DC - Tcl 脚本语言。同时讨论了使用综合工具 Design Compiler 进行综合、静态时序分析及时序约束的基本方法。再以第 5 章中的交通灯设计为例，阐述了使用 Design Compiler 进行综合的基本流程。第 7 章围绕 IC Compiler 对数字后端设计的各个流程进行介绍，从数据的准备阶段开始，到数据输出为止，着重介绍了后端数据准备与设置、布局、时钟树综合及布线等步骤。第 8 章重点介绍了数字电路物理层设计工具 Encounter，包括 Encounter 设计相关的基本概念和方法，之后通过一个设计实例讨论了使用 Encounter 进行物理设计的基本流程。

第 4 部分：集成电路反向分析 EDA 技术，包括第 9 章。内容涵盖基本元器件的识别，模拟和数字单元电路的网表提取，数据的导入与导出及电路的层次化分析整理等多个重要的环节。

本书具有很好的工程应用性。本书由北方工业大学微电子系教授戴澜主持编写，北方工业大学张晓波高级实验师、厦门理工学院陈铖颖博士、中国科学院微电子研究所王雷博士、中国科学院自动化研究所蒋银坪助理研究员、郭阳博士，北京华大九天科技股份有限公司梁曼工程师一同参与完成。其中戴澜完成了第 5 章的编写，张晓波完成了第 1、2、9 章的编写，陈铖颖完成了第 3、4、8 章的编写，蒋银坪和郭阳完成了第 6 章的编写，王雷和梁曼完成了第 7 章的编写。

由于本书涉及的知识面较广，时间和编著者水平有限，书中难免存在不足和局限，恳请读者批评指正。

编 者
2022 年 2 月

第 1 版 前 言

进入 21 世纪以来，人类社会在信息领域正面临着一场巨大的变革，其先导因素和决定性力量正是微电子集成电路技术。集成电路（Integrated Circuit，IC）作为当今信息时代的核心技术产品，在国民经济建设、国防建设以及人民日常生活中发挥着越来越重要的作用。

随着互补金属－氧化物半导体（Complementary Metal Oxide Semiconductor，CMOS）集成电路技术的日益进步，计算机辅助设计工具——电子设计自动化（Electronic Design Automation，EDA）工具也日趋成熟。各类电路、版图设计、物理验证 EDA 工具的推出，有效地提高了电路设计效率，缩短了产品设计周期。依据 CMOS 模拟集成电路和数字集成电路设计、验证的基本流程，编者结合实例详细介绍了模拟电路设计工具 Cadence Spectre、版图设计工具 Cadence Virtuoso、版图验证和参数提取工具 Mentor Calibre、数字仿真设计工具 Modelsim、逻辑综合工具 Design Compiler、数字后端版图工具 IC Compiler 以及 Encounter 七大类 EDA 工具，以供学习 CMOS 集成电路设计与仿真的读者参考。

本书分 8 章介绍了目前广泛应用的 CMOS 集成电路设计 EDA 工具。

第 1 章主要介绍 CMOS 集成电路 EDA 技术的基本概况，包括发展历史、特点、现状以及未来发展趋势，使读者对该领域有一个概括性的了解。同时分步骤介绍了 CMOS 模拟集成电路和数字集成电路的基本设计流程，并依据该流程分类讨论了目前主流的 EDA 设计工具。

第 2～4 章通过实例介绍 CMOS 模拟集成电路设计的三大类 EDA 设计工具：电路设计工具 Cadence Spectre、版图设计工具 Cadence Virtuoso 和物理验证工具 Mentor Calibre 以及相应的仿真方法。

第 2 章首先对 Cadence Spectre 仿真环境进行了总体说明，包括 Spectre 软件的基本介绍和特点，以及 Spectre 的仿真设计方法、与其他 EDA 软件的连接。之后介绍了 Spectre 启动的配置和几个主要窗口，包括主窗口、设计库管理窗口、电路图编辑器窗口、模拟设计环境窗口、波形显示窗口和波形计算器，以及 analogLib 库中的基本器件和激励源，作为读者学习 Spectre 的知识储备。最后以一个低压差线性稳压器实例来阐述 Cadence Spectre 的基本设计方法。

第 3 章主要介绍模拟版图设计工具 Cadence Virtuoso 的主要界面和操作，并配合两级密勒补偿运算放大器的设计实例进行讨论。

第 4 章在电路和版图设计的基础上，详细讨论了模拟版图验证和提取工具 Mentor Calibre 的主要界面和操作，最后在两级密勒补偿运算放大器的版图基础上进行了基本的操作说明。

第 5～8 章通过实例介绍 CMOS 数字集成电路设计的四大类 EDA 设计工具：RTL 仿真工具 Modelsim、逻辑综合工具 Design Compiler、数字后端版图工具 IC Compiler 和 Encounter 以及相应的仿真方法。

第 5 章首先对数字集成电路设计进行概述，包括一些基本语法和规范，并举例说明组合逻辑电路和时序逻辑电路。之后以交通灯为设计实例对仿真工具 Modelsim 进行了总体说明，从 Modelsim 的应用特点到基本使用方法，再延伸到一些高级用法，不仅囊括了建立工程、建立仿真环境、启动仿真、观测仿真结果等基本内容，还包含了使用过程中的一些小技巧。

第 6 章主要对数字逻辑综合及综合工具 Design Compiler 进行了详细说明，包括逻辑的定义、发展简介和逻辑综合的流程。之后介绍了综合工具 Design Compiler 的功能、使用模式及 DC - Tcl 脚本语言。同时讨论了使用综合工具 Design Compiler 进行综合、静态时序分析及时序约束的基本方法。再以第 5 章中的交通灯设计为例，阐述了使用 Design Compiler 进行综合的基本流程。

第 7 章围绕 IC Compiler 对数字后端设计的各个流程进行介绍，从数据的准备阶段开始，到数据输出为止，着重介绍了后端数据准备与设置、布局、时钟树综合及布线等步骤。

第 8 章重点介绍了数字电路物理层设计工具 Encounter，包括 Encounter 设计相关的基本概念和方法，之后通过一个设计实例讨论了使用 Encounter 进行物理设计的基本流程。

本书内容丰富，具有较强的实用性，由北方工业大学微电子系教授戴澜主持编写。此外，北方工业大学张晓波高级工程师，厦门理工学院的陈铖颖博士，中国科学院微电子所王雷博士，中国科学院自动化研究所蒋银坪助理研究员、郭阳博士，北京华大九天科技股份有限公司梁曼工程师也参加了本书的编写工作。其中，戴澜完成了第 1、2、5、8 章的编写，并参与其他章节的编写，第 3 章由张晓波编写，陈铖颖完成了第 4 章的编写，蒋银坪和郭阳完成了第 6 章的编写，第 7 章由王雷和梁曼编写完成。另外，北京电子信息高级技工学校的贺桂霞老师为本书做了大量的整理工作。正是有了大家的共同努力，才使本书得以顺利完成。

由于本书涉及的知识面较广，时间和编著者水平有限，书中难免存在不足和局限，恳请读者批评指正。

编　者
2016 年 9 月

目　录

第1章 CMOS 集成电路 EDA 技术

金属－氧化物半导体（Metal Oxide Semiconductor，MOS）集成电路技术始于 20 世纪 70 年代。随着 MOS 晶体管工艺尺寸的不断减小，亚微米集成电路和深亚微米集成电路在随后的 20 世纪 80 年代和 90 年代逐渐发展起来。进入 21 世纪以来，MOS 集成电路更是进入纳米级集成电路时代。

在集成电路工艺领域，历史上陆续出现了 P 沟道硅栅 MOS 工艺、P 沟道铝栅 MOS 工艺、N 沟道硅栅 MOS 工艺、高性能短沟道金属－氧化物半导体（HMOS）工艺等，它们都各具优劣势，在不同时期、不同领域得到了应用。随着集成电路集成度的日益提高，普通 MOS 工艺已不能满足大规模和超大规模集成系统制造的需要，于是互补金属－氧化物半导体（CMOS）工艺应运而生。CMOS 在数字大规模集成电路和超大规模集成电路的制造中首先得到广泛应用，并得到快速发展。特别是自 20 世纪 80 年代以来，CMOS 工艺更是成为了 CPU、RAM、ROM 等超大规模集成电路的主导制造工艺。

伴随着 CMOS 集成电路工艺的不断成熟和进步，CMOS 集成电路设计方法也发生了巨大的转变，从最初的手工设计已经发展到目前的电子设计自动化（EDA）设计。如今，EDA 技术已经成为了集成电路设计的基本途径，广泛应用于 CMOS 模拟、数字、混合信号以及射频集成电路和系统的设计中。本书重点关注 EDA 技术在 CMOS 集成电路领域的应用和方法，依据设计流程详细地介绍了 CMOS 模拟、数字集成电路设计中使用的各类 EDA 工具，为初学 CMOS 集成电路设计的高等院校学生和工程师提供参考。

本章主要介绍 CMOS 模拟、数字集成电路 EDA 技术的基本概况和主流工具，为之后的进阶学习奠定理论基础。

1.1 CMOS 集成电路 EDA 技术概述

微电子集成电路产业是一个集工艺制造、电路/系统设计、市场营销、消费应用为一体的复杂系统工程。其中，电路/系统设计是连接集成电路工艺制造和市场、应用之间的桥梁，是芯片产品开发的决定性一步。一款成功的芯片源于无数工程师成功的设计，而成功的设计在很大程度上又取决于有效、成熟的集成电路 EDA 设计工具。

集成电路 EDA 设计工具主要是指以计算机为工作平台，融合应用电子技术、计算机技术、智能化技术最新成果而开发出的电子辅助软件包。该软件包可以使设计者在虚拟的计算机环境中进行早期的设计验证，有效缩短了电路实体迭代验证的时间、提高了芯片设计的成功率。迄今为止，用于集成电路设计的 EDA 工具从诞生到现在，经历了 3 个主要的发展阶段。

第一阶段：在 20 世纪 70 年代的集成电路产业发展初期，人们开始使用计算机辅助进行集成电路版图编辑，取代了以往的手工设计操作，产生了计算机辅助设计的概念。该阶段称为计算机辅助设计（Computer Aided Design，CAD）阶段。

第二阶段：20 世纪 80 年代初，除了版图编辑和验证功能，出现了以 Mentor、Daisy、Valid 为代表的计算机辅助工程（Computer Aided Engineering，CAE）系统，为工程师提供了较为便捷的电路原理图输入、功能模拟、分析验证功能，标志着集成电路 EDA 工具发展进入正轨，成为集成电路产业链中重要的一环。因此该阶段称为 CAE 阶段。

第三阶段：20 世纪 90 年代进入电子系统设计自动化（Electronic System Design Automation，ESDA）阶段，尽管 CAD/CAE 技术取得了巨大的成功，但并没有把工程师从繁重的设计工作中彻底解放出来。在整个设计过程中，自动化和智能化程度还不高，各种 EDA 工具界面千差万别，学习使用困难，并且互不兼容，直接影响到设计环节间的衔接。基于以上不足，人们开始追求能够贯彻整个设计过程的自动化，这就是 ESDA，其中的代表是 Cadence、SYNOPSYS 和 Avanti 等公司推出的 EDA 工具。

进入 21 世纪以来，第四代 EAD 工具正沿着 ESDA 的途径继续演进。由于集成电路的工艺水平已经进入深亚微米（<20nm），短沟道效应、连线延迟成为制约集成电路发展的重要瓶颈，因此必须大幅度提高 EDA 工具的设计能力，才能适应集成电路工艺的快速发展。

利用 EDA 技术进行集成电路设计主要具有以下几方面特点：

1）采用计算机软件平台完成虚拟的电路、系统设计。

2）用软件方式设计的电路、系统到硬件电路、系统的转换是由相应开发软件来自动完成的。

3）设计过程可使用 EDA 软件对电路、系统进行功能及性能仿真，即虚拟测试，提前修改电路、系统中的错误和不足，优化电路。EDA 技术使电子工程师在实际的电子系统产生前，就可以全面地了解电路、系统的功能特性和物理特性，从而在设计阶段降低开发的风险，缩短了开发周期，降低了开发成本。

4）采用 EDA 技术的设计方法，可将一个庞大的系统设计在一颗芯片上，即通称的 SoC（System on Chip，片上系统），使系统具有体积小、集成度高的优势。

作为 EDA 技术主要的一个分支，CMOS 集成电路 EDA 技术在硬件方面融合了大规模集成电路制造技术、模拟/数字集成电路、版图设计技术、专用集成电路测试和封装技术等；在计算机辅助工程方面融合了计算机辅助设计（CAD）、计算机辅助制造（CAM）、计算机辅助测试（CAT）技术及多种计算机语言的设计概念；

而在现代电子学方面则容纳模拟/数字集成电路设计理论、数字信号处理技术、系统建模和优化技术等。

　　CMOS 集成电路 EDA 技术的核心是利用计算机实现 CMOS 集成电路设计的自动化，因此，基于计算机环境下的 EDA 工具软件的支持是必不可少的。CMOS 集成电路 EDA 软件经历了 20 年的发展历程，目前广泛应用的主要有 Cadence、Mentor、SYNOPSYS 三家公司的 EDA 软件。这些软件功能很强，可以进行电路设计与仿真，输出多种网表文件（Netlist），与其他厂商的软件共享数据等。

　　总之，CMOS 集成电路 EDA 技术为现代集成电路理论和设计的表达与应用提供了可行性，它已不是某一学科的分支，而是一门综合性学科。它打破了计算机软件与硬件间的壁垒，使计算机的软件技术与硬件实现合二为一、设计效率和产品性能都能得到很好的实现，代表了集成电路设计技术和应用技术的发展方向。

1.2　CMOS 模拟集成电路设计流程

　　CMOS 模拟电路设计技术作为工程技术中最为经典和传统的工艺形式，仍然是许多复杂高性能系统中不可替代的设计方法。CMOS 模拟集成电路设计与传统分立元件模拟电路设计最大的不同在于，所有的有源和无源器件都是制作在同一块硅衬底上，尺寸极其微小，无法再用电路板进行设计验证。因此，设计者必须采用 EDA 软件仿真的方法来验证电路功能及性能。模拟集成电路设计包括若干个阶段，图 1.1 所示为 CMOS 模拟集成电路设计的一般流程。

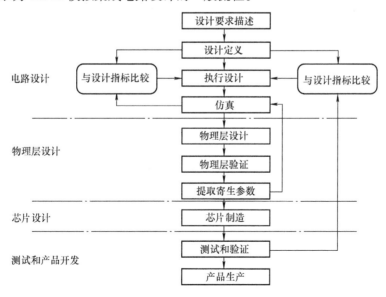

图 1.1　CMOS 模拟集成电路设计流程

CMOS 模拟集成电路设计流程：

1）系统规格定义；

2）电路设计；

3）电路仿真；

4）版图实现；

5）版图物理验证；

6）参数提取后仿真；

7）导出设计文件、流片；

8）芯片制造；

9）测试和验证。

一个设计流程是从系统规格定义开始的，设计者在这个阶段就要明确设计的具体要求和性能参数。下一步就是对电路应用仿真的方法评估电路性能。这时可能要根据仿真结果对电路做进一步改进，反复进行仿真。一旦电路性能的仿真结果能满足设计要求就需要进行另一个主要设计工作——电路的版图设计。版图设计完成并经过物理验证后需要将布局、布线形成的寄生效应考虑进去再次进行计算机仿真。如果仿真结果也满足设计要求就可以进行芯片制造了。

与用分立器件设计模拟电路不同，集成化的模拟电路设计不能用搭建电路板的方式进行。随着现在发展起来的 EDA 技术，以上的设计步骤都是通过计算机辅助进行的。通过计算机仿真，可在电路中的任何节点监测信号；可将反馈回路打开；可比较容易地修改电路。但是计算机仿真也存在一些限制，例如，模型的不完善，程序求解由于不收敛而得不到结果等。下面将详细讲述设计流程中的各个阶段。

1. 系统规格定义

这个阶段系统工程师把整个系统和其子系统看成是一个个只有输入输出关系的"黑盒子"，不仅要对其中每一个进行功能定义，而且还要提出时序、功耗、面积、信噪比等性能参数的范围要求。

2. 电路设计

设计者根据设计要求，首先要选择合适的工艺库，然后合理地构架系统，由于 CMOS 模拟集成电路的复杂性和多样性，目前还没有 EDA 厂商能够提供完全解决 CMOS 模拟集成电路设计自动化的工具，因此所有的模拟电路基本上仍然通过手工设计来完成。

3. 电路仿真

设计工程师必须确认设计是正确的，为此要基于晶体管模型，借助 EDA 工具进行电路性能的评估和分析。在这个阶段要依据电路仿真结果来修改晶体管参数。依据工艺库中参数的变化来确定电路工作的区间和限制、验证环境因素的变化对电路性能的影响，最后还要通过仿真结果指导下一步的版图实现。

4. 版图实现

电路的设计及仿真决定电路的组成及相关参数，但并不能直接送往晶圆代工厂进行制作。设计工程师需提供集成电路的物理几何描述，即通常说的"版图"。这个环节就是要把设计的电路转换为图形描述格式。CMOS 模拟集成电路通常是以全定制方法进行手工的版图设计。在设计过程中需要考虑设计规则、匹配性、噪声、串扰、寄生效应等对电路性能和可制造性的影响。虽然现在出现了许多高级的全定制辅助设计方法，仍然无法保证手工设计对版图布局和各种效应的考虑的全面性。

5. 版图物理验证

版图的设计是否满足晶圆代工厂的制造可靠性需求？从电路转换到版图是否引入了新的错误？物理验证阶段将通过设计规则检查（Design Rule Check，DRC）和版图网表与电路原理图的比对（Layout Versus Schematic，LVS）解决上述的两类验证问题。几何规则检查用于保证版图在工艺上的可实现性。它以给定的设计规则为标准，对最小线宽、最小图形间距、孔尺寸、栅和源漏区的最小交叠面积等工艺限制进行检查。版图网表与电路原理图的比对用来保证版图的设计与其电路设计的匹配。LVS 工具从版图中提取包含电气连接属性和尺寸大小的电路网表，然后与原理图得到的电路网表进行比较，检查两者是否一致。

6. 参数提取后仿真

在版图完成之前的电路仿真都是比较理想的仿真，不包含来自版图中的寄生参数，被称为"前仿真"；加入版图中的寄生信息进行的仿真被称为"后仿真"。CMOS 模拟集成电路相对数字集成电路来说对寄生参数更加敏感，前仿真的结果满足设计要求并不代表后仿真也能满足。在深亚微米阶段，寄生效应愈加明显，后仿真分析将显得尤为重要。与前仿真一样，当结果不满足要求时需要修改晶体管参数，甚至某些地方的结构。对于高性能的设计，这个过程是需要进行多次反复的，直至后仿真满足系统的设计要求为止。

7. 导出流片数据

通过后仿真后，设计的最后一步就是导出版图数据（GDSII）文件，将该文件提交给晶圆代工厂，就可以进行芯片的制造了。

8. 芯片制造

晶圆厂根据版图数据通过光刻、刻蚀、离子注入、热处理和氧化等多道工艺流程将设计好的集成电路制造成芯片。

9. 测试和验证

需要对芯片进行多次测试（包括封装以后的测试）才能将其作为产品进行销售。

1.3　CMOS 模拟集成电路 EDA 工具分类

从 1.2 节中可以知道在 CMOS 模拟集成电路设计中，电路设计及仿真、版图实现、版图物理验证及参数提取后仿真是工程师需要完成的最重要的三个步骤。本节就依据该设计流程介绍目前广泛应用的几类 EDA 设计工具。

1. 电路设计及仿真工具

电路设计及仿真的传统工具主要有 Cadence 公司的 Spectre、SYNOPSYS 公司的 HSPICE 以及 Mentor 公司的 Eldo 三大类。此外基于上述工具，为了满足大规模、快速仿真的需求，三大公司又分别开发了相应的快速电路仿真工具，分别是Cadence公司的 Spectre Ultrasim、SYNOPSYS 公司的 HSIM 以及 Mentor 公司的 Premier。

（1）Spectre

Spectre 是美国 Cadence 公司开发的用于模拟集成电路、混合信号电路设计和仿真的 EDA 软件，功能强大，仿真功能多样，包含有直流仿真（DC Analysis）、瞬态仿真（Transient Analysis）、交流小信号仿真（AC Analysis）、零极点分析（PZ Analysis）、噪声分析（Noise Analysis）、周期稳定性分析（Periodic Steady - state Analysis）和蒙特卡罗分析（MentoCarlo Analysis）等，并可对设计的仿真结果进行成品率分析和优化，这大大提高了复杂集成电路的设计效率。尤其是其具有图形界面的电路图输入方式，使其成为目前最为常用的 CMOS 模拟集成电路设计工具。

Cadence 公司还与全球各大半导体晶圆厂家合作建立了仿真工艺库文件 PDK（Process Design Kit），设计者可以很方便地使用不同尺寸的 PDK 进行 CMOS 模拟集成电路设计和仿真。除了上述仿真功能外，Spectre 还提供了与其他 EDA 仿真工具（如 SYNOPSYS 公司的 HSPICE、安捷伦公司的 ADS、Mathworks 公司的 MATLAB等）进行协同仿真，再加上自带的丰富的元件应用模型库，大大增加了模拟集成电路设计的便捷性、快速性和精确性。

（2）HSPICE

HSPICE 是原 Meta - Software（现属于 SYNOPSYS 公司）研发的模拟及混合信号集成电路设计工具。与 Cadence 公司的 Spectre 图形界面输入不同，HSPICE 通过读取电路网表以及电路控制语句的方式进行仿真，是目前公认仿真精度最高的模拟集成电路设计工具。

与 Spectre 类似，HSPICE 也包含有直流仿真、瞬态仿真、交流小信号仿真、零极点分析、噪声分析、傅里叶分析、最坏情况分析和蒙特卡罗分析等功能。早期的 HSPICE 存在电路规模较大或比较复杂时，仿真矩阵不收敛的情况，在被 SYNOP-SYS 公司收购后，通过多个版本的升级，这个问题逐渐得到改善。到了 2007sp1 版本后，HSPICE 已经有了质的飞跃，仿真收敛问题也基本得到解决。

（3）Eldo

Eldo 是 Mentor 公司开发的模拟集成电路 EDA 设计工具，Eldo 可以使用与 HSPICE 相同的命令行方式进行仿真，也可以集成到电路图编辑工具环境中，比如 Mentor 的 DA_IC，或者 Cadence 的 Spectre 中。Eldo 的输入文件格式可以是标准的 SPICE，也可以是 HSPICE 的格式。

Eldo 通过基尔霍夫电流约束进行全局检查，对收敛进行严格控制，保证了与 HSPICE 相同的精度。且与早期的 HSPICE 相比，仿真速度较快。在仿真收敛性方面，Eldo 采用分割概念，在不收敛时对电路自动进行分割再组合，更改了仿真矩阵，使得电路收敛性大大提升。

Eldo 可以方便地嵌入到目前的其他的模拟集成电路设计环境中，并可以扩展到混合仿真平台 ADMS，进行数字、模拟混合仿真。Eldo 的输出文件可以被其他多种波形观察工具查看和计算，Eldo 本身提供的 Xelga 和 EZWave 更是功能齐全和强大的两个波形观察和处理工具。

由于大规模混合信号电路、SoC 的出现，使得传统的模拟集成电路仿真工具出现瓶颈，主要体现在速度慢，容量有限（一般最大支持 50000～100000 个器件）；各大公司相继开发了新一代的快速仿真工具。通常，这类仿真工具为了提高仿真速度，主要采用的技术有模型线性化、模型表格化、多速率仿真、矩阵分割、事件驱动技术等。Cadence 的 Spectre Ultrasim、SYNOPSYS 的 HSIM，以及 Mentor 的 Premier 就是其中的佼佼者。限于篇幅，本书不再展开进行介绍。

2. 版图实现工具

在版图实现工具方面，目前主要是 Cadence 公司的 Virtuoso Layout Editor，此外还有 SYNOPSYS 公司旗下的 Laker 工具等。

（1）Virtuoso Layout Editor

作为 Cadence 公司在物理版图工具方面的重要产品，Virtuoso Layout Editor 是目前应用最为广泛的版图实现工具。它与各大晶圆厂商合作，可以识别不同的工艺层信息，支持定制专用集成电路、单元与模块级数字、混合信号与模拟设计，并采用 Cadence 公司的空间型布线技术，与其他软件组件配合，快速而精确地完成版图设计工作。

Virtuoso Layout Editor 主要具有以下几方面特点：

1）在器件、单元及模块级加快定制的模拟集成电路设计版图布局。

2）支持约束与电路原理图驱动的物理版图实现。

3）在设计者提交原理图或者需要对标准单元进行评估、改动等活动时，快速标准单元功能可以将布局性能提高 10 倍。

4）提供高级节点工艺与设计规则的约束驱动执行。

（2）Laker

Laker 原是 SprintSoft 公司开发的新一代版图编辑工具，在 2012 年 SprintSoft 公司被 SYNOPSYS 公司收购，因此 Laker 如今成为了 SYNOPSYS 公司旗下的 EDA 版图工具。相比传统的 Virtuoso 版图工具，Laker 最大的亮点在于创造性地引入了电路图驱动版图（Schematic Driven Layout）技术，即实现了与印制电路板 EDA 工具类似的电路图转换版图功能。设计者可以通过电路图直接导入，形成版图，并得到器件之间互连的预拉线，大幅度减少了人为版图连线造成的错误，提高了版图编辑效率。此外，Laker 还具有以下几个特点：

1）电路图窗口和版图窗口同时显示，方便设计者实时查看器件和连接关系。

2）自动版图布局模式，将电路图中的器件快速布置到较为合适的位置。

3）实时的电气规则检查、高亮正在操作的版图元件，避免了常见的短路和断路错误。

3. 版图物理验证及参数提取后仿真工具

版图物理验证主要包含 3 部分的工作，即设计规则检查（Design Rule Check，DRC）、版图与原理图对照（Layout VS Schematic，LVS）和寄生参数提取（Parasitic Extraction，PEX）。DRC 主要进行版图设计规则检查，也可以进行部分面向制造的设计（Design For Manufacturing，DFM）的检查（比如金属密度、天线效应），确保工艺加工的需求；LVS 主要进行版图和原理图的比较，确保后端设计同前端设计的一致性；PEX 则主要进行寄生参数的提取，由于在前端设计时并没有或者不充分地考虑金属连线及器件的寄生信息，而这些在设计中（特别是对于深亚微米设计）会严重影响设计的时序、功能，现在要把这些因素考虑进来，用仿真工具进行后仿真，确保设计的成功。

与电路设计及仿真工具类似，在版图物理验证及参数提取后仿真工具也出现了 Cadence、SYNOPSYS 和 Mentor 三家公司分庭抗礼的局面。Assura、Hercules 和 Calibre 分别是 Cadence、SYNOPSYS 和 Mentor 旗下用于版图物理验证和参数反提的模拟集成电路 EDA 工具。在早期工艺中，Cadence 公司还有另一款命令行版图物理验证工具 Dradula，目前已基本被淘汰；相比 Assura 和 Calibre，Hercules 在 CMOS 模拟集成电路版图验证中的应用没有 Assura 和 Calibre 广泛，在此也不做介绍。

（1）Assura

Assura 可以看作是 Spectre 中自带版图物理验证工具 Diva 的升级版，通过设定一组规则文件，支持较大规模电路的版图物理验证、交互式和批处理模式。但在进行验证前，设计者需要手动导出电路图和版图的网表文件。新版本的 Assura 环境可以在同一界面中打开电路图和版图界面，极大地方便了设计者定位、修改版图中的 DRC 和 LVS 错误。参数反提支持 Spectre、HSPICE 和 Eldo 环境中的网表格式，由设计者自行选择仿真工具进行仿真。

（2）Calibre

Calibre 是目前应用广泛的深亚微米及纳米设计和半导体生产制造中版图物理验证的 EDA 工具，可以很方便地嵌入到版图实现工具 Virtuoso 和 Laker 中。Calibre 采用图形化的可视界面，并提供了快速准确的 DRC、电气规则检查（Electrical Rule Checking，ERC）以及 LVS 功能。

Calibre 中层次化架构有效简化了复杂 ASIC/SoC 设计物理验证的难度。设计者不需要针对芯片设计的类型来进行特殊设置。同时也可以根据直观、方便的物理验证结果浏览环境，迅速而准确地定位错误位置，并且与版图设计工具之间紧密集成，实现交互式修改、验证和查错。Calibre 的并行处理能力支持多核 CPU 运算，能够显著缩短复杂设计验证的时间。

1.4　CMOS 数字集成电路设计流程

随着半导体制造工艺和集成电路设计技术的快速发展，传统的依靠经验的原理图设计方法不再符合时代的需要，具有可移植性及独立于半导体工艺外特性的硬件描述语言（Hardware Description Language，HDL）的设计方法应运而生。CMOS 数字集成电路设计流程主要分为前端设计和后端设计两大部分，前端设计主要包括功能与结构分析设计、寄存器传输级（Register Transfer Level，RTL）代码设计、RTL级功能仿真、逻辑综合、综合后门级仿真、版图前静态时序分析；后端设计包括版图布局布线、版图后静态时序分析以及后仿真验证。设计流程如图 1.2 所示。

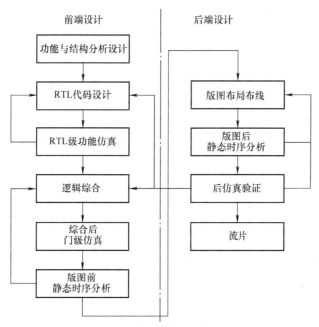

图 1.2　CMOS 数字集成电路设计流程

前端设计的工作主要是将电路的功能转换为用硬件描述语言来实现，然后把代码综合成逻辑门级的电路。而后端设计主要完成版图的布局布线，后仿真验证主要是测试经过布局布线后电路产生的延时对整个系统的影响，验证电路是否满足功能和时序的设计要求。

1. 功能与结构分析设计

与模拟集成电路设计流程相同，功能与结构分析设计在整个数字集成电路设计

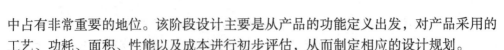

中占有非常重要的地位。该阶段设计主要是从产品的功能定义出发，对产品采用的工艺、功耗、面积、性能以及成本进行初步评估，从而制定相应的设计规划。

2. RTL 代码设计

RTL 代码设计主要使用硬件描述语言（Verilog 或 VHDL）描述相应的电路设计或原理图。用硬件描述语言描述产品的功能和编写测试模块，良好的代码风格应该具有以下特点：足够的注释说明和有意义的命名；组合逻辑中没有必要使用非阻塞赋值，利用参数定义提高可读性和可维护性；注意向量的宽度，在对向量赋值时也应当指明数值的宽度；符合代码可综合的原则。

3. RTL 级功能仿真

RTL 级功能仿真主要通过仿真检查设计功能是否符合要求。在 RTL 代码设计完成后，还必须对设计的正确性进行测试。通常的方法是对设计模块施加激励，通过观察其输出波形来检验功能的正确性。激励模块一般称为测试台（test bench），在仿真环节可以编写不同的测试台对设计进行全方位的验证。激励模块同样可以使用硬件描述语言来编写。

4. 逻辑综合

逻辑综合是通过逻辑综合工具将硬件描述语言描述的设计通过转译、优化和映射产生与实现工艺相关的网表文件。网表文件是一种记录有逻辑门之间连接关系以及延时信息的文件。综合是连接电路高层与物理实现的桥梁，综合结果的好坏决定了电路的设计，综合给定的限制条件与综合之后的门级网表将送到后端工具用于布局布线。

5. 综合后门级仿真

进行版图设计之前需要通过仿真检查设计功能是否符合要求。在这个环节，要把逻辑综合生产的网表文件添加到仿真文件中并需要添加编译工艺库来仿真。门级仿真比 RTL 级功能仿真能更真实地反映电路的工作情况，因为门级仿真把逻辑门之间的连接关系以及延时信息都考虑在其中。

6. 版图前静态时序分析

静态时序分析（Static Timing Analysis，STA）是通过套用特定的时序模型（Timing Model），针对电路分析其是否违反设计者给定的时序限制（Timing Constraint），是保证电路满足预定时序要求的重要步骤。但这个阶段的静态时序分析并不含有电路的连线延迟信息，只是对电路时序的初步验证。

7. 版图布局布线

设计者首先要进行合理的版图规划，才能有效地利用资源完成布局、布线。版图规划的具体工作是计算各个电路模块的大小并安排它们的相对位置。随着工艺技术的改进，连线的作用越来越重要，版图规划对最终设计结果的影响也越来越大。随后进行版图布局、布线再完成电路单元的摆放和互连。有时候版图规划、布局、布线的划分并不是十分独立的，实际使用中一些 EDA 工具可能将这些步骤整合在一起来实现。

8. 版图后静态时序分析

与版图前静态时序分析不同，这个阶段的静态时序分析需要加入版图后的连线信息，此时电路间的延迟会大大增加。相应地，设计者设置的时序约束也会受到严峻的挑战。因此只有通过了该阶段验证，设计者才能确保最后出厂的芯片满足预设的时序要求。

9. 后仿真验证

带有版图延迟信息的门级后仿真验证是设计的最后一道关卡，主要包括功能验证和时序验证。由于功能验证在 RTL 级仿真时基本得到了保证，因此验证主要是针对时序仿真进行的。时序仿真需要了解一些仿真工具所采用的延迟模型，并将延迟信息反标到仿真文件中，模拟一些在 RTL 级无法出现的情况，如复位、状态机翻转等，充分的验证应该包括最好情况下的短路径保持时间，以及最差情况下的长路径建立时间。

1.5　CMOS 数字集成电路 EDA 工具分类

从 1.4 节 CMOS 数字集成电路设计流程中可以知道，数字集成电路设计主要在 RTL 级功能仿真、逻辑综合、静态时序分析以及版图布局布线 4 个方面使用相应的 EDA 工具。由于在数字集成电路设计领域，同样是 Cadence 公司、SYNOPSYS 公司和 Mentor 公司三足鼎立的态势，因此本节也主要介绍这 3 家公司目前主流应用的数字 EDA 设计工具。

1. RTL 级功能仿真工具

目前主流的 RTL 级功能仿真工具包括 Mentor 公司的 Modelsim、SYNOPSYS 公司的 VCS（Verilog Compiled Simulator）、Cadence 公司的 NC – Verilog、Altera 公司的 Quartus II 和 Xilinx 公司的 ISim。

（1）Modelsim

在 RTL 级功能仿真领域，Mentor 公司的 Modelsim 是业界应用最为广泛的 HDL 仿真软件，它能提供友好的仿真环境，是单内核支持 VHDL 和 Verilog 混合仿真的仿真器。Modelsim 采用直接优化的编译技术和单一内核仿真技术，编译仿真速度快，编译的代码与平台无关，便于保护 IP 核，具有个性化的图形界面和用户接口，是目前数字集成电路设计者首选的仿真软件。

Modelsim 可以单独或同时进行行为级、RTL 级和门级代码的仿真验证，并集成了性能分析、波形比较、代码覆盖、虚拟对象、Memory 窗口、源码窗口显示信号值、信号条件断点等众多调试功能；同时还加入了对 SystemC 编译语言的直接支持，使其可以和 HDL 任意进行混合。

（2）VCS

VCS 是 SYNOPSYS 公司的编译型 Verilog 模拟器，它完全支持公众开放领域

（Open Verilog International，OVI）标准的 Verilog HDL。VCS 具有较高的仿真性能，内存管理能力可以支持千万门级的 ASIC 设计，而其模拟精度也完全满足深亚微米专用集成电路的设计要求。VCS 具有性能高、规模大和精度高的特点，适用于从行为级、RTL 级到流片等各个设计阶段。

VCS 可以方便地集成到 Verilog、SystmVerilog、VHDL 和 Openvera 的测试平台中，用于生成总线通信以及协议违反检查。同时自带的监测器提供了综合全面的报告，用于显示对总线通信协议的功能覆盖率。VCS 验证库的验证 IP 也包含在 DesignWare 库中，也可以作为独立的工具套件进行嵌入。

（3）NC – Verilog

NC – Verilog 是 Cadence 公司原 RTL 级功能仿真工具 Verilog – XL 的升级版。相比于后者，NC – Verilog 的仿真速度、处理庞大设计能力，以及存储容量都大为增加。NC – Verilog 在编译时，首先将 Verilog 代码转换为 C 程序，再将 C 程序编译到仿真器。它兼容了 Verilog – 2001 的大部分标准，并且得到 Cadence 公司的不断更新。目前在 64 位操作系统中，NC – Verilog 可以支持超过 1 亿门的芯片设计。

2. 逻辑综合工具

在逻辑综合工具领域，目前 SYNOPSYS 公司 DC（Design Compiler）市场占有率较高，近年来，Mentor 公司也开发了自己的逻辑综合工具 RealTime – Designer，但市场占有率不如 DC。

SYNOPSYS 公司的 DC 目前得到全球 60 多个半导体厂商、380 多个工艺库的支持，占据了近 91% 的市场份额。DC 是十多年来工业界标准的逻辑综合工具，也是 SYNOPSYS 公司的核心产品。它根据设计描述和约束条件，并针对特定的工艺库自动综合出一个优化的门级电路。它可以接受多种输入格式，如硬件描述语言、原理图和网表等，并产生多种性能报告，在缩短设计时间的同时提高设计性能。

SYNOPSYS 公司发布的新版本 DC 还扩展了拓扑技术，以加速采用先进低功耗和测试技术的设计收敛，帮助设计者提高生产效率和芯片性能。拓扑技术可以帮助设计人员正确评估芯片在综合过程中的功耗，在设计早期解决所有功耗问题。新的 DC 采用了多项创新综合技术，如自适应 retiming 和功耗驱动门控时钟，性能较以前版本平均提高 8%，面积减少 4%，功耗降低 5%。此外，DC 采用可调至多核处理器的全新可扩展基础架构，在四核平台上可产生两倍提升的综合运行时间。

3. 静态时序分析工具

SYNOPSYS 公司的 PrimeTime 是目前集成电路设计公司唯一通用的静态时序分析工具。PrimeTime 是一种标准的门级静态时序分析工具，可以在 28nm 甚至更低的工艺节点上对高达 5 亿个晶体管的设计进行分析。此外，PrimeTime 还提供拓展的时序分析检查、片上变量分析、延迟计算和先进的建模技术，并且支持大多数晶圆厂的晶体管模型。

新版的 PrimeTime 还包括了 PrimeTime SI、PrimeTime ADV 和 PrimeTime PX 组件，分别对信号完整性、片上变量变化以及门级功耗进行分析，极大地加速了设计者的流片过程。

4. 版图布局布线工具

SYNOPSYS 公司的 IC Compiler（ICC）和 Cadence 公司 SoC Encounter 是工业界和学术界常用的两种版图布局布线工具。

（1）IC Compiler

IC Compiler 是 SYNOPSYS 公司开发的新一代布局布线工具（用于替代前一代布局布线工具 Astro）。Astro 解决方案由于布局、时钟树和布线独立运行，有其局限性。IC Compiler 的扩展物理综合技术突破了这一局限，将物理综合扩展到了整个布局和布线过程。IC Compiler 作为一套完整的布局布线设计工具，它包括了实现下一代设计所必需的一切功能，如物理综合、布局、布线、时序、信号完整性优化、低功耗、可测性设计和良率优化。

相比 Astro，IC Compiler 运行时间更快、容量更大、多角/多模优化更加智能，而且具有改进的可预测性，可显著提高设计人员的生产效率。同时，IC Compiler 还推出了支持 32nm、28nm 技术的物理设计。IC Compiler 正成为越来越多市场领先的集成电路设计公司在各种应用中的理想选择。IC Compiler 引入了用于快速运行模式的新技术，在保证原有质量的情况下使运行时间缩短了 35%。

（2）SoC Encounter

严格地说，SoC Encounter 不仅仅是一个版图布局布线工具，它还集成了一部分逻辑综合和静态时序分析的功能。作为布局布线工具，SoC Encounter 在支持 28nm 先进工艺的同时，还支持 1 亿门晶体管的全芯片设计。在低功耗设计中，往往需要大量门控时钟以及动态电压、频率调整所产生的多电压域，SoC Encounter 可以在设计过程中自动划分电压域，并插入电压调整器来平衡各个电压值，同时对时钟树综合、布局、布线等流程进行优化。此外，SoC Encounter 在 RTL 转 GDSII 的过程中还可以执行良率分析，评估多种布局布线机制、时序策略、信号完整性、功耗对良率的影响，最终得到最优的良率设计方案。

1.6　小　　结

本章首先介绍了 CMOS 模拟集成电路 EDA 技术的基本概况，包括发展历史、特点、现状以及未来趋势，使读者对该领域有一个概括性的了解，然后分别介绍了 CMOS 模拟集成电路和数字集成电路的基本设计流程，并依据设计流程分类讨论了目前主流的 EDA 设计工具。

第2章 模拟电路设计及仿真工具 Cadence Spectre

Cadence Spectre（或简称 Spectre）是美国 Cadence 公司开发的用于模拟、混合信号及射频集成电路设计的自动化仿真软件，它能够在晶体管级实现快速、精确的仿真功能。Spectre 包含有直流仿真（DC Analysis）、瞬态仿真（Transient Analysis）、稳定性仿真（Stb Analysis）、交流小信号仿真（AC Analysis）、零极点分析（PZ Analysis）、噪声分析（Noise Analysis）、周期稳定性分析（Periodic Steady - state Analysis）和蒙特卡罗分析（MentoCarlo Analysis）等多种仿真功能。此外，Spectre 还与 Cadence 的版图定制设计平台 Virtuoso 紧密集成，在时域和频域提供详细的晶体管级分析。

全球各大半导体晶圆厂家均开发了适用于 Spectre 的仿真工艺设计套件（Process Design Kit，PDK），设计者可以很方便地使用不同工艺尺寸的 PDK 进行模拟、射频集成电路设计和仿真。除了上述仿真功能外，Spectre 还允许加载多个仿真加速器，实现高效的仿真收敛。丰富的接口界面和仿真文件格式可以与其他 EDA 仿真工具，如 SYNOPSYS 公司的 HSPICE、安捷伦公司的 ADS、Mathworks 的 MATLAB 等进行协同仿真，再加上自带的丰富的元件应用模型库，大大增加了集成电路设计的便捷性、快速性和精确性。

2.1 Spectre 的特点

1. 简洁易用的仿真环境和界面

Spectre 提供的仿真功能可以让所有电路设计者快速完成模拟设定、环境建立与模拟结果分析，基本的环境中（见图 2.1）包含了 Spectre/RF Circuit Simulator、Ultrasim Full - chip Simulator、AMS、Spectre Verilog 和 Ultrasim Verilog 这几种混合信号仿真器。设计者在设计流程中可以快速且容易地通过视觉化的图形界面了解模拟集成电路中特定参数对电路产生的影响，内建 OCEAN 程序语言更加速了 bash 运算，而通过 OASIS（Open Artwork System Interchange Standard）整合套件，Spectre 可轻松地与 Cadence 或业界使用的其他仿真器整合使用，加速电路设计。

为了满足快速仿真和更大规模晶体管级的验证，新版本的 Spectre 还集成了 Spectre APS（Accelerated Parallel Simulator）和 Spectre XPS（eXtensive Partitioning Simulator）。Spectre APS 旨在调用多核处理器，快速并行地完成高精度的晶体管级电路仿真。而 Spectre XPS 则是下一代的快速 SPICE（Simulation Program with Inte-

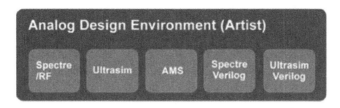

图 2.1　Spectre 中包含的各种仿真器

grated Circuit Emphasis）仿真器，可以提供高性能、大容量的全芯片级验证。

2. 精确的晶体管模型

Spectre 为所有的仿真器提供一致的器件模型，这有利于消除不同模型间的相关性，从而得到快速收敛的仿真结果。模型的一致性也保证了器件模型在升级时可以同时应用于所有的仿真器。

3. 高效的程序语言和网表支持

Spectre 仿真平台支持多种设计提取方法，并兼容绝大多数 SPICE 输入平台。Spectre 可以读取 Spectre、SPICE 以及 Verilog – A 格式的器件模型，并支持标准的 Verilog – AMS、VHDL – AMS、Verilog – A、Verilog 以及 VHDL 格式的文本输入。

4. 内建的波形显示和信号分析能力

Spectre 内建的波形显示和信号分析工具包含波形计算功能，针对各种设计结果如电压、电流、模拟参数、工作点做代数方程式运算，并提供更完善的后仿真分析（post – layout simulation）环境，在模拟和混合信号分析上支持更高阶的波形分析模式，如噪声、工艺角、统计性和射频分析等，同时支持 png、tiff、bmp 等文本或图形格式，提高了跨平台的可携带性。

5. 有力衔接了 Virtuoso 版图设计平台

对于完整的 Virtuoso 版图设计平台而言，Spectre 是不可或缺的重要环节，它能方便地利用提取的寄生元件参数来快速完成后仿真的模拟，并与前仿真（pre – layout simulation）的模拟结果做比较，紧密地连接了电路（Schematic）和版图（Layout）的设计。

6. 交互的仿真模式

设计者可以在仿真过程中快速地改变参数，并在不断调整参数和模拟之中找到最佳的电路设计结果，减少电路设计者进行模拟所花费的时间。

7. 支持先进的分析工具

Spectre 支持跟踪电路分析和模拟，通过简单的界面化电路模拟操作，可以让设计者快速掌握电路设计，节约大量学习和设计仿真参数的时间。Spectre 还提供多种高阶的电路模拟工具，如 Parametric Analysis（参数分析）、Corner Analysis（工艺角分析）、Monte Carlo Analysis（蒙特卡罗分析）、RF Analysis（射频分析）。

（1）Parametric Analysis

Parametric Analysis 可以帮助设计者针对半导体器件或电路参数的特定范围来进行扫描，并可借由扫描多重参数的分析比较来修正最佳的参数值，而搭配内建波形窗口可快速地在波形群组间进行搜索比较，找到最佳的结果。

（2）Corner Analysis

Corner Analysis 提供一个方便的方法来做工艺角模拟分析，针对特定的工艺角组合电压、温度以及其他参数状况，并经过简单的界面操作，可以容易地加入新的工艺角，达到一次设定即可自动完成多重模拟的目标，通过 Corner Analysis 找出问题参数值的范围，提高工艺良率。

（3）Monte Carlo Analysis

Monte Carlo Analysis 可以帮助设计者针对多种参数以概率分布的方式来随机抽样进行模拟，并以统计图表的方法呈现。设计者可以利用 Monte Carlo Analysis 来分析结果，以其统计的角度预先做良率分析，优化设计，以提高生产良率。

8. 先进的模拟和射频分析技术

Spectre 采用自适应时间步长控制、稀疏矩阵求解以及多核处理技术，在保持收敛精度的同时，完成高性能的电路仿真。此外，Spectre 为集成电路设计提供了一系列复杂的统计分析工具，有效减少了先进工艺节点设计到面世的时间。在复杂的混合信号 SoC 中，Spectre 为不同的设计 IP（Intelligent Property）提供了灵活的设计和验证方法。更重要的是，Spectre 同时兼容多种硬件仿真语言，允许进行自底向上的模拟和自顶向下的数字设计方法，从而完成完整的模拟、混合信号全芯片验证。

2.2 Spectre 的仿真设计方法

Spectre 可以帮助设计者进行模拟、射频和混合信号等电路的设计和仿真，其仿真方法大致可分为瞬态仿真、直流仿真、稳定性仿真、交流小信号仿真、零极点分析、噪声分析和周期稳定性分析。

1. 瞬态仿真

瞬态仿真是 Spectre 最基本，也是最直观的仿真方法。该仿真功能在一定程度上类似于一个虚拟的"示波器"，设计者通过设定仿真时间，可以对各种线性和非线性电路进行功能和性能模拟，并且在波形输出窗口中观测电路的时域波形，分析电路功能。

2. 直流仿真

直流仿真的主要目的是为了得到电路中各元件以及电路节点的直流工作点。在该仿真中，所有独立和相依的电源都是直流形态，而且将电感短路及电容断路。利用直流仿真中的扫描参数功能，还可实现电路参数与温度、输入信号、工艺参数的扫描分析。

3. 稳定性仿真

稳定性仿真主要针对反馈回路中面临的系统稳定性问题，考察的是反馈回路的频域特性。仿真通过在反馈回路中加入仿真元件，对电路频域内的环路增益和相位裕度进行仿真。稳定性仿真与交流小信号仿真中频域仿真的区别在于两者分别是面向闭环和开环电路应用的。

4. 交流小信号仿真

交流小信号仿真是 Spectre 的另一项重要功能，主要用于计算电路在某一频率范围内的频率响应。交流小信号仿真首先计算出电路的直流工作点，再计算出电路中所有非线性元件的等效小信号电路，进而借助这些线性化的小信号等效电路在某一频率中进行频率响应分析。该仿真的主要目的是要得到电路指定输出端点的幅度或相位变化。因此，交流仿真的输出变量带有正弦波性质。

5. 零极点分析

零极点分析对于网络分析和模拟电路（如放大器、滤波器）的设计尤其重要。利用该分析可得到网络或系统的零极点分布情况，进而分析系统的稳定性。或者利用分析结果配合电路补偿技术，如改变频宽或增益，从而达到设计的要求。

6. 噪声分析

噪声分析是基于电流直流工作点的条件下，用来计算交流节点电压的复数值。仿真中认为噪声源与其他的电路噪声源相对独立，总输出噪声是各噪声源贡献的方均根之和。利用噪声分析可以对电路的等效输出噪声、等效输入噪声、噪声系数等进行仿真分析。

7. 周期稳定性分析

周期稳定性分析采用大信号分析的仿真方法，来计算电路的周期稳定性响应。在周期稳定性分析中，仿真时间独立于电路的时间常数，因此该分析能快速地计算如高 Q 值滤波器、振荡器等电路的稳定性响应。在应用了周期稳定性分析之后，Spectre 仿真器还可以通过附加其他周期小信号分析来为频率转换效应建立模型，特别是在诸如混频器转换增益、振荡器噪声和开关电容滤波器等电路的仿真中尤其重要。

2.3　Spectre 与其他 EDA 软件的连接

由于当今模拟集成电路设计规模日益庞大，每个 EDA 软件在整个系统中都扮演着不同的角色，其主要功能和侧重点各不相同。因此，软件和软件之间、软件和工艺模型厂商之间的合作也成为设计中重要的组成部分。

1. SPICE 电路转换器

电路转换器可以将由 PSPICE、HSPICE、ADS 等所产生的电路图转换成 Spectre 所能读取的电路图形式进行仿真分析；同时也可以将 Spectre 生成的电路图转换成其他 SPICE 格式的电路图，通过其他 EDA 软件进行仿真验证。

2. 电路格式转换器

电路格式转换器是设计者与其他 EDA 软件进行沟通和联合仿真的桥梁，可以将不同 EDA 软件，如 ADS、Modelsim 等所产生的文件格式转换成 Spectre 可以使用的文件格式。

3. 版图布局接口

Spectre 软件还可与 Cadence 公司自身的版图设计环境 Virtuoso、SYNOPSYS 公司的 Laker 工具方便地连接，设计者可对照 Spectre 中的电路图进行版图物理设计。

2.4　Spectre 的基本操作

本节对 Cadence Spectre 的启动设置、命令行窗口（Command Interpreter Window，CIW）、设计库管理器（Library Manager）、电路图编辑器（Schematic Editor）和模拟设计环境（Analog Design Environment，ADE）做一个详细介绍。

2.4.1　Cadence Spectre 启动设置

目前 Cadence Spectre 的运行平台主要包括 x86 32bit 环境下的 Redhat Enterprise V5 或 V6 版本、SUSE Linux 9 或 10 版本，x86 64bit 环境下的 Redhat Enterprise V4、V5 和 V6 版本、SUSE Linux 9 和 10 版本以及 Sun Solaris 10 环境。

Cadence Spectre 正确地安装在以上环境后，还需要对下列文件进行配置。

（1）启动配置文件：.cdsinit

.cdsinit 文件是在 Cadence Spectre 中启动时运行的 SKILL 脚本文件。该文件配置了很多 Cadence Spectre 的环境配置，包括使用的文本编辑器、热键设置、仿真器的默认配置等。如果 Cadence Spectre 没有找到 .cdsinit 文件，软件中的快捷键等功能都不能使用。Cadence Spectre 搜索 .cdsinit 文件时，首先会搜索程序的启动路径，然后搜索的是用户的主目录。默认配置文件路径：< Cadence 工具目录 >/tools/dfII/samples/local/cdsinit。

（2）其他配置文件

如果需要，在程序的运行目录建立其他的启动配置文件，如 .cdsenv、.cdsplotinit、display.drf 等。这些配置文件分别有自己的用途。

.cdsenv：用于设置启动时的环境变量；

.cdsplotinit：包含 Cadence Spectre 打印和输出图形的设置；

display.drf：版图编辑器中显示颜色等的配置；

这些配置文件的搜索路径首先是程序启动目录，其次是用户的主目录。这些配置文件的样本位置如下：

.cdsenv：< Cadence 安装目录 >/tools/dfII/samples/.cdsenv；

. cdsplotint：　< Cadence 安装目录 >/tools/plot/samples/cdsplotinit. sample；

display. drf：　< Cadence 安装目录 >/share/cdssetup/dfII/default. drf。

（3）设置设计库配置文件：cds. lib

设计库配置文件放置在 Cadence Spectre 程序的运行路径下，比如要在 ~/project 目录下运行 Cadence Spectre，则需要在该目录下建立 cds. lib 文件。这个文件设置的是 Cadence Spectre 中的设计库的路径。

常用命令格式：

◆ DEFINE

格式：DEFINE < 库名 > < 库路径 >。

◆ INCLUDE

格式：INCLUDE < 另外一个 cds. lib 的全路径 >。

◆ "#"

行注释符，在行首加入则该行无效。

如果 cds. lib 文件是空文件，则 Cadence Spectre 的设计库中就会是空的。为了添加基本元件库，需要一些基本元件。可以在 cds. lib 文件中加入一行：INCLUDE < Cadence 安装目录 >/share/cdssetup/cds. lib。

2. 4. 2　Spectre 主窗口和选项介绍

完成上节中的设置之后，就可以在命令行下运行 Cadence Spectre 软件了，通过键盘敲入命令：icfb &，此时 Cadence Spectre 的命令行窗口就会自动弹出，如图 2. 2 所示。

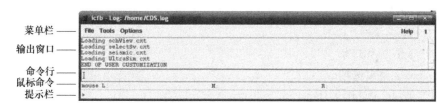

图 2. 2　Cadence Spectre 的命令行窗口

该窗口主要包括菜单栏、输出窗口、命令行、鼠标命令、提示栏。菜单栏中又包括"File""Tools"和"Options"三个主选项，对应每个选项下还有一些子选项，下面对图 2. 3 中的一些重要子选项进行介绍。

1. File 菜单选项

（1）File→New

建立新的设计库或者设计的电路单元。

（2）File→Open

打开已经建立的设计库或者设计的电路单元。

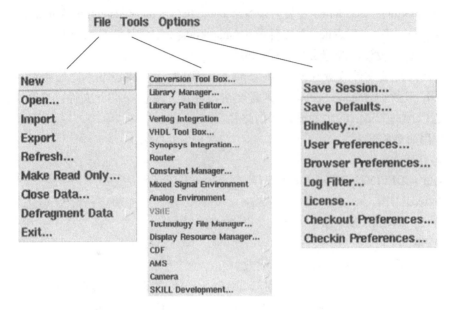

图 2.3　"File""Tools"和"Options"三个主选项及相应子选项

（3）File→Import

导入文件，可以导入包括 GDS 版图、电路图、cdl 网表、模型库、Verilog – A 及 Verilog 代码等不同的文件。

（4）File→Export

与导入文件相反，导出文件可以将 Cadence 设计库中的电路或者版图导出成需要的文件类型。

（5）File→Exit

退出 icfb 工作环境。

2. Tools 菜单选项

（1）Tools→Library Manager

图形化的设计库浏览器，界面如图 2.4 所示，其中，可以看到 cds. lib 文件添加的工艺库和设计库。

（2）Tools→Library Path Editor

Library Path Editor 可以用来修改设计库配置文件（cds. lib），如图 2.5 所示。在这个界面中可以直观地对 cds. lib 文件进行修改和添加。

（3）Tools→Analog Environment

该子选项用于模拟电路仿真，里面的选项包括：

Simulation：打开 Virtuoso® Analog Design Environment（ADE）仿真环境。

Calculator：用于对仿真结果进行公式计算的计算器工具。

Result Browser：仿真结果浏览器。

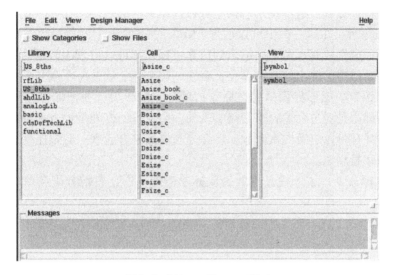

图 2.4　Library Manager 窗口

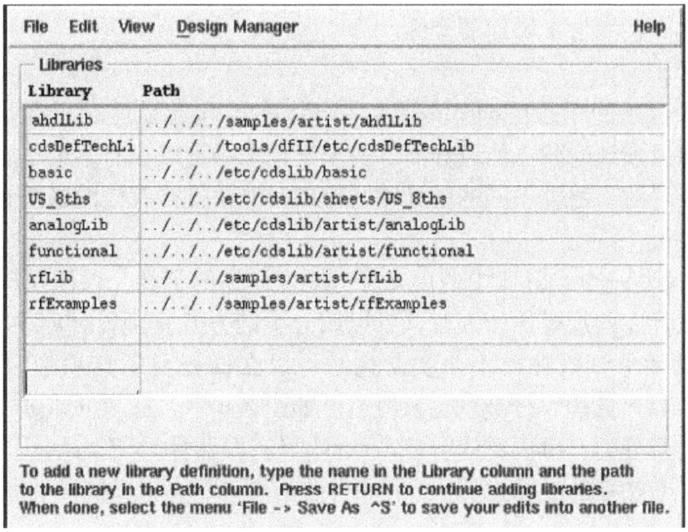

图 2.5　Library Path Editor 窗口

Waveform：仿真结果绘图程序。

（4）Tools→Technology File Manager

用于管理设计库所采用的工艺库文件，包括版图设计时所需要的技术文件和显示文件等。

3. 命令行窗口中的其他部分

（1）输出窗口：主要显示一些操作的输出信息和提示，包括一些状态信息和警告信息、错误提示。这些提示有助于分析操作中的问题。

（2）命令行：在这一栏中可以运行 SKILL 语言的命令，利用命令可以对界面上的任何项目进行控制，从电路编辑到仿真过程，都可以用 SKILL 语言控制。

命令行窗口中的输出窗口和命令行合在一起实际上就是一个命令界面。命令语言是 SKILL 语言。图形界面只是在命令行基础上的扩展。在图形界面上的任何操作或者快捷键都是通过命令行来最终实现的。命令行的好处是可以采用语言控制复杂的操作，并且可以进行二次开发，将命令与界面整合起来，有效提高了整个软件的可扩展性和易用性。

（3）鼠标命令：这一栏显示的是鼠标单击左、中、右键分别会执行的 SKILL 命令。

（4）提示栏：这一栏显示的是当前 Cadence Spectre 程序运行中的功能提示。

2.4.3　设计库管理器介绍

设计库管理器（Library Manager）的窗口如图 2.6 所示，包括"Library""Category""Cell"和"View"4 栏，在平时的应用中"Category"一般收起，不做显示。以下对这 4 栏的含义做简要介绍。

1. Library

Library 中存在的库是在 cds. lib 文件中定义的，包含设计时所需要的工艺厂提供的工艺库以及设计时建立的设计库。一个设计库中可以含有多个子库单元。通常在做不同的设计时，建立不同的设计库，可以对电路进行有效的修改和管理。

2. Category

Category 是将一个设计库中的单元分为更加详细的子类，以便在调用时进行查找。当一个设计库的规模比较大时，可以用分类的方式管理设计库中单元的组织。在小规模的设计中分析往往不必要，这时可以在面板显示选项栏取消显示分类（Show Categories）选项，分类就会被跳过。如图 2.6 中，在"analogLib"中就对库中的子单元进行分类，可以看到有"Actives"（有源器件）"Passives"（无源器件）和"Sources"（激励源）等。

3. Cell

Cell 可以是一个器件，也可以是一个电路模块或者一个组成的系统顶层模块。

4. View

一个"Cell"在电路设计中，我们需要不同的方法进行显示，例如一个模拟电路模块，在设计内部结构的时候可能需要将它表示为电路图；而在引用该模块的时候则需要将其表示为一个器件符号；在绘制版图的时候可能需要将该模块表示为版图的一个部分。又例如一个 Verilog – A 数字代码生成的电路，又可以显示为代码形式，或者电路符号形式以方便调用。因此一个单元就必须有多种表示方式，称为"Views"。通常模拟模块有电路图（schematic）、器件符号（symbol）、版图（lay-

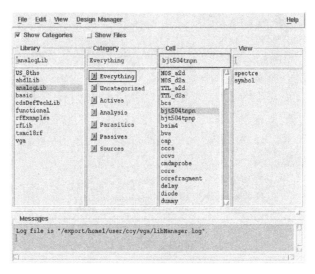

图 2.6 设计库管理器窗口

out）三个 View，而数字模块就有电路符号（symbol）、代码（Verilog – A）两个
View。

下面介绍一些在设计库管理器菜单中的命令选项。

1. Files 菜单

Files→New→Library/Cell View/Category：该命令与命令行窗口中的选项完全相
同，可以通过这个命令新建设计库、电路单元或者分类。

Files→Save Defaults/Load Defaults：将设计库中的库信息设置保存在 .cdsenv 文
件中。

Files→Open Shell Window：打开 Shell 命令行窗口，在命令行中进行文件操作。

2. Edit 菜单

Edit→Copy：设计备份，如图 2.7 所示。通过选择来源库和目标库，可以很方
便地将子单元电路复制到目标库中。选中"Copy Hierarchical"选项，复制一个顶
层单元时，就将该顶层单元下所有的子电路一起复制到目标库中。"Update In-
stances"选项保证在对来源库中子单元电路进行修改时，目标库中被复制的子单元
电路也同时被更新。

Edit→Copy Wizard：高级设计备份向导，如图 2.8 所示，这个向导支持多个模
式，可以在界面的第一行的复选框选择简单模式（Simple）。在这个模式上面的
"Add To Category"栏可以指定复制过去的单元或设计库被自动加入某个分类。
"Destination Library"下拉菜单指定了复制的目标设计库。

层次备份"Hierarchical"通过指定顶层单元，将一个顶层文件单元连同其中
直接或间接引用的所有单元一起复制。精确层次备份"Exact Hierarchical"与层次

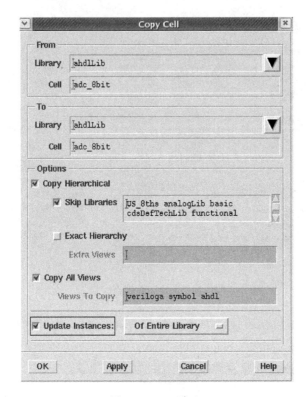

图 2.7　Copy 窗口

备份"Hierarchical"功能基本相同。唯一不同的是，层次结构备份时将包括这些单元中的所有"View"；而精确层次备份中只有指定单元的"View"会被复制。

"By View"备份，将按照指定的过滤（Filter）选项复制某些设计单元。

"By Configuration"备份，将根据"config view"中的配置来选择需要复制的单元和 View。

Edit→Rename：对设计库进行重新命名。

Edit→Rename Reference Library：对设计库进行重新命名的同时，还可以用于批量修改设计中的单元之间的引用。

Edit→Delete：删除设计库管理器中的设计库。

Edit→Delete by view ：在删除设计库管理器中的设计库的同时，这个菜单命令还提供了一个过滤器用于删除设计库中指定的"View"。

Edit→Access Permission ：用来修改设计单元或者设计库的所有权和权限。

Edit→Catagories：包括了对分类进行建立、修改、删除的命令。

Edit→Library Paths：调用 Library Path Editor，在 Library Path Editor 中可以删除、添加或者对现有设计库进行属性修改。

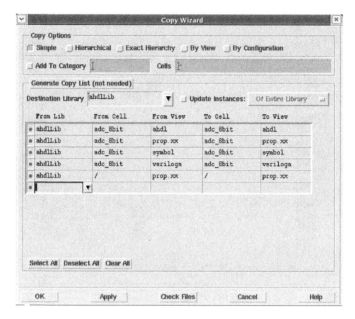

图 2.8　高级设计备份向导窗口

3. View 菜单

View→Filter：显示视图的过滤。

View→Refresh：刷新显示。

2.4.4　电路图编辑器介绍

模拟电路的设计主要是依靠电路图编辑器（Schematic Editor）来完成的。电路图编辑器是一个图形化的界面，设计者可以很方便地在窗口中添加器件和激励源等来完成电路的构建。电路图编辑器可以通过在命令行窗口或者设计库管理器中新建或者打开单元的电路图"View"打开，其基本界面如图 2.9 所示。下面介绍电路图编辑器的使用方法。

电路图编辑器界面主要包括状态栏、菜单栏、工具栏、工作区、鼠标命令栏、提示栏。

状态栏：内容包括正在运行的命令、选定的器件数、运行状态、仿真温度和仿真器类型。

菜单栏和工具栏：分别位于状态栏下方和屏幕的左边缘，里面的选项是电路设计中的命令。

工作区：就是中间区域部分，是用来绘制电路图的部分，其中有网格显示坐标。

鼠标命令栏：提示鼠标的左、中、右键分别对应的命令。

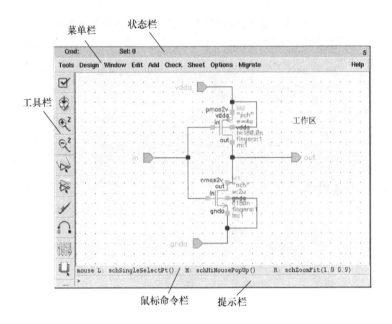

图 2.9 电路图编辑器窗口

提示栏：显示的是当前命令的提示信息。

下面重点介绍一下工具栏中的操作，我们在设计中主要通过这些操作来实现电路图的绘制。这些操作也可以通过键盘快捷键来实现，首先要保证快捷键文件已经包含在 .cdsinit 文件中。

1. 保存

☑、⬇ 分别是检查完整性并保存（Check & Save）、保存（Save）。

键盘：X 和 S 键分别是保存、检查完整性并保存。

菜单栏：Design→Save/Check and Save 来实现保存、检查完整性并保存。通常在绘制电路图时，会出现一些连接错误，如短路、断路的情况。这时候就需要依靠电路图编辑器的检查功能查找一些明显的错误，所以一般应该使用检查完整性并保存选项，而不要强行保存。

2. 放大、缩小

🔍²、🔍² 分别是放大和缩小命令。

键盘：［键、］键、f 键分别表示缩小、放大、适合屏幕。

菜单栏：Window→Zoom→Zoom out by 2/Zoom in by 2 分别是缩小、放大。Window→Fit 是适合屏幕。

3. 拖动、复制

✏、✂ 分别是拖动和复制命令。

键盘：c、s、m 分别表示复制、拖动、移动。

菜单栏：Edit →Copy/Stretch/Move 分别是复制、拖动、移动。

这 3 个命令的操作基本相同：首先选定需要操作的电路部分，包括器件、连线、标签、端口等；然后调用命令，这时单击鼠标左键确定基准点，移动鼠标发现选定部分随鼠标指针移动，移动量相当于基准点到现在指针所在点之间的距离；再次单击鼠标左键放下选定的电路或者按 ESC 键取消。在确定基准点之后，拖动的过程中，可以按 F3 键选择详细属性。在 3 个命令中都有旋转、镜像、锁定移动方向的选项。另外，在复制的 Array 选项中可以设定为将选定部分复制为阵列形式，而在拖动的选项中可以选择选定部分与其他部分的连接线的走线方式。注意：可以用鼠标在工作区框选电路的一部分，按住 Shift 键框选表示追加部分；按住 Ctrl 键框选表示排除部分。可在同一个 icfb 环境中打开的不同电路图之间使用复制和移动命令，拖动命令只能在当前电路中进行。

4. 删除、撤销

✎、↺分别是删除和撤销命令。

键盘：删除和撤销分别是 Del 键和 u 键。

菜单栏：Edit→Delete、Edit →Undo 分别是删除和撤销。

删除操作顺序：首先选择电路的一部分后调用删除命令，选定部分将被删除。或者先调用删除命令，然后连续选中要删除的器件，则选中的器件将被连续删除。

5. 查看或修改器件属性▦

键盘：q 键。

菜单：Edit → Properties → Objects。

选定电路的一部分，然后调用该命令，则会出现属性对话框，如图 2.10 所示。

在应用栏的第一个下拉菜单中可以选择设置应用范围，可以只修改当前器件（only current）、应用于所有选定器件（all selected）或者所有的器件（all）；第二个下拉菜单可以选定需要修改的元素类型，是设置器件实例（instance）还是连接线（wire segment）。不同的器件

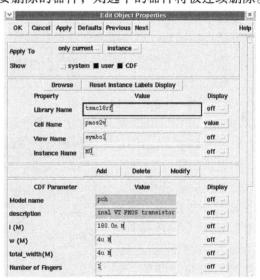

图 2.10　器件属性对话框

有不同的属性特征，在"Model name"以下的器件属性按需要进行修改即可。

6. 调用器件▯

键盘：i 键。

菜单栏：Add→Instance。

调用命令之后，显示如图 2.11 所示的选项对话框。

在 Library 和 Cell 栏输入需要引用的单元，也可以单击 Browse 按钮，打开一个设计库浏览器，从中选择希望引用的器件或者单元。输入器件类型之后，窗口中将会出现一些器件的初始参数设置，可以在其中直接输入需要的器件参数。

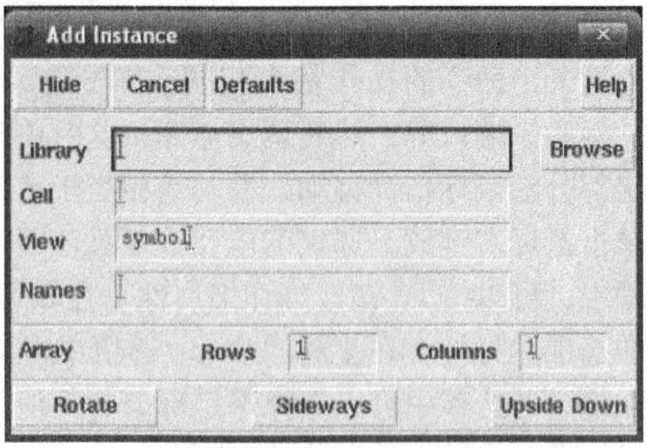

7. 添加连接线

⌐、⌐分别是添加细连线和粗连线命令。

键盘：w、W 键分别是细连线、粗连线。

菜单栏：细连线、粗连线分别是 Add→Wire（Narrow）和 Add→Wire（Wide）。

调用命令后，在工作区单击鼠标左键确定连线的第一个端点，然后拖动鼠标，将看到连线的走线方式。此时单击右键，可以在不同的走线方式之间切换；再次单击鼠标左键，确定第二个端点，连接线被确定。在确定第二个端点之前，如果按 F3 键会调出详细设置，如图

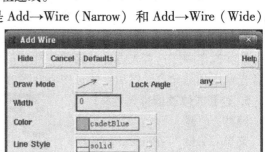

图 2.11　调用器件对话框

图 2.12　连线详细设置对话框

2.12 所示。其中可以设置走线方式、锁定角度、线宽、颜色、线型这几个选项。

8. 添加标签（Label）

键盘：l 键。

菜单：Add→Label。

调用命令之后，显示如图 2.13 所示的选项对话框。输入标签名字之后，再将鼠标指向电路图，则会出现随鼠标移动的标签；单击鼠标后标签位置被确定。

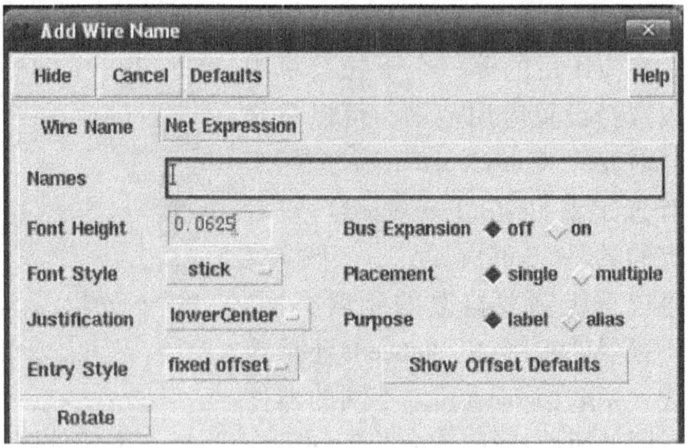

图 2.13　添加标签对话框

9. 添加端口（Pin）

键盘：p 键。

菜单栏：Add→Pin。

调用该命令后，将显示如图 2.14 所示的对话框。在对话框中，可以输入端口的名称、输入输出类型、是否是总线。

10. 重做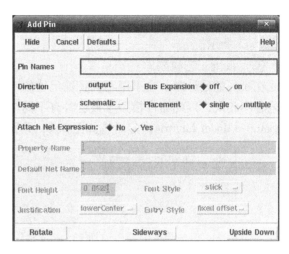

键盘：U 键。

菜单栏：Edit →Redo 重做最近一次的操作。

2.4.5 模拟设计环境介绍

模拟设计环境（Analog Design Environment，ADE）是 Ca-

图 2.14　添加端口对话框

dence Spectre 的图形化仿真环境，电路图完成后，都要通过这个界面进行仿真参数设置，这也是 Cadence Spectre 最重要的功能。可以用以下两种方式打开 ADE：在命令行窗口中选择菜单 Tools→Analog Environment→Simulation，这样打开的 ADE 窗口中没有指定进行仿真的电路；在电路编辑器中选择菜单 Tools→Analog Environment，这时打开的 ADE 窗口中已经设置为仿真调用 ADE 的电路图。ADE 的仿真界面如图 2.15 所示。

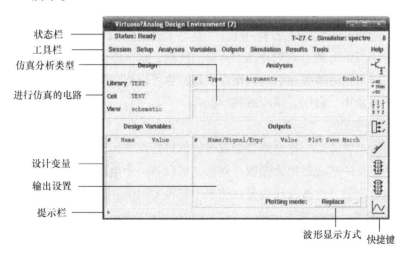

图 2.15　ADE 的仿真界面

下面我们着重介绍一下采用 ADE 仿真的基本流程。

（1）打开 ADE 对话框

首先我们已经完成了电路图的绘制，并处于电路图编辑器窗口中，在菜单栏中选择 Tools→Analog Environment 命令，弹出"Analog Design Environment"对话框，如图 2.15 所示。

（2）设置工艺模型库

在不同的设计时，会采用不同特征尺寸的工艺库。而且每个晶圆厂因为制造的工艺各不相同，因此器件模型参数也各有不同。设置工艺模型库，可以在菜单中选择 Setup→Model Librarie，然后有如图 2.16 所示的窗口出现。

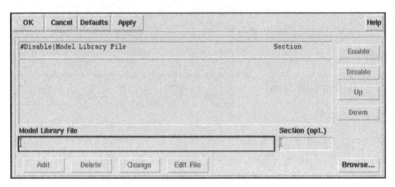

图 2.16　设置工艺模型库窗口

在这个窗口中可以在"Model Library File"栏输入需要使用的工艺库文件名，在 Section 栏输入该模型文件中需要的工艺角（Section），如 TT、SS、FF 等。也可以单击右下角的"Browse"按钮。打开文件浏览器查找需要的工艺库文件。在文件浏览器中选定需要的文件之后单击"OK"按钮，文件的路径就会自动填在"Model Library File"栏，这时单击"Add"按钮，这个库文件就被加入到中间的列表中。这时，可以继续添加新的模型库文件，也可以在模型库文件列表中选择一个或几个对其做禁用、启用、修改或删除操作。

（3）设置变量

在设计中经常会对一些电路参数或者器件进行扫描，以确定最优值。因此经常会在电路中定义一些变量作为参数。例如，可以将一个电阻值定义为 R1，则 R1 就成为一个设计变量。这些设计变量在仿真中都需要赋值，否则仿真不能进行。设置方法是，在工具栏上选择 Variables→Copy from Cell View，则电路图中的设计变量都自动出现在 ADE 设计变量框中。这时选择 Variables→Edit 或在 ADE 界面中双击任何一个变量，如图 2.17 所示的窗口就会出现。在该窗口中可以完成对设计变量的添加、修改、删除等操作。

（4）设置仿真分析

在不同的设计中，根据不同的需要，我们可以对电路进行不同类型的分析。常用的有直流分析、交流小信号分析、瞬态分析、噪声分析、零极点分析等。设置仿

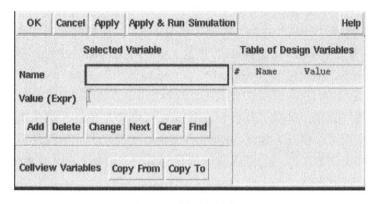

图 2.17 设置变量窗口

真分析时，选择工具栏中的 Analyses→Choose，如图 2.18 所示的仿真分析窗口就会打开。

（5）设置输出

输出控制的是仿真结束后需要用波形或者数值体现出来的结果。主要有两种方式进行设置：

1）在工具栏中选择 Outputs→To be ploted→Select on the Schematic，电路图窗口自动弹出，用箭头在电路图中选

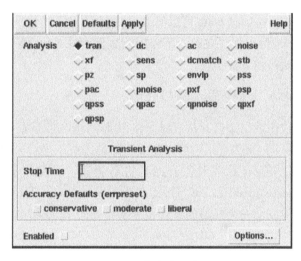

图 2.18 仿真分析窗口

择连线会在输出中添加该线的电压；选择一个器件的端口则会添加这个端口的电流作为输出；直接选择一个器件则会把该器件的所有端口电流都加入输出。

2）也可以手动添加输出，在工具栏中选择 Outputs→Edit，打开窗口如图 2.19 所示。

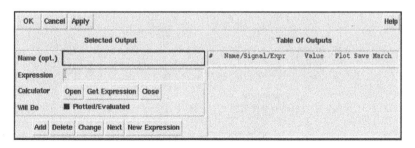

图 2.19 手动添加输出窗口

在该窗口中可以添加需要的输出的表达式。如果表达式比较复杂，还可以单击"Calculator"栏的"Open"按钮，打开"Calculator"，在其中编辑好表达式后，在图 2.19 所示窗口中单击"Calculator"栏的"Get Expression"按钮，表达式就会出现在"Expression"栏中。

（6）仿真

以上设置完成后，单击工具栏 Simulation→Netlist & Run 开始仿真。在仿真过程中，如果需要可以单击工具栏 Simulation→Stop 中断仿真。仿真结束后，设置的输出会自动弹出波形文件。也可以通过选择工具栏 Results→Plot Outputs 来选择需要观测的节点或者参数。

（7）保存和导入仿真状态

选择工具栏 Session→Save State 可以保存当前的仿真分析配置。选择工具栏 Session→Load State 可以导入之前保存的仿真分析配置。选择工具栏 Session→Save Script 可以将现在的仿真分析设置保存成 OCEAN 脚本，利用该脚本，可以在命令行执行仿真分析。

2.4.6　波形显示窗口介绍

仿真结束后，仿真结果的波形都将在波形显示窗口"Waveform"中显示。在"Waveform"窗口中可以完成图形的缩放、坐标轴的调整、数据的读取和比对，还可以调用计算器对仿真结果进行处理，例如进行快速傅里叶变换（Fast Fourier Transform，FFT）等。因此掌握"Waveform"窗口的使用，对仿真结果的分析有很大帮助。一个典型的波形显示窗口如图 2.20 所示。

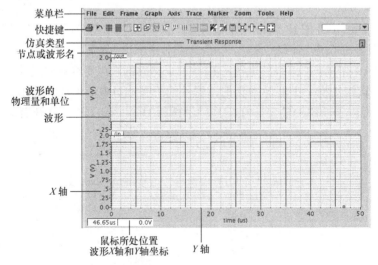

图 2.20　波形显示窗口

表 2.1 ~ 表 2.10 对菜单栏中的选项功能进行了具体说明。

表 2.1　菜单选项 File 具体功能描述

菜单选项 File	功能描述
Open	打开"Open Grap"对话框，从而打开一个已保存的波形
Save	将当前波形以 .grf 格式保存
Save as Image	将当前波形以 png、tiff 或 bmp 图片形式保存
Reload	重新读取当前窗口中波形的仿真数据
Print	打印当前窗口中的图表
Save Session	保存当前"Waveform"窗口的设置
Close	关闭当前"Waveform"窗口
Exit	关闭所有"Waveform"窗口

表 2.2　菜单选项 Edit 具体功能描述

菜单选项 Edit	功能描述
Move	移动选中的标签或记号
Swap	移动两个波形、相关坐标轴或者图表
Delete	删除选中的标签、记号、图例、波形或者图表
Hide	隐藏选中的标签、记号、图例、波形或者图表
Select Reveal	选择一个波形文件，显示其隐藏的标签、记号、图例、波形或者图表
Reveal	显示隐藏的标签、记号、图例、波形或者图表
Undo	撤销上一步操作

表 2.3　菜单选项 Frame 具体功能描述

菜单选项 Frame		功能描述
Show ToolBar		是否显示工具栏
Layout		子窗口布局
	Auto	自动选择合适的模式，根据子窗口的高和宽的比值设置布局方式
	Vertical	竖排显示子窗口
	Horizontal	横排显示子窗口
	Card	层叠显示子窗口
Font		字体大小选择，影响标题、子标题和坐标轴
	Small	小字体
	Medium	中等字体
	Large	大字体
	Extra Large	超大字体

（续）

菜单选项 Frame	功能描述
Color Schemes	设置背景色
Default	使用默认背景色，通常为白色
Black	背景色设为黑色
White	背景色设为白色
Gray	背景色设为灰色
Template	模板设置
Set Default	使用".cdsenv"中设置的默认模板
Set Current	将当前窗口设置保存为默认值
Load	打开一个特定的波形文件作为模板
Edit	打开"Graph Attributes"对话框

表 2.4　菜单选项 Graph 具体功能描述

菜单选项 Graph	功能描述
Grids On	是否显示网格
Strip Legend	是否显示图例
Display Type	图标类型
Rectangular	直角坐标系
Histogram	柱形图
RealVsImag	实部 VS 虚部
Polar	极坐标
Impedance	阻抗圆图
Admittance	导纳圆图
Font	字体大小选择，影响标题、子标题和坐标轴
Small	小字体
Medium	中等字体
Large	大字体
Extra Large	超大字体
Lable	标签选项
Create	打开"Lable Attributes"对话框，创建标签
Edit	修改选中标签
Freeze On	选中后，"Waveform"窗口中的波形不再因为相应仿真结果改变而改变
Snap Off	选中后，波形上的数据读取框追随系统鼠标
Snap-to-Data	选中后，标记仅仅作用在仿真数据点上
Snap-to-Peaks	选中后，标记仅仅作用在波形峰值上
Edit	打开"Graph Attributes"对话框

表 2.5　菜单选项 Axis 具体功能描述

菜单选项 Axis	功能描述
Major Grids On	选中后将显示选中坐标轴的主网格，该选项只在坐标轴被选中后才被激活
Minor Grids On	选中后将显示选中坐标轴的次网格，该选项只在坐标轴被选中后才被激活
Log	选中后将选中的坐标轴切换到对数模式，该选项只在坐标轴被选中后才被激活
Strip	将每条波形单独分栏显示
Edit	打开"Axis Atrributes"对话框，该选项只在坐标轴被选中后才被激活

表 2.6　菜单选项 Trace 具体功能描述

菜单选项 Trace		功能描述
Symbols On		选中后将在选中波形的仿真点上显示符号
Assign to Axis		给选中波形赋予一个新的 Y 轴，或者使用波形的 Y 轴，该选项只有在"Waveform"窗口中存在多个波形时才有效
New Graph		创建新波形
	Copy New Window	将选中波形复制到一个新建的"Waveform"窗口中
	Move New Window	将选中波形移动到一个新建的"Waveform"窗口中
	Copy New SubWindow	将选中波形复制到一个新建的"Waveform"子窗口中
	Move New SubWindow	将选中波形移动到一个新建的"Waveform"子窗口中
Bus		总线选项
	Create	根据选中的数字波形，创建一条总线
	Expand	将总线中的数据分开显示
Trace Cursor		开启或关闭波形光标
Vert Cursor		开启或关闭垂直光标
Horiz Cursor		开启或关闭水平光标
Delta Cursor		开启或关闭差值光标
Cut		剪切选中的波形
Copy		复制选中的波形
Paste		粘贴剪切或复制的波形

（续）

菜单选项 Trace	功能描述
Load	打开"Load"对话框，从而添加新的波形
Save	打开"Save"对话框，从而以 ASCII 格式保存波形
Edit	打开"Trace Attributes"对话框，该选项只有在波形被选中时才有效
Strip by family	事先对波形分类并进行分离
Select by family	选中事先已进行分类的波形
Select All	选中当前"Waveform"窗口中的所有波形

表 2.7　菜单选项 Marker 具体功能描述

菜单选项 Marker		功能描述
Place		
	Trace Marker	在波形上添加一个标记，包含该点的横竖坐标
	Vert Marker	在波形上添加一个标记，包含该点的横竖坐标，并做一条通过该点的垂直线
	Horiz Marker	在波形上添加一个标记，包含该点的横竖坐标，并做一条通过该点的水平线
Add Delta		添加一个标记显示两个点间的横竖坐标差
Display Type		
	XY Delta	标记显示 ΔX 和 ΔY 值
	X Delta	标记显示 ΔX 值
	Y Delta	标记显示 ΔY 值
Attach to Trace		标记附着在波形上
Find Max		将标记移动到选中波形的最大值处
Find Min		将标记移动到选中波形的最小值处
Add		打开标记对话框，通过对话框对标记进行描述
Show Table		以表格显示当前标记值
Edit		打开"Marker Attributes"对话框，从而编辑选中的标记
Select All		选中当前"Waveform"窗口中的所有标记

表 2.8 菜单选项 Zoom 具体功能描述

菜单选项 Zoom		功能描述
Zoom		缩放图表
X – Zoom		沿 X 轴缩放图表
Y – Zoom		沿 Y 轴缩放图表
Unzoom		撤销上一步的缩放操作
Fit		将图表还原至初始大小
Zoom In		放大图表
Zoom Out		缩小图表
Pan		
	Pan Right	将图表右边的部分移至显示区域
	Pan Left	将图表左边的部分移至显示区域
	Pan Up	将图表上边的部分移至显示区域
	Pan Down	将图表下边的部分移至显示区域

表 2.9 菜单选项 Tools 具体功能描述

菜单选项 Tools	功能描述
Brower	打开波形浏览器对话框
Calculator	打开计算器
Table	显示图表显示对话框

表 2.10 菜单选项 Help 具体功能描述

菜单选项 Help	功能描述
Help	获取帮助文档
Shortctr Keys	显示所有菜单命令中的快捷键
About WaveScan	显示 WaveScan 有关文档

2.4.7 波形计算器介绍

波形计算器"Waveform Calculator"是 Cadence Spectre 中自带的一个科学计算器，通过波形计算器可以实现对输出波形的显示、计算、变换和管理，主要具有以下功能：

1）可以通过波形计算器以文本或者波形的形式显示仿真输出结果。

2）可以在波形计算器中创建、打印和显示包含带表达式的仿真输出数据。

3）在缓存中输入包含节点电压、端口电流、直流工作点、模型参数、噪声参数、设计变量、数学公式以及算法控制变量的表达式。

4）把缓存中的内容保存在存储器中，并可以把存储器中保存的内容重新读入缓存中。

5）把存储器中的内容保存到文件中，并可以把文件中保存的内容重新读入存储器中。

典型的波形计算器窗口如图 2.21 所示。

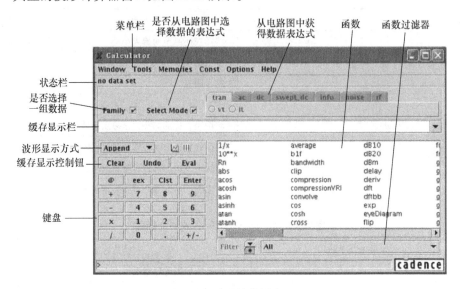

图 2.21　波形计算器窗口

有以下 3 种方法可以启动波形计算器。

1）在波形显示窗口选择 Tools→Calculator。

2）在 CIW 窗口中选择 Tools→Analog Environment→Calculator。

3）在 "Analog Design Environment" 窗口中选择 Tools→Calculator。

波形计算器功能介绍如下：

波形计算器最基本的功能之一就是可以在多个仿真结束之后，分类显示仿真的输出结果。如图 2.22 显示了波形计算器中常用的电路图表达式按键，这些按键已经按照仿真类型进行了分类。例如，在运行了瞬态仿真后，需要从电路图中获得节点电压的仿真数据，则在电路图表达式按键中首先选中 "tran" 选项，之后从 "tran" 子选项里选择 "vt"，然后在电路图中选择相应的节点，即可获得输出结果波形。表 2.11 所示为各个表达式按键子选项获取的数据类型。

利用表达式按键在电路图中获得需要的数据的操作步骤如下：

1）仿真结束后，打开波形计算器窗口。

2）选择合适的电路表达式按键，并单击，使其保持选中状态。

3）从电路表达式按键中选择要进行观测的子选项，用箭头在电路图窗口中选择要观测的连线、节点或器件，显示仿真结果。

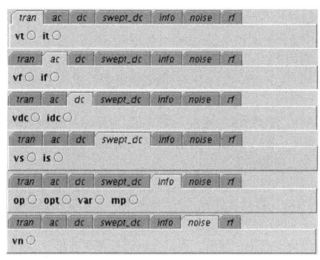

图 2.22　波形计算器中常用的表达式按键

表 2.11　表达式按键子选项获取的数据类型

表达式按键	获取的数据类型	表达式按键	获取的数据类型
vt	瞬态仿真节点电压	iv	瞬态仿真端口电流
vf	交流节点电压	if	交流端口电流
vdc	直流工作点节点电压	idc	直流工作点端口电流
vs	直流扫描节点电压	is	直流扫描端口电流
op	直流工作点	opt	瞬态工作点
var	设计变量	mp	模型参数
vn	噪声电压		

4）完成数据获得后，在电路图窗口保持激活的状态下，按"Esc"键，退出数据获取模式。

波形计算器还可以以文本的形式输出缓存中表达式的值。单击波形计算器中部的" " 按钮，可把缓存中表达式的值以列表的形式输出。

单击" " 按钮后，"Display Results" 窗口将弹出，如图 2.23 所示。单击"OK"按钮后将按照 "Display Results" 窗口中的设

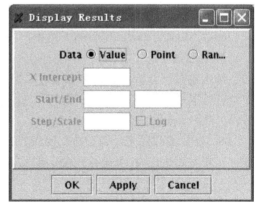

图 2.23　文本显示"Display Results"窗口

置，选择性地将缓存中表达式的值以列表的形式在 "Results Display Window" 窗口中输出。

Data 选项功能如下：

1）若在 "Data" 中选择 "Value"，则表示将缓存中表达式在横纵坐标轴上所有的值都显示。

2）若在 "Data" 中选择 "Point"，那么 "Display Results" 窗口中的 "X Intercept" 栏将被激活，输入要观测的横轴 "X" 轴点，将显示缓存中表达式在该栏中所填入的坐标点上的数据值。

3）若在 "Data" 中选择 "Range"，"Display Results" 窗口中的 "Start/End" "Step/Scale" 和 "Log" 窗口被激活。在 "Start/End" 中填入坐标轴上的起始点和结束点，从而确定要观测的输出范围。

波形计算器最重要的一个功能，就是可以通过调用波形计算器中的数学表达式对输出数据进行计算和输出。这里介绍一下列表中的一些基本函数。

1. 简单函数（见表 2.12）

表 2.12 简单函数列表

函数	功能	函数	功能
mag	取信号幅度	exp	e^x
phase	取信号相位	10 * * x	10^x
real	取实部	x * * 2	x^2
imag	取虚部	abs	取绝对值
ln	取自然对数	int	取整
log10	以 10 为底取对数	1/x	取倒数
dB10	对功率表达式取 dB 值	sqrt	$x^{1/2}$
dB20	对电压电流取 dB 值		

2. 三角函数

函数列表中有完整的三角函数，包括 sin、asin、cos、acos、tan、atan、sinh、asinh、cosh、acosh、tanh 和 atanh，这里不再赘述。

3. 特殊函数

特殊函数对于分析仿真结果有很大的帮助。通过选择特殊函数，我们可以对输出信号进行取平均值、3dB 带宽等计算，下面对这些函数分别进行介绍。

（1）"average" 函数

"average" 函数用来计算整个仿真范围内波形的平均值。"average" 的定义是在范围 x 内对表达式 $f(x)$ 进行积分，然后除以范围 x。例如，如果 $y = f(x)$，那么 $\text{average}(y) = \dfrac{\int_a^b f(x)\,\mathrm{d}x}{b-a}$。其中 b 和 a 是窗口中设置的 "to" 和 "from"，代表仿

真范围起始和结束值。

（2）"bandwidth" 函数

"bandwidth" 函数计算仿真输出信号的带宽。具体操作步骤如下：

1）将要观测的节点电压表达式获取到缓存中。

2）在函数窗口中单击 "bandwidth" 函数。然后函数窗口将变为如图 2.24 所示的窗口。

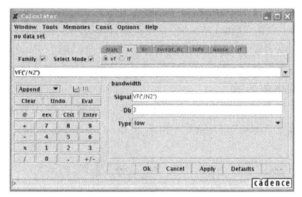

图 2.24　"bandwidth" 窗口

在 "bandwidth" 窗口中：

"Signal" 栏中填入的是需要处理的节点电压表达式。

"Db" 栏填入的是我们要观测增益下降多少 dB 时的电路带宽，数据采用"dB" 模式。

"Type" 下拉菜单中，有 3 个选项："low" 为计算低通模式下的带宽；"high" 为计算高通模式下的带宽；"band" 为计算带通模式下的带宽。

3）单击 "OK" 按钮，完成对 "bandwidth" 函数的设置。

4）单击 "▦" 按钮，输出带宽值。

（3）"deriv" 函数

"deriv" 函数用来对缓存中的表达式求微分。在函数窗口中选择 "deriv" 函数，然后单击波形显示按钮 "⟡" 输出微分后的表达式波形。

（4）"gainBwProd" 函数

"gainBwProd" 函数计算表达式的增益带宽积。它要求 "Calculator" 缓存中的表达式是一个频率响应，并且拥有足够大的频率扫描范围。增益带宽积通过如下的公式计算：

$$\text{gainBwProd(gain)} = A_0 f_2$$

式中，A_0 是直流增益；f_2 是增益大小为 $1/(2^{1/2})$ 时的最小频率。

（5）"gainMargin" 函数

"gainMargin" 函数给出缓存中的频率响应表达式相移为 180° 时的增益大小

（dB 值）。

（6）"phaseMargin" 函数

"phaseMargin" 函数可以计算缓存中表达式的相位裕度，但是要求表达式是一个频率响应。

（7）"integ" 函数

"integ" 函数对 "Calculator" 缓存中的表达式对 X 轴上的变量进行定积分。积分结果是波形曲线在规定范围内和 X 轴所包围的范围。在 "integ" 函数设置对话框中 "Initial Value" 和 "Final Value" 中表示定积分的开始和结束值。上述两个值必须同时定义，或者都不定义。当没有限定积分范围时，"integ" 函数将自动将积分范围设置为整个扫描范围。

4. 最大值、最小值函数

波形计算器中有求最大值和最小值的函数，分别针对 X 轴和 Y 轴上的数据，这些函数为 "xmax" "xmin" "ymax" 和 "ymin"。

2.5　Spectre 库中的基本器件

在进行电路图绘制时，会经常用到各种器件和信号源。通常我们在设计中用到的器件模型都是晶圆厂提供的工艺库模型，但在 Cadence Spectre 自带的库中也提供了一些理想的器件和激励源。我们可以通过调用这些模型来进行初步的仿真设计，本节就分类介绍 Cadence Spectre 自带库中 analogLib 中的各种器件和信号源。

2.5.1　无源器件

无源器件包括电容、电感和电阻，进行电路设计时这些器件必不可少，也是非常重要的器件，如果进行简单仿真，analogLib 中的这些器件参数设置中不需要指定模型名称，这时这些器件将表现为理想器件，直接在属性中对其进行赋值。如果需要根据具体工艺详细仿真，则可以在器件参数设置中，根据工艺库中的电阻、电容、电感模型定义这些器件，如下所示。

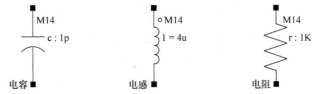

电容　　　　　　　　　　电感　　　　　　　　　　电阻

2.5.2　有源器件

analogLib 中的有源器件主要包括 PMOS、NMOS 和 PNP 三类，如下所示。这 3 类有源器件在仿真时需要在模型名称（Model Name）一栏根据不同的工艺库模型中的定义来指定模型名称，并输入相应的宽长比。例如，在中芯国际 0.18μm 工艺中，将 NMOS 模型定名为 n18，PMOS 管模型定名为 p18，PNP 型晶体管则为

pnp18，电路中模型为空则不能进行仿真。

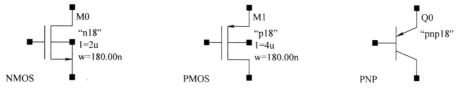

2.5.3　信号源

analogLib 中激励源包括脉冲信号、分段信号、指数信号、正弦信号等。这些信号源都是以电压形式给出的，也可使用电流形式的激励源。

1. 脉冲源"vpulse"

"vpulse"源用于产生周期性方波。在 CMOS 模拟电路设计中，可用于 MOS 管开关的控制信号，也可用来表示电源上电或者电源跳变过程等。打开"vpulse"的参数列表，如图 2.25 所示。该参数列表包括"Property"和"CDF Parameter"。其中"Property"部分在从"analogLib"中选中信号源后由系统自动填写。表 2.13 中给出了主要参数的名称、定义和单位。

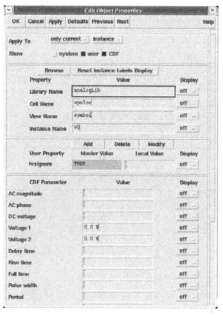

图 2.25　"vpulse"的参数列表

表 2.13   脉冲源主要参数的名称、定义和单位

参数	定义	单位
Voltage1	初始电压	V
Voltage2	脉冲电压	V
Delay time	开始延迟时间	s
Rise time	上升时间	s
Fall time	下降时间	s
Pulse width	脉冲宽度	s
Period	周期	s

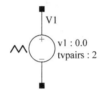

2. 分段源 "vpwl"

设计者常常需要自己定义线性分段波形，分段源 "vpwl" 允许设计者能够定义任意分段时刻和该时刻的电压值。该信号源的设置参数和 "vpulse" 信号基本相同。在表 2.14 中给出了主要参数的名称、定义和单位，"vpwl" 最多可设置 50 个转折点。

表 2.14   分段源主要参数的名称、定义和单位

参数	定义	单位
Number of pairs of points	转折点数目	
Time1	第一个转折点时间	s
Voltage1	第一个转折点电压	V
Time2	第二个转折点时间	s
Voltage2	第二个转折点电压	V
Time3	第三个转折点时间	s
Voltage3	第三个转折点电压	V

3. 正弦源"vsin"

正弦信号是瞬态仿真中最常用的信号（见表 2.15）。在该信号的参数中，"Damping factor"的单位是 1/s。正弦信号也是在交流小信号分析（AC Analysis）中重要的激励源。设计者需要区别的是瞬态信号激励和交流信号激励不同的含义。

表 2.15　正弦源主要参数的名称、定义和单位

参数	定义	单位
Amplitude	正弦波幅度	V
Frequency	正弦波频率	Hz
Delay time	延迟时间	s
Damping factor	阻尼因子	1/s

4. 信号源"vsource"

"vsource"激励源是一种通用型电压源，可以用于完成上述所有激励源的功能。在信号源属性中"source type"的菜单中选择所需的激励源即可，同时按前述的方式填写各激励源的关键参数。

2.6　低压差线性稳压器的设计与仿真

Cadence Spectre 是一个图形化的模拟集成电路设计工具，在上一节中我们介绍了 Spectre 环境下各个设计窗口的基本功能和菜单选项。基于这些学习内容，本节主要以一个低压差线性稳压器（Low - DropOut regulator，LDO）为例，介绍利用 Spectre 进行 CMOS 模拟集成电路设计的流程和方法。

低压差线性稳压器作为基本供电模块，在模拟集成电路中具有非常重要的作用。电路输出负载变化、电源电压本身的波动对集成电路系统性能的影响非常大。因此 LDO 作为线性稳压器件，经常用于对性能要求比较高的系统中。

进行仿真的 LDO 电路如图 2.26 所示，主要分为 4 个部分，从左至右依次为误差放大器、缓冲器、反馈/相位补偿网络和调整晶体管。LDO 电路设计时采用 0.13μm CMOS 工艺，电源电压 V_{dd} 为 3.3V，输出端 V_{out} 产生 3V 电压。仿真内容包括稳定性仿真和电源抑制比仿真两部分。

确定设计使用的工艺和电路目标后，就可以进行电路设计和仿真了。

1）在命令行输入"icfb &"，运行 Cadence Spectre，弹出命令行窗口，如图 2.27 所示。

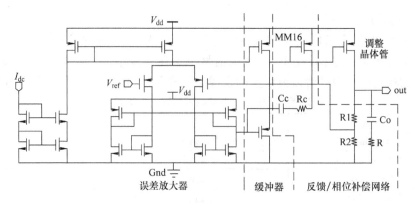

图 2.26 采用的 LDO 电路图

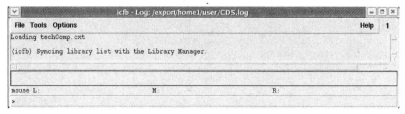

图 2.27 弹出命令行窗口

2）接着建立设计库，在命令行窗口的工具栏中选择 File→New→Library 命令，弹出 "New Library" 对话框，如图 2.28 所示，输入 "LDO_EDA"，并选择 "At-

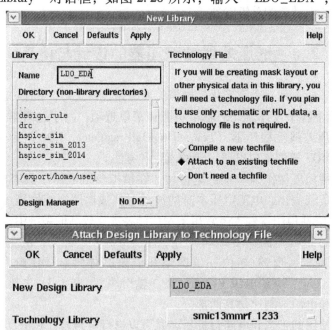

图 2.28 建立设计库并关联至工艺库文件

tach to an existing techfile", 单击 "OK" 按钮; 在弹出的 "Attach Design Library To Technology File" 对话框中, 选择并关联至 SMIC13 工艺库文件。

3) 选择 File→New→Cellview 命令, 弹出 "Create New File" 对话框, 输入 "LDO _ EDA", 如图 2.29 所示, 单击 "OK" 按钮, 此时原理图设计窗口自动打开。

4) 在电路图编辑器窗口中, 选择左侧工具栏中的 "Instance", 从工艺库 "simc13mmrf" 中调用 NMOS n33、PMOS p33、电容 "MIM" 和电阻 "rhrpo", 按键盘 "Q" 键在属性对话框为各个元件设置宽长比, 再选择 "Pin"

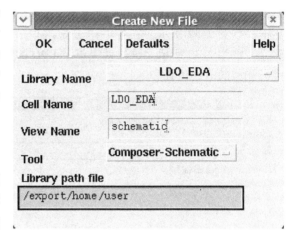

图 2.29 建立原理图单元

和 "Wire (narrow)" 按钮将元件连接起来, 如图 2.30 所示, 建立 LDO 电路。为了方便地进行稳定性仿真, 我们先将 LDO 的反馈回路断开, 分别设置为节点 fb 和 outfb。在实际工作的电路中, 这两个节点需要连接起来才能保证 LDO 正常工作。

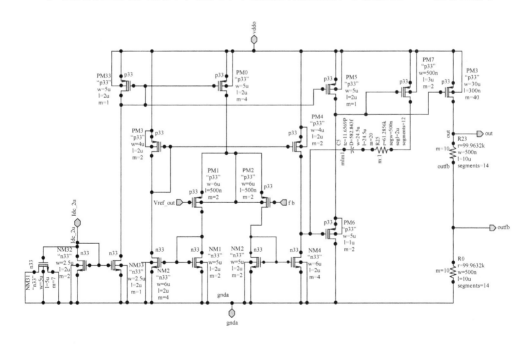

图 2.30 LDO 电路

5）为了方便地对运放进行调用，还需要为 LDO 建立一个 Symbol，从工具栏中选择 Design→Create Cellview→From Cellview 命令，弹出 "Cellview From Cellview" 对话框，单击 "OK" 按钮，如图 2.31 所示，跳出 "Symbol Generation Options" 对话框，如图 2.32 所示，在各栏中分配端口后，单击 "OK" 按钮，完成 Symbol 的建立，如图 2.33 所示。这样就完成了 LDO 的电路图建立，下面就可以调用该电路进行相应的电路仿真。

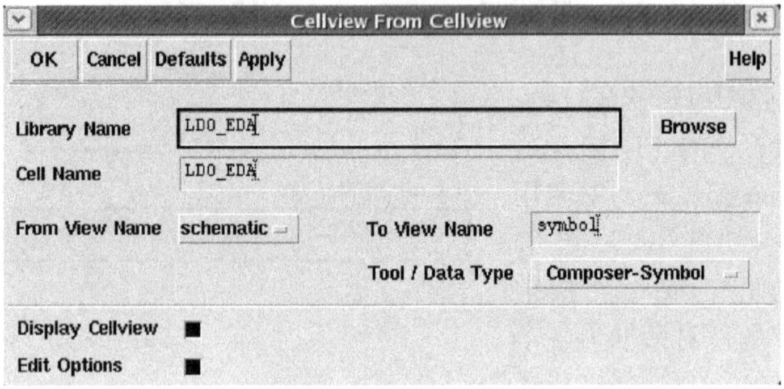

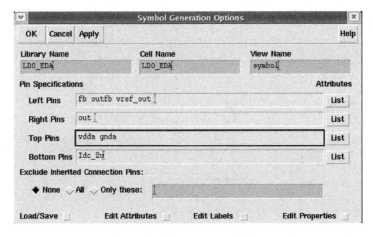

图 2.31 建立 "Symbol"

图 2.32 分配 "Symbol" 端口

1. 稳定性仿真

对 LDO 进行稳定性仿真，就是对 LDO 进行相位裕度的仿真，通常要保证 LDO 具有 60°以上的相位裕度，才能保证其具有稳定的工作状态。

1）首先我们需要为 LDO 建立一个稳定性仿真电路，在命令行窗口工具栏中选择 File→New→Cellview 命令，弹出 "Creat NewFile" 对话框，输入 "LDO_stb_test"，单击 "OK" 按钮，此时原理图设计窗口自动打开。选择左侧工具栏中的

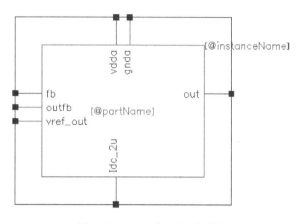

图 2.33 LDO "Symbol" 图

"Instance" "Pin" 和 "Wire（narrow）" 建立 LDO 稳定性仿真电路，如图 2.34 所示。其中理想电压源 vdc 和电容 cap（10nF）来自 analogLib 库。在原理图中选中理想电压源 vdc，按 "Q" 键，设置理想电压源 "vdc" 为交流小信号，在 "AC magnitude" 栏中输入幅度为 "1V"，在 "AC phase" 栏中输入相位为 "0"，直流电压 "DC voltage" 幅度为 "0V"，如图 2.35 所示。

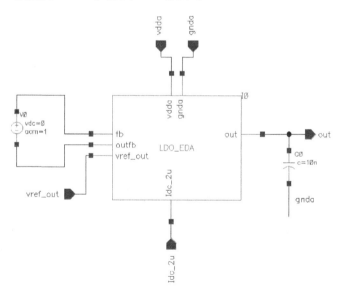

图 2.34 LDO 稳定性仿真电路

2）在完成电路原理图设计后，在原理图工具栏中选择 "Check and Save" 对电路进行检查和保存，再选择 Tools→Analog Environment 命令，弹出 "Analog Design Environment" 对话框，在工具栏中选择 Setup→Stimuli 为该测试电路设置输入

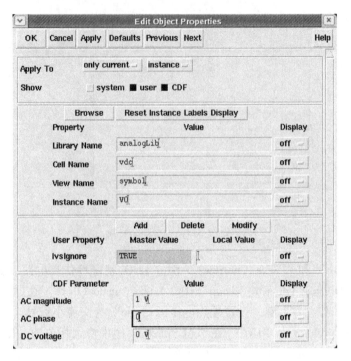

图 2.35 设置理想电压源"vdc"

激励，设置电源电压"vdda"为 3.3V，地"gnda"为"0"，参考电压"vref _ out"为"1.27V"，偏置电流"Idc _ 2u"为"-2μA"，其中负号表示电流是从电源流向节点。之后在工具栏中选择 Setup→Model Librarise，设置工艺库模型信息和工艺角，如图 2.36 所示。

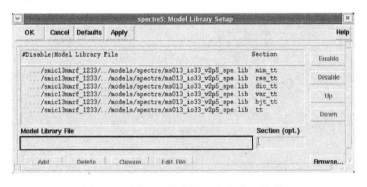

图 2.36 设置工艺库模型信息和工艺角

3）选择 Analyses→Choose 命令，弹出对话框，选择"stb"进行稳定性仿真，在"Start"和"Stop"栏中分别输入 ac 扫描开始频率"1"和结束频率"20M"，在"Sweep Type"中选择默认的"Automatic"，在"Probe Instance"单击"Select"按

钮，在原理图中选择理想电压源 vdc，如图 2.37 所示，单击"OK"按钮，完成设置。

4）选择 Stimulation→Netlist and Run 命令，开始仿真。仿真结束后，选择 Results→Direct Plot→Main Form 命令，弹出对话框如图 2.38 所示，在对话框中选择"Loop Gain"，stb 仿真结果显示如图 2.39 所示，可见相位裕度为 94.5558°（负号可以忽略），满足大于 60°的要求。这样就完成了 LDO 的稳定性仿真。

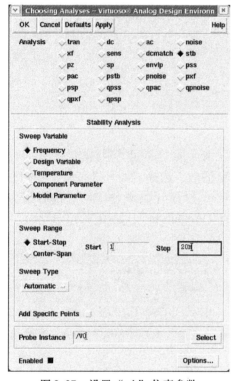

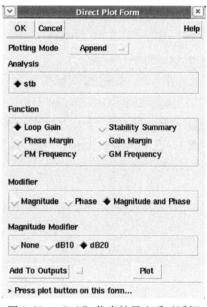

图 2.37　设置"stb"仿真参数　　　　图 2.38　"stb"仿真结果查看对话框

2. 电源抑制比仿真

1）为了进行 LDO 的电源抑制比仿真，首先在命令行窗口工具栏选择 File→New→Cellview 命令，弹出"Creat New File"对话框，输入"LDO _ psrr _ test"，单击"OK"按钮，此时原理图设计窗口自动打开。选择左侧工具栏中的"Instance""Pin"和"Wire（narrow）"，建立 LDO 的电源抑制比仿真电路如图 2.40 所示。其中要将 fb 和 outfb 两个端口相连。

2）建立好电路图后，在原理图窗口中，选择 Tools→Analog Environment 命令，弹出"Analog Design Environment"对话框，在工具栏中选择 Setup→Stimuli，为该测试电路设置输入激励，设置电源电压"vdda"为交流小信号，在"AC magnitude"栏中输入幅度为"1"，在"AC phase"栏中输入相位为"0"，直流电压"DC voltage"为 3.3V，如图 2.41 所示。再设置地"gnda"为"0"，参考电压"vref _ out"为"1.27V"，偏置电流"Idc _2u 为"−2μA"。之后在工具栏中选择

Setup→Model Librarise，设置工艺库模型信息和工艺角。

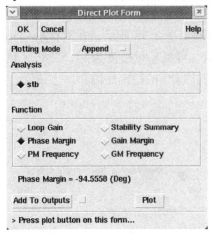

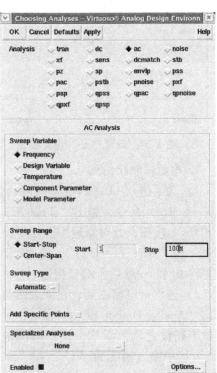

图 2.39　稳定性仿真结果　　　　　　图 2.40　LDO 电源抑制比仿真电路

3）选择 Analyses→Choose 命令，弹出对话框，选择"ac"进行交流小信号仿真，在"Start"和"Stop"栏中分别输入 ac 扫描开始频率"1"和结束频率"100M"，在"Sweep Type"中选择默认的"Automatic"，如图 2.42 所示，单击"OK"按钮，完成设置。

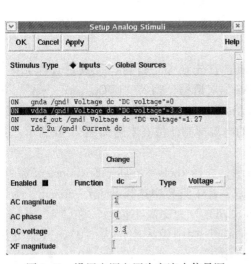

图 2.41　设置电源电压为交流小信号源　　　　图 2.42　设置交流小信号仿真

4）选择 Stimulation→Netlist and Run 命令，开始仿真。仿真结束后，选择 Results→Direct Plot→Main Form 命令，弹出对话框，选择"dB20"选项，显示箭头单击输出端"out"的连线，在仿真结果输出框中，选择 Marker→Place→Trace Marker 命令，可以对输出波形进行标注，如图 2.43 所示。可见 LDO 在 98.99kHz 时的电源抑制比为 −88.81dB，这样就完成了 LDO 的电源抑制比仿真流程。

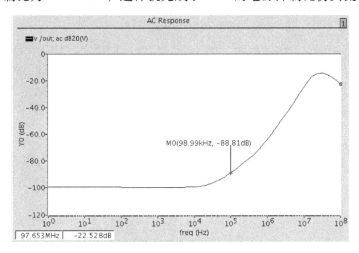

图 2.43　标注后的电源抑制比仿真结果

2.7　高阶仿真功能与实例

Spectre 可以进行 FFT 分析与蒙特卡洛分析等高阶仿真，这些仿真功能在分析信号的频谱与偏差中具有很好的应用，本书对这两种功能的使用方法进行介绍。

2.7.1　FFT 仿真

对于一些特定的电路来说，无法仅通过静态仿真来判断其功能是否达标，因此还需要进行动态仿真，通过 FFT 分析信号的频谱能很好地反映信号的特点，对信号功率进行清晰的表示。本节以栅压自举开关的仿真来举例说明，以 FFT 的结果来分析栅压自举开关的动态特性，栅压自举开关电路图如图 2.44 所示，开关符号图如图 2.45 所示。

1）首先，我们需要为栅压自举开关建立一个仿真电路，在命令行窗口工具栏选择 File→New→Cellview 命令，弹出"Creat New File"对话框，输入"switch_fft_test"，单击"OK"按钮，此时原理图设计窗口自动打开。按键盘上的"I"键弹出对话框，单击"Browse"按钮调入栅压自举开关的符号图，调入 analogLib 的理想电压源 vdc、vsin、vpulse、电容 cap（3p）以及 vdd 和 gnd，连接成如图 2.46 所

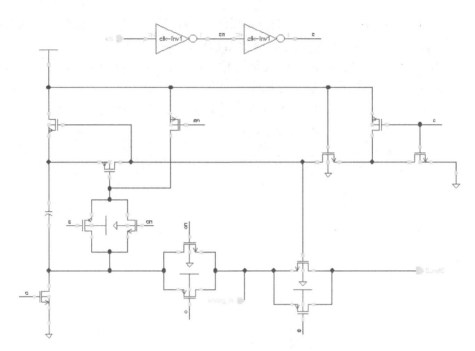

图 2.44　栅压自举开关电路图

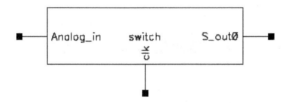

图 2.45　栅压自举开关符号图

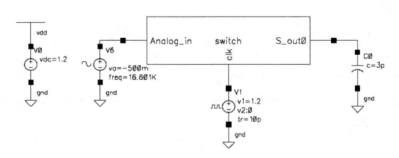

图 2.46　FFT 仿真电路图

示的 FFT 仿真电路图，单击调入的器件，按 "Q" 键可以调节器件的参数，由 $Fin = (M/N) \cdot Fs$，选取 1024 个点做 FFT，即 $N = 1024$，为防止重复采样，选择质

数 M = 17，经验证 M 与 N 互质，满足 FFT 算法，Fs 为 1MHz，输入信号频率 Fin =
16.601kHz，仿真时间设置 1100μs。所以如图所示设置 vdc 为 1.2V。设置 vsin 参数
如图 2.47 所示，设置频率为 16.601kHz。设置 vpulse 参数如图 2.48 所示，设置频
率为 1MHz，占空比为 90%。

CDF Parameter	Value	Display
First frequency name		off
Second frequency name		off
Noise file name		off
Number of noise/freq pairs	0	off
DC voltage	500.0m V	off
AC magnitude		off
AC phase		off
XF magnitude		off
PAC magnitude		off
PAC phase		off
Delay time	0 s	off
Offset voltage		off
Amplitude	-500m V	off
Initial phase for Sinusoid		off
Frequency	16.601K Hz	off
Amplitude 2		off
Initial phase for Sinusoid 2		off
Frequency 2		off

OK　Cancel　Apply　Defaults　Previous　Next　Help

图 2.47　设置 vsin 参数

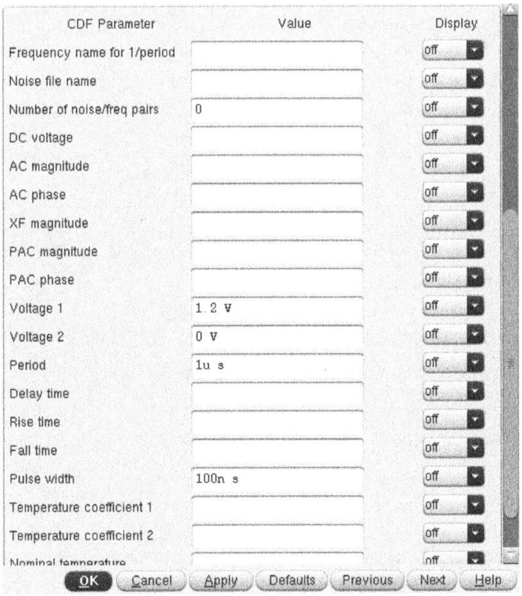

CDF Parameter	Value	Display
Frequency name for 1/period		off
Noise file name		off
Number of noise/freq pairs	0	off
DC voltage		off
AC magnitude		off
AC phase		off
XF magnitude		off
PAC magnitude		off
PAC phase		off
Voltage 1	1.2 V	off
Voltage 2	0 V	off
Period	1u s	off
Delay time		off
Rise time		off
Fall time		off
Pulse width	100n s	off
Temperature coefficient 1		off
Temperature coefficient 2		off
Nominal temperature		off

OK　Cancel　Apply　Defaults　Previous　Next　Help

图 2.48　设置 vpulse 参数

2）在完成仿真电路设计以后，在电路图工具栏中选择 "Check and Save" 对电路进行检查和保存，再选择 Launce→ADE L 命令，弹出窗口。在工具栏中选择 Setup→Model Libraries 命令，设置工艺库模型信息和工艺角（一般来说工艺库自动添加，需要打开确认），如图 2.49 所示。

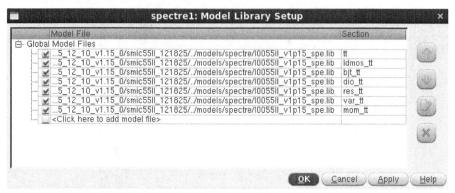

图 2.49　设置工艺库模型信息和工艺角

3）对电路进行瞬态仿真。选择 Analyses→Choose 命令，弹出对话框，选择 "tran" 进行瞬态仿真。设置 Stop Time 为 1.1m，单击 "OK" 按钮，完成设置（见图 2.50）。选择 Outputs→To Be Plotted→Select On Design 命令，弹出电路图，在电路图中选择需要的导线。如图 2.51 所示，完成设置。

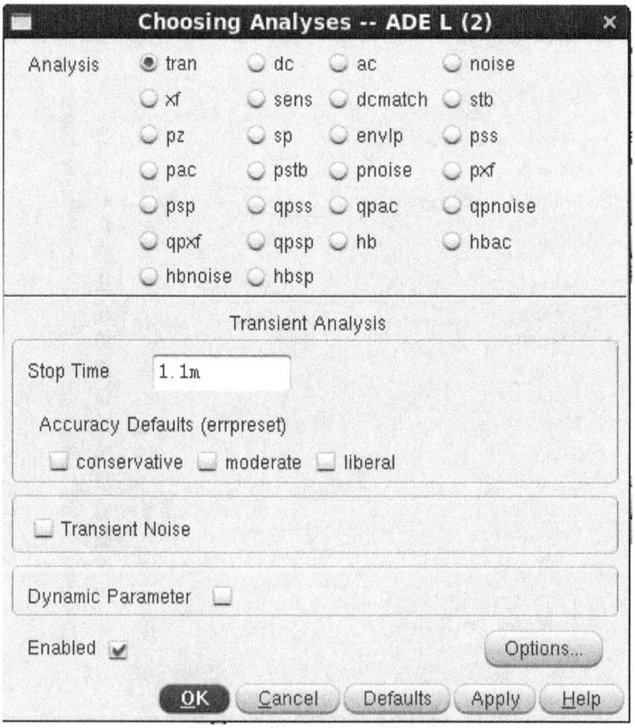

图 2.50　设置 "tran" 仿真参数

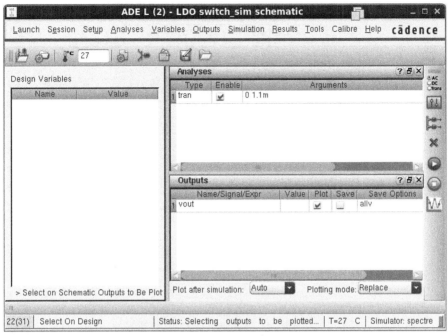

图 2.51 ADE L 窗口

4）选择 Simulation→Netlist and Run 命令，进行仿真，得到仿真结果如图 2.52 所示。选择 vout 曲线，选择 Measurements→Spectrum 命令，弹出对话框。如图 2.53 所示，设置取点的起始和结束时间，设置取点数量，选择"Hanning"，单击"S"按钮确定 Star/End Freq，单击"Plot"按钮就可以得到仿真结果。图 2.53 显示 ENOB 为 12.664892，SNR 为 78.00，SFDR 为 80.34。图 2.54 为 FFT 仿真结果。

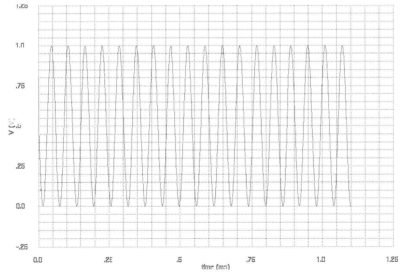

图 2.52 仿真结果

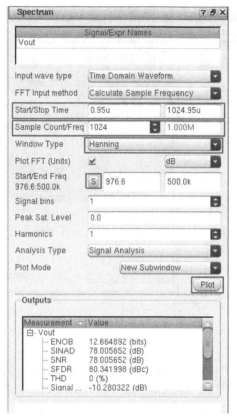

图 2.53 设置"Spectrum"参数

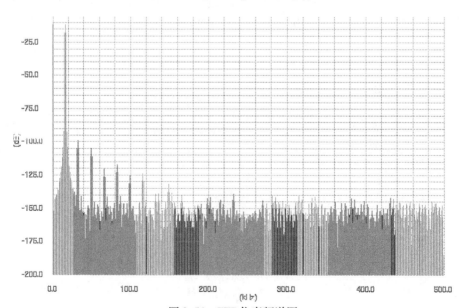

图 2.54 FFT 仿真频谱图

2.7.2 Monte Carlo 仿真

Monte Carlo 分析是一种器件参数变化分析，使用随机抽样统计来估算数学函数的计算方法。它需要一个良好的随机数源。这种方法往往包含一些误差，但是随着随机抽取样本数量的增加，结果也会越来越准确。

如图 2.55 所示，矩形框四个角和中心表示 5 个不同工艺角的覆盖范围，而灰色填充表示用 Monte Carlo 分析得到的实际电路工艺偏差（一般满足高斯分布）。从图 2.55 中可以看出，满足工艺角变化的范围不一定能完全满足覆盖实际工艺角变化范围，因此要用 Monte Carlo 分析得到工艺角变化的概率，以得到电路的良率。

Monte Carlo 分析是基于统计分析，需要 Foundry 提供关于工艺变化分布概率，因此首先需要检查工艺文件是否支持 Monte Carlo 分析。仿真前，更改对应的器件模型 section。如 SMIC 55nm 下的 MOS 管为 mis_ckt。

进行 Monte Carlo 分析首先需要搭建基本仿真电路，如 tran 仿真，这里以比较器为例。

图 2.55　工艺角覆盖范围图

1）仿真电路搭建。与前面类似，在 Cadence 中建立 Schematic 电路图（应用 mis_ckt 型号的 MOS 管），并搭建仿真电路，如图 2.56 所示。

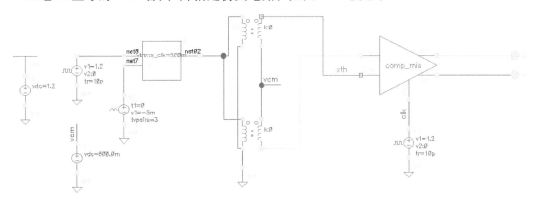

图 2.56　Monte Carlo 仿真电路图

2）建立瞬态仿真。与前面介绍瞬态仿真一样，这里打开 ADE 窗口设置 200μs 的瞬态仿真时间，如图 2.57 所示。需要注意的是，由于 Monte Carlo 仿真与普通仿真用到的 Model Libraries 的 Section 不一致，需要将其改为带_mc 结尾的 Section，如图 2.58 所示。

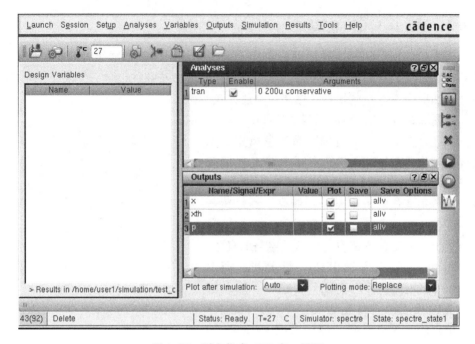

图 2.57　瞬态仿真 ADE 窗口设置

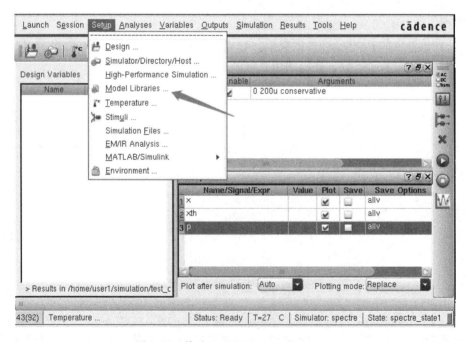

图 2.58　修改 Model Libraries 的 Section

Model File	Section
□ Global Model Files	
☑ ..._12_10_v1.15_0/smic55ll_121825/../models/spectre/l0055ll_v1p15_spe.lib	mos_mc
☑ ..._12_10_v1.15_0/smic55ll_121825/../models/spectre/l0055ll_v1p15_spe.lib	bjt_mc
☑ ..._12_10_v1.15_0/smic55ll_121825/../models/spectre/l0055ll_v1p15_spe.lib	res_mc
☑ ..._12_10_v1.15_0/smic55ll_121825/../models/spectre/l0055ll_v1p15_spe.lib	mom_mc
□ <Click here to add model file>	

图 2.58　修改 Model Libraries 的 Section（续）

3）打开 ADE XL 设置 Mento Carlo 仿真。如图 2.59 所示，打开 ADE XL，打开之后如图 2.60 所示，单击箭头所指处选择 Monte Carlo Sampling。

单击图 2.61 中箭头处带齿轮图标调出 Monte Carlo 设置界面。

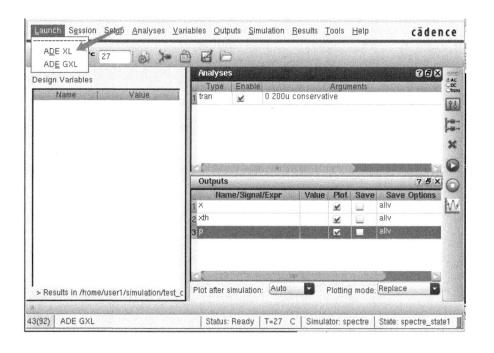

图 2.59　选择 Launch 打开 ADE XL

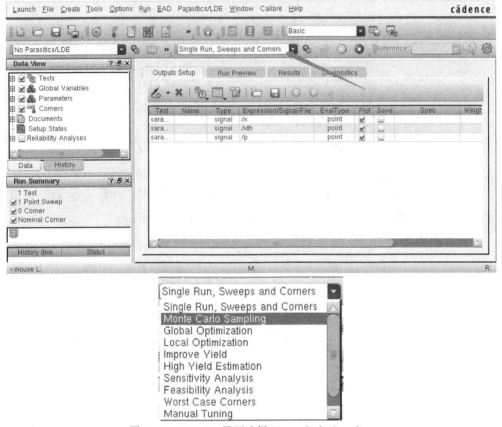

图 2.60　ADE XL 界面选择 Monte Carlo Sampling

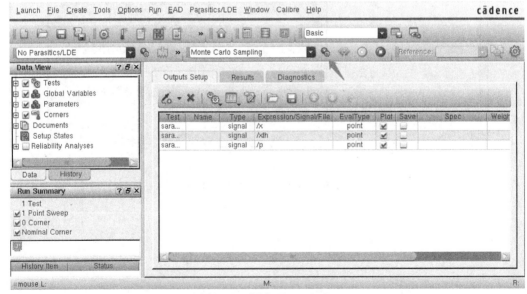

图 2.61　调出 Monte Carlo

Monte Carlo 设置界面如图 2.62 所示，Statistical Variation 可选择随机误差来源，Number of Points 是随机抽取样本数量，Results Database Save Options 根据 Statistical Variation 来选择，选择哪种就保存哪种。Monte Carlo Seed 是随机数种子，这保证了仿真可重复，相同的 Seed 可以保证每次生成的随机是相同的。最下面的 Specify Instances/Devices（Not Specified）可以设置对特定器件的 Monte Carlo 仿真。

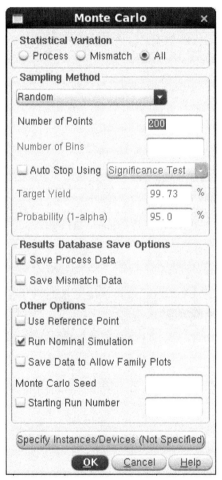

图 2.62　Monte Carlo 设置界面

4）仿真。仿真设置好之后单击图 2.63 中圆形图标开始仿真，需要注意的是对仿真结果需要选择 Save，仅仅选择 Plot，仿真结束会出现不出波形的情况。

仿真开始后，会自动跳到 Results 界面，单击图 2.64 中的 Yield，选择 Detail，得到如图 2.65 所示的界面，表明仿真在进行中，待仿真结束之后单击 Replace 左边的图形，可以将仿真结果 Plot 出来，这里得到的结果是所设置的失配总数所对应的仿真结果，能够直观地看出不同失配条件对应的不同的电路表现结果，如要对仿真数据进行系统的分析，则需要将仿真文件夹中的 psf 文件导出，应用 MATLAB 等工具处理数据。

Launch File Create Tools Options Run EAD Parasitics/LDE Window Calibre Help
cadence
Basic
No Parasitics/LDE
Monte Carlo Sampling
Reference:
Data View
Tests
Global Variables
Parameters
Corners
Documents
Setup States
Reliability Analyses
Data
History
Run Summary
1 Test
1 Point Sweep
0 Corner
Nominal Corner
History Item
Status
Outputs Setup
Results
Diagnostics
Test Name Type Expression/Signal/File EvalType Plot Save Spec Weigt
sara... signal /x point
sara... signal /xth point
sara... signal /p point
mouse L:
M:
R:
50(103) Move selected output up in the table

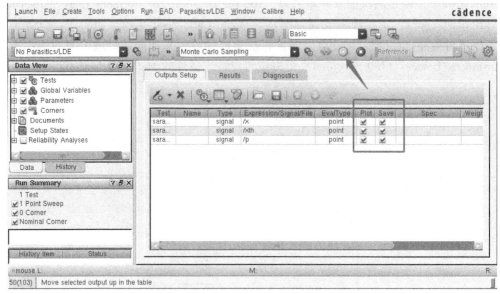

图 2.63 进行 Monte Carlo 仿真

Outputs Setup
Results
Diagnostics
Yield
Replace
Detail
Detail - Transpose
Status
Summary
Yield
Yield
Min
Confidence Level:
5nm_oa:test_comp_mis:1

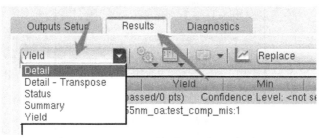

图 2.64 Monte Carlo 仿真开始之后的界面

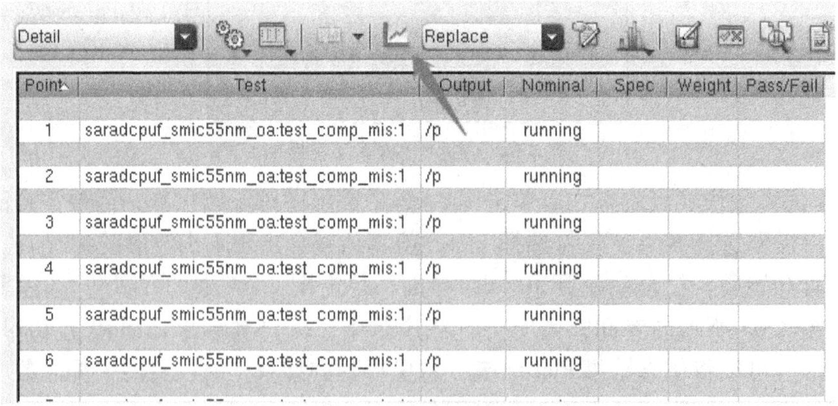

Detail
Replace
Point Test Output Nominal Spec Weight Pass/Fail
1 saradcpuf_smic55nm_oa:test_comp_mis:1 /p running
2 saradcpuf_smic55nm_oa:test_comp_mis:1 /p running
3 saradcpuf_smic55nm_oa:test_comp_mis:1 /p running
4 saradcpuf_smic55nm_oa:test_comp_mis:1 /p running
5 saradcpuf_smic55nm_oa:test_comp_mis:1 /p running
6 saradcpuf_smic55nm_oa:test_comp_mis:1 /p running

图 2.65 Monte Carlo 仿真进行中的界面

2.8　小　　结

本章主要对 Cadence Spectre 仿真环境进行了总体说明，包括 Spectre 软件的基本介绍和特点，以及 Spectre 的仿真设计方法、与其他 EDA 软件的连接。之后介绍了 Spectre 启动的配置和几个主要窗口，包括主窗口、设计库管理窗口、电路图编辑器窗口、模拟设计环境窗口、波形显示窗口和波形计算器，同时详细介绍了 analogLib 库中的基本器件和激励源。最后以一个 LDO 为例，介绍了使用 Cadence Spectre 进行电路图建立和仿真的基本流程，使读者对 Cadence Spectre 的操作有了进一步的认识和理解。

第3章 版图设计工具 Cadence Virtuoso

Cadence Virtuoso 模拟电路版图设计平台是一个全定制的设计平台，它内部集成的版图编辑器（Layout Editor）是业界标准的基本全定制物理版图设计工具，可以在多个工艺节点上完成层次化、自顶而下的定制版图设计。本章主要对 Virtuoso Layout Editor 的操作界面进行详细介绍，并以低压差线性稳压源作为实例讨论全定制版图设计的基本流程。

3.1 Virtuoso 界面介绍

为了使用 Cadence Virtuoso 设计工具，我们首先要启动 Cadence Spectre 的命令行窗口。具体操作在第 2 章中已经介绍过，即在命令行下通过键盘敲入命令：icfb &，此时 Cadence Spectre 的命令行窗口就会自动弹出，在命令行窗口工具栏中选择 Tools→Library Manager，如图 3.1 所示。

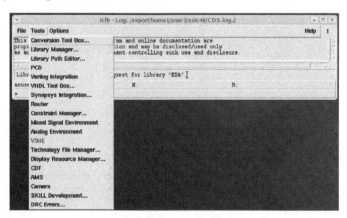

图 3.1　Cadence 命令行窗口

选中"Library Manager"选项后，弹出"Library Manager"窗口，如图 3.2 所示。

选中一个建立的设计库（图 3.2 中设计库为 EDA），在"Library Manager"窗口的工具栏中选择 File→New→Cell View，如图 3.3 所示。

此时弹出"Create New File"对话框，在"Cell Name"栏中填入名称（图 3.4 中为 test），再选择"Cell"类型为"Virtuoso"，如图 3.4 所示。最后单击"OK"按钮，弹出 Virtuoso Layout Editor 界面和层选择窗口（Layer Selection Win-

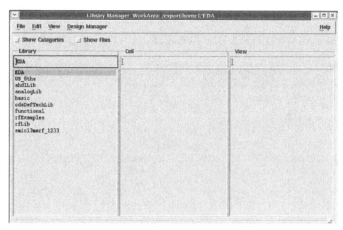

图 3.2　"Library Manager" 窗口

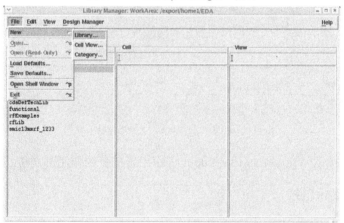

图 3.3　在 "Library Manager" 窗口的工具栏中选择 File→New→Cell View

dow，LSW），如图 3.5 所示。

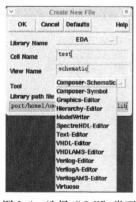

图 3.4　选择 "Cell" 类型
为 "Virtuoso"

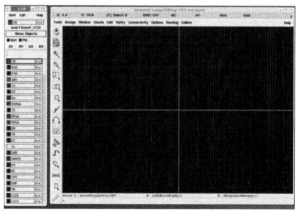

图 3.5　Virtuoso Layout Editor 界面和层选择窗口（LSW）

如图 3.6 所示，Virtuoso Layout Editor 界面包括窗口标题栏、状态栏、菜单栏、图标菜单、光标、指针、设计区域、鼠标状态栏以及提示栏。

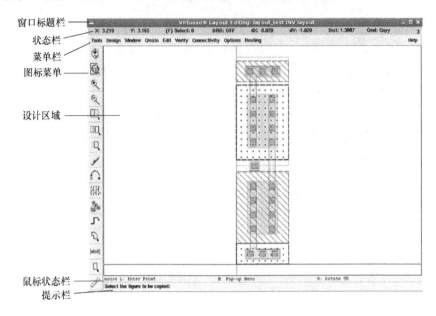

图 3.6　Cadence Virtuoso Layout Editor 界面

下面详细介绍 Virtuoso Layout Editor 界面中各部分的作用和功能。

3.1.1　窗口标题栏

窗口标题栏位于 Virtuoso Layout Editor 的顶端，如图 3.7 所示，主要提示用户获得以下信息：应用名称、库名称、单元名称以及视图名称。

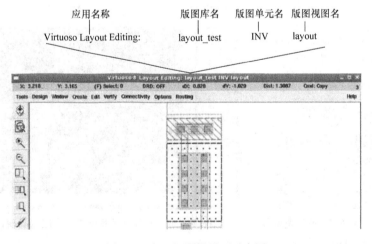

图 3.7　窗口标题栏界面示意图

3.1.2　状态栏

状态栏同样也位于 Virtuoso Layout Editor 的顶端，在窗口标题栏之下，如图 3.8 所示，主要提示版图设计者获得以下信息：光标坐标、选择模式、被选择目标的个数、当前光标坐标与参考坐标的差值、当前光标终点与参考位置的距离以及当前使用的命令。其中 X 和 Y 代表光标坐标；（F）代表选择模式，可以为全选或者部分选择模式；Select：0 代表被选择目标的个数；dX 和 dY 代表当前光标坐标与参考坐标的差值；Dist 代表当前光标终点与参考位置的距离；Cmd 代表当前使用的命令。

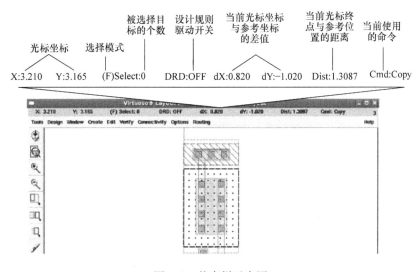

图 3.8　状态栏示意图

3.1.3　菜单栏

菜单栏在 Virtuoso Layout Editor 的上端，在状态栏之下，显示版图编辑菜单，版图设计者可以通过鼠标左键来选择菜单命令。菜单栏主要分为工具（Tools）、设计（Design）、窗口（Window）、创建（Create）、编辑（Edit）、验证（Verify）、连接（Connectivity）、选项（Options）和布线（Routing）共 9 个主菜单，如图 3.9 所示。同时每个主菜单包含若干个子菜单，版图设计者可以通过菜单栏来选择需要的命令以及子命令，其主要流程为：单击需要的主菜单，然后将指针指向想要选择的命令，最后再单击。需要说明的是，当菜单中某个命令是灰色（具有阴影的），那么此命令是不能单击进行操作的；当版图打开的状态为只读，或者被转换成只读状态时，修改版图的命令是不能操作的。下面详细说明各主菜单以及子菜单的主要功能以及完成的操作。

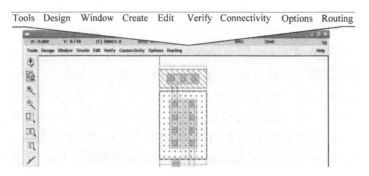

图 3.9 菜单栏示意图

1. Tools

工具菜单 Tools 主要完成内嵌工具的调用以及转换，主要包括 Abstract Editor、Analog Environment、Compactor、Dracula Interactive、Hierarchy Editor、Layout、Layout XL、Parasitics、Pcell、Simulation、Structure Compiler、Verilog XL、Virtuoso Preview 和 Voltage Storm。当选择工具菜单 Tools 下的工具后，返回版图设计工具，选择 Layout 工具选项。Tools 菜单功能见表 3.1。

表 3.1　Tools 菜单功能描述

Tools	
Abstract Editor	Abstract 产生编辑器
Analog Environment	模拟设计环境
Compactor	压缩编辑器
Dracula Interactive	版图验证工具 Dracula 交互界面
Hierarchy Editor	层次化编辑器
Layout	版图编辑器
Layout XL	版图自动布局布线器
Parasitics	寄生参数选项
Pcell	制作参数化单元
Simulation	调用仿真器
Structure Compiler	结构编译器
Verilog XL	Verilog 代码仿真工具
Virtuoso Preview	与 Abstract 工具一同使用
Voltage Storm	IR Drop 以及电迁移分析

2. Design

设计菜单 Design 主要完成当前单元视图的命令管理操作，主要包括 Save、Save As、Hierarchy、Open、Discard Edit、Make Read Only/Make Editable、Summary、

Properties、Set Default Application、Remaster Instances、Plot 和 Tap，每个菜单包括若干个子菜单，菜单功能见表 3.2。

表 3.2　**Design 菜单功能描述**

Design			
Save　　　　F2			保存版图
Save As			另存版图为
Hierarchy	Descend Edit		以编辑方式向下层
	Descend Read		以只读方式向下层
	Return		返回上一层次
	Return to level		返回到 N 层次（N 可选）
	Tree		以文本形式显示层次关系
	Edit in Place		就地编辑选项
	Refresh		刷新
Open			打开版图视图
Discard Edit			放弃编辑
Make Read Only/Make Editable			当前版图视图在只读和可编辑之间进行转换
Summary			对当前版图视图的所有信息进行汇总并示出
Properties　　　　Q			查看选中单元属性信息
Set Default Application			设置默认应用
Remaster Instances			将其中一版图升级到另外版图
Plot	Submit		提交打印信息
	Queue Status		查看队列状态
Tap　　　　t			单击图形后 LSW 自动选择该层

3. Window

窗口菜单 Window 主要完成当前单元视图的管理以及单元显示方式，主要包括 Zoom、Pan、Fit All、Fit Edit、Redraw、Area Display、Utilities、Create Ruler、Clear All Ruler、Show Selected Set、World View 和 Close。每个菜单包括若干个子菜单，菜单描述见表 3.3。

表 3.3　**Window 菜单功能描述**

Window			
Zoom	In	z	放大
	In by 2	^z	放大 2 倍
	To Grid	^g	放大至格点
	To Select Set	^t	对已选择的图形（组）放大
	Out by 2	Z	缩小为 1/2

（续）

Window			
Pan	tab		以原有视图大小中心显示版图视图
Fit All	f		最佳视图显示整体版图
Fit Edit	^x		显示整体版图
Redraw	^r		重新显示
Area Display		Set	设置显示区域
		Delete	删除设置显示区域
		Delete All	删除所有显示区域
Utilities		Copy Window	复制窗口
		Preview View	w	上一视图
		Next View	W	下一视图
		Save View	保存视图
		Restore View	恢复视图
Create Ruler	k		创建标尺
Clear All Ruler	K		清除标尺
Show Selected Set			显示所有被选中单元的信息
World View	V		全景显示版图
Close	^w		关闭窗口

4. Create

创建菜单 Create 主要完成在当前设计单元视图中插入新单元，此菜单需要单元视图处于可编辑模式，主要包括 Rectangle、Polygon、Path、Label、Instance、Pin、Pin From Labels、Contact、Device、Conics、Microwave、Layer Generation 和 Guard Ring。每个主菜单包括若干个子菜单，菜单描述见表 3.4。

表 3.4 Create 菜单功能描述

Create			
Rectangle	r		创建矩形
Polygon	P		创建多边形
Path	p		创建路径式连线
Label	l		创建标识
Instance	i		调用器件
Pin	^p		创建端口
Pin From Labels			将所有标识信息转换为端口信息
Contact	o		调用通孔/接触孔

（续）

Create			
Device			创建器件
Conics		Circle	创建圆形
		Ellipse	创建椭圆形
		Donut	创建环形
Microwave		Trl	创建传输线
		Bend	创建弯曲的连线
		Taper	创建逐渐变窄的连线
Layer Generation			产生新层操作
Guard Ring	G		创建保护环

5. Edit

编辑菜单 Edit 主要完成当前设计单元视图中单元的改变和删除，此菜单需要单元视图处于可编辑模式，主要包括 Undo、Redo、Move、Copy、Stretch、Reshape、Delete、Properties、Search、Merge、Select、Hierarch 和 Other。每个主菜单包括若干个子菜单，菜单描述见表 3.5。

表 3.5　Edit 菜单功能描述

Edit			
Undo	u		取消上次操作
Redo	U		再次进行上次操作
Move	m		移动
Copy	c		复制
Stretch	s		拉伸图形
Reshape	R		改变层形状
Delete	del		删除
Properties	q		查看属性
Search	S		查找
Merge	M		合并
Select		Select All　　　　　^a	全部选择
		Deselect All　　　　^d	全不选择
Hierarch		Make Cell	组合单元
		Flatten	打散单元

（续）

Edit			
Other	Chop	C	切割图形
	Modify Corner		按要求改变图形角
	Size		按比例扩大或缩小层
	Split	^s	分割图形
	Attach/Detach	v	关联/解除关联
	Align		对齐
	Convert To Polygon		转换成多边形
	Move Origin		改变坐标原点位置
	Rotate	O	旋转选定图形
	Yank	y	取景
	Paste	Y	粘贴

6. Verify

验证菜单 Verify 主要用于检查版图设计的准确性，此菜单的 DRC 菜单功能需要单元视图处于可编辑模式，主要包括 MSPS Check Pins、DRC、Extract、Substrate Coupling Analysis、ConclCe、ERC、LVS、Shorts、Probe 和 Markers。每个主菜单包括若干个子菜单，菜单描述见表 3.6。

表 3.6　Verify 菜单功能描述

Verify		
MSPS Check Pins		检查 Pins 信息
DRC		DRC 对话框
Extract		参数提取对话框
Substrate Coupling Analysis		衬底耦合分析
ConclCe		寄生参数简化工具
ERC		ERC 对话框
LVS		LVS 对话框
Shorts		短路定位软件
Probe		打印方式设定
Markers	Explain	错误标记提示
	Find	查找错误标记
	Delete	删除选中的错误标记
	Delete All	删除所有错误标记

7. Connectivity

连接菜单 Connectivity 主要用于准备版图的自动布线并显示连接错误信息，主要包括 Define Pins、Propagate Nets、Add Shape to Net、Delete Shape from Net、Mark Net 和 Unmark Nets，菜单描述见表 3.7。

表 3.7　Connectivity 菜单功能描述

Connectivity	
Define Pins	定义 Pins 信息
Propagate Nets	传导线
Add Shape to Net	在连接线上加入图形
Delete Shape from Net	从连接线上删除图形
Mark Net	高亮连线
Unmark Nets	取消高亮连线

8. Options

选项菜单 Options 主要用于控制所在窗口的行为，主要包括 Display、Layout Editor、Selection、DRD Edit、Dynamic Measurements、Turbo Toolbox 和 Layout Optimization，每个主菜单包括若干个子菜单，菜单描述见表 3.8。

表 3.8　Options 菜单主要功能描述

Options		
Display	e	显示选项
Layout Editor	E	版图编辑器选项
Selection		选定方式设定
DRD Edit		启动设计规则驱动优化
Dynamic Measurements		动态测量
Turbo Toolbox		加速工具包
Layout Optimization		版图优化

图 3.10 为选项菜单中 Display 功能的对话框，用户可以根据需要对版图显示进行定制，并且可以将定制信息存储在单元、库文件、工艺文件或者指定文件等任一场合下。

9. Routing

布线菜单 Routing 主要用于与自动布线器的交互，主要包括 Export to Router、

图 3.10　Display 菜单对话框

Import from Router 和 Rules，每个主菜单包括若干个子菜单，菜单描述见表 3.9。

表 3.9　Routing 菜单主要功能描述

Routing		
Export to Router		导出到布线器
Import from Router		导入到布线器
Rules	Open Rules	打开布线规则文件
	New Rules	新建布线规则文件

10. 命令表单的使用

当使用一个命令时，命令表单就会出现，采用命令表单可以改变默认的命令设置，通常情况下可以在单击命令或者使用快捷键后，再单击功能键 F3，即会出现相应命令的表单。如图 3.11 所示，单击"创建多边形"命令

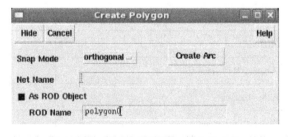

图 3.11　"创建多边形"命令的表单

或者快捷键（Shift - p）后，单击 F3 所示的命令表单，默认情况下 Snap Mode 为 orthogonal，如果用户需要，可以将 Snap Mode 修改为 diagonal（45°角走线）等设置。

3.1.4　图标菜单

图标菜单位于 Virtuoso 版图编辑器设计窗口的左侧，如图 3.12 所示，旨在为版图设计者提供常用的版图编辑命令。在当前单元视图处于可读模式，可编辑菜单被阴影覆盖，不可使用。图标菜单从上至下为：Save（保存当前单元）、Fit Edit（全屏显示）、Zoom In（放大 2 倍）、Zoom Out（缩小 2 倍）、Stretch（拉伸）、Copy（复制）、Move（移动）、Delete（删除）、Undo（取消上次操作）、Properties（查看属性）、Instance（调用器件）、Path（采用路径方式走线）、多边形（Polygon）、标记（Label）、矩形（Rectangle）和 Ruler（建立标尺），见表 3.10。

表 3.10　图标菜单功能表

图标	对应功能（英文）	对应主菜单	对应功能（中文）
	Save	Design	保存当前单元
	Fit Edit	Window	最适合全屏显示当前设计
	Zoom In	Window	将当前设计的视图放大 2 倍
	Zoom Out	Window	将当前设计的视图缩小为 1/2
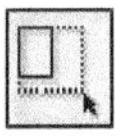	Stretch	Edit	拉伸或者移动单元内图形
	Copy	Edit	复制选定的图形
	Move	Edit	移动选定的图形
	Delete	Edit	删除选定的图形
	Undo	Edit	取消上次的操作
	Properties	Edit	查看选定图形的属性
	Instance	Create	调用单元
	Path	Create	采用路径方法连线

（续）

图标	对应功能（英文）	对应主菜单	对应功能（中文）
	Polygon	Create	创建多边形图形
	Label	Create	创建标识
	Rectangle	Create	创建矩形
	Ruler	Window	创建标尺

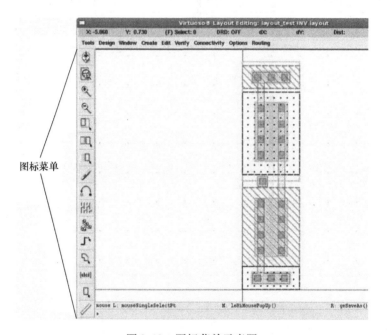

图 3.12　图标菜单示意图

　　图标菜单的内容以及位置可以通过窗口，根据用户的需要进行修改和编辑，更改内容可以为：图标菜单出现的位置（左侧或者右侧）；图标菜单是否显示；图标菜单中图标的名称是否显示等。用户可以通过单击相应菜单对图标菜单进行管理，选择 Virtuoso 命令行窗口，然后单击"User Preferences"，出现如图 3.13 所示的窗口。

　　图 3.13 中"Create New Window When Descending"开启时，表示到版图下层时，建立新窗口；而关闭时，表示到版图下层时，不建立新窗口，在当前窗口打开。"Scroll Bars"表示是否在缩小视图时出现滚动条。"Prompt Line"表示是否显

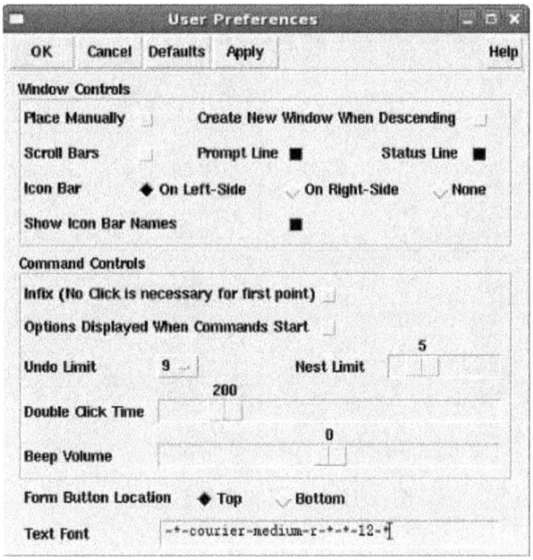

图 3.13　"User Preferences" 窗口

示提示栏。"Status Line" 表示是否显示状态栏。"Icon Bar" 表示图标菜单是否显示，或者显示在版图设计区域的左侧还是右侧。"Show Icon Bar Names" 表示鼠标在图标上时是否显示图标名称。

3.1.5　设计区域

设计区域位于 Virtuoso 版图编辑器设计窗口的中央，如图 3.14 所示，在设计区域内可以创建、编辑目标图层：包括多边形、矩形等其他形状。在设计区域内可以根据需要将格点开启或者关闭，格点可以帮助创建图形。

3.1.6　光标和指针

光标和指针是鼠标光标点在设计区域和菜单区域不同的标识方式，如图 3.15 所示，在设计区

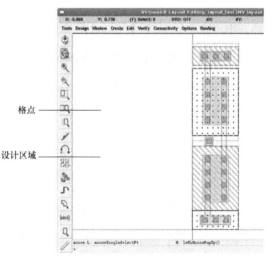

图 3.14　设计区域示意图

域鼠标光标变成正方形光标与箭头的组合，而在工具菜单和图标菜单上则为箭头状的指针。光标用于确定设计点和选择设计区域图形，而指针用于选择菜单选项和命令执行。

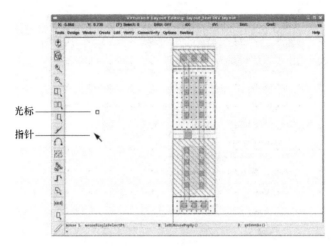

图 3.15　光标和指针示意图

3.1.7　鼠标状态

鼠标状态如图 3.16 所示，处于 Virtuoso 版图编辑器设计窗口的下部，主要提示版图设计者鼠标的实时工作状态。如图 3.16 所示为其中一种状态，mouseL：mouseSingleSelectPt 代表鼠标左键可以键入设计点；M：leHiMousePopUp（）代表鼠标中键可以键入弹起式菜单；R：geSaveAs（）代表选中的图形后如果单击鼠标右键，那么选中的图形逆时针旋转 90°。

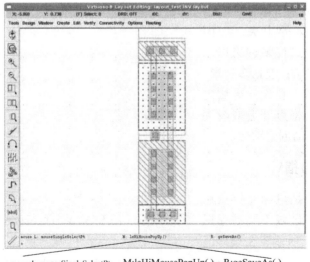

mouseL:mouseSingleSelectPt　　M:leHiMousePopUp( )　R:geSaveAs( )

图 3.16　鼠标状态示意图

图 3.17 为版图单元下的鼠标按键信息，其中鼠标左键的功能为选择、创建图形，移动、拉伸已选择图形，选择需要执行的命令；鼠标中键只能键入弹起式菜单；鼠标右键的功能稍多：重复上次命令、放大或者缩小视图、当移动或者复制图形时选择或者镜像、当采用路径方式连线时按住 Ctrl 键可以改变图形层次、重叠图形循环选择等。

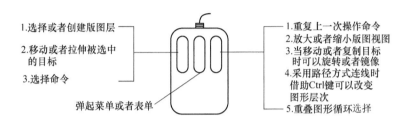

图 3.17　版图单元下的鼠标按键信息

3.1.8　提示栏

提示栏如图 3.18 所示，处于 Virtuoso 版图编辑器设计窗口的最下部，主要提示版图设计者当前使用的命令信息，如果没有任何信息，则表明当前无命令操作。图 3.18 所示的 "Select the figure to be copied" 表示当前使用的命令为复制 "copy"。

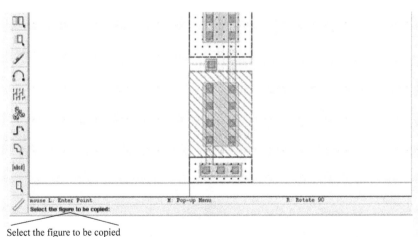

图 3.18　提示栏示意图

3.1.9　层选择窗口

层选择窗口（Layer Selection Window，LSW）是 Virtuoso 版图编辑辅助工具，

通常在 Cadence 环境下初次打开版图视图（View）或者新建版图视图后，会与版图（layout）视图一同显示。LSW 的视图如图 3.19 所示。

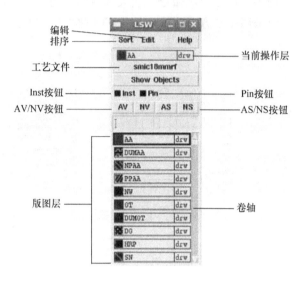

图 3.19　LSW 视图

图 3.19 为 LSW 视图，LSW 可用于选择创建形状的版图层，可以设定版图层是否可见，是否可以选择。通常情况下，LSW 的默认位置出现在屏幕的上端偏左。而默认的选择层为显示的第一层，图 3.19 所示的为 AA（有源区）。

图 3.19 所示的 LSW 视图包括如下信息：Sort（排序）、Edit（编辑）和 Help（帮助）菜单、当前选择的版图层、工艺文件信息、器件按钮、端口按钮、全部显示、全不显示、全部可选择、全部不可选择以及可用版图层。

图 3.20 为鼠标对 LSW 视图的操作信息，其中鼠标左键用于选择当前操作的版图层，鼠标中键用于选择某一版图层是否在版图视图中可见，鼠标右键用于选择某一版图层在版图视图中是否可以选择。当鼠标键移到 LSW 时，版图提示栏显示的信息有所不同。

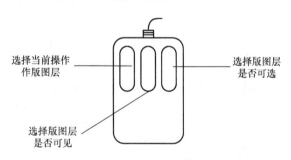

图 3.20　鼠标对 LSW 视图的操作信息

鼠标键的当前状态出现在版图视图的底端，当单击鼠标的左键、中键或右键时，鼠标的当前状态信息会进行操作提示，对于某些命令需要借助 Ctrl 或者 Shift 键时会出现新的鼠标状态信息。当开始进行命令操作时，鼠标状态栏信息会发生改变，例如使用复制（Copy）命令时，鼠标状态如图 3.21 所示。当将鼠标移至 LSW 时，鼠标的状态会发生变化，如图 3.22 所示。

```
mouse L: Enter Point M: Pop-up Menu R: Rotate 90
```

图 3.21　鼠标在版图窗口提示状态信息

```
mouse L: Set Entry Layer M: Toggle Visibility R: Toggle Visibility
```

图 3.22　鼠标在 LSW 提示状态信息

3.2　Virtuoso 基本操作

本节主要通过菜单栏、快捷键等命令的方式来介绍 Virtuoso 的基本操作，基本操作包括创建、编辑和相应的窗口视图设置等。

3.2.1　创建矩形

创建矩形（Create Rect）命令用来创建矩形，当创建一个矩形时，会出现选项来对矩形进行命名。图 3.23 为创建矩形的对话框。其中"Net Name"为对所创建的矩形进行命名，"ROD Name"为 Relative Object Design Name 的简称，当"As ROD Object"选项开启时，需要对"ROD Name"进行命名。此名称在单元中必须是唯一的，不能与其他任何图形、组合器件重名。如果"As ROD Object"选项关闭时，系统会自动给所创建的矩形进行命名。

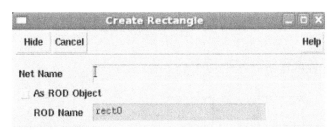

图 3.23　创建矩形对话框

创建矩形的流程如图 3.24 所示。

1）在 LSW 选择需要创建矩形的版图层；
2）选择命令 Create→Rectangle 或者快捷键 r；
3）在对话框中键入"ROD Name"的名称等；
4）在版图设计区域通过鼠标左键键入矩形的第一个角；

5）通过鼠标键入步骤 4 中的矩形对角，完成矩形创建。

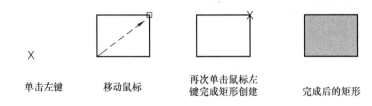

单击左键　　　移动鼠标　　　再次单击鼠标左　　　完成后的矩形
　　　　　　　　　　　　　键完成矩形创建

图 3.24　创建矩形流程

3.2.2　创建多边形

创建多边形命令用来创建多边形形状，当创建一个多边形时，会出现选项来对多边形进行命名。图 3.25 为创建多边形的对话框。其中"Snap Mode"用于选择多边形创建选项，"Net Name"为对所创建的多边形进行命名，当"As ROD Object"选项开启时，需要对"ROD Name"进行命名。此名在单元中必须是唯一的，不能与其他任何图形、组合器件重名。如果"As ROD Object"选项关闭时，系统会自动给所创建的多边形进行命名。

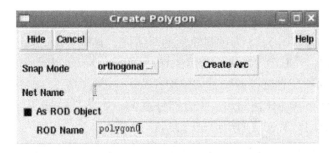

图 3.25　创建多边形对话框

创建多边形的流程如图 3.26 所示。

单击左键　　　每次单击创建　　　双击鼠标左键完　　　完成后的多边形
　　　　　　　其中一部分　　　成多边形创建

图 3.26　创建多边形的流程

1）在 LSW 选择需要创建多边形的版图层；

2）选择命令 Create→Polygon 或者快捷键 Shift + p；

3）在对话框中键入"ROD Name"的名称等；

4）在版图设计区域通过鼠标左键键入多边形的第一个点；

5）移动光标并键入另外一个点；

6）继续移动光标并键入第三个点，最终将多边形的虚线框闭合；

7）双击鼠标完成多边形的创建。

3.2.3　创建路径

创建路径命令用来创建路径形状，当创建一个路径时，会出现选项来对路径形状进行命名。图 3.27 为创建路径的对话框。其中"Width"为路径宽度，"Change To Layer"可以完成当前版图层到相邻版图层的改变，"Contact Justification"为改变版图层时与接触孔的连接方式，"Net Name"为对所创建的路径形状进行命名，当"As ROD Object"选项开启时，需要对"ROD Name"进行命名。此名在单元中必须是唯一的，不能与其他任何图形、组合器件重名。如果"As ROD Object"选项关闭时，系统会自动给所创建的路径形状进行命名。"Rotate"为顺时针旋转 90°接触孔，"Sideways"为 Y 轴镜像接触孔，"Upside Down"为 X 轴镜像接触孔。

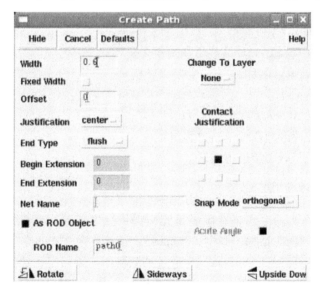

图 3.27　创建路径对话框

创建路径形状的流程如图 3.28 所示。

1）在 LSW 选择需要创建路径的版图层；

2）选择命令 Create→Path 或者快捷键 p；

3）在版图设计区域通过鼠标左键键入路径的第一个点；

4）移动光标并键入另外一个点；

5）继续移动光标并键入第三个点；

6）双击鼠标完成路径的创建。

图 3.28　创建路径形状的流程

3.2.4　创建标识名

创建标识名命令用来在版图单元中创建端口信息文本。图 3.29 为创建标识名的对话框，其中"Label"为需要键入的标识名，"Height"设置标识名的高度，"Font"设置字体，"Justification"设置标识原点位置，"Attach"为设置标识名与版图层关联，"Rotate"为逆时针旋转 90°标识名，"Sideways"为 Y 轴镜像标识名，"Upside Down"为 X 轴镜像标识名。

创建标识名的流程：

1）选择命令 Create→Label 或者快捷键 1；

2）Label 区域填入名称；

3）选择字体；

4）设置关联 Attach on；

5）在版图设计区域鼠标单击放置位置；

6）单击标识与版图层进行关联。

3.2.5　创建器件和阵列

创建器件和阵列命令用来在版图单元中调用独立单元或者单元阵列。图 3.30 为创建器件和阵列的对话框，其中"Library""Cell"和"View"分别为调用单元的库、单元和视图位置，"Browse"为通过浏览器形式进行位置选择，"Names"用于设置调用器件的名称，"Mosaic"中的"Rows"和"Columns"用于设置调用器件阵列的行数和列数，"Delta Y"和"Delta X"分别为调用阵列中各单元的 Y 方向和 X 方向的间距，"Rotate"为逆时针旋转 90°标识名，"Sideways"为 Y 轴镜像标识名，"Upside Down"为 X 轴镜像标识名。

调用器件的流程如图 3.31 所示。

1）选择命令 Create→Instance 或者快捷键 i；

2）填入"Library"、"Cell"和"View"，也可以通过"Browse"来选择；

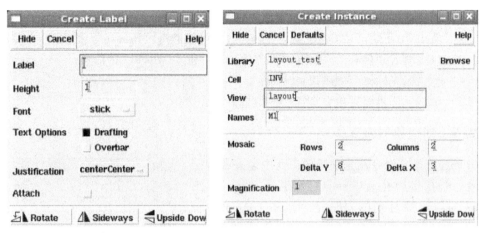

图 3.29　创建标识名对话框　　　　　图 3.30　调用器件和阵列对话框

3）将鼠标光标移至版图设计区域；

4）单击鼠标将器件放置在需要的位置。

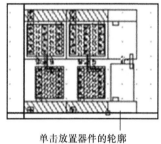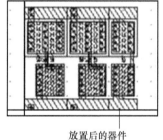

单击放置器件的轮廓　　　　　　　　放置后的器件

图 3.31　调用器件的流程

调用器件阵列如图 3.32 所示，需要分别键入"Rows""Columns""DeltaX"和"DeltaY"信息。

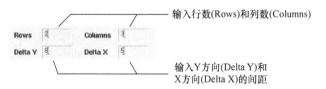

图 3.32　调用器件阵列对话框

调用器件阵列的流程如图 3.33 所示。

单击鼠标左键放　　　　　　放置好的阵列
置阵列外框

图 3.33　调用器件阵列示意图

1）选择命令 Create→Instance 或者快捷键 i；

2）填入"Library""Cell"和"View"，也可以通过"Browse"来选择；

3）依次填入"Rows""Columns""DeltaX"和"DeltaY"等信息；

4）将鼠标光标移至版图设计区域；

5）单击鼠标将器件放置在需要的位置。

3.2.6 创建接触孔

创建接触孔命令用来在版图单元中创建各种接触孔，包括接触孔（Contact）和通孔（Via）。图 3.34 为创建接触孔的对话框，其中"Auto Contact"开启时在相邻层交界处自动加入接触孔；"Contact Type"设置插入的接触孔类型；"Justification"为设置接触孔阵列原点；"Width"和"Length"分别设置接触孔的宽度和长度；"Rows"和"Columns"分别设置接触孔的行数和列数；"DeltaX"和"DeltaY"分别设置接触孔阵列的 X 方向和 Y 方向的间距；"Rotate"为逆时针旋转 90°

图 3.34   创建接触孔的对话框

接触孔；"Sideways"为 Y 轴镜像接触孔；"Upside Down"为 X 轴镜像接触孔。

创建接触孔的流程，如图 3.35 所示。

1）选择命令 Create→Contact 或者快捷键 o；

2）在"Contact Type"区域选择想要插入的接触孔类型；

3）填入需要插入接触孔的行数和列数；

4）填入插入接触孔阵列 X 方向和 Y 方向的间距；

5）选择对齐方式；

6）在版图设计区域放置接触孔。

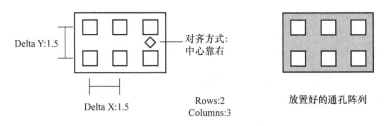

图 3.35   接触孔阵列的放置

3.2.7 创建圆形图形

创建圆形图形命令用来在版图单元中创建与圆形相关的图形，包括圆形、椭圆形和环形。

1. 创建圆形流程（见图 3.36）

1）在 LSW 区域选择版图层；

2）选择命令 Create→Conics→Circle；

3）单击鼠标选择圆形中心点；

4）移动鼠标并单击圆形边缘，完成圆形图形。

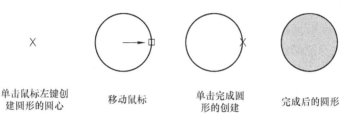

单击鼠标左键创　　　移动鼠标　　　单击完成圆　　　完成后的圆形
建圆形的圆心　　　　　　　　　　　形的创建

图 3.36　创建圆形图形流程图

2. 创建椭圆形流程（见图 3.37）

1）在 LSW 区域选择版图层；

2）选择命令 Create→Conics→Ellipse；

3）单击鼠标选择椭圆的第一个角；

4）移动鼠标单击椭圆的对角，完成椭圆图形创建。

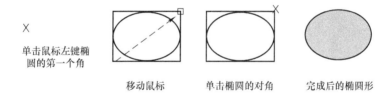

单击鼠标左键椭　　　　移动鼠标　　　单击椭圆的对角　　　完成后的椭圆形
圆的第一个角

图 3.37　创建椭圆图形流程图

3. 创建环形流程（见图 3.38）

1）在 LSW 区域选择版图层；

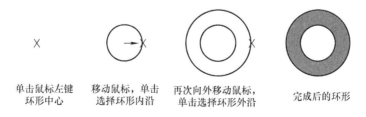

单击鼠标左键　　移动鼠标，单击　　再次向外移动鼠标，　　完成后的环形
环形中心　　　　选择环形内沿　　　单击选择环形外沿

图 3.38　创建环形图形流程图

2）选择命令 Create→Conics→Donut；

3）单击鼠标选择环形的中心点；

4）移动鼠标并单击完成环形内沿；

5）移动鼠标并单击完成环形外沿，完成环形图形创建。

3.2.8 移动命令

移动命令完成一个或者多个被选中的图形从一个位置到另外一个位置。图 3.39 为移动命令对话框，其中"Snap Mode"控制图形移动的方向；"Change To Layer"设置改变层信息；"Chain Mode"设置移动器件链；"DeltaX"和"DeltaY"分别设置移动的 X 方向和 Y 方向的距离；"Rotate"为顺时针旋转 90°；"Sideways"为 Y 轴镜像；"Upside Down"为 X 轴镜像。

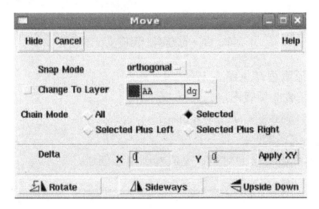

图 3.39　移动命令对话框

使用移动命令流程如图 3.40 所示。

1）选择 Edit→Move 命令或者快捷键 m；

2）选择一个或者多个图形；

3）单击鼠标作为移动命令的参考点（移动起点）；

4）移动鼠标并将鼠标移至移动命令的终点，完成移动命令操作。

单击鼠标左键移动目标　　　　　移动后的目标

图 3.40　移动命令操作示意图

3.2.9　复制命令

复制命令完成一个或者多个被选中的图形从一个位置复制到另外一个位置。图 3.41 为复制命令对话框,其中"Snap Mode"控制复制图形的方向;"Array - Rows/Columns"设置复制图形的行数和列数;"Change To Layer"设置改变层信息;"Chain Mode"设置复制器件链;"DeltaX"和"DeltaY"分别设置复制的新图形与原图形的 X 方向和 Y 方向的距离;"Rotate"为逆时针旋转 90°复制;"Sideways"为 Y 轴镜像复制;"Upside Down"为 X 轴镜像复制。

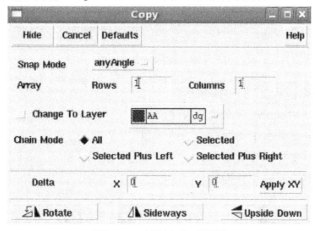

图 3.41　复制命令对话框

使用复制命令流程如图 3.42 所示。

1)选择 Edit→Copy 命令或者快捷键 c;

2)选择一个或者多个图形;

3)单击鼠标作为复制命令的参考点(复制起点);

4)移动鼠标并将鼠标移至终点,完成新图形复制命令操作。复制命令可将图形复制至另外版图视图中。

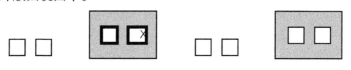

单击鼠标移动复制目标　　　　　　　复制后的目标

图 3.42　复制命令操作示意图

3.2.10　拉伸命令

拉伸命令可以通过拖动角和边缘缩小或者扩大图形。图 3.43 为拉伸命令对话框,其中"Snap Mode"控制拉伸图形的方向;"Lock Angles"开启时不允许改变拉伸图形的角度；"Chain Mode"设置拉伸图形链；"DeltaX"和"DeltaY"分别设置拉伸的新图形与原图形的 X 方向和 Y 方向的距离。

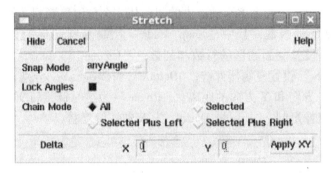

图 3.43　拉伸命令对话框

使用拉伸命令流程如图 3.44 所示。

1）选择 Edit→Stretch 命令或者快捷键 s；

2）选择一个或者多个图形的边缘或者角；

3）移动鼠标直到拉伸目标点；

4）松开鼠标键完成拉伸操作。

用鼠标左键单击参考点　　　拖拽指针　　　松开鼠标左键
后拉伸结束

图 3.44　拉伸命令操作示意图

3.2.11　删除命令

删除命令可以删除图形以及图形组合，可以通过以下方式之一完成被选中图形的删除：选择 Edit – Delete；单击键盘 Delete 键；单击图标栏上的 Delete 图标。图 3.45 为删除命令对话框，其中"Net Interconnect"设置删除任何被选中的路径、与连线相关的组合器件以及非端口图形；"Chain Mode"设置删除图形链；"All"代表删除链上的所有器件；"Selected"代表仅删除被选中的器件；"Selected Plus Left"代表删除器件包括被选择以及链上所有左侧的器件；"Selected Plus Right"代表删除器件包括被选择以及链上所有右侧的器件。

3.2.12　合并命令

合并命令可以将多个相同层上的图形进行合并组成一个图形，如图 3.46 所示。

合并命令流程：

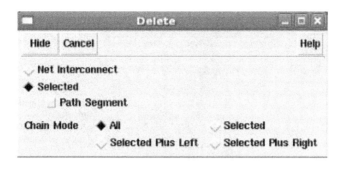

图 3.45　删除命令对话框

1）选择命令 Edit→Merge 或者快捷键 Shift + m；

2）选择一个或者多个在同一层上的图形，这些图形必须是互相重叠、毗邻的。

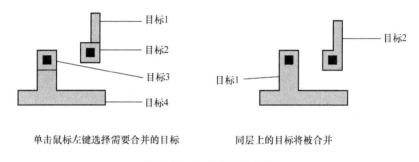

单击鼠标左键选择需要合并的目标　　　　　　同层上的目标将被合并

图 3.46　合并命令示意图

3.2.13　选择和放弃选择命令

选择命令流程：

1）选择一个图形或者器件，将指针放置在其上方，使得其图形或者器件轮廓为虚线；

2）单击虚线框变成实线框，图形或者器件被选择；

3）按住 Shift 键，可以选择多个图形或者器件。

通过 LSW 可以设置版图层的图形、器件是否可选，如图 3.47 所示。

图 3.47 中 "AS" 键用于选择所有层都可以选择， "NS" 键选择所有版图层都不可以选择，当需要选择一个版图层不可选时，可以用鼠标右键单击此层。当此层不可选时，LSW 显示的相应版图层呈灰色。当选择器件可选、不可选时，单击图 3.47 中的 "Show Objects" 按键，如图 3.48 所示。

放弃选择命令流程：

1）版图窗口中有版图层或者器件单元被选中，单击空白区域，则放弃选择原

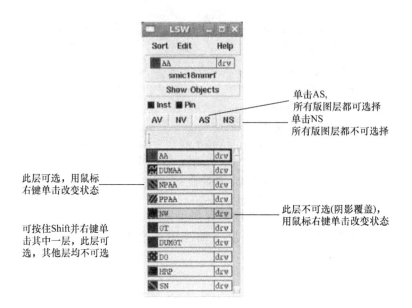

图 3.47　LSW 设置版图层、器件等可选择

版图层或者器件单元；

　　2）也可以选择命令 Edit→Deselect 或者快捷键 Ctrl + d 完成放弃选择命令。

3.2.14　改变层次关系命令

　　改变层次关系可以将现有单元中的一个或者几个版图层/器件组成一个独立的单元（单元层次上移），也可以将一个单元分解（单元层次下移）。Make Cell 命令为单元层次上移命令，即合并。Make Cell 命令对话框如图 3.49 所示，其中 "Library/Cell/View" 分别代表建立新单元的库、单元和视图名称； "Replace Figures" 代表可替换同名单元； "Origin"

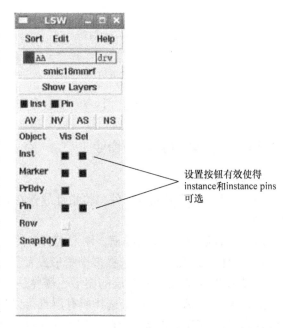

图 3.48　LSW 中 Show Objects 选项

中的 "Set Origin" 代表设置建立新单元的原点坐标，可以在右侧的 X 和 Y 中进行设置，也可以通过鼠标光标设置原点； "Browse" 可以在浏览器中选择库、单元和视图位置。

图 3.49　MakeCell 命令对话框

Make Cell 命令流程：

1）选择想要构成新单元的所有图形和器件；

2）选择命令 Edit→Hierarchy→Make Cell；

3）键入新单元的库名、单元名和视图名；

4）单击"OK"完成 Make Cell 命令，如图 3.50 所示。

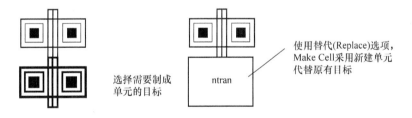

图 3.50　Make Cell 命令操作示意图

　　Flatten 命令为单元层次下移命令，即打散。Flatten 命令对话框如图 3.51 所示，其中"Flatten Mode"可以选择打散一层（one level）或打散到可显示层（displayed levels）；"Flatten Pcells"代表是否打散参数化单元；"Preserve Pins"代表是否打散后端口的连接信息；"Preserve ROD Objects"代表是否保留 ROD 的属性；"Preserve Selections"代表是否保留所有打散

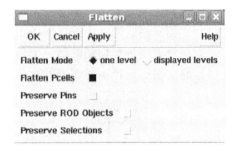

图 3.51　Flatten 命令对话框

后图形的选择性。

Flatten 命令流程：

1）选择想要打散的所有的器件组合；

2）选择命令 Edit→Hierarchy→Flatten；

3）选择打散模式；

4）单击"OK"完成 Flatten 命令，如图 3.52 所示。

原始器件(实线内部　　打散一层(接触孔器件　　打散到最底层
部分)包括4个接触孔　　　没有被打散)

图 3.52　Flatten 命令操作示意图

3.2.15　切割命令

切割命令可以将现有图形进行分割或者切除某个部分。切割命令对话框如图 3.53 所示，其中"Chop Shape"可以选择切割的形状；"rectangle"代表矩形；"polygon"代表多边形；"line"代表采用连线方式进行切割；"Remove Chop"代表删除切割掉的部分；

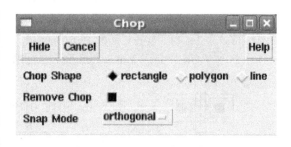

图 3.53　切割命令对话框

"Snap Mode"代表采用多边形和连线方式进行切割的走线方式。

切割命令流程：

1）选择命令 Edit→Other→Chop 或者快捷键 Shift + c；

2）选择一个或者多个图形；

3）在切割模式选项中选择 rectangle 模式；

4）鼠标单击矩形切割的第一个角；

5）移动鼠标选择矩形切割的对角，完成矩形切割操作，如图 3.54 所示。

创建切割器　　　　　　　此区域已经被切掉

图 3.54　切割命令操作示意图

3.2.16　旋转命令

旋转命令可以改变选择图形和图形组合的方向。旋转命令对话框如图 3.55 所示，其中"Angle"可以输入旋转的角度，当移动光标时，其数值会发生相应的变化；"Angle Snap To"可以设置选择角度的精度；"Rotate"按键每按一次所选的图形和图形组合逆时针旋转 90°；"Sideways"按键每按一次所选图形和图形组合 Y 轴镜像一次；"Upside Down"按键每按一次所选图形和图形组合 X 轴镜像一次。

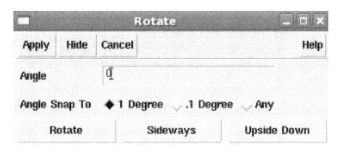

图 3.55　旋转命令对话框

旋转命令可以采用对话框，也可以采用鼠标完成：

采用对话框完成旋转命令流程：

1）选择命令 Edit→Other→Rotate 或者快捷键 Shift + o；

2）选择版图中的图形；

3）鼠标在版图中单击参考点，在旋转命令对话框中填入旋转的角度或者选择 Rotate/Sideways/Upside Down；

4）单击 Apply 完成旋转操作。

采用鼠标右键完成选择操作流程：

1）先进行 Move、Copy 和 Paste 操作；

2）逆时针旋转 90°，单击鼠标右键，如图 3.56 所示；

3）先 Y 轴镜像再 X 轴镜像，按住 Shift 键并单击鼠标右键（Y 轴镜像），再单击鼠标右键（X 轴镜像），如图 3.57 所示。

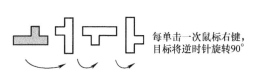

图 3.56　逆时针旋转 90°操作示意图

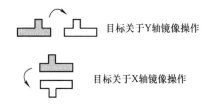

图 3.57　目标关于 Y 轴镜像与 X 轴镜像操作示意图

3.2.17 属性命令

属性命令可以查看或者编辑被选中图形以及器件的属性。不同的图形结构、图形组合具有不同的属性对话框，下面简单介绍器件属性和路径属性。

图 3.58 为器件属性的对话框。其中"Next"代表所选器件组中下一个器件的属性；"Previous"代表所选器件组中上一个器件的属性；"Attribute"代表器件的特性，根据器件类型不同其特性也不同；"Connectivity"显示所选器件的布线和连线信息；"Parameter"显示参数化单元的参数；"ROD"代表器件的 ROD 属性；"Common"代表选择器件组属性进行批量修改。

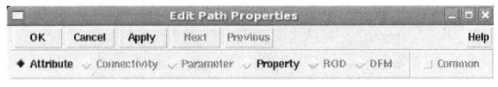

图 3.58   器件属性命令对话框

查看器件属性命令流程：

1）选择命令 Edit→Properties 或者快捷键 q；

2）选择一个或者多个器件，此时显示第一个器件的属性；

3）单击合适的按钮查看属性对话框中的属性信息；

4）单击"Common"查看所选器件的共同属性；

5）单击"Next"按钮显示另外一个器件的属性；

6）单击"Previous"按钮显示前一个器件的属性；

7）单击"Cancel"按钮关闭对话框。

图 3.59 为查看和编辑路径连线的对话框，其中"Width"为需要编辑路径连线的宽度。

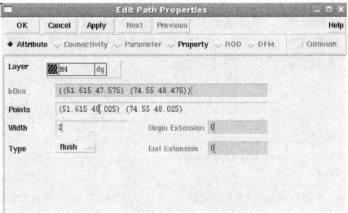

图 3.59   查看和编辑路径连线对话框

编辑路径连线属性流程：

1）选择命令 Edit→Properties 或者快捷键 q；

2）选择一个或者多个路径连线，此时显示第一个器件的属性；

3）设置"Common"选项开启；

4）单击"Next"按钮显示另外一个器件的属性；

5）键入需要修改的路径连线的宽度；

6）单击"OK"按钮确认并关闭对话框。

3.2.18　分离命令

分离命令可以将单元切分并改变形状。分离命令的对话框如图 3.60 所示，其中"Lock Angles"选项防止用户改变分离目标的角度，"Snap Mode"选项可以选择分离拉伸角度，选项中的"anyAngle"为任意角度，"diagonal"为对角线角度，"orthogonal"为互相垂直角度，"horizontal"为水平角度，"vertical"为竖直角度。

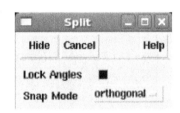

图 3.60　分离命令对话框

分离命令流程：

1）选择想要分离单元图形；

2）选择命令 Edit→Other→Split（快捷键 Ctrl + s）；

3）单击创建分离线折线，如图 3.61 所示；

4）单击拉伸参考点，如图 3.62 所示；

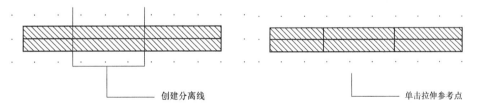

图 3.61　创建分离线操作示意图　　　　图 3.62　单击拉伸参考点操作示意图

5）单击拉伸的终点完成分离命令，如图 3.63 所示。

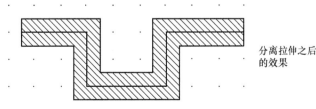

图 3.63　分离拉伸之后的效果

3.3　运算放大器版图设计实例

在上一小节中我们着重介绍了 Virtuoso 版图编辑工具的界面和常用操作，本节将首先采用各种操作命令完成一个 NMOS 晶体管的版图设计，然后采用调用器件的方式完成一个运算放大器的版图设计，更直观地阐述 Virtuoso 的设计方法。

3.3.1　NMOS 晶体管版图设计

本节主要介绍采用 Virtuoso 版图设计工具 Layout Editor 进行版图设计的流程以及 NMOS 晶体管的设计，假设 NMOS 晶体管的尺寸为 $2\mu m/0.5\mu m$。以下介绍主要流程：

1）启动 Virtuoso 版图设计工具命令 icfb，弹出命令行窗口，如图 3.64 所示。

图 3.64　命令行窗口

2）首先建立版图设计库，选择 File→New→Library 命令，弹出"New Library"窗口，在"Name"栏中输入"layout_test"，并在"Technology File"中选择"Attach to an existing techfile"，如图 3.65 所示。

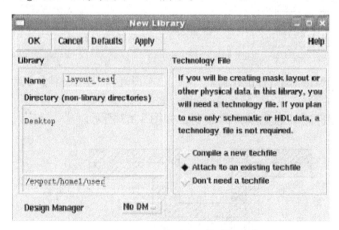

图 3.65　建立新版图视图

3）单击"OK"按钮，在弹出的"Attach Design Library To Technology File"窗口中，选择并关联至工艺库文件，如图 3.66 所示。

4）选择 File→New→Cellview 命令，弹出"Creat New File"对话框，输入"NMOS"，在"Tool"中选择"Virtuoso"工具，如图 3.67 所示。

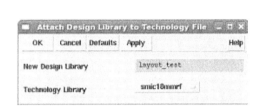

图 3.66　新建库与工艺文件库极性链接示意图　　　图 3.67　新建单元 Cell 对话框

5）单击"OK"按钮后，弹出版图设计视图窗口，如图 3.68 所示。

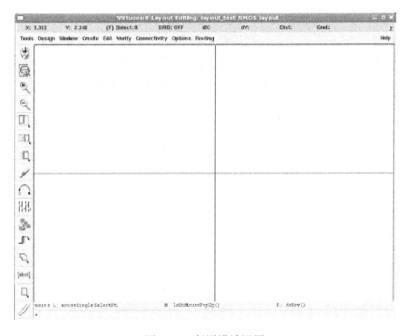

图 3.68　版图设计视图

6）N 注入区（SN）的设计：鼠标左键选择 LSW 中 SN 层，然后单击创建矩形图标或者快捷键 r，在版图设计区域创建矩形 SN 层，并采用标尺快捷键 k，量出其矩形的尺寸，如图 3.69 所示。

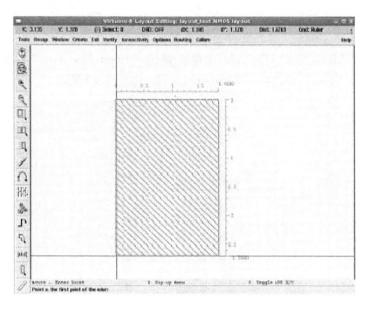

图 3.69　N 注入区（SN）的设计

7）NMOS 晶体管源漏区（AA）的设计：采用快捷键取消标尺 Shift + k，然后鼠标左键选择 LSW 中的 AA 层，然后单击创建矩形图标或者快捷键 r，在 SN 层内创建矩形 AA 层，如图 3.70 所示。

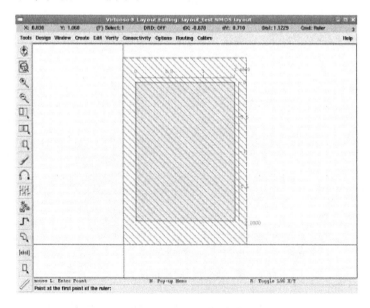

图 3.70　AA 区的设计

8）NMOS 晶体管栅极（GT）的设计：鼠标左键选择 LSW 中的 GT 层，单击创建矩形图标或者快捷键 r，在 AA 上创建矩形 GT 层，如图 3.71 所示；然后选择拉伸快捷键 s，选择 GT 层的一角，将 GT 层的左右两侧拉伸至如图 3.72 所示；最后选择切割命令快捷键 Shift + C，鼠标左键单击 GT 层，再次单击需要切割的部分，形成图 3.73 所示的图形。

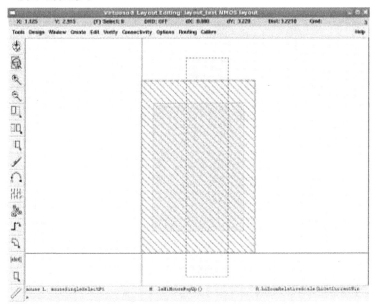

图 3.71　原始 GT 区

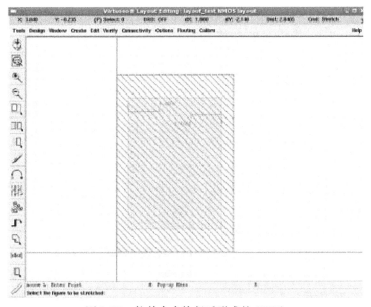

图 3.72　拉伸命令执行后形成的 GT 区

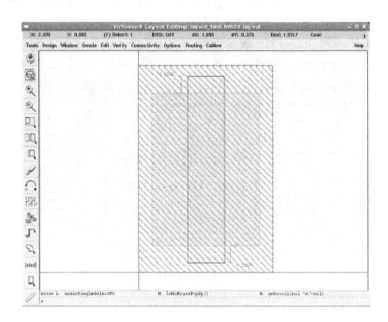

图 3.73 切割命令执行后的 GT 区

9）源漏接触孔的调用：单击创建接触孔快捷键 o，在"Contact Type"选项中选择"M1_SN"，并将接触孔的行数（Rows）由 1 修改为 4，如图 3.74 所示，将调用的接触孔放在有源区上分别作为晶体管的源区和漏区，如图 3.75 所示。

10）栅极接触孔的调用：单击创建接触孔快捷键 o，在"Contact Type"选项中选择"M1 - GT"放在多晶硅上作为晶体管栅极的接触孔，并将 GT 层向上拉伸，如图 3.76 所示。

图 3.74 晶体管源区和漏区
接触孔调用对话框

11）衬底接触孔的调用：单击创建接触孔快捷键 o，在"Contact Type"选项中选择"M1_SUB"，将 Columns 修改为 4，如图 3.77 所示；将接触孔放在晶体管有源区下方，作为 NMOS 晶体管衬底的接触孔，如图 3.78 所示。

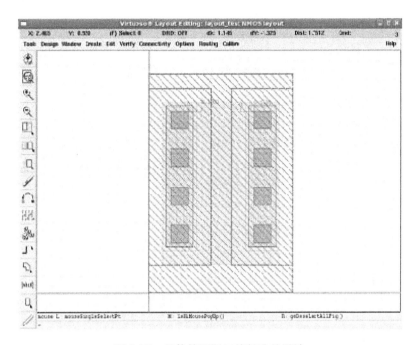

图 3.75　晶体管源漏区接触孔的设计

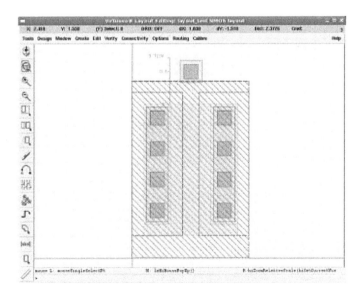

图 3.76　晶体管栅极接触孔的设计

12）标识层的应用：鼠标在 LSW 上左键单击 M1 _ TXT/drw 层，首先单击图标或者选择菜单 Create – Label，在"Label"中填写名称（例如：Gate），将字号 Height 修改为 0.2，如图 3.79 所示；然后在栅极接触孔的 1 层金属上单击左键，完成栅极的标识层。同样的方法在 NMOS 晶体管的源区（Source）、漏区（Drain）和衬底（Bulk）完成相应的标识层，如图 3.80 所示。

以上介绍了一个简单的 NMOS 晶体管的版图设计流程，下面将主要采用器件调用的方法完成一个两级密勒补偿的运算放大器的版图设计。

图 3.77　调用晶体管衬底
接触孔对话框

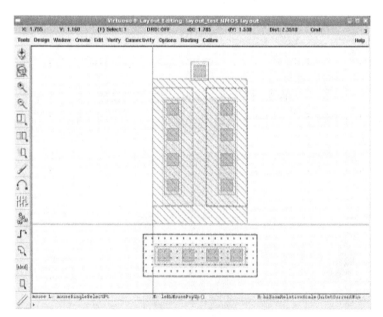

图 3.78　晶体管衬底接触孔的设计

3.3.2　运算放大器版图设计

本节主要对一款两级密勒补偿的运算放大器进行版图设计，运算放大器的电路图如图 3.81 所示，其器件的尺寸如图中所示。

1）启动 Virtuoso 版图设计工具 icfb，弹出命令行窗口，如图 3.82 所示。

2）选择 File→New→Cellview 命令，弹出"Create New File"对话框，在"Li-

图 3.79　晶体管区域标识层对话框

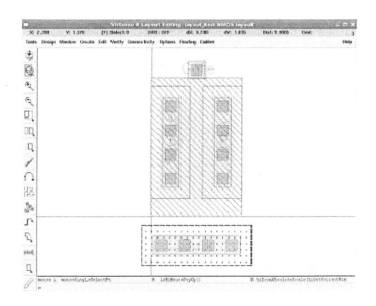

图 3.80　晶体管标识层应用

brary Name" 中选择已经建好的库 "layout _ test"，在 "Cell Name" 中输入 "Mill-er _ OTA"，并在 "Tool" 中选择 "Virtuoso" 工具，如图 3.83 所示。

3）单击 "OK" 按钮后，弹出版图 Miller _ OTA 的设计视图窗口，如图 3.84 所示。

4）首先进行版图布局，根据电路结构将晶体管等有源器件以及电容、电阻等无源器件进行初步规划，确定摆放位置，以达到连线合理的目的，另外在进行连线过程中可以对初步布局进行调整。

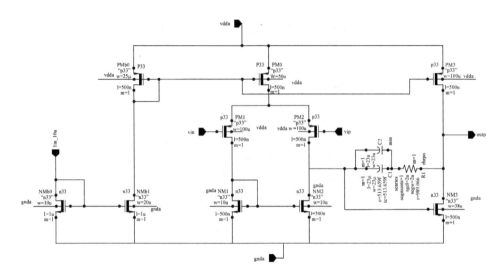

图 3.81　密勒补偿两级运算放大器电路图

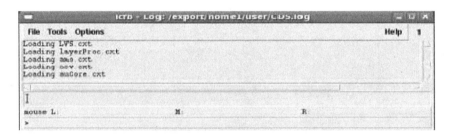

图 3.82　CIW 对话框

5）NMOS 晶体管的创建，打开 Miller_OTA 版图视图（layout），采用创建器件命令从 smic18mm 工艺库中调取工艺厂商提供的器件。鼠标左键单击图标 或者通过快捷键 i 启动创建器件命令，并单击"Browse"按钮浏览器选择器件所在位置，然后在晶体管属性中填入 Length、Total Width、Finger Width、Fingers 等信息，如图 3.85 所示。

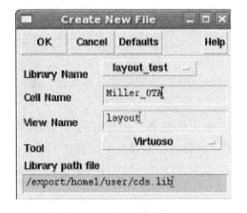

图 3.83　新建单元 Cell 对话框

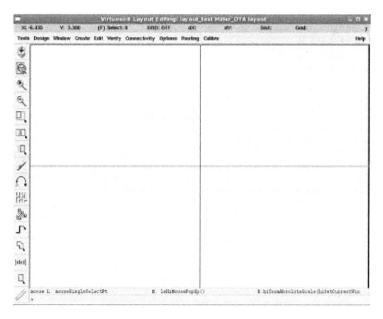

图 3.84　Miller_OTA 的版图设计视图

图 3.85　创建 NMOS 晶体管对话框

6）同样的方式创建 PMOS 晶体管，如图 3.86 所示。

7）电阻的创建：根据电路中需要电阻的类型进行选择，单击图标快捷键 i，弹出对话框，在对话框中依次选择或填入电阻信息，如图 3.87 所示。

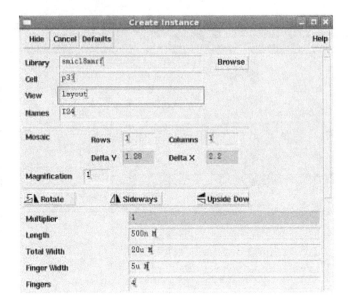

图 3.86　创建 PMOS 晶体管对话框

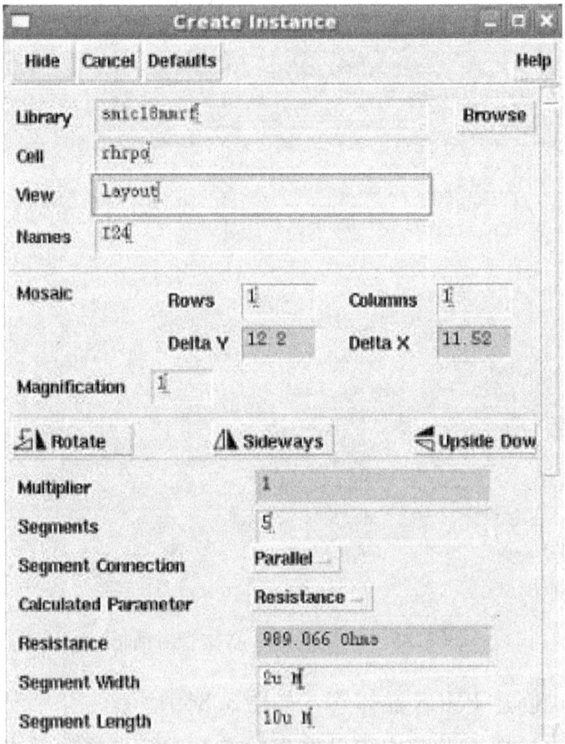

图 3.87　创建电阻对话框

8）电容的创建：根据电路中需要电容类型进行选择，单击图标快捷键 i，弹出对话框，在对话框中依次选择或填入电容信息，如图 3.88 所示。

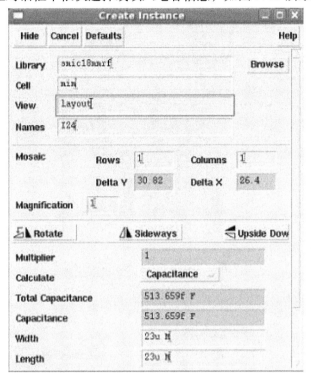

图 3.88　创建电容对话框

9）根据电路中需要的器件类型以及尺寸，采用步骤 5）～8）完成所有器件的创建，然后根据布局信息对器件位置进行摆放，如图 3.89 所示，图中标 DM 表示为 Dummy 晶体管（虚拟晶体管，用于填充面积，无电路功能），RDM 为 Dummy 电阻。

10）对布局后的版图进行布线。鼠标左键单击 M1/drw 层，采用路径形式（path）快捷键 p，弹出创建路径对话框，将路径宽度修改为 0.34，并将"Snap Mode"修改为"diagonal"，使得路径可以实现 45°走线，如图 3.90 所示；需要注意的是，晶体管的源极和漏极可以通过第一层金属 M1 引出进行相连。但栅极的多晶硅面积较小，需要添加一部分多晶硅面积，然后打上 M1‒GT 通孔进行连接。

11）步骤 10）也可以采用创建矩形式（快捷键 r）连线，然后再采用拉伸命令（快捷键 s）实现。

12）对电路版图完成连线后，需要对电路的输入输出进行标识。鼠标左键单击 M1 _ TXT/dg，然后在版图设计区域鼠标左键单击图标或者快捷键 l，如图 3.91 所示。将鼠标左键单击在相应的版图层上即可，如图 3.92 所示。

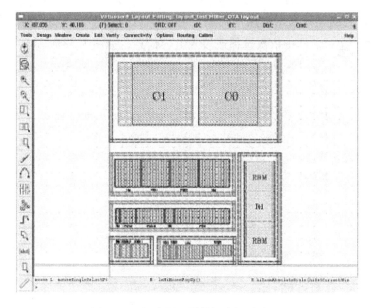

图 3.89 电路所用器件初步摆放位置

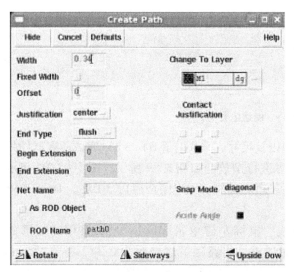

图 3.90 创建路径对话框

图 3.91 创建标识对话框

13）通过步骤 12）将电路所有的输入输出端口都加入标识，如果所加标识层与版图层不符，可以将其属性进行相应修改。鼠标左键单击需要修改的标识，单击图标或者单击快捷键 q，将"Layer"修改为需要的版图层（例如：M3TXT/dg），并将"Height"修改为适合尺寸（例如：0.5），如图 3.93 所示。单击"OK"按钮完成，修改前后的版图如图 3.94 所示。

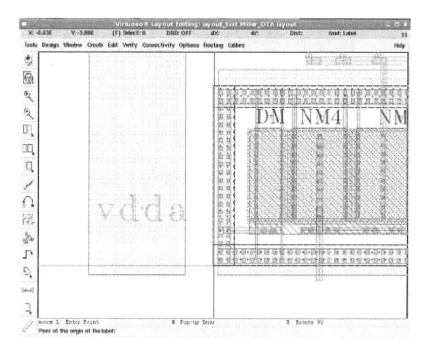

图 3.92　放置标识示意图

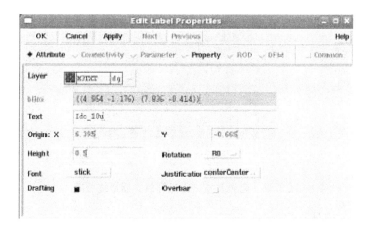

图 3.93　编辑标识对话框

14）全部标识修改完后，单击图标 或者快捷键 F2 保存版图，最终版图如图 3.95 所示。

以上完成了密勒补偿两级运算放大器的版图设计。需要注意的是，通常设计时都会在版图的两侧加入较宽金属的电源线和地线，这样既保证金属线具有足够的电流承载能力（通常可以认为每微米宽度金属线可以承载 $1\mu A$ 的电流），也可以保护电路不受其他电路噪声的影响。

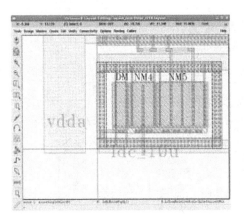
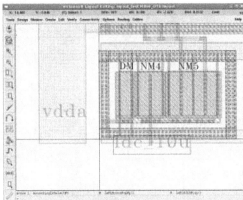

a)标识修改前版图   b)标识修改后版图

图 3.94   标识修改前后版图

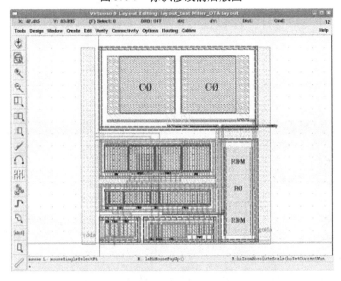

图 3.95   密勒补偿两级运算放大器最终版图

3.4   小   结

　　本章对 Cadence Virtuoso Layout Editor 的命令行窗口、Layout Editor 窗口以及 Library Manager 窗口进行了介绍。读者可以在熟悉 Virtuoso 命令行窗口菜单、Library Manager 窗口菜单以及 Virtuoso Layout Editor 的窗口标题、状态栏、菜单栏、图标菜单、设计区域、光标指针、提示栏和层选择窗口基础上，配合对版图层的创建、拉伸、复制、调用、移动、旋转等基本操作，进一步加深对 Cadence Virtuoso CIW、Layout Editor 以及 Library Manager 的界面和操作的了解。本章还以 NMOS 和一个两级运放实例阐述了模拟版图设计的基本方法，以供读者参考之用。

第**4**章 模拟版图验证及参数提取工具 Mentor Calibre

随着超大规模集成电路芯片集成度的不断提高，需要进行验证的项目也越来越多。版图物理验证在集成电路消除错误、降低设计成本及设计风险方面起着非常重要的作用，版图物理验证主要包括设计规则检查（DRC）、电学规则检查（ERC）以及版图与电路图一致性检查（LVS）3 个主要部分。业界公认的 EDA 设计软件提供商都提供版图物理验证工具，如 Cadence 公司的 Assura、SYNOPSYS 公司的 Hercules 以及 Mentor 公司的 Calibre。在这几种工具中，Mentor Calibre 由于具有较好的交互界面、快速的验证算法以及准确的错误定位，在集成电路物理验证上具有较高的占有率。

目前 Mentor Calibre 工具已经被众多集成电路设计公司、单元库、IP 开发商和晶圆代工厂采用为深亚微米集成电路的物理验证工具。它具有先进的分层次处理能力，是一款在提高验证速度的同时，可优化重复设计层次化的物理验证工具。Calibre 既可以作为独立的工具进行使用，也可以嵌入到 Cadence Virtuoso Layout Editor 工具菜单中即时调用。本书将采用第二种方式对版图物理验证的流程进行介绍。

4.1 Mentor Calibre 版图验证工具调用

Mentor Calibre 版图验证工具调用方法有 3 种：内嵌在 Cadence Virtuoso Layout Editor 工具中、Calibre 图形界面和 Calibre 查看器（Calibre View）。下面分别介绍这 3 种调用方法。

4.1.1 Virtuoso Layout Editor 工具启动

采用 Cadence Virtuoso Layout Editor 直接调用 Mentor Calibre 工具需要进行文件设置，在用户的根目录下，找到 .cdsinit 文件，在文件的结尾处添加以下语句即可：

load "/usr/calibre/calibre. skl"

其中，calibre. skl 为 Calibre 提供的 skill 语言文件。

加入以上语句之后，存盘并退出文件，进入到工作目录，启动 .Cadence Virtuoso 工具 icfb&。在打开存在的版图视图文件或者新建版图视图文件后，在 Virtuoso Layout Editor 的工具菜单栏上增加了一个名为"Calibre"的新菜单，如图 4.1 所示。利用这个菜单就可以很方便地对 Mentor Calibre 工具进行调用。Calibre 菜单分为 Run DRC、Run DFM、Run LVS、Run PEX、Start RVE、Clear Highlight、Setup 和 About 共 8 个子菜单，表 4.1 为 Calibre 菜单介绍。

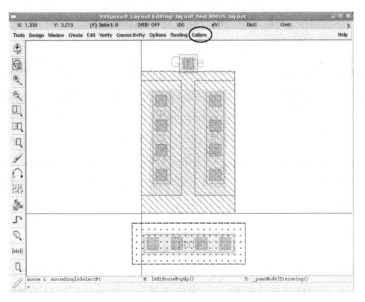

图 4.1　新增的 Calibre 菜单示意图

表 4.1　Calibre 菜单及子菜单功能介绍

Calibre		
Run DRC		运行 Calibre DRC
Run DFM		运行 Calibre DFM（本书暂不考虑）
Run LVS		运行 Calibre LVS
Run PEX		运行 Calibre PEX
Start RVE		启动运行结果查看环境（RVE）
Clear Highlight		清除版图高亮显示
Setup	Layout Export	Calibre 版图导出设置
	Netlist Export	Calibre 网表导出设置
	Calibre View	Calibre 反标设置
	RVE	运行结果查看环境
	Socket	设置 RVE 服务器 Socket
About		Calibre Skill 交互接口说明

　　图 4.2 ~ 图 4.4 分别为运行 Calibre DRC、Calibre LVS 和 Calibre PEX 后出现的主界面。

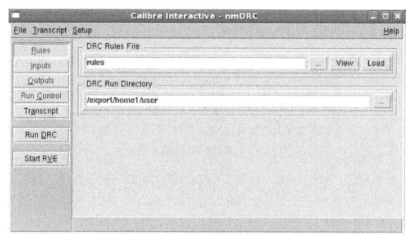

图 4.2　运行 Calibre DRC 出现的主界面

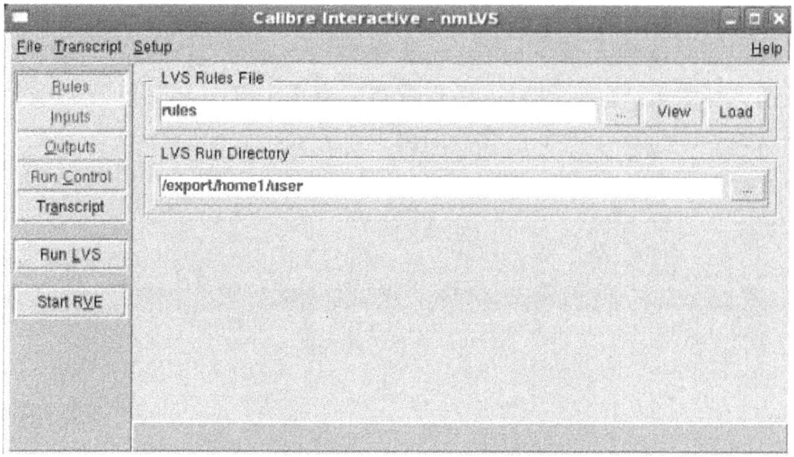

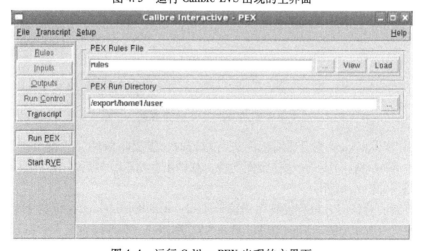

图 4.3　运行 Calibre LVS 出现的主界面

图 4.4　运行 Calibre PEX 出现的主界面

4.1.2　采用 Calibre 图形界面启动

可以采用在终端输入命令 calibre – gui& 来启动 Mentor Calibre，如图 4.5 所示。

图 4.5　命令行启动 Calibre 界面

如图 4.5 所示，包括 DRC、DFM、LVS、PEX 和 RVE 5 个选项，鼠标左键单击相应的选项即可启动相应的工具，其中单击 DRC、LVS、PEX 选项出现的界面分别如图 4.2 ~ 图 4.4 所示。

4.1.3　采用 Calibre View 查看器启动

可以采用在终端输入命令 calibredrv& 来启动 Mentor Calibre 查看器，通过查看器可对版图进行编辑，同时也可以在查看器中调用 DRC、LVS 以及 PEX 工具继续进行版图验证。Mentor Calibre 查看器如图 4.6 所示。

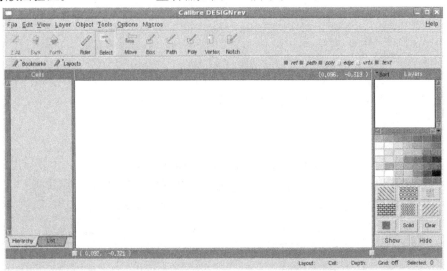

图 4.6　Mentor Calibre 查看器

采用 Calibre View 查看器对版图进行验证时，需要将版图文件读至查看器中，单击菜单 File→Open layout 选择版图文件，如图 4.7 所示，然后单击"Open"按钮打开版图，如图 4.8 所示。

进行版图验证时，鼠标左键单击菜单 Tools→Calibre Interactive 下的子菜单来选择验证工具（Run DRC、Run DFM、Run LVS 和 Run PEX），如图 4.9 所示。其中单击 Run DRC、Run LVS、Run PEX 选项出现的界面分别如图 4.2 ~ 图 4.4 所示。

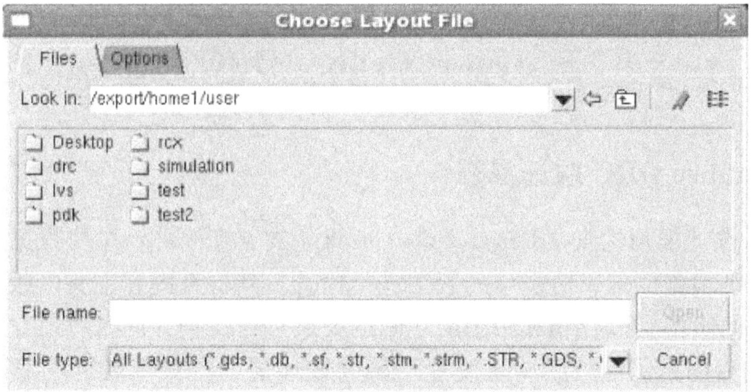

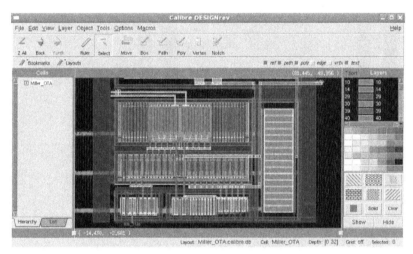

图 4.7　Calibre View 打开版图对话框

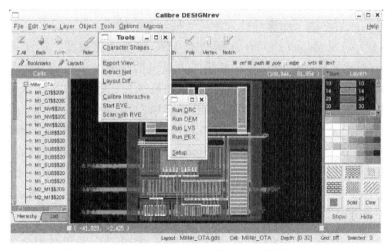

图 4.8　Calibre View 打开后版图显示

图 4.9　Calibre Interactive 下启动 Calibre 版图验证工具

4.2 Mentor Calibre DRC 验证

4.2.1 Calibre DRC 验证简介

DRC 是设计规则检查（Design Rule Check）的英文简称，主要根据工艺厂商提供的设计规则检查文件，对设计的版图进行检查。其检查内容主要以版图层为主要目标，对相同版图层以及相邻版图层之间的关系进行检查，同时对尺寸进行规则检查。DRC 的目的是保证版图满足流片厂家的设计规则。只有满足厂家设计规则的版图才有可能被成功制造成芯片，并且符合电路设计者的设计初衷。图 4.10 示出不满足流片厂家设计规则的要求，设计的版图与制造出的芯片的差异。

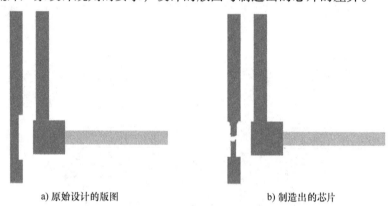

a) 原始设计的版图   b) 制造出的芯片

图 4.10 不满足设计规则要求的版图与芯片对比

从图 4.10 中可以看出，左侧线条在左下角变窄，而变窄部分如不满足设计规则的要求，在芯片制造过程中就可能发生物理上的断路，造成芯片功能失效。所以在版图设计完成后必须采用流片厂家的设计规则进行检查。

图 4.11 为采用 Mentor Calibre 工具进行 DRC 的基本流程图。如图 4.11 所示，采用 Calibre 对输入版图进行 DRC，其输入主要包括两项，一个是设计者的版图数据（Layout），一般为 GDSII 格式；另外一个就是流片厂家提供的设计规则（Rule File）。其中 Rule File 中限制了版图设计的要求以及提供 Calibre 工具如何做 DRC。Calibre 做完 DRC 后输出处理结果，设计者可以通过一个查看器（Viewer）来看，并通过提示信息对版图中出现的错误进行修正，直到无 DRC 错误为止。

Calibre DRC 是一个基于边缘（EDGE）的版图验证工具，其图形的所有运算都是基于边缘来进行的，这里的边缘还区分内边和外边，如图 4.12 所示。

Calibre DRC 文件的常用指令主要包括内边检查（Internal）、外边检查（External）、尺寸检查（Size）、覆盖检查（Enclosure）等，下面分别介绍 Internal、External 和 Enclosure 三种功能。

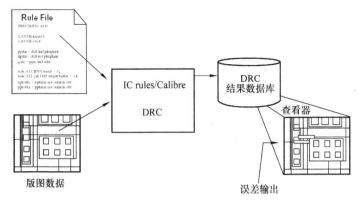

图 4.11　采用 Mentor Calibre 工具做 DRC 的基本流程图

内边检查（Internal）指令一般用于检查多边形的内间距，可以用来检查同一版图层的多边形内间距，也可以检查两个不同版图层的多边形之间的内间距，如图 4.13 所示。

在图 4.13 中，内边检查的是多边形内边的相对关系，需要注意的是图 4.13 左侧凹进去的相对两边不做检

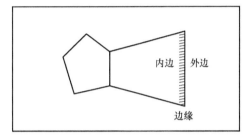

图 4.12　Mentor Calibre 边缘示意图

查，这是因为两边是外边缘的缘故。一般内边检查主要针对的是多边形或者矩形宽度的检查，例如金属最小宽度等。

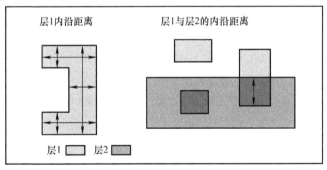

图 4.13　Calibre DRC 内边检查示意图

外边检查（External）指令一般用于检查多边形外间距，可以用来检查同一版图层多边形的外间距，也可以检查两个不同版图层多边形的外间距，如图 4.14 所示。

在图 4.14 中，外边检查的是多边形外边的相对关系，图 4.14 对其左侧凹进去的部分上、下两边做检查。一般外边检查主要针对的是多边形或者矩形与其他图形距离的检查，例如同层金属、相同版图层允许的最小间距等。

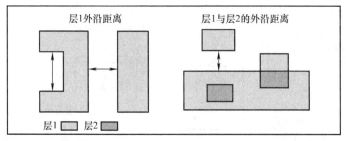

图 4.14 Calibre DRC 外边检查示意图

覆盖检查（Enclosure）指令一般用于检查多边形交叠，可以检查两个不同版图层多边形之间的关系，如图 4.15 所示。

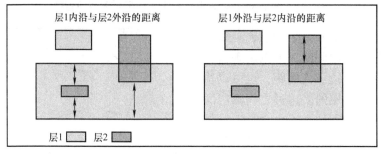

图 4.15 Calibre DRC 覆盖检查示意图

在图 4.15 中，覆盖检查用于检查被覆盖多边形外边与覆盖多边形内边的关系。一般覆盖检查是对多边形被其他图形覆盖，被覆盖图形的外边与覆盖图形内边的检查，例如有源区上多晶硅外延最小距离等。

4.2.2 Calibre DRC 界面介绍

图 4.16 为 Calibre DRC 主界面，同时也为 Rules 选项栏界面。Calibre DRC 主界面分为标题栏、菜单栏和工具选项栏。

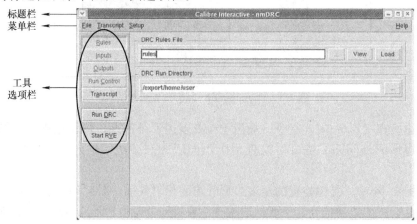

图 4.16 Calibre DRC 主界面

其中，标题栏显示的是工具名称（Calibre Interactive – nmDRC）；菜单栏分为Filc、Transcript 和 Setup 3 个主菜单，每个主菜单包含若干个子菜单，其子菜单功能见表 4.2 ~ 表 4.4；工具选项栏包括 Rules、Inputs、Outputs、Run Control、Transcript、Run DRC 和 Start RVE 共 7 个选项栏，每个选项栏对应了若干个基本设置，将在后面进行介绍。Calibre DRC 主界面中的工具选项栏，红色字体代表对应的选项还没有填写完整，绿色字体代表对应的选项已经填写完整，但是不代表填写完全正确，需要用户进行确认填写信息的正确性。

表 4.2　Calibre DRC 主界面 File 菜单功能介绍

File		
New Runset	建立新 Runset（Runset 中存储的是为本次进行验证而设置的所有选项信息）	
Load Runset	加载新 Runset	
Save Runset	保存 Runset	
Save Runset As	另存 Runset	
View Text File	查看文本文件	
Control File	View	查看控制文件
	Save As	将新 Runset 另存至控制文件
Recent Runsets	最近使用过的 Runsets 文件	
Exit	退出 Calibre DRC	

表 4.3　Calibre DRC 主界面 Transcript 菜单功能介绍

Transcript	
Save As	可将副本另存至文件
Echo to File	可将文件加载至 Transcript 界面
Search	在 Transcript 界面中进行文本查找

表 4.4　Calibre DRC 主界面 Setup 菜单功能介绍

Setup	
DRC Option	DRC 选项
Set Environment	设置环境
Select Checks	选择 DRC 选项
Layout Viewer	版图查看器环境设置
Preferences	DRC 偏好设置
Show ToolTips	显示工具提示

图 4.17 为工具选项栏选择 Rules 时的显示结果，其界面右侧分别为 DRC 规则文件选择（DRC Rules File）和 DRC 运行目录选择（DRC Run Directory）。规则文件选择定位 DRC 规则文件的位置，其中［...］为选择规则文件在磁盘中的位置，View 为查看选中的 DRC 规则文件，Load 为加载之前保存过的规则文件；DRC 运行目录为选择 Calibre DRC 执行目录，单击［...］可以选择目录，并在框内进行显

示。图 4.17 中 Rules 已经填写完毕。

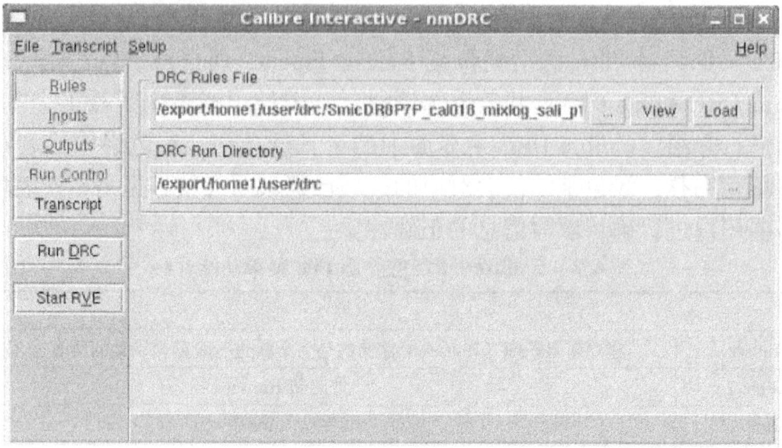

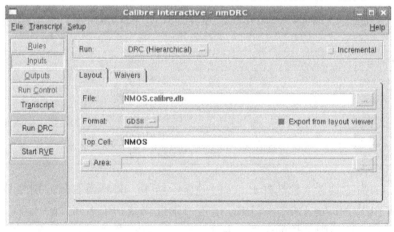

图 4.17　工具选项栏选择 Rules 时的显示结果

图 4.18 为工具选项栏选择 Inputs→Layout 时的显示结果。

（1）Layout 选项（见图 4.18）

Run［Hierarchical/Flat/Calibre CB］：选择 Calibre DRC 运行方式；

File：版图文件名称；

Format［GDSII/OASIS/LEFDEF/MILKYWAY/OPENACCESS］：版图格式；

Export from layout viewer：高亮为从版图查看器中导出文件，否则使用存在的文件；

Top Cell：选择版图顶层单元名称，如图是层次化版图，则会出现选择框；

Area：高亮后，可以选定做 DRC 版图的坐标（左下角和右上角）。

图 4.18　工具选项栏选择 Inputs→Layout 时的显示结果

（2）Waivers 选项（见图 4.19）

Run［Hierarchical/Flat/Calibre CB］：选择 Calibre DRC 运行方式；

Preserve cells from waiver file（s）：从舍弃文件中保留填入的单元；

Additional Cells：添加额外需要检查的单元。

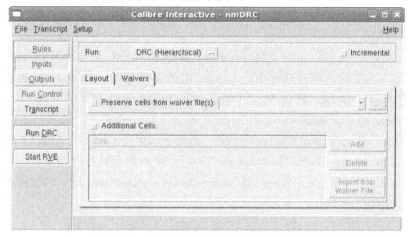

图 4.19　工具选项栏选择 Inputs→Waivers 时的显示结果

　　图 4.20 为工具选项栏选择 Outputs 时的显示结果，图 4.20 可分为上下两个部分，上面为 DRC 后输出结果选项，下面为 DRC 后报告选项。

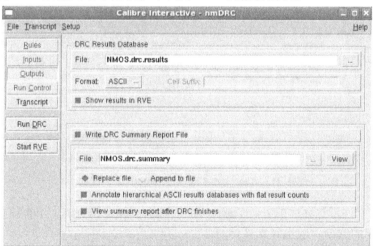

图 4.20　工具选项栏选择 Outputs 时的显示结果

DRC Results Database 下面包括：

File：DRC 后生成数据库的文件名称；

Format：DRC 后生成数据库的格式（ASCII、GDSII 或 OASIS 可选）；

Show results in RVE：高亮则在 DRC 完成后自动弹出 RVE 窗口；

Write DRC Summary Report File（高亮则将 DRC 总结文件保存到文件中）；

File：DRC 总结文件保存路径以及文件名称；

Replace file/Append to file：以替换/追加形式保存文件；

Annotate hierarchical ASCII results databases with flat result counts：以打平方式反标至层次化结果；

View summary report after DRC finishes：高亮则在 DRC 后自动弹出总结报告。

图 4.21 为工具选项栏选择 Run Control 时的显示结果，图 4.21 显示的为 Run Control 中的 Performance 选项卡，另外还包括 Incremental DRC Validation、Remote Setup、Licensing 3 个选项卡。

Run 64 – bit version of Calibre – RVE：高亮表示运行 Calibre – RVE 64 位版本；

Run Calibre on：[Local Host/Remote Host]：在本地/远程运行 Calibre；

Run Calibre：[Single – Threaded/Multi – Threaded/Distributed]：单进程/多进程/分布式运行 Calibre DRC。

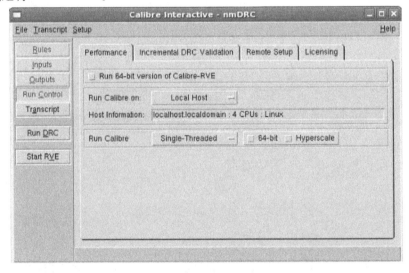

图 4.21　Run Control 菜单中 Performance 选项卡

此外，图 4.21 所示的 Incremental DRC Validation、Remote Setup 和 Licensing 3 个选项卡中的选项一般选择默认即可。

图 4.22 为工具选项栏选择 Transcript 时的显示结果，显示 Calibre DRC 的启动信息，包括启动时间、启动版本和运行平台等信息。在 Calibre DRC 执行过程中，还显示 Calibre DRC 的运行进程。

单击图 4.22 中的 "Run DRC" 按钮，可以立即执行 Calibre DRC。

单击图 4.22 中的 "Start RVE" 按钮，可以手动启动 RVE 视窗，启动后的视窗如图 4.23 所示。

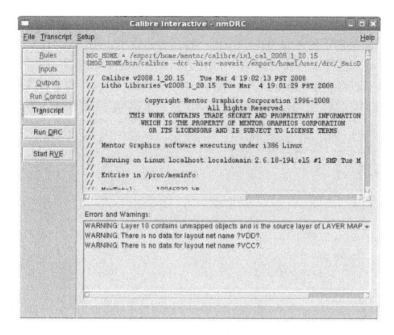

图 4.22　工具选项栏选择 Transcript 时的显示结果

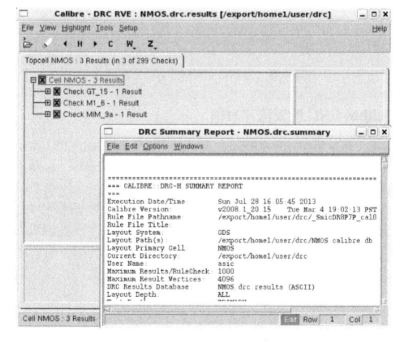

图 4.23　Calibre DRC 的 RVE 视窗图

　　图 4.23 中的 RVE 窗口，分为左上侧的错误报告窗口、左下侧的错误文本说明显示窗口，以及右侧的错误对应坐标显示窗口三个部分。其中错误报告窗口显示了

Calibre DRC 后所有的错误类型以及错误数量，如果存在红色"×"表示版图存在 DRC 错误，如果显示的是绿色的"√"，那么表示没有 DRC 错误；错误文本说明显示窗口显示了在错误报告窗口选中的错误类型对应的文本说明；错误对应坐标显示窗口显示了版图顶层错误的坐标。图 4.24 为无 DRC 错误时的 RVE 视窗图。

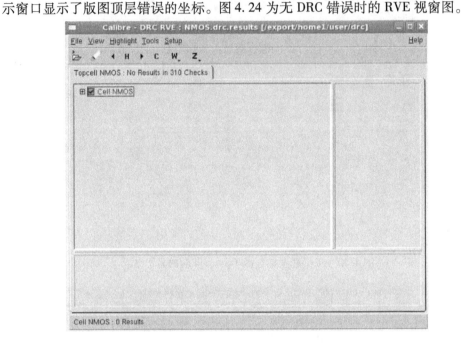

图 4.24　无 DRC 错误时的 RVE 视窗图

4.2.3　Calibre DRC 验证流程举例

下面详细介绍采用 Mentor Calibre 工具对版图进行 DRC 的流程，并示出几种修改违反 DRC 规则错误的方法。本节采用内嵌在 Cadence Virtuoso Layout Editor 的菜单选项来启动 Calibre DRC。Calibre DRC 的使用流程如下：

1) 启动 Cadence Virtuoso 工具命令 icfb&，弹出如图 4.25 所示窗口。

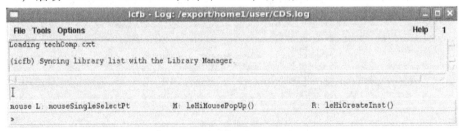

图 4.25　启动 Cadence Virtuoso

2) 打开需要验证的版图视图。选择 File→Open，弹出打开版图窗口，在"Li-

brary Name"中选择"layout _ test","Cell Name"中选择"Miller _ OTA","View
Name"中选择"layout",如图 4. 26 所示。

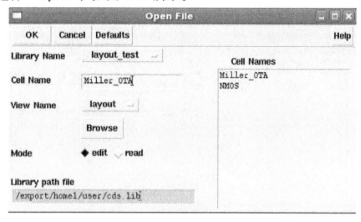

图 4.26　打开版图窗口

3）单击"OK"按钮,弹出 Miller _ OTA 版图视图,如图 4. 27 所示。

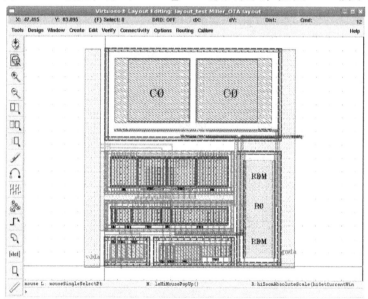

图 4.27　打开 Miller _ OTA 版图

4）在 Miller _ OTA 版图视图的工具菜单栏中选择 Calibre→Run DRC,弹出 Cal-
ibre DRC 工具对话框,如图 4. 28 所示。

5）选择工具选项菜单中的 Rules,并在 DRC 工具对话框右侧 DRC Rules File
栏中单击［...］选择设计规则文件,并在 DRC Run Directory 栏右侧选择［...］
选择运行目录,如图 4. 29 所示。

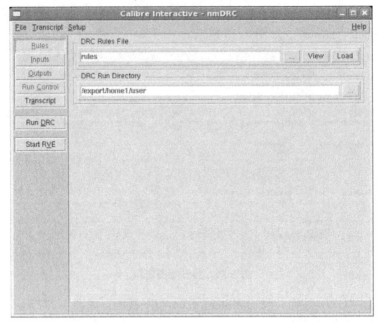

图 4.28　打开 Calibre DRC 工具

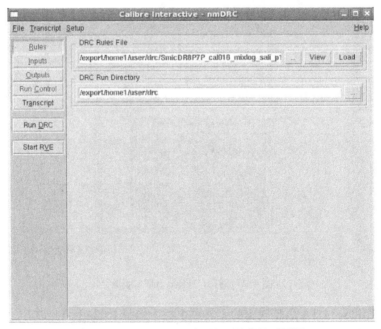

图 4.29　Calibre DRC 中 Rules 子菜单对话框

6）选择工具选项菜单中的 Inputs，并在 Layout 选项中选择"Export from layout viewer"高亮，如图 4.30 所示。

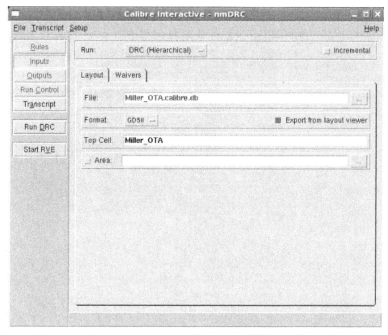

图 4.30　Calibre DRC 中 Inputs 子菜单对话框

7）选择工具选项菜单中的 Outputs，可以选择默认的设置，同时也可以改变相应输出文件的名称，如图 4.31 所示。

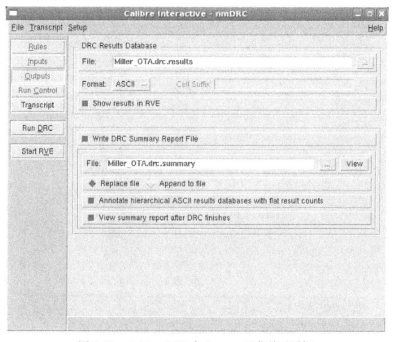

图 4.31　Calibre DRC 中 Outputs 子菜单对话框

8）Calibre DRC 工具选项菜单的 Run Control 菜单可以选择默认设置，单击"Run DRC"，Calibre 开始导出版图文件并对其进行 DRC，如图 4.32 所示。

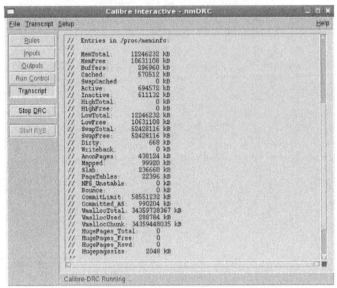

图 4.32　Calibre DRC 运行中

9）Calibre DRC 完成后，软件会自动弹出输出结果 RVE 和文本格式文件，分别如图 4.33 和图 4.34 所示。

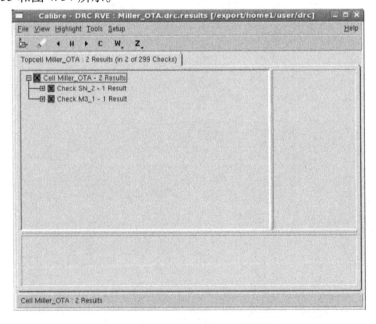

图 4.33　Calibre DRC 结果查看图形界面

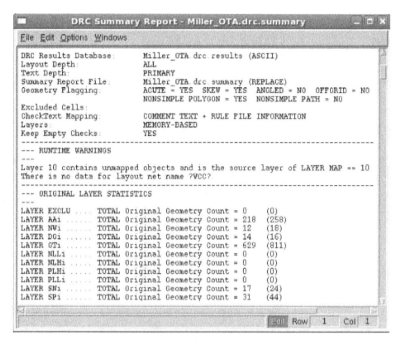

图 4.34　Calibre DRC 输出文本

10）查看图 4.33 所示的 Calibre DRC 输出结果的图形界面 RVE，查看错误报告窗口表明在版图中存在两个 DRC 错误，分别为 SN＿2（SN 区间距小于 0.44μm）和 M3＿1（M3 的最小宽度小于 0.28μm）。

11）错误 1 修改。鼠标左键单击错误报告窗口 Check SN＿2－1 Result，并双击下属菜单中的 01，错误文本显示窗口显示设计规则路径（Rule File Pathname：/export/home1/user/drc/＿SmicDR8P7P＿cal018＿mixlog＿sali＿p1mt6＿1833.drc＿）以及违反的具体规则（Minimum space between two SN regions is less than 0.44um），DRC 结果查看图形界面如图 4.35 所示，其版图 DRC 错误定位如图 4.36 所示。

12）根据提示进行版图修改，将两个 SN 区合并为一个，就不会存在间距问题，修改后的版图如图 4.37 所示。

13）错误 2 修改。鼠标左键单击错误报告窗口 Check M3＿1－1 Result，并双击下属菜单中的 01，错误文本显示窗口显示设计规则路径（Rule File Pathname：/export/home1/user/drc/＿SmicDR8P7P＿cal018＿mixlog＿sali＿p1mt6＿1833.drc＿）以及违反的具体规则（Minimum width of an M3 region is 0.28um），DRC 结果查看图形界面如图 4.38 所示，版图错误定位如图 4.39 所示。

14）根据提示进行版图修改，将 M3 的线宽加宽，满足最小线宽要求，修改后的版图如图 4.40 所示。

15）DRC 错误修改完毕后，再次做 DRC，直到所有的错误都修改完毕，出现如图 4.41 所示的界面，表明 DRC 已经通过。

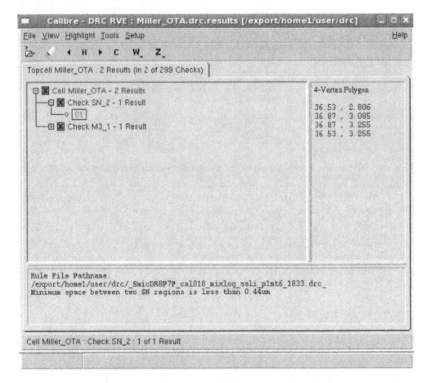

图 4.35　DRC 结果查看图形界面

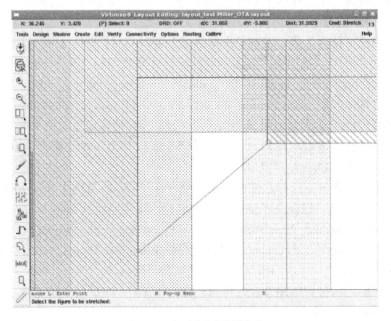

图 4.36　相应版图错误定位

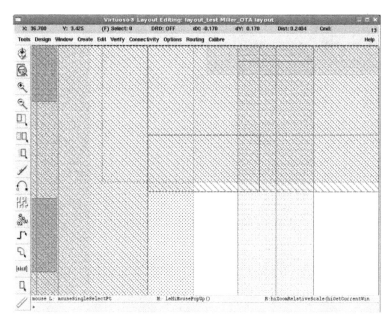

图 4.37　修改后版图

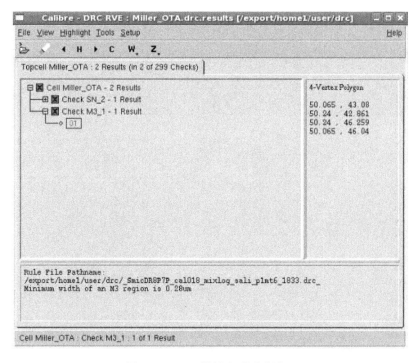

图 4.38　DRC 结果查看图形界面

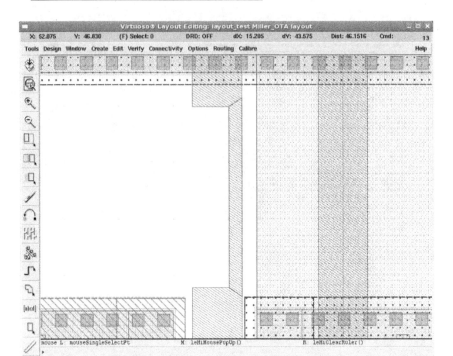

图 4.39　相应版图错误定位

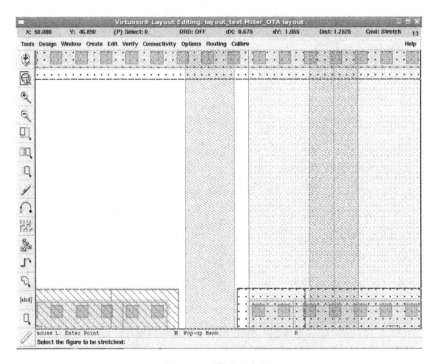

图 4.40　修改后版图

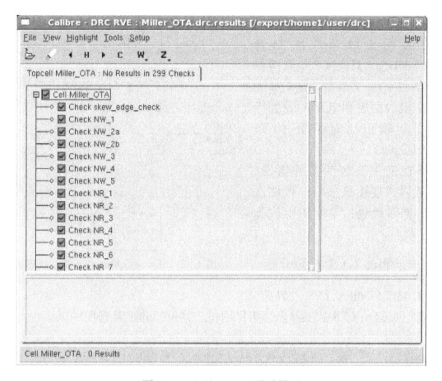

图 4.41　Calibre DRC 通过界面

以上完成了 Calibre DRC 的主要流程。通常设计时会出现多种 DRC 错误，需要设计者反复地进行修改。特别要注意的是，在单个电路设计时，往往会出现金属、多晶硅或者电容层密度不足的 DRC 错误。这时一般可以忽略，待到整体芯片设计时再进行 Dummy 金属、多晶硅和电容层的填充，使其满足密度的最小规则。

4.3　Mentor Calibre LVS 验证

4.3.1　Calibre LVS 验证简介

LVS 检查全称为 Layout Versus Schematic，即版图与电路图一致性检查，目的在于检查人工绘制的版图是否和电路结构相符。由于电路图在版图设计之初已经经过仿真确定了所采用的晶体管以及各种器件的类型和尺寸，一般情况下人工绘制的版图如果没有经过验证基本上不可能与电路图完全相同，所以对版图与电路图做一致性检查非常必要。

通常情况下 Calibre 工具对版图与电路图做一致性检查时的流程如图 4.42 所示。

图 4.42 为 Mentor Calibre LVS 的基本流程，首先，Calibre 工具先从版图（Layout）根据器件定义规则，对器件以及连接关系提取相应的网表（Layout Netlist），其次读入电路网表（Source Netlist），再根据一定的算法对版图提出的网表和电路网表进行比对，最后输出比对结果（LVS Compare Output）。

LVS 检查主要包括器件属性、器件尺寸以及连接关系等一致性比对检查，同时还包括电学规则检查（ERC）等。

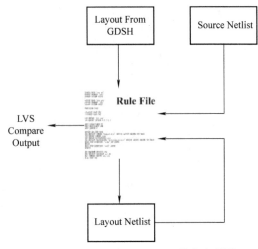

图 4.42　Mentor Calibre LVS 基本流程图

4.3.2　Calibre LVS 界面介绍

图 4.43 为 Calibre LVS 主界面，由图可知，Calibre LVS 的主界面分为标题栏、菜单栏和工具选项栏。

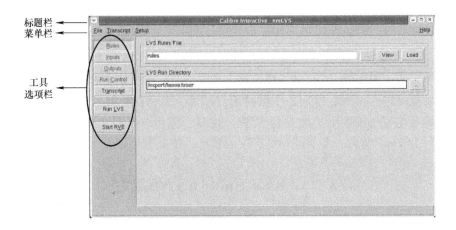

图 4.43　Calibre LVS 主界面

其中，标题栏显示的是工具名称（Calibre Interactive – nmLVS），菜单栏分为 File、Transcript 和 Setup 三个主菜单，每个主菜单包含若干个子菜单，其子菜单功能见表 4.5 ~ 表 4.7；工具选项栏包括 Rules、Inputs、Outputs、Run Control、Transcript、Run LVS 和 Start RVE 共 7 个选项栏，每个选项栏对应了若干个基本设置，将在后面进行介绍。Calibre LVS 主界面中的工具选项栏，红色字框代表对应的选项还没有填写完整，绿色代表对应的选项已经填写完整，但是不代表填写完全正确，需要用户确认填写信息的正确性。

表 4.5   Calibre LVS 主界面 File 菜单功能介绍

File		
New Runset		建立新 Runset
Load Runset		加载新 Runset
Save Runset		保存 Runset
Save Runset As		另存 Runset
View Text File		查看文本文件
Control File	View	查看控制文件
	Save As	将新 Runset 另存至控制文件
Recent Runsets		最近使用过的 Runsets
Exit		退出 Calibre LVS

表 4.6   Calibre LVS 主界面 Transcript 菜单功能介绍

Transcript	
Save As	可将副本另存至文件
Echo to File	可将文件加载至 Transcript 界面
Search	在 Transcript 界面中进行文本查找

表 4.7   Calibre LVS 主界面 Setup 菜单功能介绍

Setup	
LVS Options	LVS 选项
Set Environment	设置环境
Verilog Translator	Verilog 文件格式转换器
Create Device Signatures	创建器件特征
Layout Viewer	版图查看器环境设置
Schematic Viewer	电路图查看器环境设置
Preferences	LVS 设置偏好
Show ToolTips	显示工具提示

图 4.43 同时也为工具选项栏选择 Rules 的显示结果，其界面右侧分别为规则文件选择栏以及规则文件路径选择栏。规则文件栏为定位 LVS 规则文件的位置，其中 [...] 为选择规则文件在磁盘中的位置，View 为查看选中的 LVS 规则文件，Load 为加载之前保存过的规则文件；路径选择栏为选择 Calibre LVS 的执行目录，单击 [...] 可以选择目录，并在框内进行显示。图 4.44 的 Rules 已经填写完毕。

图 4.45 为工具选项栏选择 Inputs 下 Layout 的显示结果，图 4.45 可分为上下两个部分，上半部分为 Calibre LVS 的验证方法（Hierarchical、Flat 或者 Calibre CB 可选）和对比类别（Layout vs Netlist、Netlist vs Netlist 和 Netlist Extraction 可选），下半部分为版图 Layout、网表 Netlist 和层次换单元 H – Cells 的基本选项。

（1）Layout 选项（见图 4.45）

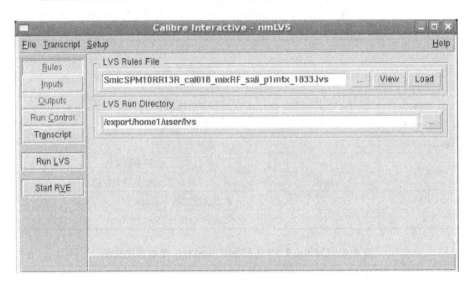

图 4.44 填写完毕的 Calibre LVS

File：版图文件名称；

Format ［GDS/OASIS/LEFDEF/MILKYWAY/OPENACCESS］：版图文件格式可选；

Top Cell：选择版图顶层单元名称，如图是层次化版图，则会出现选择框；

Layout Netlist：填入导出版图网表文件名称。

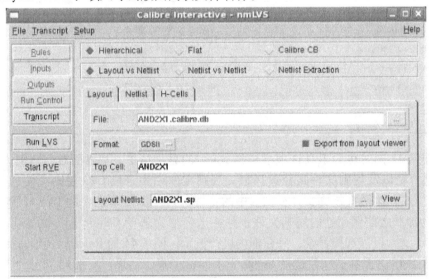

图 4.45 工具选项栏选择 Inputs→Layout 的显示结果

（2）Netlist 选项（见图 4.46）

Files：网表文件名称；

Format［SPICE/VERILOG/MIXED］：网表文件格式 SPICE、VERILOG 和混合可选；

Export from schematic viewer：高亮为从电路图查看器中导出电路网表文件；

Top Cell：选择电路图顶层单元名称，如图是层次化版图，则会出现选择框。

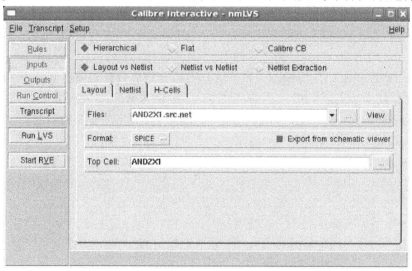

图 4.46　工具选项栏选择 Inputs→Netlist 的显示结果

（3）H－Cells 选项（见图 4.47，当采用层次化方法做 LVS 时，H－Cells 选项才起作用）

Match cells by name（automatch）：通过名称自动匹配单元；

Use H－Cells file［hcells］：可以自定义文件 hcells 来匹配单元。

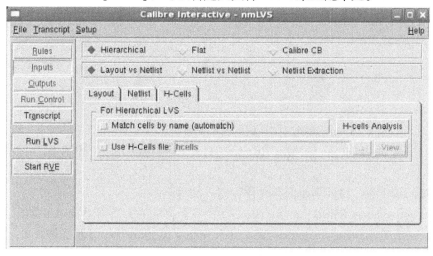

图 4.47　工具选项栏选择 Inputs→H－Cells 的显示结果

图 4.48 为工具选项栏选择 Outputs 的 Report/SVDB 时的显示结果，图 4.48 显示的内容可分为上下两个部分，上面为 Calibre LVS 检查后输出结果选项，下面为 SVDB 数据库输出选项。

（1）Report/SVDB 选项卡（见图 4.48）

LVS Report File：Calibre LVS 检查后生成的报告文件名称；

View Report after LVS finishes：高亮后 Calibre LVS 检查后自动开启查看器；

Create SVDB Database：高亮后创建 SVDB 数据库文件；

Start RVE after LVS finishes：高亮后 LVS 检查完成后自动弹出 RVE 窗口；

SVDB Directory：SVDB 产生的目录名称，默认为 svdb；

Generate data for Calibre – xRC：将为 Calibre – xRC 产生必要的数据；

Generate ASCII cross – reference files：产生 Calibre 连接接口数据 ASCII 文件；

Generate Calibre Connectivity Interface data：产生 Calibre 连接界面上的相关数据。

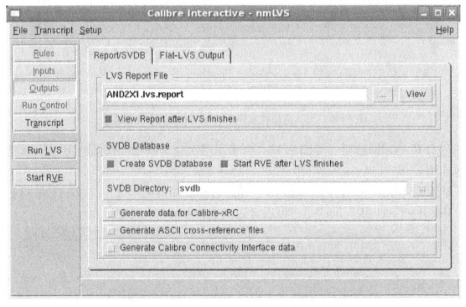

图 4.48　工具选项栏选择 Outputs→Report/SVDB 时的显示结果

（2）Flat – LVS Output 选项卡（见图 4.49）

Write Mask Database for MGC ICtrace（Flat – LVS only）：为 MGC 保存掩膜数据库文件；

MaskDB File：如果需要保存文件，写入文件名称；

Do not generate SVDB data for flat LVS：不为打散的 LVS 产生 SVDB 数据；

Write ASCII cross – reference files（ixf，nxf）：保存 ASCII 对照文件；

Write Binary Polygon Format（BPF）files：保存 BPF 文件；

Save extracted flat SPICE netlist file：高亮后保存提取打散的 SPICE 网表文件。

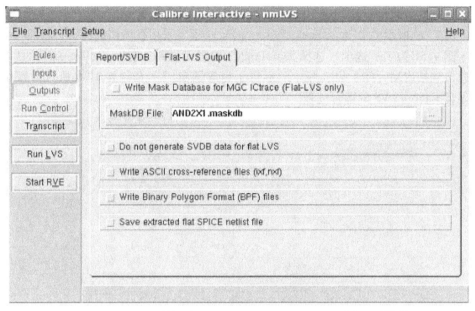

图 4.49　工具选项栏选择 Outputs→Flat – LVS Output 时的显示结果

　　图 4.50 为工具选项栏选择 Run Control 时的显示结果，图 4.50 显示的为 Run Control 中的 Performance 选项卡，另外还包括 Remote Setup 和 Licensing 两个选项卡。

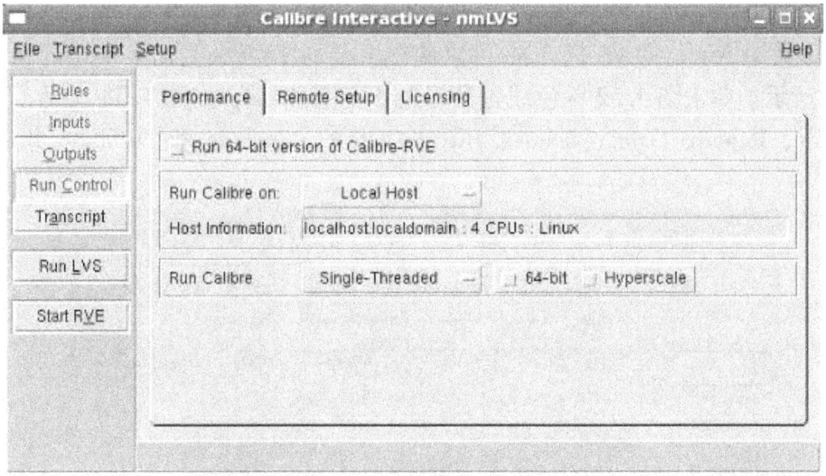

图 4.50　Run Control 菜单中 Performance 选项卡

Run 64 – bit version of Calibre – RVE：高亮表示运行 Calibre – RVE 64 位版本；

Run Calibre on［Local Host/Remote Host］：在本地或者远程运行 Calibre；

Host Information：主机信息；

Run Calibre［Single Threaded/Multi Threaded/Distributed］：采用单线程、多线程

或者分布式方式运行 Calibre。

图 4.50 所示的 Remote Setup 和 Licensing 选项卡采用默认值即可。

图 4.51 为工具选项栏选择 Transcript 时的显示结果，显示 Calibre LVS 的启动信息，包括启动时间、启动版本、运行平台等信息。在 Calibre LVS 执行过程中，还显示 Calibre LVS 的运行进程。

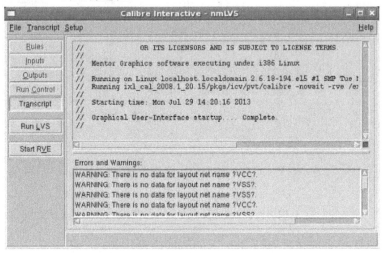

图 4.51　工具选项栏选择 Transcript 时的显示结果

单击菜单 Setup→LVS Options 可以调出 Calibre LVS 一些比较实用的选项，如图 4.52 所示。单击图 4.52 深色线框所示的 LVS Options，如图 4.53 所示，主要分为 Supply、Report、Gates、Shorts、ERC、Connect、Include 和 Database 共 8 个选项卡。

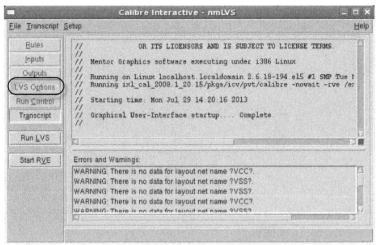

图 4.52　调出的 LVS Options 功能选项菜单

图 4.53 为 LVS Options 功能选项中的 Supply 选项卡。

Abort LVS on power/ground net errors：高亮时，当发现电源和地短路时 LVS 中断；

Abort LVS on Softchk errors：高亮时，当发现软连接错误时 LVS 中断；

Ignore layout and source pins during comparison：在比较过程中忽略版图和电路中的端口；

Power nets：可以加入电源线网名称；

Ground nets：可以加入地线网名称。

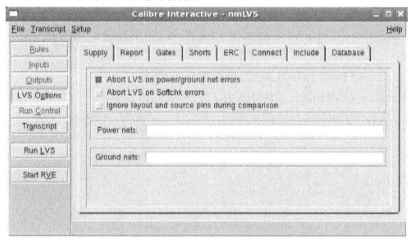

图 4.53　LVS Options 选项菜单 Supply 选项卡

图 4.54 为 LVS Options 功能选项中的 Report 选项卡。

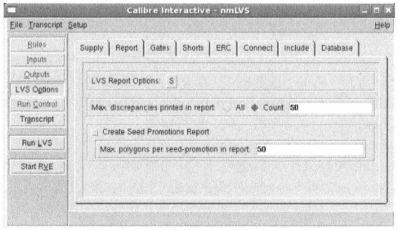

图 4.54　LVS Options 选项菜单 Report 选项卡

LVS Report Options：LVS 报告选项；

Max. discrepancies printed in report：报告中显示的最大错误数量；

Great Seed Promotions Report：产生将所有版图层次打平后的 LVS 报告；

Max. polygons per seed – promotion in report：报告中显示的最大多边形错误的数量。

图 4.55 为 LVS Options 功能选项中的 Gates 选项卡。

Recognize all gates：高亮后，LVS 识别所有的逻辑门来进行比对；

Recognize simple gates：高亮后，LVS 只识别简单的逻辑门（反相器、与非门、或非门）来进行比对；

Turn gate recognition off：高亮后，只允许 LVS 按照晶体管级来进行比对；

Mix subtypes during gate recognition：在逻辑门识别过程中采用混合子类型进行比对；

Filter Unused Device Options：过滤无用器件选项。

LVS Options 选项 Shorts 选项卡使用默认设置即可。

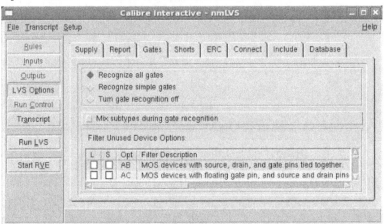

图 4.55　LVS Options 选项 Gates 选项卡

图 4.56 为 LVS Options 选项 ERC 选项卡。

Run ERC：高亮后，在执行 Calibre LVS 的同时执行 ERC，可以选择检查类型；

ERC Results File：填写 ERC 结果输出文件名称；

ERC Summary File：填写 ERC 总结文件名称；

Replace file/Append to file：替换文件或者追加文件；

Max. errors generated per check：每次检查产生错误的最大数量；

Max. vertices in output polygons：指定输出多边形顶点数的最大值。

图 4.57 为 LVS Options 选项 Connect 选项卡。

Connect nets with colon (:)：高亮后，版图中有文本标识后以同名冒号结尾的，默认为连接状态；

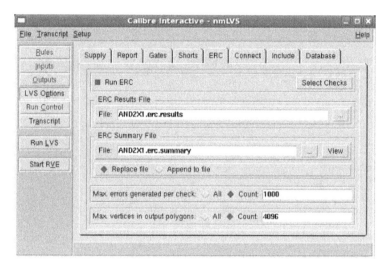

图 4.56 LVS Options 选项 ERC 选项卡

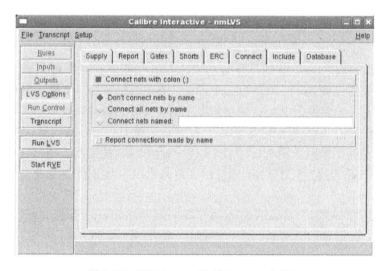

图 4.57 LVS Options 选项 Connect 选项卡

Don't connect nets by name：高亮后，不采用名称方式连接线网；

Connect all nets by name：高亮后，采用名称的方式连接线网；

Connect nets named：高亮后，对于填写名称的线网采用名称方式连接；

Report connections made by name：高亮后，报告通过名称方式的连接。

图 4.58 为 LVS Options 选项 Include 选项卡。

Include Rule Files：（specify one per line）：包含规则文件；

Include SVRF Commands：包含标准验证规则格式命令。

在 Calibre LVS 主界面的工具选项栏中，单击图 4.58 中的"Run LVS"按键，可以立即执行 Calibre LVS 检查。同样在 Calibre LVS 主界面的工具选项栏中，单击

图 4.58 中的"Start RVE"按键，可以手动启动 RVE 视窗，启动后的视窗如图 4.59 所示。

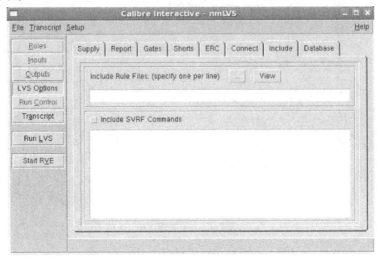

图 4.58　LVS Options 选项 Include 选项卡

图 4.59 所示的 RVE 窗口，分为左侧的 LVS 结果文件选择框、右上侧的 LVS 匹配结果以及右下侧的不一致信息三个部分。其中，LVS 结果文件选择框包括了输入的规则文件、电路网表文件，输出的版图网表文件、器件以及连接关系，匹配报告和 ERC 报告等；LVS 匹配结果显示了 LVS 运行结果；不一致信息包括了 LVS 不匹配时对应的说明信息。图 4.60 为 LVS 通过时的 RVE 视窗图。同时也可以输出报告来查验 LVS 是否通过，图 4.61 的标识（对号标识 + CORRECT + 笑脸）表明 LVS 已通过。

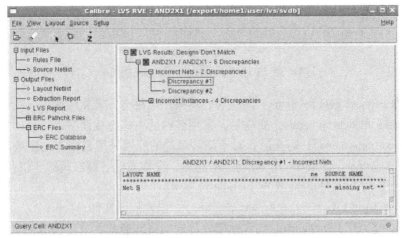

图 4.59　Calibre LVS 的 RVE 视窗图

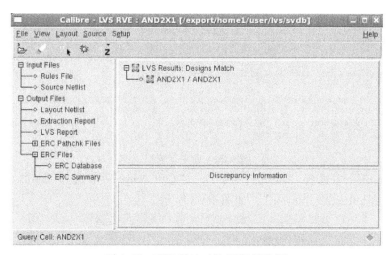

图 4.60　LVS 通过时的 RVE 视窗图

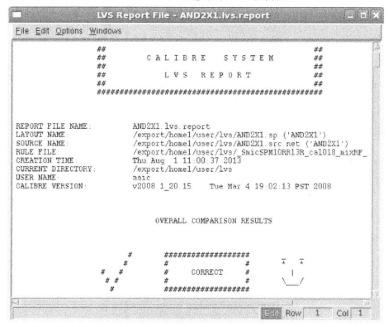

图 4.61　LVS 通过时的输出报告显示

4.3.3　Calibre LVS 验证流程举例

　　下面详细介绍采用 Calibre 工具对版图进行 LVS 检查的流程，并示出几种修改 LVS 错误的方法。本节采用内嵌在 Virtuoso Layout Editor 的菜单选项来启动 Calibre LVS。Calibre LVS 的使用流程如下：

　　1）启动 Cadence Virtuoso 工具命令 icfb，弹出命令行窗口，如图 4.62 所示。

　　2）打开需要验证的版图视图。选择 File→Open，弹出打开版图对话框，在

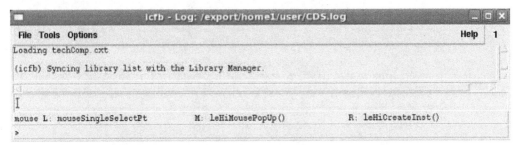

图 4.62 命令行窗口

"Library Name"中选择"layout_test", "Cell Name"中选择"Miller_OTA", "View Name"中选择"layout", 如图 4.63 所示。

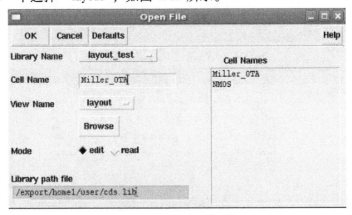

图 4.63 打开版图对话框

3) 单击"OK"按钮, 弹出 Miller_OTA 版图视图, 如图 4.64 所示。

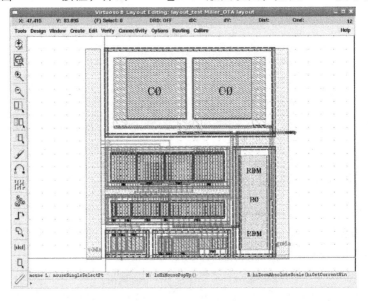

图 4.64 Miller_OTA 版图视图

4）打开 Calibre LVS 工具。选择 Miller _ OTA 的版图视图工具菜单中的 Calibre→
Run LVS，弹出 LVS 工具对话框，如图 4.65 所示。

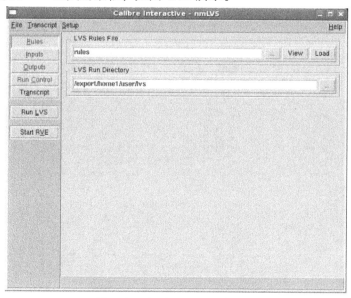

图 4.65　打开 Calibre LVS 工具

5）选择左侧菜单中的 Rules，并在对话框右侧 LVS Rules File 单击 ［...］ 选
择 LVS 规则文件，并在 LVS Run Directory 单击选择 ［...］ 选择运行目录，如
图 4.66所示。

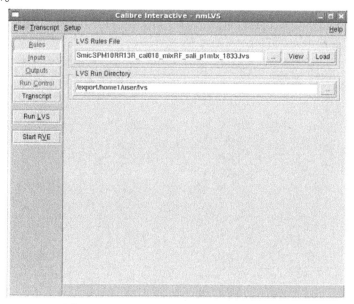

图 4.66　Calibre LVS 中 Rules 子菜单对话框

6）选择左侧菜单中的 Inputs，并在 Layout 选项卡中选择 "Export from layout

viewer" 高亮，如图 4.67 所示。

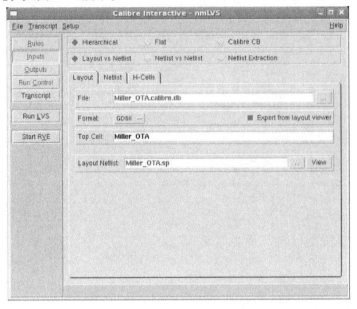

图 4.67　Calibre LVS 中 Inputs 菜单 Layout 选项卡对话框

7）再次选择左侧菜单中的 Inputs，选择 Netlist 选项卡，如果电路网表文件已经存在，则直接调取，并取消"Export from schematic viewer"高亮；如果电路网表需要从同名的电路单元中导出，那么在 Netlist 选项卡中选择"Export from schematic viewer"高亮（注意此时必须打开同名的 schematic 电路图窗口，才可从 schematic 电路图窗口中导出电路网表），如图 4.68 所示。

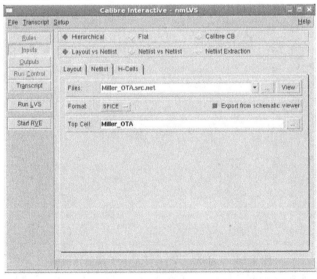

图 4.68　Calibre LVS 中 Inputs 菜单 Netlist 选项卡对话框

8）选择左侧菜单中的 Outputs，可以选择默认的设置，同时也可以改变相应输出文件的名称。选项"Create SVDB Database"选择是否生成相应的数据库文件，而"Start RVE after LVS finishes"选择在 LVS 完成后是否自动弹出相应的图形界面，如图 4.69 所示。

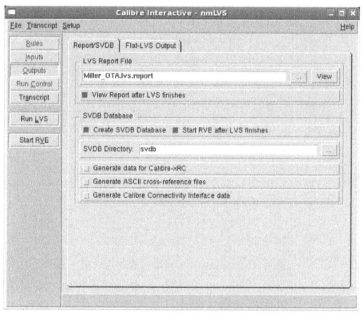

图 4.69　Calibre LVS 中 Outputs 选项卡对话框

9）Calibre LVS 左侧 Run Control 菜单可以选择默认设置，单击"Run LVS"按键，Calibre 开始导出版图文件并对其进行 LVS 检查，如图 4.70 所示。

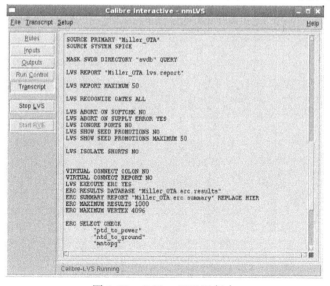

图 4.70　Calibre LVS 运行中

10）Calibre LVS 完成后，软件会自动弹出输出结果并弹出图形界面（在 Outputs 选项中选择，如果没有自动弹出，可单击"Start RVE"按钮开启图形界面），以便查看错误信息，如图 4.71 所示。

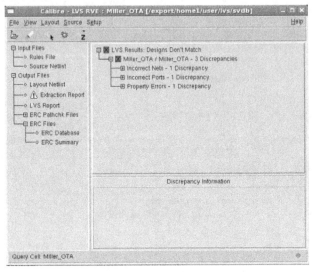

图 4.71　Calibre LVS 结果查看图形界面

11）查看图 4.71 所示的 Calibre LVS 输出结果的图形界面，表明在版图与电路图存在 3 项（共 3 类）不匹配错误，包括一项连线不匹配、一项端口匹配错误以及一项器件属性匹配错误。

12）匹配错误 1 修改。鼠标左键单击 Incorrect Nets – 1 Discrepancy，并单击下属菜单中的 Discrepancy #1，LVS 结果查看图形界面如图 4.72 所示，双击 LAYOUT NAME 下的高亮"voutp"，呈现版图中的 voutp 连线，如图 4.73 所示。

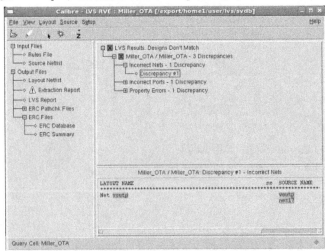

图 4.72　Calibre LVS 结果 1 查看图形界面

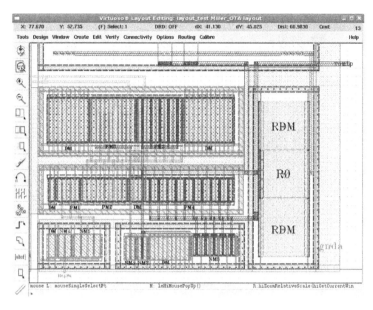

图 4.73　相应版图错误定位

13）根据 LVS 错误提示信息进行版图修改，步骤 12）中的提示信息表明版图连线 voutp 与电路的 net17 连线短路，应该对其进行修改。

14）匹配错误 2 修改。鼠标左键单击 Incorrect Ports – 1 Discrepancy，并单击下属菜单中的 Discrepancy #2，相应的 LVS 报错信息查看图形界面如图 4.74 所示，其表明端口 Idc_10u 没有标在相应的版图层上或者没有打标，查看版图相应位置，如图 4.75 所示。

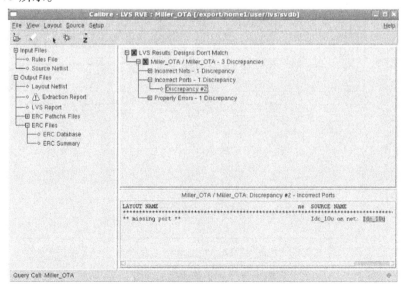

图 4.74　Calibre LVS 结果 2 查看图形界面

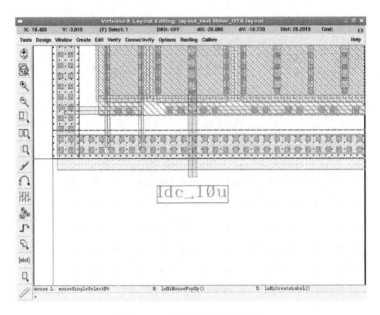

图 4.75   相应版图错误定位

15）图 4.75 所示的标识 Idc ＿10u 没有打在相应的版图层上，导致 Calibre 无法
找到其端口信息，修改方式为将标识上移至相应的版图层上即可，如图 4.76 所示。

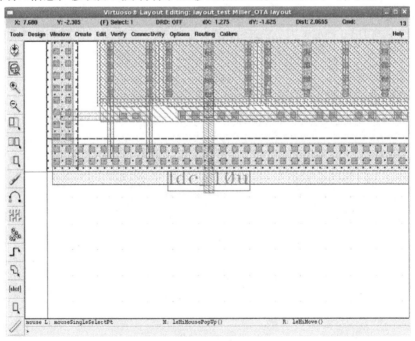

图 4.76   标识修改后的版图

16）匹配错误 3 修改。鼠标左键单击 Property Errors － 1 Discrepancy，并单击下属菜单中的 Discrepancy #3，相应的 LVS 报错信息查看图形界面如图 4.77 所示，其表明版图中器件尺寸与相应电路图中的不一致，查看版图相应位置，如图 4.78 所示。

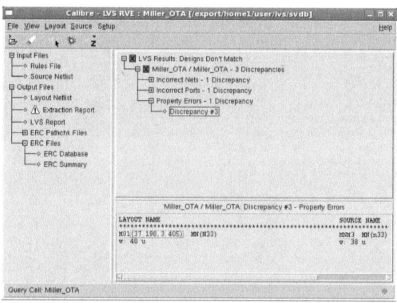

图 4.77　Calibre LVS 结果 3 查看图形界面

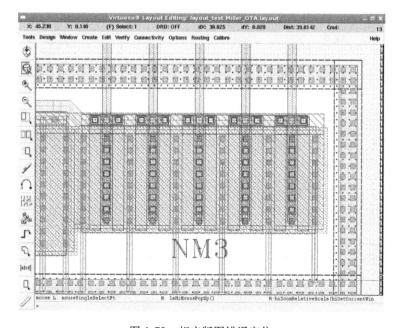

图 4.78　相应版图错误定位

17）图 4.78 所示版图中晶体管的尺寸为 $4\mu m \times 10 = 40\mu m$，而电路图中为 $38\mu m$，将版图中晶体管的尺寸修改为 $3.8\mu m \times 10 = 38\mu m$ 即可。

18）LVS 匹配错误修改完毕后，再次做 LVS，直到所有的匹配错误都修改完毕，直到出现如图 4.79 所示的界面，表明 LVS 已经通过。

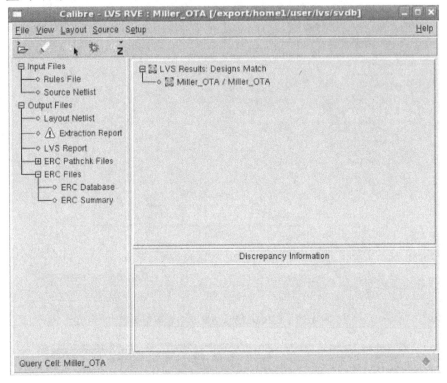

图 4.79   Calibre LVS 通过界面

以上完成了 Calibre LVS 检查的主要流程。

4.4   Mentor Calibre 寄生参数提取

4.4.1   Calibre PEX 验证简介

寄生参数提取（Parasitic Extraction，PEX）是根据工艺厂商提供的寄生参数文件对版图进行其寄生参数（通常为等效的寄生电容和寄生电阻，在工作频率较高的情况下还需要提取寄生电感）的抽取，电路设计工程师可以对提取出的寄生参数网表进行仿真，此仿真的结果由于寄生参数的存在，其性能相比之前仿真结果会有不同程度的恶化，使得其结果更加贴近芯片的实测结果，所以版图参数提取的准确程度对集成电路设计来说非常重要。

在这里需要说明的是对版图进行寄生参数提取的前提是版图和电路图的一致性检查必须通过，否则参数提取没有任何意义。所以一般工具都会在进行版图的寄生参数提取前自动进行 LVS 检查，生成寄生参数提取需要的特定格式的数据信息，然后再进行寄生参数提取。PEX 主要包括 LVS 和参数提取两部分。

通常情况下 Mentor Calibre 工具对寄生参数提取（Calibre PEX）流程如图 4.80 所示。

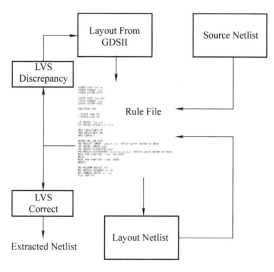

图 4.80　Mentor Calibre 寄生参数提取流程图

4.4.2　Calibre PEX 界面介绍

图 4.81 为 Calibre PEX 主界面，由图可知，Calibre PEX 的主界面分为标题栏、菜单栏和工具选项栏。

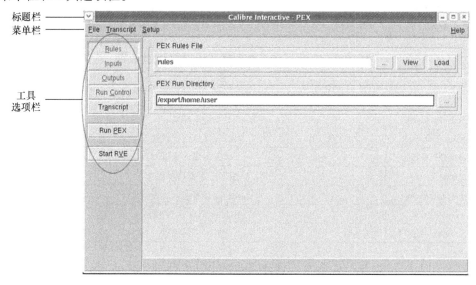

图 4.81　Calibre PEX 验证主界面

其中，标题栏显示的是工具名称（Calibre Interactive – PEX），菜单栏分为 File、Transcript 和 Setup 三个主菜单，每个主菜单包含若干个子菜单，其子菜单功能如表 4.8～表 4.10 所示；工具选项栏包括 Rules、Inputs、Outputs、Run Control、Transcript、Run PEX 和 Start RVE 共 7 个选项栏，每个选项栏对应了若干个基本设置，将在后面进行介绍。Calibre PEX 主界面中的工具选项栏，红色字框代表对应的选项还没有填写完整，绿色代表对应的选项已经填写完整，但是不代表填写完全正确，需要用户进行确认填写信息的正确性。

表 4.8　Calibre PEX 主界面 File 菜单功能介绍

File		
New Runset	建立新 Runset	
Load Runset	加载新 Runset	
Save Runset	保存 Runset	
Save Runset As	另存 Runset	
View Text File	查看文本文件	
Control File	View	查看控制文件
	Save As	将新 Runset 另存至控制文件
Recent Runsets	最近使用过的 Runsets	
Exit	退出 Calibre PEX	

表 4.9　Calibre PEX 主界面 Transcript 菜单功能介绍

Transcript	
Save As	可将副本另存至文件
Echo to File	可将文件加载至 Transcript 界面
Search	在 Transcript 界面中进行文本查找

表 4.10　Calibre PEX 主界面 Setup 菜单功能介绍

Setup	
PEX Options	PEX 选项
Set Environment	设置环境
Verilog Translator	Verilog 文件格式转换器
Delay Calculation	延迟时间计算设置
Layout Viewer	版图查看器环境设置
Schematic Viewer	电路图查看器环境设置
Preferences	Calibre PEX 设置偏好
Show ToolTips	显示工具提示

图 4.81 同时也为工具选项栏选择 Rules 的显示结果，其界面右侧分别为规则文件（PEX Rules File）和路径选择（PEX Run Directory）。规则文件定位 PEX 提取规则文件的位置，其中［…］为选择规则文件在磁盘中的位置，View 为查看选中的 PEX 以及提取规则文件，Load 为加载之前保存过的规则文件；路径选择为选择 Calibre PEX 的执行目录，单击［…］可以选择目录，并在框内进行显示。图 4.82的 Rules 已经填写完毕。

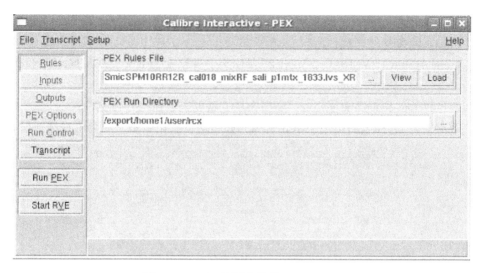

图 4.82　Rules 填写完毕的 Calibre PEX

工具选项栏 Inputs 包括 Layout、Netlist、H – Cells、Blocks 和 Probes 共 5 个选项卡。

（1）Layout 选项卡（见图 4.83）

File：版图文件名称；

Format［GDS/OASIS/LEFDEF/MILKYWAY/OPENACCESS］：版图文件格式可选；

Top Cell：选择版图顶层单元名称，如图是层次化版图，则会出现选择框。

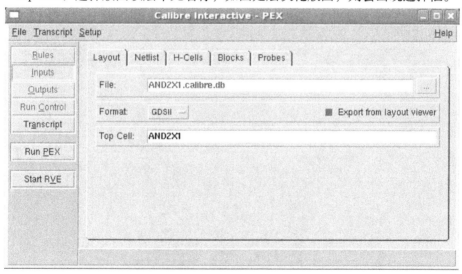

图 4.83　工具选项栏选择 Inputs→Layout 的显示结果

（2）Netlist 选项卡（见图 4. 84）

Files：网表文件名称；

Format［SPICE/VERILOG/MIXED］：网表文件格式 SPICE、VERILOG 和混合可选；

Export from schematic viewer：高亮为从电路图查看器中导出文件；

Top Cell：选择电路图顶层单元名称，如图是层次化版图，则会出现选择框。

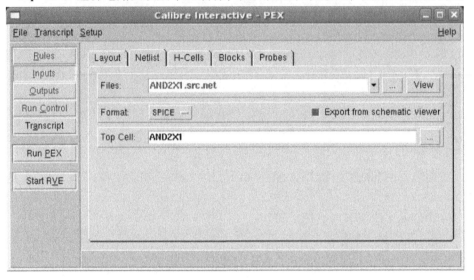

图 4. 84　工具选项栏选择 Inputs→Netlist 的显示结果

（3）H－Cells 选项卡（见图 4. 85，当采用层次化方法做 LVS 时，H－Cells 选项才起作用）

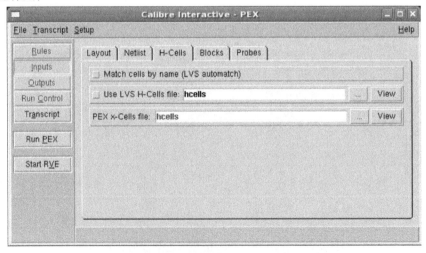

图 4. 85　工具选项栏选择 Inputs→H－Cells 的显示结果

Match cells by name（LVS automatch）：通过名称自动匹配单元；

Use LVS H－Cells file［hcells］：可以自定义文件 hcells 来匹配单元；

PEX x－Cells file：指定寄生参数提取单元文件。

（4）Blocks 选项卡（见图 4.86）

Netlist Blocks for ADMS/Hier Extraction：层次化或混合仿真网表提取的顶层
单元。

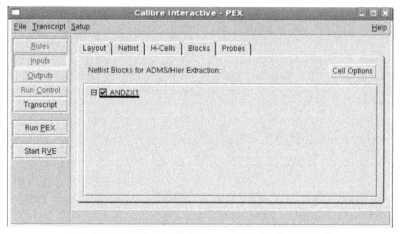

图 4.86　工具选项栏选择 Inputs→Blocks 的显示结果

（5）Probes 选项卡（见图 4.87）

Probe Points：可打印观察点。

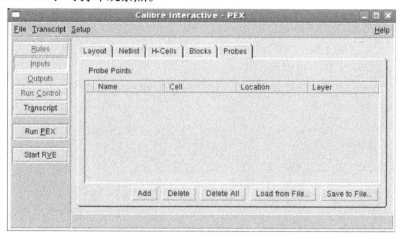

图 4.87　工具选项栏选择 Inputs→Probes 的显示结果

图 4.88 为工具选项栏选择 Outputs→Netlist 的显示结果，此工具选项还包括
Nets、Reports 和 SVDB 等 3 个选项。图 4.88 显示的 Netlist 选项可分为上下两个部
分，上半部分为 Calibre PEX 提取类型选项（Extraction Type），下半部分为提取网
表输出选项。其中 Extraction Type 的选项较多，提取方式可以在［Transistor Level/

Gate Level/Hierarchical/ADMS〕中选择，提取类型可在〔R + C + CC/R + C/R/C + CC/No R/C〕中进行选择，是否提取电感可在〔No Inductance/L（Self Induct-ance）/ L + M（Self + Mutual Inductance）〕中选择。

（1）Netlist 选项卡（见图 4.88）

Format〔CALIBREVIEW/DSPF/ELDO/HSPICE/SPECTRE/SPEF〕：提取文件格式选择，设计者可以根据不同的后仿真工具，提取相应的仿真网表类型。目前比较普遍使用的是 Calibre、Eldo 和 HSPICE 三种格式的后仿真网表；

Use Names From：采用 Layout 或者 Schematic 来命名节点名称；

File：提取文件名称；

View netlist after PEX finishes：高亮时，PEX 完成后自动弹出网表文件。

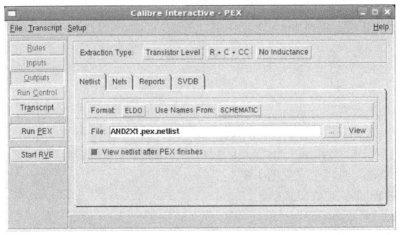

图 4.88　工具选项栏选择 Outputs→Netlist 时的显示结果

（2）Nets 选项卡（见图 4.89）

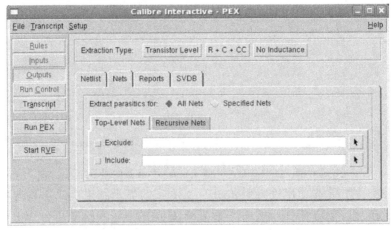

图 4.89　工具选项栏选择 Outputs→Nets 时的显示结果

Extract parasitics for All Nets/Specified Nets：为所有连线/指定连线提取寄生参数；

Top – Level Nets：如果指定连线提取可以说明提取（Include）/不提取（Exclude）线网的名称；

Recursive Nets：如果指定连线提取可以说明提取（Include）/不提取（Exclude）底层调用的线网的名称。

（3）Reports 选项卡（见图 4.90）

Generate PEX Report：高亮则产生 PEX 提取报告；

PEX Report File：指定产生 PEX 提取报告名称；

View Report after PEX finishes：高亮则在 PEX 结束后自动弹出提取报告；

LVS Report File：指定 LVS 报告文件名称；

View Report after LVS finishes：高亮则在 LVS 完成后自动弹出 LVS 报告结果。

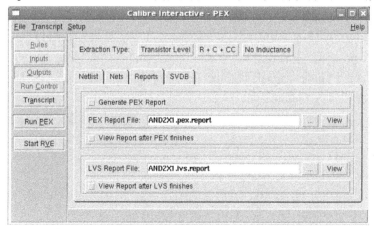

图 4.90　工具选项栏选择 Outputs→Reports 的显示结果

（4）SVDB 选项卡（见图 4.91）

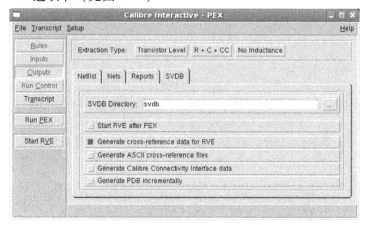

图 4.91　工具选项栏选择 Outputs→SVDB 的显示结果

SVDB Directory：指定产生 SVDB 的目录名称；

Start RVE after PEX：高亮则在 PEX 完成后自动弹出 RVE；

Generate cross – reference data for RVE：高亮则为 RVE 产生参照数据；

Generate ASCII cross – reference files：高亮则产生 ASCII 参照文件；

Generate Calibre Connectivity Interface data：高亮则产生 Calibre 连接接口数据；

Generate PDB incrementally：高亮则逐步产生 PDB 数据库文件。

图 4.92 为工具选项栏选择 Run Control 时的显示结果，图 4.92 显示的为 Run Control 中的 Performance 选项卡，另外还包括 Remote Setup、Licensing 和 Advanced 三个选项卡。

（1）Performance 选项卡（见图 4.92）

Run 64 – bit version of Calibre – RVE：高亮表示运行 Calibre – RVE 64 位版本；

Run hierarchical version of Calibre – LVS：高亮则选择 Calibre – LVS 的层次化版本运行；

Run Calibre on［Local Host/Remote Host］：在本地或者远程运行 Calibre；

Host Information：主机信息；

Run Calibre［Single Threaded/Multi Threaded/Distributed］：采用单线程、多线程或者分布式方式运行 Calibre。

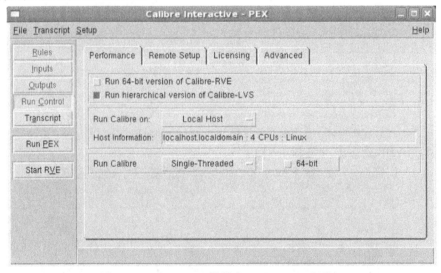

图 4.92　Run Control 菜单中 Performance 选项卡

（2）Remote Setup、Licensing 和 Advanced 选项卡（见图 4.92）

图 4.92 所示的 Remote Setup、Licensing 和 Advanced 选项卡一般不需要改动，采用默认值即可。

图 4.93 为工具选项栏选择 Transcript 时的显示结果，显示 Calibre PEX 的启动信息，包括启动时间、启动版本、运行平台等信息。在 Calibre PEX 执行过程中，

还将显示运行进程。

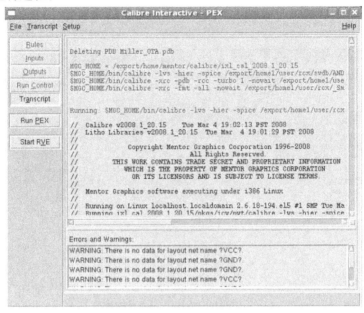

图 4.93　工具选项栏选择 Transcript 时的显示结果

单击菜单 Setup→PEX Options 可以调出 Calibre PEX 一些比较实用的选项，如图 4.94 所示。单击图 4.94 所示的 PEX Options 选项，主要分为 Netlist、LVS Options、Connect、Misc、Include、Inductance 和 Database 共 7 个选项卡。PEX Options 与上一小节描述的 LVS Options 类似，所以本节对其不做过多介绍。

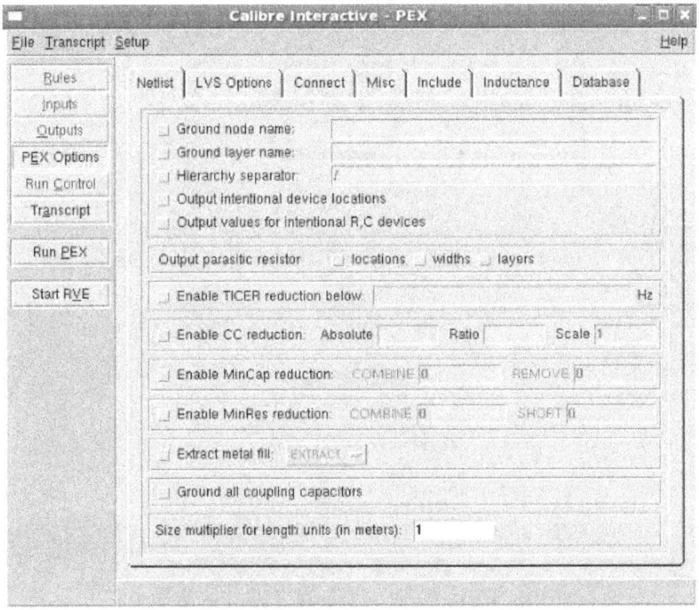

图 4.94　调出的 PEX Options 功能选项菜单

单击图 4.94 中的"Run PEX"按键，可以立即执行 Calibre PEX。

单击图 4.94 中的"Start RVE"按键，手动启动 RVE 视窗，启动后的视窗如图 4.95 所示。

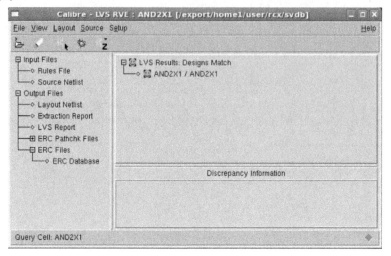

图 4.95　Calibre PEX 的 RVE 视窗图

图 4.95 所示的 RVE 窗口与 Calibre LVS 的 RVE 窗口完全相同。图 4.95 中出现的笑脸标识则表示 LVS 已经通过，此时提出的网表文件才能进行后仿真。可以通过对输出报告的检查来判断 LVS 是否通过，图 4.96 所示为 LVS 通过的示意图。而图 4.97 为 LVS 通过后以 HSPICE 格式反提出的部分后仿真网表文件。

图 4.96　LVS 通过时输出报告显示

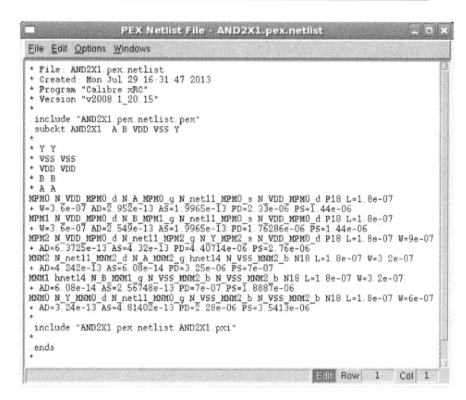

图 4.97　反提网表示意图

4.4.3　Calibre PEX 流程举例

下面详细介绍采用 Mentor Calibre 工具对版图进行寄生参数提取的流程。本节采用内嵌在 Cadence Virtuoso Layout Editor 的菜单选项来启动 Calibre PEX。Calibre PEX 的操作流程如下。

1）启动 Cadence Virtuoso 工具命令 icfb，弹出命令行窗口，如图 4.98 所示。

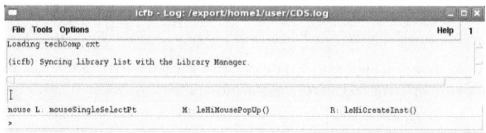

图 4.98　命令行窗口

2）打开需要验证的版图视图。选择 File→Open，弹出打开版图对话框，在"Library Name"中选择"layout _ test"，"Cell Name"中选择"Miller _ OTA"，

"View Name" 中选择 "layout",如图 4.99 所示。

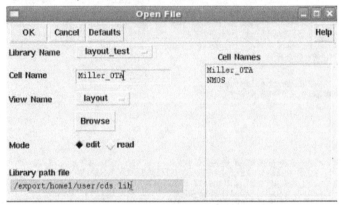

图 4.99　打开版图对话框

3）单击 "OK" 按钮,弹出 Miller _ OTA 版图视图,如图 4.100 所示。

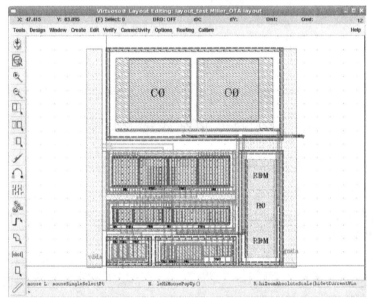

图 4.100　打开 Miller _ OTA 版图

4）打开 Calibre PEX 工具。选择 Miller _ OTA 的版图视图工具菜单中的 Calibre→Run PEX,弹出 PEX 工具对话框,如图 4.101 所示。

5）选择左侧菜单中的 Rules,并在对话框右侧 PEX Rules File 单击 [...] 选择提取文件,并在 PEX Run Directory 右侧选择 [...] 选择运行目录,如图 4.102 所示。

6）选择左侧菜单选项中的 Inputs,并在 Layout 选项卡中选择 Export from layout viewer 高亮,如图 4.103 所示。

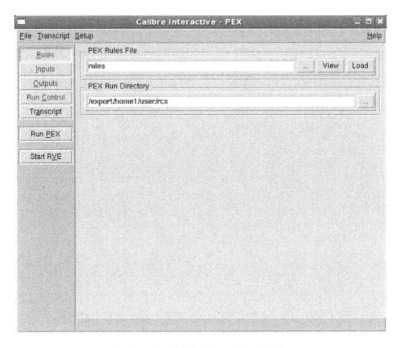

图 4.101　打开 Calibre PEX 工具

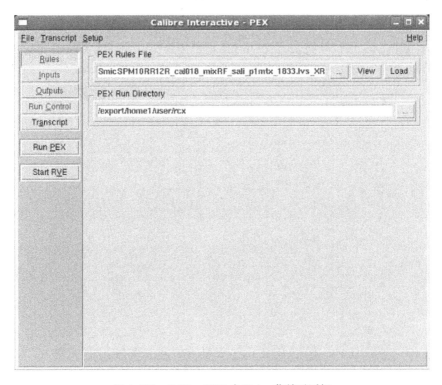

图 4.102　Calibre PEX 中 Rules 菜单对话框

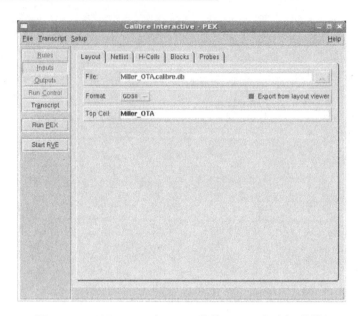

图 4. 103　Calibre PEX 中 Inputs 菜单 Layout 选项卡对话框

7）选择左侧菜单中的 Inputs，再选择 Netlist 选项卡，如果电路网表文件已经存在，则直接调取，并取消 Export from schematic viewer 高亮；如果电路网表需要从同名的电路单元中导出，那么在 Netlist 选项卡中选择 Export from schematic viewer 高亮（注意此时必须打开同名的 schematic 电路图窗口，才可从 schematic 电路图窗口从中导出电路网表），如图 4. 104 所示。

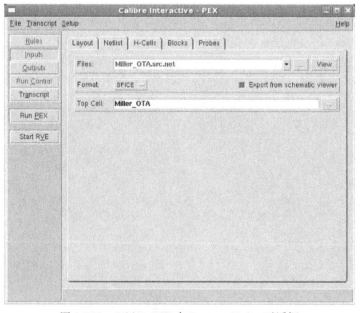

图 4. 104　Calibre PEX 中 Inputs→Netlist 对话框

8）选择左侧菜单中的 Outputs 选项，将 Extraction Type 选项卡修改为"Transistor Level – R + C – No Inductance"，表明是晶体管级提取，提取版图中的寄生电阻和电容，忽略电感信息；将 Netlist 选项卡中的 Format 修改为 SPICE，表明提出的网表需采用 HSPICE 软件进行仿真；其他选项卡（Nets、Reports、SVDB）选择默认选项即可，如图 4.105 所示。

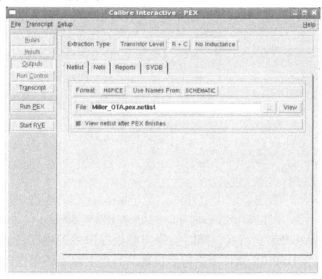

图 4.105　Calibre PEX 中 Outputs 选项卡对话框

9）Calibre PEX 左侧 Run Control 菜单可以选择默认设置，单击 Run PEX，Calibre 开始导出版图文件并对其进行参数提取，如图 4.106 所示。

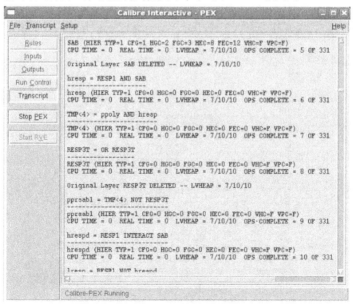

图 4.106　Calibre PEX 运行中

10）Calibre PEX 完成后，软件会自动弹出输出结果并弹出图形界面（在 Outputs 选项中选择，如果没有自动弹出，可单击 Start RVE 开启图形界面），以便查看错误信息，Calibre PEX 运行后的 LVS 结果如图 4.107 所示。

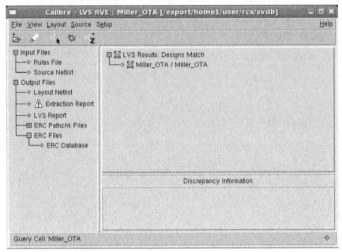

图 4.107　Calibre LVS 结果查看图形界面

11）在 Calibre PEX 运行后，同时会弹出参数提取后的主网表，如图 4.108 所示，此网表可以在 HSPICE 软件中进行后仿真。另外主网表还根据选择提取的寄生参数信息，包括扩展名为 . pex 和 . pxi 的两个寄生参数网表文件，在进行后仿真时一并进行调用。

图 4.108　Calibre PEX 提出部分的主网表示意图

以上就完成了 Calibre PEX 寄生参数提取的流程。

4.5　小　　结

本章介绍了 Mentor Calibre 物理验证工具（DRC、LVS 和 PEX），并分别采用 3 种工具对一款密勒补偿的运算放大器进行版图物理验证（DRC 和 LVS）以及寄生参数的提取（PEX）。读者在熟悉 Mentor Calibre 的 DRC、LVS 以及 PEX 工具菜单的基本功能后，配合其进行验证流程可以进一步加深对版图物理验证工具 Mentor Calibre 的理解，为熟练掌握并运用 Mentor Calibre 进行 CMOS 模拟集成电路进行物理验证打好基础。

第5章　硬件描述语言及仿真工具 Modelsim

5.1　硬件描述语言及仿真概述

硬件描述语言（Verilog HDL）是用来描述数字电路与系统的一种专门的语言，可以应用在数字电路设计的建模、仿真、验证和综合等阶段。其中，Verilog HDL在电子系统设计中使用最为广泛，我国和美国等国家在大学课程中都进行过比较详细的讲述，Verilog HDL 起源于 1983 年的 GDA（GateWay Design Automation）公司，IEEE 在 1995 年制定了 Verilog HDL 标准，随后 Verilog HDL 得到了更好的应用。

Verilog HDL 在系统级、算法级、寄存器传输门级（RTL）、逻辑门级甚至开关级电路设计中都可以使用。最早的数字电路设计（如 4004 处理器）都是通过原理图来进行，随着数字电路规模增大，设计者必须通过层次化、结构化的设计方法，利用硬件语言来描述系统以完成设计任务。顶层设计师根据设计需求，在算法级仿真与建模验证以后进行子系统划分，每个子系统包括不同的模块，底层设计师根据模块需求，利用硬件描述语言对模块进行描述和仿真。一种 top – down 设计方法的框图如图 5.1 所示。

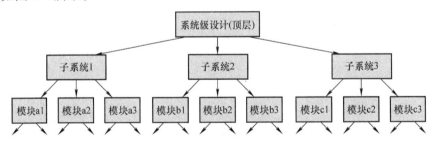

图 5.1　top – down 设计方法框图

数字电路设计出来后，需要仿真工具来验证其功能，Modelsim、VCS 都是常用的仿真工具。Modelsim 是由 Mentor Graphics 公司推出的一款单内核支持 VHDL、Verilog 和 System Verilog 等混合仿真的仿真器。VCS（全称 verilog compiled simulator，硬件描述语言的编译仿真）是 synopsys 公司推出的一款基于 linux 操作系统的仿真工具，其仿真速度快，支持多种调用方式。前者常用在 windows 环境中，后者主要用在 linux 环境中。在第三节中我们基于 Modelsim 平台来介绍数字电路的仿真。

5.2　硬件描述语言与应用实例

Verilog 语言博大精深，本节提取 verilog 语言精华进行详细介绍，主要包含以下两个大的方面：Verilog 语言基础、典型应用实例。

5.2.1　硬件描述语言基础

1. 模块的定义

verilog 模块在工程中以 .v 的文件形式存在，在每个 .v 文件中都定义了一个功能模块（module），其基本结构如图 5.2 所示：

图 5.2 中，第一行语句 module 用来声明一个模块，它与 endmodule 配套使用，endmodule 在代码最后一行，表示代码的结束，module 声明后面跟着模块的名称，名称后面跟着端口列表，在端口列表中需要列出该模块的输入输出端口名，在接下来的端口定义中对端口的位宽进行说明，在数据类型说明中需要用 reg 和 wire 型声明 output 型端口，reg 和 wire 类似于 c 语言中用 int 之类去定义数据类型，reg 型指数据类型为寄存器型，wire 型指数据类型为线型，紧接着就是模块功能的描述，这部分由组合电路和时序电路共同组成，在输入信号的激励下，经过组合电路和时序电路的处理将信号输出，完成一个基本模块的编写。

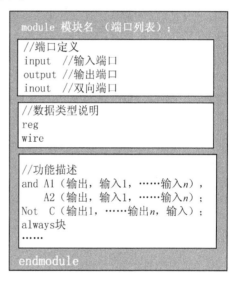

图 5.2　verilog 模块定义

图 5.2 所示 module 声明的模块大致与图 5.3 所示的实体电路模块相对应。

这个模块包含输入端口（InA，InB），输出端口（outA，outB），模块内部包含与门 A、B 和或门 C，还包含一些其他实体电路，但是并没有详细描述。

2. 常量、变量的数值表示

数字系统主要完成数据的存储、传送与运算，在 Verilog HDL 中存在

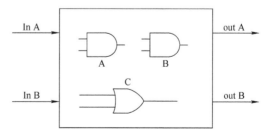

图 5.3　对应的实体电路模块

多达 19 种数据类型，其中大部分与基本逻辑单元建库有关，本书主要对使用最广

泛的几种类型进行介绍，首先从常量数据的表示开始。

整数可以表示成十进制数、十六进制数、八进制和二进制数。Verilog 中数字通常有种表述方式：

1）<位宽><进制><数字>，这是一种全面的描述方式。

2）<进制><数字>，在这种描述方式中，数字的位宽采用缺省位宽（这由具体的机器系统决定，但至少 32 位）。

3）<数字>，在这种描述方式中，采用缺省进制默认为十进制。

在硬件描述语言中，x 表示不定值，z 表示高阻态。可以在十六进制、八进制和二进制中使用 x 和 z，十六进制中一个 x 表示 4 位都是 x，八进制中一个 x 表示 3 位都是 x，二进制中则表示一位是 x。z 用法同理。表示例子如下：

二进制整数（b/B）　　　　 8' b10010010

十进制整数（d/D）　　　　 4' d15

十六进制整数（h/H）　　　16' hEB90

变量主要有三种类型：wire、tri 和 reg 型。wire、tri 型变量的驱动器是组合逻辑电路，只要输入信号发生改变，这两种类型的变量就马上被赋值，wire 型的变量综合出来一般是一根导线。这种变量通常采用关键词 assign 来进行赋值，在使用之前必须对这种变量进行定义。如：

wire a；// 定义了一个位宽为 1 的线网类型数据变量，其中"//"表示之后整行都是注释。

　　　　// verilog 中每一句话都以逗号结束。

wire [7：0] b；//定义了一个位宽为 8 的 wire 型变量，最左边为最高有效位，即 b [7]。

reg 型在硬件上相当于存储器，可以看作是一个一个的寄存器，当触发条件达成时，寄存器的内容才发生改变，否则一直保持上一个状态。reg 型变量一般在 always、initial（过程赋值语句，后继介绍）语句中进行赋值，定义中如果不指定位宽默认为 1 位，多位宽的定义与 wire 类似。

3. 例化语句

模块（module）是 verilog 最基本的概念，是 v 设计中的基本单元，每个设计的系统中都由若干 module 组成。无论多么复杂的系统，总能划分成多个小的功能模块。一个模块能够在另外一个模块中被引用，这样就建立了描述的层次。模块实例化语句有名称关联和位置关联两种方式，假设已经定义了一个一位的 D 触发器，其代码描述和模块图（见图 5.4）如下：

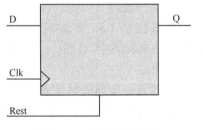

图 5.4　D 触发器模块图

module DFF（D、Q、Clk、Rest）；

input D;

input Clk;

input Rest;

output Q;

············

endmodule

现在通过例化语句对上述模块进行调用，构成 2 位的移位寄存器，输入数据定义为 DATA，输出数据定义为 Qout。2 位移位寄存器模块图如图 5.5 所示。

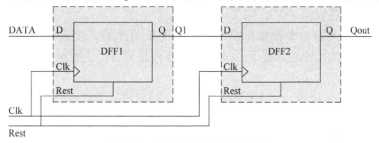

图 5.5　2 位移位寄存器模块图

分别采用名称关联和位置关联的办法对模块进行调用，形成例示化语句如下：

module DFF2bit（DATA，Qout，Clk，Rest）；

input DATA；

input Clk；

input Rest；

output Qout；

wire Q1；　　　//中间连线必须定义为 wire 型变量

DFF DFF1（DATA，Q1，Clk，Rest）；　// 顶层信号 DATA 与底层模块的 D 相连，Q1 连 Q。

DFF DFF2（Q1，Qout，Clk，Rest）；　　//调用的两个模块分别命名 DFF1，DFF2。

endmodule

上述方法采用的是位置关联的方式，采用这种方式时对应信号的位置必须一一对应，不能有改变，如果采用名称关联，则只需要将其中的模块调用语句改为以下两句则可：

DFF DFF1（.D（DATA），.Q（Q1），.Clk（Clk），.Rest（Rest））；

DFF DFF2（.D（Q1），.Q（Qout），.Clk（Clk），.Rest（Rest））；

以第一句为例，表示底层模块的信号 D 与顶层信号的 DATA 相连，底层的 Q 信号与顶层的 Q1 相连，以此类推。

4. 运算符

硬件的各种运算都可以通过运算符来表示，本节主要介绍一些经常使用并且容易产生错误的运算符，最后简单介绍运算符的优先级。

（1）逻辑运算符：Verilog 中存在三种基本的逻辑运算，分别为：

逻辑与：&&?

逻辑或：‖？

逻辑非：!

在上述逻辑运算中，逻辑与和逻辑或是双目运算符，逻辑非是单目运算符。在运算中对操作数进行整体判定，如果操作数是多位的，若操作数中每一位都是 0 值则为逻辑 0 值，若操作数当中有 1，则当作位逻辑为 "1" 值来进行运算。逻辑运算最终的结果为逻辑值 "0"、"1" 与 "x"。

（2）条件运算符：条件操作符一般来构建从两个输入中选择一个作为输出的条件选择结构，输出也可以是表达式，因此条件运算可以进行嵌套，语法如下：

Y = (sel)? A : B;

上述表达式表示当 sel 信号为真（逻辑 1）时选择 A 赋值给 Y 信号，负责将 B 赋值给 Y，具体的实现电路就是一个二选一的数据选择器，如图 5.6 所示。

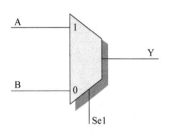

条件运算表达式中的 A 与 B 信号可以是一个表达式，因此可以实现条件语句的嵌套。但是要注意的是这种运算必须在连续赋值语句 assign 中使用，即上述表达式应该为

图 5.6　条件运算的电路实现

assign Y = (sel)? A : B;

（3）位拼接运算符：用运算符把两个或者多个信号拼接起来组成一个信号，使用方法如下：

{信号 1，信号 2 中的几位，指定长度的一个二进制数，4 {将某一个信号或者指定长度的二进制数重复 4 次 } ..}

在这个语法中，不同的信号之间使用逗号间接开，以下是一个相关操作的示范例子：

reg a;

reg [2:0] b, c;

....

a = 1'b 1;

b = 3'b 010;

c = 3'b 101;

catx = {a, b, c};　　　　　// catx = 1 _010 _101

caty = {b, 2'b11, a};　　　// caty = 010 _11 _1

catr = {4{a}, b, 2{c}};　　// catr = 1111 _010 _101101

（4）位运算符：位运算符是一类最基本的运算符，直接对应数字逻辑中的与、或、非门等逻辑门，对两个操作数对应位进行操作，当某一个操作数的位数不够时，添 "0" 补足，具体操作符与运算举例如下：

&　　　　　位与

|　　　　　位或

~　　　　　按位取反

^　　　　　位异或

~^ or ^~　　位同或

假设两个操作数为：a = 4'b1010；b = 4'b1100，则操作运算的情况如图 5.7 所示。

（5）缩减运算符：缩减运算属于单操作数运算，运算针对这个单操作数的每一位进行，先将操作数的第 1 位与第 2 位进行运算，然后结果与第三位进行运算，一直运算到最后一位，具有以下运算类型：

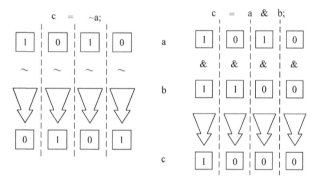

图 5.7　位操作运算

&　　　　　AND

|　　　　　OR

^　　　　　XOR

~&　　　　NAND

~|　　　　NOR

~^ or ^~　XNOR

运算实例如下：

a = 4'b1001；

..

c = |a；// 运算结果与 c = 1|0|0|1 = 1。

（6）移位运算符：有两种最基本的移位运算，左移 "＜＜" 和右移 "＞＞"，移位以后不足的位使用 "0" 进行补足，具体列示如下：

a = 4'b1010；

...

d = a > > 2;// d = 0010;

c = a < < 1;// c = 0100。

5. 赋值语句

Verilog HDL 有两种赋值语句，连续赋值语句与过程赋值语句，连续赋值语句的关键词为 assign，综合得到的硬件电路为组合逻辑电路，过程赋值语句常用的关键词为 always 与 initial，首先介绍连续赋值语句 assign。

assign Y = (sel)? A : B;

assign c = a&b;

assign d = c < <2;

过程赋值语句 always 在仿真过程中可以一直被激活，具体执行情况需要看触发条件，这个语句的使用形式有以下几种：

always

begin

……

end

在整个仿真过程中，begin……end 中的语句将无条件地一直执行下去。

always @ (posedge clk) //时钟上升沿执行下面语句,如果是 negedge clk 则下降沿执行

begin

……

end

@ 后面是敏感表，可以对边沿敏感也可以对电平敏感，但是两者不能混合执行，对电平敏感的表达方式如下：

always @ (a or b or c) //只要 a、b、c 信号中任何一个发生变化就执行下面语句。

begin

……

end

在上述过程赋值语句中，被赋值的信号必须定义为 reg 型。

过程赋值语句 initial 从系统仿真开始，所包含的语句都只执行一次，赋值执行结果如图 5.8 所示。

initial begin

#5 c = 1;

#5 b = 0;

#5 d = c;

end

6. 条件语句、分支语句

条件语句表示只要判定的条件成立，就执行相关操作，有三种形式的 if 结构的条件语句。

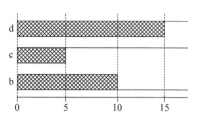

图 5.8　赋值执行结果

1）if（表达式）//条件成立执行下面语句，但是容易产生额外的锁存器

begin

......

end

2）if（表达式）

begin

......

end

else

begin

......

end

3）if（表达式 1）//条件语句的嵌套

begin

......

end

else if（表达式 2）

begin

......

end

......

else if（表达式 3）

begin

......

end

else

begin

......

end

分支选择语句主要有 case 语句，主要的语法形式如下：

case（表达式）//为控制表达式，根据控制项的状态值来具体执行

值 1：begin ...... end

值 2：begin ...... end

......

值 n：begin ...... end

default：begin ...... end　　　／＊如果控制项的状态值的情况没有列举完，指

出其他情况默认执行情况 ＊／

endcase　　　　　//表示分支语句的结束

每条分支执行语句的控制项的值必须不同，如果是控制信号时多位宽时，分支项数值位数必须相同。

7. 循环语句

循环语句有 for、while、repeat 和 forever 等几种，其中使用最多的是 for 循环，for 循环的使用方法与 C 语言类似，最常用的格式如下：

for（循环变量赋初值；循环结束条件；循环变量增值）

以下是使用 for 循环来设计计数器的例子：

```
module count(Y, start);
output [3:0] Y;
input start;
reg [3:0] Y;
integer i;
initial
    Y = 0;
always @ (posedge start)
    for (i = 0; i < 3; i = i + 1)
      #10 Y = Y + 1;
endmodule
```

repeat 语句可以用来控制循环的次数，在循环次数内对作用的语句持续执行，这里的循环次数可以是一个表达式。使用例子如下：

```
module count(Y, start);
output [3:0] Y;
input start;
reg [3:0] Y;
integer i;
initial
    Y = 0;
always @ (posedge start)
    for (i = 0; i < 3; i = i + 1)
      #10 Y = Y + 1;
```

endmodule

while 语句常用格式为：

while(条件表达式)begin......end,只要条件满足,则一直执行下面的语句,为了便于对比,使用该语句对上述两个例子中的计算器进行描述如下：

module count(Y, start);

output [3:0] Y;

input start;

reg [3:0] Y;

integer i;

initial

　　Y = 0;

always @ (posedge start) begin

　　i = 0;

　　while (i < 3) begin

　　#10 Y = Y + 1;

　　i = i + 1;

　　end

end

endmodule

verilog HDL 的常用基本语法主要是以上这些, 使用这些语句可以完成对多数简单电路的描述, 由于本书的章节限定, 并不进行很详细的介绍, 相关内容可以参考其他书目。

5.2.2　硬件描述语言应用实例

如果说时序逻辑和组合逻辑是数字电路设计的血肉,那么状态机就是数字电路设计的灵魂。所谓,灵魂和血肉,总有一个在路上。在数字电路设计中,总会用到它们,不离不弃,难舍难分。状态机,就是一个有多种状态的机器,根据自己的节奏,有条不紊地运转,在每个状态完成一件或几件事情,这个完成的事情就是我们需要的输出,这个控制节奏的砝码就是我们得到的输入。状态机的优势在于能大大提高数字电路的稳定性和可靠性。

状态机的设计,首先要提取状态机的要素,即需要几个状态,各个状态之间的联系;其次是状态编码,就是给每个状态一个编号,最好用独热码,有利于综合工具进行优化,否则在综合时,综合工具可能自动将其转换为独热码;最后就是状态机的功能,就是每个状态需要干的事情,举个例子来说明状态机,比如交通灯控制,将其划分为如下几个状态,如图5.9所示。

起初交通灯是熄灭的（idle）,当早上6点交通灯开始工作,此时进入绿灯亮

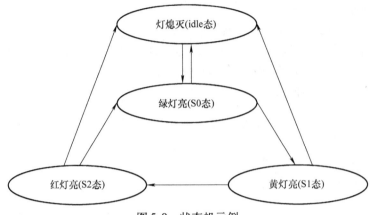

图 5.9　状态机示例

状态（S0），绿灯亮 60s，进入黄灯亮状态（S1），黄灯亮 30s，进入红灯亮状态（S2），红灯亮 60s，再次进入绿灯亮状态（S0），当晚上 10 点，无论这时是绿灯亮（S0）、黄灯亮（S1）还是红灯亮（S2），交通灯都要关闭，回到灯熄灭状态（idle）。代码如例 5.1 所示。

例 5.1　交通灯状态转移代码

```verilog
module traffic _lights _ state _ machine(
            clk,
            rst,
            start _ work,
            end _ work,
            red _ light,
            yellow _ light,
            green _ light
);

input       [0:0] clk;
input       [0:0] rst;
input       [0:0] start _ work;
input       [0:0] end _ work;
output reg  [0:0] red _ light;
output reg  [0:0] yellow _ light;
output reg  [0:0] green _ light;

reg [15:0] count _ time _ 60s;      //timing 60s for green light and red light
reg [7:0] count _ time _30s;        //timing 60s for yellow light
```

reg [9:0] count _ time _ 40s;

parameter [2:0] IDLE = 3'b000;
parameter [2:0] S0 = 3'b001;　　//green _ light on
parameter [2:0] S1 = 3'b010;　　//yellow _ light on
parameter [2:0] S2 = 3'b100;　　//red _ light on

reg [2:0] CurrentState;
reg [2:0] NextState;

always @ (posedge clk or posedge rst)
if(rst)
　　CurrentState < = IDLE;
else
　　CurrentState < = NextState;

always @ (*)
if(rst)
　　NextState = IDLE;
else begin
　　case(CurrentState)
　　　　IDLE: begin
　　　　　if(start _ work = = 1)
　　　　　　NextState = S0;
　　　　　else
　　　　　　NextState = IDLE;
　　　　end
　　S0: begin
　　　if(end _ work = = 1)
　　　　NextState = IDLE;
　　　else if(count _ time _ 60s = = 16'h7ff)
　　　　NextState = S1;
　　　else
　　　　NextState = S0;
　　end
　　S1: begin

```
        if( end _ work  = = 1 )
            NextState  =  IDLE;
        else if( count _ time _ 30s  = = 8'hff)
            NextState  =  S2;
        else
            NextState  =  S1;
    end
    S2: begin
        if( end _ work  = = 1 )
            NextState  =  IDLE;
        else if( count _ time _ 40s  = = 10'h3ff)
            NextState  =  S0;
        else
            NextState  =  S2;
    end
    default: begin
        NextState  =  IDLE;
        end
    endcase
end

always @ ( posedge clk or posedge rst )
if( rst) begin
    red _ light  < = 1'b0;
    yellow _ light  < = 1'b0;
    green _ light  < = 1'b0;
    count _ time _ 60s  < = 16'b0;
    count _ time _ 30s  < = 8'b0;
    count _ time _ 40s  < = 10'b0;
end
else begin
    case( NextState )
        IDLE: begin
            red _ light  < = 1'b0;
            yellow _ light  < = 1'b0;
            green _ light  < = 1'b0;
```

```verilog
          count _ time _ 60s  < =  16'b0;
          count _ time _ 30s  < =  8'b0;
          count _ time _ 40s  < =  10'b0;
       end
     S0: begin
              red _ light  < =  1'b0;
          yellow _ light  < =  1'b0;
          green _ light  < =  1'b1;
          count _ time _ 60s  < =  count _ time _ 60s  +  1'b1;
          count _ time _ 30s  < =  8'b0;
          count _ time _ 40s  < =  10'b0;
       end
     S1: begin
              red _ light  < =  1'b0;
          yellow _ light  < =  1'b1;
          green _ light  < =  1'b0;
          count _ time _ 60s  < =  16'b0;
          count _ time _ 30s  < =  count _ time _ 30s  +  1'b1;
          count _ time _ 40s  < =  10'b0;
       end
     S2: begin
          red _ light  < =  1'b1;
          yellow _ light  < =  1'b0;
          green _ light  < =  1'b0;
          count _ time _ 60s  < =  16'b0;
          count _ time _ 30s  < =  8'b0;
          count _ time _ 40s  < =  count _ time _ 40s  +  1'b1;
       end
     default: begin
              red _ light  < =  1'b0;
          yellow _ light  < =  1'b0;
          green _ light  < =  1'b0;
          count _ time _ 60s  < =  16'b0;
          count _ time _ 30s  < =  8'b0;
          count _ time _ 40s  < =  10'b0;
       end
```

```
        endcase
    end

    endmodule
```

例中采用经典三段式状态机描述交通灯的控制过程，第一个 always 块由组合逻辑描述状态转移过程，第二个 always 块由时序逻辑描述各个状态下信号的输出情况，状态跳转没有时钟延迟，当输入条件变化，状态即刻变化，输出信号在各个状态下用时钟输出，保证输出信号的可约束性和稳定性，二者相互结合，大大地保证了电路的可靠性和实效性。所以，笔者认为在数字电路设计中状态机的描述使得代码逻辑更清晰，结构更合理，状态更稳定，是值得推荐的描述方式。

5.2.3　硬件描述语言的可综合设计

数字电路设计的终极目标是把语言描述的设计变成实实在在的电路，这个过程就是综合，而有的语言是不能被综合的，比如延时 "#2" 等表述，所以我们在设计的时候需要注意使用可综合的表达，最终才能转换为各个基本的数字元件。

可综合的设计：可综合的建模模型有时序逻辑和组合逻辑，常用的 always 块、if、case、assign、function 等都是可以综合的，能够转换成相应的门器件，经过一定的组合和连接，完成设计的功能，在仿真和硬件上实现的功能一致。

不可综合的设计：在仿真的测试程序中可以使用不可综合的设计，能达到一定的效果，比如 "#10"，在仿真中表示延时 10 个时钟周期，在信号的传输中确实能体现出来，但当综合工具遇到这句话时，它会被忽略，在硬件上并不能体现延时 10 个时钟周期的效果，与没有延时的效果一样。还有很多这样不能综合的表述，它们在综合的过程中有的被忽略，有的会报错，简单总结一下，以下这些表述都是不能被综合的，使用时需要注意：

1）数据类型定义中 event、real、time、trireg 等；

2）操作符 = = = , ! = =；

3）语句：循环次数不确定的循环语句，比如 forever、while；initial 语句块一般用于仿真中对信号初始化；用过程持续赋值语句 assign、deassign 对 reg 型变量赋值；强行赋值语句 force、release；并行执行语句 fork、join；非门级原语 primitives；用户自定义的原语（UDP）；wait 语句；延时语句#；

4）其他：$ finish 等系统任务；除法（分母不是 2^n）；table；stong1、weak0 等信号强度的描述。

可综合性设计任重道远，需要在平时的设计中点滴积累，养成良好的设计习惯，例如：

1）所有的寄存器都应该能被复位，用复位信号来初始化变量，并尽量使用全局复位作为系统复位，并且最好采用异步复位，同步释放的方法；

2）不要在同一个 always 块中同时出现阻塞赋值和非阻塞赋值；

3）尽量采用同步时序逻辑设计电路，并且尽量避免使用锁存器（锁存器是不完全的条件判断语句生成的，在 if 语句和 case 语句的所有条件分支中都对变量明确的赋值）；

4）敏感信号中对同一个信号不能同时使用 posedge 和 negedge，比如：always @（posedge clk or negedge clk）；

5）同一个 reg 型变量不能在多个 always 块中被赋值；

6）在 always 块中描述组合逻辑，敏感信号列表中应包含所有的输入信号，建议使用 always @（∗）的表达方式。

上述所列是通常容易犯错误的地方，一千个读者有一千个哈姆雷特，错误也是千变万化，因人而异，但万变不离其宗，可综合的设计就是要把设计变成电路，在电路中有所体现，在调试过程中，可以根据综合工具的提示对代码进行验证和修改，由此可见，仿真工具只能帮你一时，不能帮你一世。它帮助我们验证代码的功能，但实际的情况还是要经过综合工具的考验，拿到板子上真操实练，方得始终。

5.2.4　硬件描述语言设计实例

1. 组合逻辑实例：编码器

编码器是将某些特定的逻辑信号变成二进制编码，能够对原有信号进行转换压缩，常用于通信、数字信号处理等系统中。简单 4 - 2 编码器是典型的组合逻辑，输入信号根据规则变成有标准的编码信号，4 - 2 编码器是指输入 4bits 位宽信号，经过编码器后，输出 2bits 编码信号，其真值表如表 5.1 所示。

表 5.1　4 -2 编码器真值表

输入 4bits 信号	输出 2bits 信号
4'bxxx1	2'b00
4'bxx10	2'b01
4'bx100	2'b10
4'b1000	2'b11

表 5.1 中，"x" 表示不定位，可以是 "0"，也可以是 "1"，根据真值表写出 verilog 实现代码，如例 5.2 所示。

例 5.2　4 -2 编码器示例

```
module encoder _ 4 _ 2 (
        data _ in,
        rst,
        data _ out
);
```

```
input       [3:0] data _ in;
input       [0:0] rst;
output reg [1:0] data _ out;

always @ (rst or data _ in)
begin
   if(rst)
      data _ out = 2'b00;
   else
      casex(data _ in)
      4'bxxx1: data _ out = 2'b00;
      4'bxx10: data _ out = 2'b01;
      4'bx100: data _ out = 2'b10;
      4'b1000: data _ out = 2'b11;
      endcase
end
endmodule
```

主要使用 casex 语句实现编码过程，其测试文件如例 5.3 所示。

例 5.3　4 - 2 编码器测试文件

```
module encoder _ 4 _ 2 _ tb ;

   reg [3:0] data _ in ;
   wire [1:0] data _ out ;
   reg [0:0] rst ;
   encoder _ 4 _ 2 encoder _ 4 _ 2 _ tb (
      . data _ in (data _ in ) ,
      . data _ out (data _ out ) ,
      . rst (rst ) ) ;

initial begin
      rst = 1'b1;
      data _ in = 4'b0;
#100
   rst = 1'b1;
#1000
```

```
        rst = 1'b0;
end


always #5 data_in = data_in + 1;
endmodule
```

编码结果如图 5.10 所示。

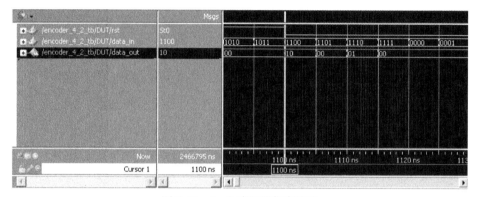

图 5.10　4-2 编码器仿真结果

图 5.10 中，当复位信号"rst"释放之后，输出信号"data_out"根据输入信号"data_in"的变化而变化，查找真值表，输入"1100"输出"10"，输入"1101"输出"00"，与真值表吻合，实现了 4-2 编码功能。

2. 时序逻辑实例：分频器

分频器是将输入信号的频率进行分频，把输出信号的频率变成成倍低于输入信号的频率，相位保持一致，也可以根据设计者需求调整初始相位。简单分频器是典型的时序逻辑，在这里以四分频为例，将输入的时钟信号进行四分频输出，如例 5.4 所示。

例 5.4　四分频示例

```
module divider_4(
        clk_in,
        rst,
        clk_out
);


input clk_in;
input rst;
output reg clk_out;


reg clk_temp;
```

```verilog
always @ ( posedge clk _ in or posedge rst)
begin
    if( rst)
      clk _ temp < = 1'b0;
    else
      clk _ temp < = ~ clk _ temp;
end

always @ ( posedge clk _ temp or posedge rst)
begin
    if( rst)
      clk _ out < = 1'b0;
    else
      clk _ out < = ~ clk _ out;
end

endmodule
```

主要通过两个寄存器实现，第一个用输入时钟"clk _ in"触发，第二个用第一个寄存器的输出"clk _ temp"触发，能够实现两个二分频电路的级联。其测试代码如例 5.5 所示。

例 5.5　四分频器测试代码

```verilog
module divider _ 4 _ tb ;

    reg clk _ in ;
    wire clk _ out ;
    reg [0: 0] rst ;
    divider _ 4
    divider _ 4 (
        . clk _ in ( clk _ in ) ,
        . clk _ out ( clk _ out ) ,
        . rst ( rst ) );

initial begin
        rst  = 1'b1;
        clk _ in = 1'b0;
    #100
      rst  = 1'b1;
```

```
        #1000
            rst  =  1'b0；
    end

    always #5 clk _ in  =  ~ clk _ in；

endmodule
```

仿真结果如图 5.11 所示。

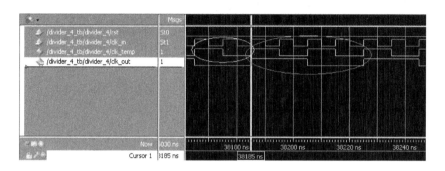

图 5.11　四分频器仿真结果

图 5.11 中，可以看出输出信号"clk _ out"是输入信号"clk _ in"的四分频，用红线圈出，其中，中间信号"clk _ temp"是输入信号"clk _ in"二分频的结果，用黄线圈出，两个二分频电路的级联，结果就是四分频。

5.3　数字电路仿真工具 Modelsim

在数字电路设计的过程中，需要一款仿真工具来验证设计的正确性，本节主要介绍 Modelsim 数字电路仿真工具，包括特点与应用、基本使用和进阶使用三个方面，以前文中介绍的交通灯状态机为例，展开工具的具体使用说明。

Mentor Graphics 公司创立于 1981 年，是电子设计自动化（EDA）技术的领导厂商，多年来为用户提供了很多好口碑的设计工具，Modelsim 就是其中一款，它是 Mentor Graphics 公司率先推出的一款单内核支持 VHDL、Verilog 和 SystemVerilog 混合仿真的仿真工具，能够快速地进行编译仿真，不受硬件平台的限制，方便的图形化界面和用户接口设计，直观清晰的波形查看，能够迅速地帮助设计者找错纠错，为用户数字电路设计的功能验证带来了极大的便利，也在市场上赢得了广泛好评，是目前行业内应用最广泛的仿真工具之一。

5.3.1 Modelsim 的特点与应用

Modelsim 分为 SE、PE、LE 和 OEM 不同版本，其中 SE 是最高版本，OEM 版本一般都集成在 Altera、Xilinx 等 FPGA 公司设计的工具中，比如，XE 是为 Xilinx 公司提供的 OEM 版本，包括 Xilinx 公司的库文件，AE 是为 Altera 公司提供的 OEM 版本，包括 Altera 公司的库文件，使用 XE、AE 等 OEM 版本时，不需要再编译相应公司的库文件，但其仿真速度等性能指标还是赶不上 SE 版本。大多数设计者在基于 Xilinx 或 Altera 硬件平台 ISE 和 quartus 时，都会将 Modelsim SE 版本与其相关联，这样在使用 ISE 或 quartus 做设计时可以把 Modelsim SE 作为仿真工具，直接调用，就可以调出 Modelsim SE 工具使用，下面就以 Xilinx 的 ISE 平台为例，介绍其与 Modelsim SE 的关联过程。

首先，在开始→运行中执行命令 compxlibgui，或在"开始"中 Xilinx 的安装目录下找到"Simulation Library Compilation"选项，单击进去，如图 5.12 所示。

图 5.12 中，选中的即为"Simulation Library Compilation"选项，单击进入下一步，在第二步时注意选择 Modelsim SE，其他选择默认选项，如图 5.13 所示。

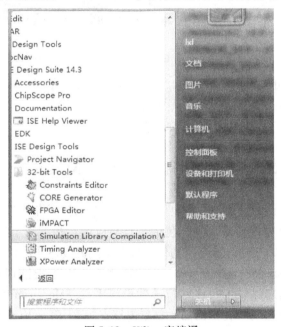

图 5.12 Xilinx 库编译

图 5.13 中线圈需要注意，选中"Modelsim SE"选项，直到编译库，整个过程就是把 Xilinx 的库编译成功。

再次，在 Modelsim 安装根目录中找到 modelsim. ini 文件，将其只读属性去掉，在整个电脑文件中搜索 modelsim. ini，在我的文件夹中找到第二个 modelsim. ini，注意不是前面安装根目录下的 modelsim. ini 文件，打开第二个 modelsim. ini 文件，发

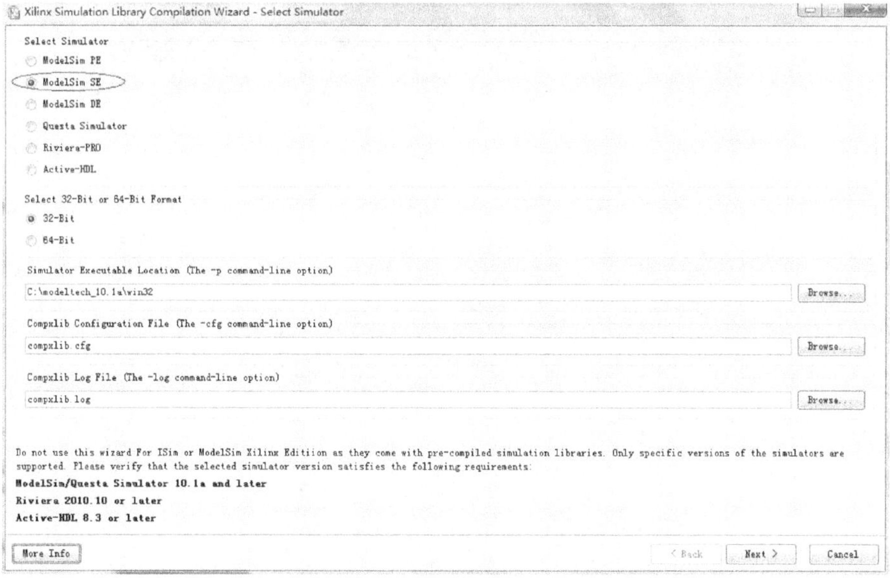

图 5.13 选择 Modelsim SE

现文件中 library 下面有这么几行：

secureip = C:\Xilinx\14.3\ISE_DS\ISE\verilog\mti_se\10.1a\nt/secureip

unisims_ver = C:\Xilinx\14.3\ISE_DS\ISE\verilog\mti_se\10.1a\nt/unisims_ver

unimacro_ver = C:\Xilinx\14.3\ISE_DS\ISE\verilog\mti_se\10.1a\nt/unimacro_ver

unisim = C:\Xilinx\14.3\ISE_DS\ISE\vhdl\mti_se\10.1a\nt/unisim

unimacro = C:\Xilinx\14.3\ISE_DS\ISE\vhdl\mti_se\10.1a\nt/unimacro

simprims_ver = C:\Xilinx\14.3\ISE_DS\ISE\verilog\mti_se\10.1a\nt/simprims_ver

simprim = C:\Xilinx\14.3\ISE_DS\ISE\vhdl\mti_se\10.1a\nt/simprim

xilinxcorelib_ver = C:\Xilinx\14.3\ISE_DS\ISE\verilog\mti_se\10.1a\nt/xilinxcorelib_ver

xilinxcorelib = C:\Xilinx\14.3\ISE_DS\ISE\vhdl\mti_se\10.1a\nt/xilinxcorelib

uni9000_ver = C:\Xilinx\14.3\ISE_DS\ISE\verilog\mti_se\10.1a\nt/uni9000_ver

cpld_ver = C:\Xilinx\14.3\ISE_DS\ISE\verilog\mti_se\10.1a\nt/cpld_ver

cpld = C:\Xilinx\14.3\ISE_DS\ISE\vhdl\mti_se\10.1a\nt/cpld

将这几行复制到根目录下的 modelsim.ini 中的同样位置，即设置成功。

最后，在桌面上打开 ISE 软件，在 ISE 界面工具栏中单击"Edit"选项，在"Edit"选项的下拉列表中找到"Preferences"选项，如图 5.14 所示。

图 5.14 中，选中的即是"Preferences…"，单击进去，会弹出图 5.15 所示的对话框，选中左侧的"Integrated Tools"，在右侧所圈的"Model Tech Simulator"一栏中加载 Modelsim 安装根目录下的 modelsim.exe，单击"OK"按钮，如图 5.15 所示。

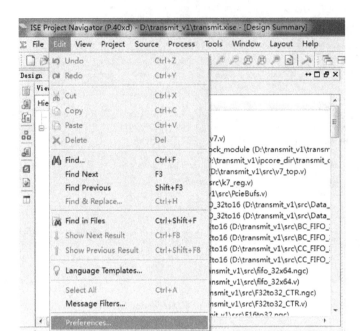

图 5.14　Preferences 设定

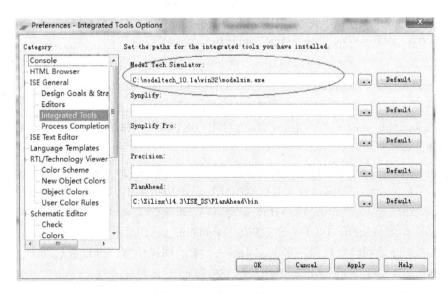

图 5.15　加载 modelsim. exe

至此，ISE 与 Modelsim 关联成功，在 ISE 中可直接调用 Modelsim SE 进行仿真验证，大大提高仿真效率。

5.3.2　Modelsim 的基本使用

1. 库文件的映射

Modelsim 的基本使用需要 3 种文件，分别是软件配置文件、设计文件和库文件。软件配置文件就是 5.3.1 节中提到的 modelsim.ini，里面有相应的配置信息，是在安装 Modelsim 时生成的，默认只读，但在关联时需要用到，前文已述；设计文件是工程师们的 .v 文件和 testbench.v 文件（测试文件），testbench.v 是仿真设计 .v 文件用的测试代码，也是 .v 文件，在 testbench.v 中，不仅要对功能 .v 文件需要的时钟和复位等信号进行初始化，并且还要产生激励信号，作为我们设计文件的输入，以验证设计文件功能的正确性；库文件是存储已编译的设计单元的目录，包括两种库文件，一种是工作库，其库名默认为 work，用于存放当前工程下所有已编译的设计文件，未编译的设计文件在 work 库中不存在，在建立工程之初就需要建 work 库，且每个工程只有一个 work 库，另一种是资源库，用于存放 work 库中已编译的设计文件所需要的资源，资源库不只一个，用户也可以自建资源库。如图 5.16 所示。

图 5.16 中最底部有 3 个选项：Library、Memory List 和 Project。Library 一栏中列出该工程用到的库文件，第一个库文件就是 work 库，work 库下面包含了一个设计文件（.v 文件），work 库后面的是资源库，图中资源库是在建立工程时默认建立的基本资源库，对于一些用户自己需要的特殊资源库，可以通过新建资源库将其加载。Memory List 中会列出用户在仿真时建立的所有 memory，通过命令实现 memory 的建立，在 5.3.3 节中"文件的写入和导出"部分会有 memory 的举例，这里不再赘述。Project 一栏中会列出所有的 .v 文件，包括设计文件和测试文件。

2. 设计的编译

新建工程：在图 5.14 工具栏中选择"File"，在"File"的下拉列表中选择"New"，然后选择"Project"，弹出如图 5.17 所示的对话框。

图 5.16　Library 示例

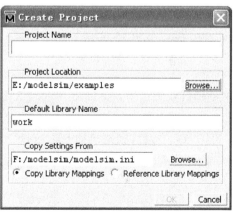

图 5.17　新建工程

在图 5.17 中，第一行"Project Name"栏输入新建工程的名称，第二行"Project Location"默认指定到 Modelsim 安装目录下的 examples 文件夹，用户可以根据自己的需求重新指定新的路径，第三行默认的"Default Library Name"是"work"，即在前文"库文件的映射"中提到的 work 库，在这里用户可以更名，"Copy Settings From"中设定配置文件，即安装目录下的 modelsim. ini 文件，并选择"Copy Library Mappings"，单击"OK"按钮，会弹出如图 5.18 所示的对话框。

在图 5.18 中，加载文件，选择"Create New File"，新建 . v 文件，在这个文件中开始撰写代码，并保存在自己设定的路径下。在这里，以前文中交通灯状态机为例，说明工程的建立与编译。过程中，除了建立功能模块的 . v 文件以外，还需要建立测试 . v 文件，即 testbench. v 文件，用来产生测试激励，向功能模块提供输入信号，用户通过观测输出信号来验证模块功能的正确性。testbench. v 是没有输入输出端口列表的 module，在测试文件 testbench. v 中对设计模块进行例化调用，并初始化相关信号，然后用 always 等语句产生测试激励，测试文件的结构如图 5.19 所示。

图 5.18　添加文件

图 5.19　testbench. v 结构图

交通灯状态机的 testbench. v 如例 5.6 所示，交通灯状态机的状态图和代码在5.2.1 节中"状态机"部分。

例 5.6　交通灯状态机的 testbench. v

```
module  traffic_lights_state_machine_tb  ;

parameter  \[2:0]  IDLE  = 3'b000;
parameter  \[2:0]  S0    = 3'b001;  //green_light  on
```

```
parameter \[2:0] S1      = 3'b010;  //yellow_light on
parameter \[2:0] S2      = 3'b100;  //red_light on

  wire   \[0:0]  green_light   ;
  reg   \[0:0]   start_work   ;
  reg   \[0:0]   end_work   ;
  reg   \[0:0]   rst   ;
  wire   \[0:0]   red_light   ;
  reg   \[0:0]   clk   ;
  wire   \[0:0]   yellow_light    ;

reg \[5:0] memory \[0:9];
integer data_out_file;

  traffic_lights_state_machine      #( IDLE,S0,S1,S2)
   DUT_traffic_lights_state_machine   (
        . green_light (green_light),
        . start_work (start_work),
        . end_work (end_work),
        . rst (rst),
        . red_light (red_light),
        . clk (clk),
        . yellow_light (yellow_light));

  initial begin
        start_work  =  1'b0;
        end_work  =  1'b0;
        rst  =  1'b1;
        clk  =  1'b0;

   #100
     rst  =  1'b1;
  #1000
     rst  =  1'b0;

  #100   $readmemb(" data. txt" ,memory);
```

```
//data_out_file   =  $fopen("data_out_file.txt");
$fmonitor(data_out_file,"%d",yellow_light);
//$fdisplay(data_out_file,"%d",yellow_light);
//$fclose("data_out_file");


  end


  always  #10  clk = ~clk;


always @(posedge clk or posedge rst)
if(rst)  begin
    start_work               <=  1'b0;
    end_work                 <=  1'b0;
end
else  begin
  #200           start_work     <=  1'b1;
    #500000000  end_work        <=  1'b1;
end


endmodule
```

有了设计文件和测试文件，就可以开始仿真，工程界面如图 5.20 所示。

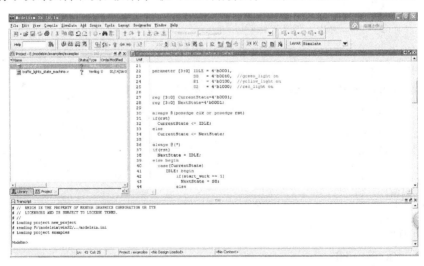

图 5.20 工程界面

在图 5.20 中，选中左侧中下部的"Project"，在该栏中，有两个文件：功能模块"traffic_lights_state_machine. v"文件和"testbench. v"测试文件，并且两个文件上都打了问号，这是由于还没有编译，编译的过程会检查语法错误，可以根据报出的 error 进行针对性的修改，选中其中一个文件，右键单击，弹出图 5.21 所示选项，单击 Compile→Compile Selected，即编译选项，如图 5.21 所示。

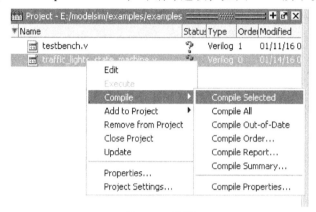

图 5.21　编译

"Compile Selected"表示编译当前选中的文件"traffic_lights_state_machine. v"，"Compile All"表示编译当前工作框"Project"里的所有 . v 文件，编译后如图 5.22所示。

图 5.22　编译完成

图 5.22 中，在"traffic_lights_state_machine. v"上出现了对勾，表示编译成功。用相同的方法将所有用到的文件编译成功后，可以启动仿真工具，查看仿真波形。

3. 启动仿真工具

当设计文件"traffic_lights_state_machine. v"和测试文件"testbench. v"编译通过之后，启动仿真工具。单击工具栏中仿真按钮，如图 5.23 所示。

图 5.23　启动仿真按钮

在图 5.23 中，所圈为启动仿真按钮，第一个是编译当前选中 . v 文件，第二个是编译所有的 . v 文件，第四个是停止仿真按钮。单击仿真按钮，会弹出图 5.24 所示的对话框。

在图 5.24 中，先单击右下角"Optimization Options…"按钮，弹出图 5.25 所示的对话框。

图 5.24　启动仿真配置示图

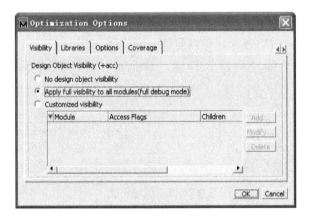

图 5.25　优化选项

图 5.25 中，弹出时默认选中第一个"No design object visibility"，需要改选为第二个"Apply full visibility to all modules（full debug mode）"选项，第二个选项可以使模块内部及模块连接间的信号都能被观察到，能够帮助我们更好地进行调试，而其他选项只能看到部分信号。配置完成后，单击"OK"按钮，会回到图 5.24 所示对话框，此时要选中"work"库下面所列的当前 testbench. v 文件，在图 5.24 中即"traffic_lights_state_mahine_tb"，单击"OK"按钮，启动仿真。

启动仿真后，在工程界面左边"Project"栏中会增加"sim"一列，如图 5.26 所示。

图 5.26 中，"sim"栏会列出当前的 testbench. v 文件和设计文件，选中相应的

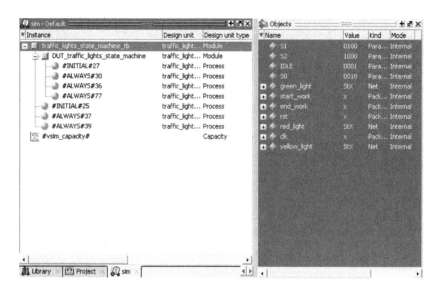

图 5.26 启动仿真后示图

文件，在旁边"Objects"栏中会显示出该文件的所有信号，例如图 5.26 中，选中的是 testbench. v 文件，"Objects"一栏中列出了 testbench. v 文件中的所有信号。如果界面中没有"Objects"一栏，可以在工具栏中点中"View"，然后勾选"Objects"将其调出。

选中设计文件"DUT_traffic_lights_state_machine"，由于在 testbench. v 中例化设计文件时，在其名字前增加"DUT_"前缀，所以"DUT_traffic_lights_state_machine"与"traffic_lights_state_machine"是同一个模块。右键单击选择 Add to →Wave →All items in resgion，将设计文件中的所有信号添加到观察波形中，在原来. v 文件编辑窗口会增加"Wave"窗口，如图 5.27 所示。

在图 5.27 中的 Wave 窗口，将要观测的信号添加进来。单击开始仿真按钮，仿真开始，如图 5.28 所示。

在图 5.28 中，最左侧的按钮表示重新开始"Restart"，在调试中会用到；白框中填写仿真时间，虽然单位是 100ms，但并不是生活中用到的时间衡量方式，它只是一个仿真时间，通常 500ms 就能跑一个通宵，可以说是非常大的仿真了；紧跟白框后面的第一个按钮是仿真开始按钮"Run"，到 100ms 时就会停止，该按钮与白框里的时间是相关联的，白框里设定的仿真时间就是"Run"的时间；白框后第二按钮是"ContinueRun"按钮，仿真过程中被中止，单击该按钮继续，前面跑出来的波形会保存，然后继续跑；白框后第三个按钮是"Run - All"按钮，单击该按钮后，仿真会一直进行，直到用户单击最后一个按钮"Break"来中止。当然，跑的时间越长，波形中能看到的数据越多，波形文件就越大，有时候波形文件在工程中就能占好几个 G，甚至几十个 G，不需要时可以将波形文件删除，它们就是工

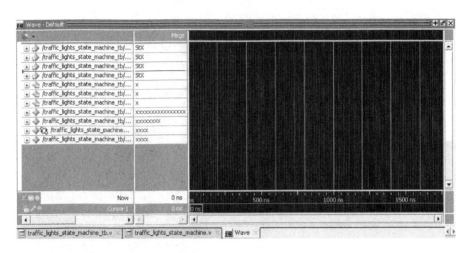

图 5.27 Wave 窗口

程目录下后缀名为 . wlf 的文件。

4. 调试

调试主要是通过波形查看信号的各个状
态，去验证代码功能的正确与否。调试的手

图 5.28 仿真启动选项

段主要是观测波形、查看输出文件等方式。下面是观测波形会用到的基本工具，如
图 5.29 所示。

图 5.30 中所列是查看波形常用工具。其中第一个图标是以图形界面中轴线为
中心放大图形，第二个图标是缩小图形，第三个图标是将所有图形缩放到当前屏幕
（图形很密集，但能看见当前仿真时间段内的所有波形），第四个图标是以所选轴
线为中心放大波形，这个工具能够将用户想看的那部分波形进行放大，相对于第一
个来说选择性更强，目标明确有针对性。

当波形文件较大，波形较密集时，需要用一些便捷工具帮助用户迅速定位想查
看的点，比如图 5.30 中这组工具。

图 5.29 观测波形的基本工具按钮 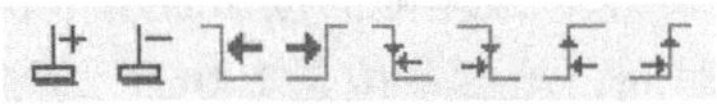   图 5.30 便捷工具按钮

在图 5.30 中，第一个图标用来增加一个 cursor（图形标），方便用两个 cursor
测距（测量时间差），第二个图标用来删去当前选中的 cursor，第三个是寻找前一
个变化的值，在图形界面中选中一个信号，以该信号为准，找其前面离图形标最近
的一个变化值，第四个与第三个功能类似，只是向后寻找，寻找方向不同，第 5 个
和第 6 个图标用以找所选信号的下降沿，前者向前找，后者向后找，第 7 个和第 8
个图标用来找所选信号的上升沿，前者向前找，后者向后找。

对于本文中交通灯状态机这个例子，其仿真波形如图 5.31 所示。

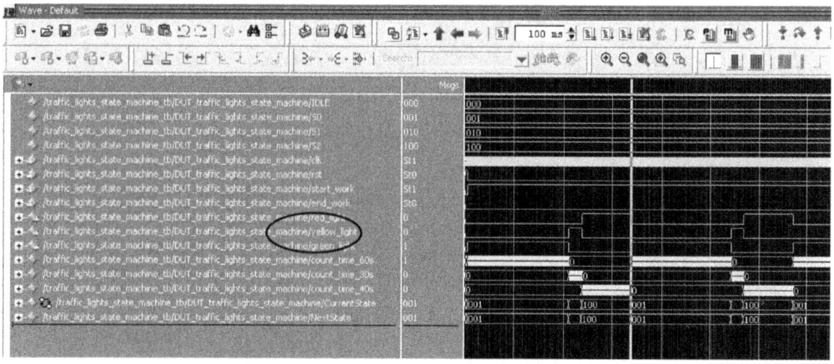

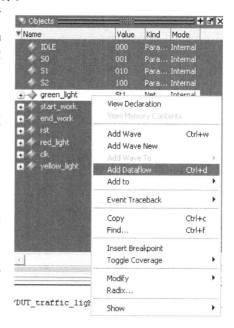

图 5.31　交通灯仿真示图

图 5.31 的波形图中，竖着的黄线即前文所述图形标，用户移动该标志来查看所需查看的波形，绿灯、黄灯、红灯依次亮起（图 5.31 中"green_light"、"yellow_light" 和 "red_light"信号依次被拉高），并维持各自所要求的时间，状态机"CurrentState"指示当前状态，与信号灯输出同步，按照设计文件依次跳转，工作正常，完成设计功能。

另外，如果觉得波形在调试界面中太小，不方便查看，可以单击波形界面右上角的第二个按钮将波形界面弹出，单独作为一个窗口，如图 5.32 中间的那个图标。

图 5.32　弹出窗口按钮

在图 5.32 中，第一个图标可以将当前查看波形的框图"Wave"放大到 Modelsim 界面中间的全屏，或者缩小到默认值；第二个图标即弹出窗口；第三个图标是关闭当前波形。

还可以查看某个信号的数据流，通过选择 Objects→选中查看信号→Add Dataflow 查看，如图 5.33 和图 5.34 所示。

在图 5.33 中，右键单击选中的信号"green_light"弹出右侧选项列表，选中"Add Dataflow"，在右边会弹出图 5.34 所示的界面。

图 5.34 中，显示了产生信号"green_light"的代码块，此时可以选中图中某个信号，双击，会出现信号的连接关系。在工程很大、信号比较多的时候会查看 Dataflow，便于用户查看信号走向，追溯信号

图 5.33　选择 Dataflow

来源，不用在代码中一一对应，通过图形界面直观便捷地找到信号走过的路径。

在调试的过程中难免需要修改代码，重启仿真，修改完代码后，在左侧"Project"栏中对应的 .v 文件又会从对勾变成问号，需要重新编译修改的代码，然后再重新启动仿真。选择工具栏中的 Simulate→Restart，弹出图 5.35 所示的对话框。

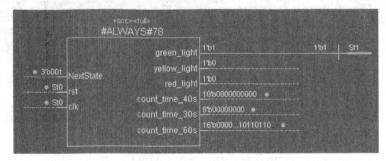

图 5.34　查看结果界面

图 5.35 对话框中默认全选，单击"OK"按钮，可以看见"sim"栏和"Objects"栏中的信号会被重新加载，"Wave"界面中的波形也被清除，单击"Run"按钮，开始新一轮的仿真，再重复前面的调试过程。"Restart"对应的快捷键如图 5.36 所示。

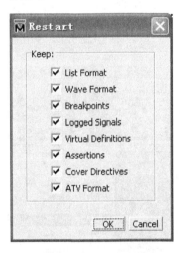

图 5.35　Restart 对话框

图 5.36　Restart 快捷键

图 5.36 所示"Restart"快捷键在界面上方的工具栏中，单击图 5.36 所示图标同样会弹出图 5.35 所示的对话框。

5.3.3　Modelsim 的进阶使用

1. 命令方式

在 Modelsim 的操作中，大部分人习惯直接在图形界面上操作，其实，每个图形界面的操作后面都是被转换成一条条的指令，后台通过执行指令来实现该操作。命令方式就是在 Modelsim 的操作中用命令来实现，输入命令的窗口就在 Modelsim 界面下方的"Transcript"窗口中，如图 5.37 所示。

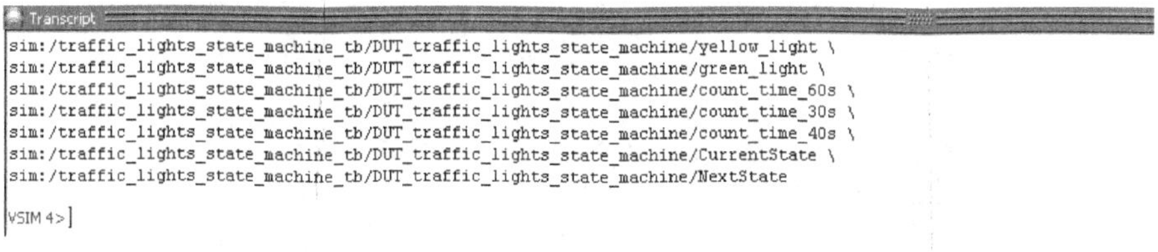

```
sim:/traffic_lights_state_machine_tb/DUT_traffic_lights_state_machine/yellow_light \
sim:/traffic_lights_state_machine_tb/DUT_traffic_lights_state_machine/green_light \
sim:/traffic_lights_state_machine_tb/DUT_traffic_lights_state_machine/count_time_60s \
sim:/traffic_lights_state_machine_tb/DUT_traffic_lights_state_machine/count_time_30s \
sim:/traffic_lights_state_machine_tb/DUT_traffic_lights_state_machine/count_time_40s \
sim:/traffic_lights_state_machine_tb/DUT_traffic_lights_state_machine/CurrentState \
sim:/traffic_lights_state_machine_tb/DUT_traffic_lights_state_machine/NextState

VSIM 4>]
```

图 5.37　Transcript 窗口

在图 5.37 中，"VSIM4 >"后面跟着光标，在光标处键入指令，回车执行指令。

下面就介绍几个常用命令。

（1）vlog 命令

vlog 命令用来编译 . v 文件，比如编译 testbench. v，可以在"Transcript"窗口中输入命令如例 5.7 所示。

例 5.7　vlog 命令的使用

vlog　　　　　testbench. v
vlog　　– work　　work　　testbench. v

例 5.7 中第一句表示编译 testbench. v 文件，并没有指明路径，第二句指明在 work 库中的 testbench. v 文件，其中"– work"是一种属性说明，表示将要指定某个库，其后紧跟的"work"是"– work"的具体说明，即"work"库，也可以是其他自己建立的库。这是一种 TCL 脚本语言，在数字电路设计中有广泛的应用，在第 6 章中会有相关介绍。为了查看 vlog 命令更加详细的应用说明，可以在系统"开始"菜单中单击"运行"，输入"cmd"，在出现的对话框中输入"vlog　– help"命令，会得到关于 vlog 的命令格式和详细说明，如图 5.38 所示。

C:\Documents and Settings\Administrator>vlog -help

图 5.38　查询 vlog 命令

在图 5.38 状态下，回车后会将该命令的说明输出到当前屏，如果相关内容很多，当前屏无法完全承载，可以通过命令"vlog　– help　– > vlog. log"命令将所有内容输出到一个"vlog. log"的文件中，再打开该文件查看，如图 5.39 所示。

图 5.39 中，倒数第二行在执行将 vlog 帮助中的内容输出到 vlog. log 文件中，执行完命令后可以到路径 C：\Documents and Settings\Administrator 中找到 vlog. log 文件，其中包含了所有 vlog　– help 命令执行的结果。

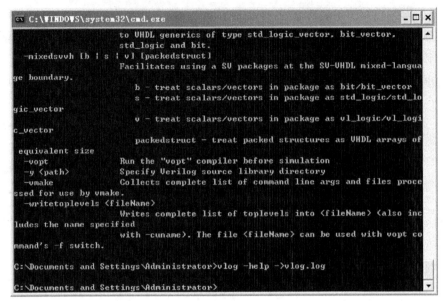

图 5.39　输出到文件 vlog. log

（2）vsim 命令

vsim 命令是启动仿真的命令，在命令中需要指定仿真的 top 文件，即 test-bench. v 文件，其使用方法如例 5.8 所示。

例 5.8　vsim 命令的使用

$$\text{vsim } - \text{work } \text{ work } \text{ testbench. v}$$

同样，用户可以通过（1）中 vlog 的查询方法查询 vsim，在 vsim 命令中也有很多属性开关选项，用户根据自己的需求选择是否添加和说明。

（3）run 命令

run 命令用来执行仿真，其使用方法如例 5.9 所示。

例 5.9　run 命令的使用

$$\text{run}$$
$$\text{run } \text{ 10000}$$
$$\text{run } - \text{all}$$

例 5.9 中，第一行表示 run 使用默认时间值，即图 5.31 中白色小框里设定的时间值，第二行表示执行 10000ns，这个时间单位是在 testbench. v 中用户自己设定的，由时间精度决定，第三行是执行所有的，直到用命令将其停止，或者在 test-bench. v 中有 "stop" "finish" 等停止仿真的命令。当然，用户也可以通过（1）中的方法查询 "run" 命令的详细介绍。

（4）verror 命令

verror 命令用来查看错误的详细信息，通过（1）中的方法，用户可以看到其用法如图 5.40 所示。

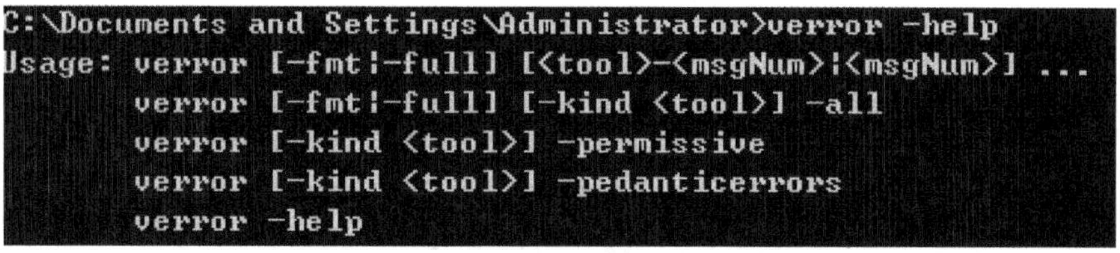

```
C:\Documents and Settings\Administrator>verror -help
Usage: verror [-fmt|-full] [<tool>-<msgNum>|<msgNum>] ...
       verror [-fmt|-full] [-kind <tool>] -all
       verror [-kind <tool>] -permissive
       verror [-kind <tool>] -pedanticerrors
       verror -help
```

图 5.40　verror 的说明

图 5.40 中列出了 verror 的用法说明，在仿真过程中出现的错误都可以通过 verror 进行详细查看，便于用户进行分析，修改语法错误，纠正对仿真工具的错误使用。

（5）添加波形命令

添加波形命令用于将需要查看的波形添加到波形界面中，其使用方法如例 5.10 所示。

例 5.10　添加波形命令

$$add \quad wave \quad *$$

$$add \quad wave \cdots sim:/ \ traffic\_lights\_state\_machine\_tb/ *$$

$$add \quad wave \quad sim:/ \ traffic\_lights\_state\_machine\_tb/red\_light$$

例 5.10 中第一行是将设计文件和测试文件中所有的信号都添加到波形界面中，第二行缩小范围，将测试文件 traffic_lights_state_machine_tb 中所有的信号添加到波形界面中，第三行进一步缩小范围，将测试文件 traffic_lights_state_machine_tb 中信号 red_light 添加到波形界面中，用户根据自己的需求进行选择使用哪种方式添加波形。

（6）退出仿真命令

退出仿真的命令是退出当前仿真，波形界面和前文提及的"Objects"界面会关闭，但 Modelsim 工具不会退出，其命令方式如例 5.11 所示。

例 5.11　退出仿真命令

$$quit \quad -sim$$

退出仿真命令执行后，可以通过"vsim"命令重新启动仿真。

命令方式仿真，可以让用户将需要的命令写成脚本文件 . tcl，在"Transcript"窗口中执行 . tcl 文件就可以直接查看仿真的结果，不需要用户逐一再去单击，简单明了，可以说是一劳永逸的方式，是比较推荐的一种仿真方式。仿真命令还有很多，细心的人会发现，在我们单击图形界面中的标识时，在"Transcript"窗口中会弹出相应的命令，比如我们通过右键选中的信号添加波形时，在"Transcript"窗口中会弹出如图 5.41 所示内容，我们可以通过这样的方式去知道更多的命令，再通过"-help"去了解详细用法，举一反三，所谓授人以鱼不如授人以渔，大概就是这个意思吧。

图 5.41 中的内容就是在图形界面中单击图标时对应的命令方式，由第一行

```
add wave  \
sim:/traffic_lights_state_machine_tb/DUT_traffic_lights_state_machine/IDLE \
sim:/traffic_lights_state_machine_tb/DUT_traffic_lights_state_machine/S0 \
sim:/traffic_lights_state_machine_tb/DUT_traffic_lights_state_machine/S1 \
sim:/traffic_lights_state_machine_tb/DUT_traffic_lights_state_machine/S2 \
sim:/traffic_lights_state_machine_tb/DUT_traffic_lights_state_machine/clk \
sim:/traffic_lights_state_machine_tb/DUT_traffic_lights_state_machine/rst \
sim:/traffic_lights_state_machine_tb/DUT_traffic_lights_state_machine/start_work \
sim:/traffic_lights_state_machine_tb/DUT_traffic_lights_state_machine/end_work \
sim:/traffic_lights_state_machine_tb/DUT_traffic_lights_state_machine/red_light \
sim:/traffic_lights_state_machine_tb/DUT_traffic_lights_state_machine/yellow_light \
sim:/traffic_lights_state_machine_tb/DUT_traffic_lights_state_machine/green_light \
sim:/traffic_lights_state_machine_tb/DUT_traffic_lights_state_machine/count_time_60s \
sim:/traffic_lights_state_machine_tb/DUT_traffic_lights_state_machine/count_time_30s \
sim:/traffic_lights_state_machine_tb/DUT_traffic_lights_state_machine/count_time_40s \
sim:/traffic_lights_state_machine_tb/DUT_traffic_lights_state_machine/CurrentState \
sim:/traffic_lights_state_machine_tb/DUT_traffic_lights_state_machine/NextState

VSIM 16>
```

图 5.41　Transcript 弹出内容

"add wave" 可以看出，这是将信号添加到波形中查看，"add wave" 后面的反斜杠 "\" 表示换行的意思。

2. do 文件

do 文件是装载各种命令的脚本文件，用 "do" 命令去执行 do 文件，如例 5.12 所示。

例 5.12　do 文件的使用

do　traffic_lights_state_machine.do

编写 do 文件，就是把仿真过程按顺序用命令写在一个 txt 文件中，保存时将扩展名改成 .do，从建库到加载波形、打印信息等，都通过命令写在 do 文件中，然后在 "Transcript" 窗口中执行例 5.12 中的命令。在一些情况下，也可以通过图形界面保存 do 文件，第一种情况，将鼠标选中 "Transcript" 窗口，选择 File→Save Transcript As…，前面提到过，"Transcript" 窗口会用命令记录图形界面操作的过程，通过 "Save Transcript As…" 将第一遍通过图形界面操作的步骤保存在 .do 文件中，不需要用户自己再编写，如图 5.42 所示。

图 5.42 中鼠标选中 "Transcript" 之后，"Transcript" 框的条纹变蓝，再单击工具栏的 "File"，在弹出的下拉列表中找到 "Save Transcript As…"。

第二种情况，这个 do 文件与前面说到的 do 文件不同，将鼠标选中在波形界面 "Wave"，选择 File→Save Format…可以将 "Wave" 界面中的信号保存成 .do 文件，这样可以保存用户在 "Wave" 界面中对信号的排序、数据显示的进制（radix）、对信号修改的颜色等，在下次仿真添加波形时，可以直接选择 File→Load→Macro File…，加载保存的波形 do 文件，调出波形信息，不需要用户再逐个修改，便于直接观测结果，如图 5.43 所示。

图 5.43 中鼠标先选中 "Wave" 框，相应框的条纹变蓝，再从工具栏中

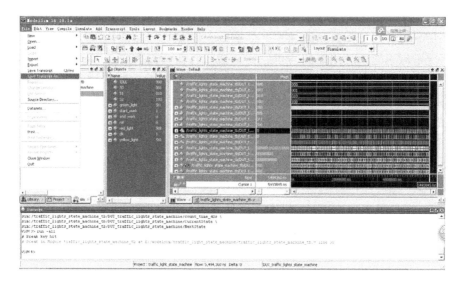

图 5.42　保存 do 文件

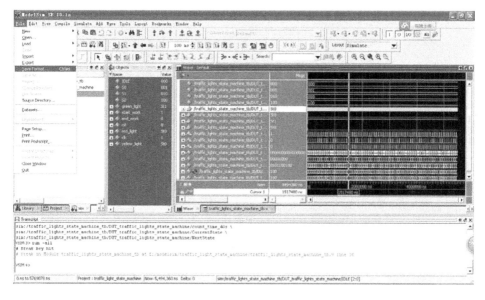

图 5.43　保存波形 do 文件

"File" 找到 "Save Format…"。

　　不管是操作命令 do 文件还是波形 do 文件，都是帮助用户更加快捷地进行仿真，在复杂的工程中，用户会体会到这种命令方式带来的极大优越感，可以说是碾压稍显繁琐的图形界面方式，只是万事开头难，图形界面方式容易上手，更容易被用户所接纳。

3. 文件的写入和导出

在仿真的时候需要数据激励，这个激励有时候可以用 always 块自行产生，在有的情况下却不能满足用户的需求，比如做算法仿真需要将 matlab 中的数据导入到 Modelsim 中，作为数据源，matlab 保存下来的数据一般是 txt 类型，所以需要将 txt 导入 Modelsim，让 module 中的输入信号从这个 matlab 保存下来的 txt 读取数据，这是将文件写入 Modelsim。在另一些情况下，需要将 Modelsim 的数据导出，保存为 txt 文件供其他软件使用，这是将文件导出 Modelsim。文件写入可以使用 \$readmemb、\$fscanf，导出可以使用 \$fmonitor、\$fwrite 等。如例 5.13 和例 5.14 所示。

例 5.13　文件的写入

```
reg \[5:0] memory \[0:9];
initial begin
        rst  =  1'b1;
        clk  =  1'b0;
        #100
        rst  =  1'b1;
        #1000
        rst  =  1'b0;
        #100    $readmemb("data. txt",memory);
end
```

例 5.13 中将 data. txt 的数据读入存储器 memory 中，在第一行定义了一个深度为 10 的 memory，memory 中每个数据位宽是 6 位，在 initial 模块中读入文件，data. txt 放在工程目录下，仿真开始后，数据读入，可以从工具栏中 View→Memory List 中找到定义的 memory，单击后可以查看 memory 中的值，与 data. txt 一致，如图 5.44 所示。

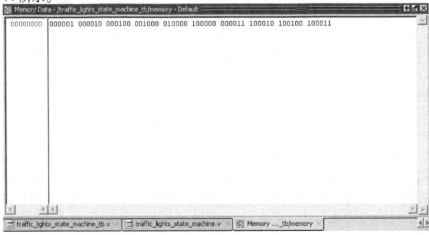

图 5.44　txt 文件导入

用$monitor 将信号导出到 txt 文件，如例 5.14 所示。

例 5.14   txt 文件导出

```
            integer  data_out_file;
        initial  begin
            start_work = 1'b0;
            end_work = 1'b0;
            rst   =  1'b1;
            clk   =  1'b0;
            #100
        rst   =  1'b1;
        #1000
        rst   =  1'b0;


            $fmonitor(data_out_file,"%d",yellow_light);
        end
```

例 5.14 中将信号"yellow – light"的值导出到"data_ out – file. txt"文件中。运行仿真，会在工程路径的文件夹里生成"data_ out_ file. txt"文件，文件中写入的是信号"yellow_ light"的值，如图 5.45 所示。

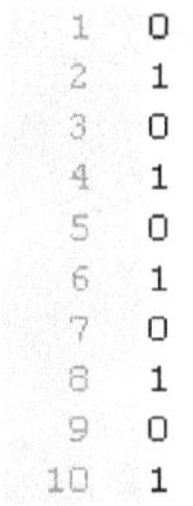

```
 1    0
 2    1
 3    0
 4    1
 5    0
 6    1
 7    0
 8    1
 9    0
10    1
```

图 5.45   导出的文件

4. Wave 查看技巧

Wave 窗口中基本的波形查看在 5.3.2 节中已经介绍，但还有一些小技巧能够帮助用户更加方便快捷地查找波形，分析结果。

（1）波形查看快捷键

在工具栏中有专门的按钮用于放大和缩小波形，除了这些按钮，用户使用的键盘也可以做到。键盘上"＋"能够实现以中轴线为中心放大波形；"－"能够实现以中轴线为中心缩小波形；"F"表示全屏显示波形；"C"表示以"Wave"界面中黄线即用户选定的标线为中心放大波形。

（2）设置断点

在 Modelsim 中设置断点有两种方式，一种跟 C 语言一样，对代码设置断点，让程序跑到断点处停止；另一种是对信号设置断点，当信号发生变化时停住。用户可以在"Objects"框中选中某个信号，右键单击，从弹出的对话框中选择"Insert Breakpoint"，通过这样的方式对选中的信号设断点，如图 5.46 所示。

设置完成之后，选择"Restart"重新开始仿真，单击"Run"按钮，"Wave"界面会停在该信号将要发生变化的最后一个时刻，再单击"Run"按钮一次，可以看到这个时刻的变化，同时"wave"界面停留在该信号将要发生变化的第二个时刻。除了对信号设置断点外，用户还可以通过工具栏中的手型按钮来配置断点方式，如图 5.47 所示。

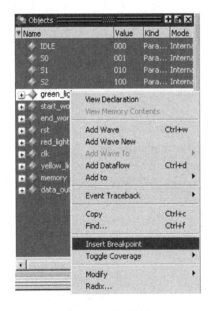

图 5.46　设置断点　　　　　　图 5.47　断点配置按钮

左键单击该按钮，弹出如图 5.48 所示的对话框。对话框中，白色框内显示当前的断点状态，可以看到前面通过"Insert Breakpoint"加入的信号断点"green_light"，下方有对"green – light"的相关说明。在上方的右侧还有几个按钮，可以增加"Add"新的断点，单击后会弹出图 5.49 所示的对话框，用户可以自行选择是对信号设置断点还是对代码设置断点；"Modify..."可以修改当前设置的断点的标签、状态等信息；"Disable"顾名思义，就是禁止该断点的使用，但并不删除；"Delete"就是删除该断点；"Load"可以加载一些脚本文件，脚本文件中有对断点的描述，可以通过"Save..."按钮来获取断点的脚本描述方式。配置完成后，单击"OK"按钮保存配置，再重新启动仿真，新一轮的仿真将按照该配置运行。

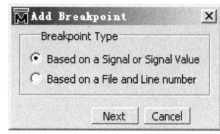

图 5.48　断点配置窗口　　　　　　图 5.49　断点设置方式选择

（3）数据显示方式

"Wave"界面中的信号默认用二进制显示，用户可以根据需求选择其他显示方式。首先在"Wave"界面中选中某个信号，右键选择"Radix"选项，会在右侧弹出很多选择：无符号数、有符号数、十六进制、ASCII 等，如图 5.50 所示。

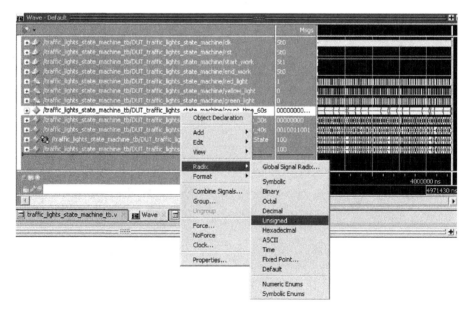

图 5.50　数据进制选择

图 5.50 中将选中的信号设置为"Unsigned"模式,即无符号数。除了选择进制,还可以选择波形,即显示逻辑值还是模拟波形,前提是需要先将数据变成十进制数(无符号数或者有符号数),右键单击该信号,在弹出的选项中选择"Format",在右侧会弹出新的选项列表,用户可以选择逻辑值、模拟波形等,如图 5.51 所示为选择波形模式。

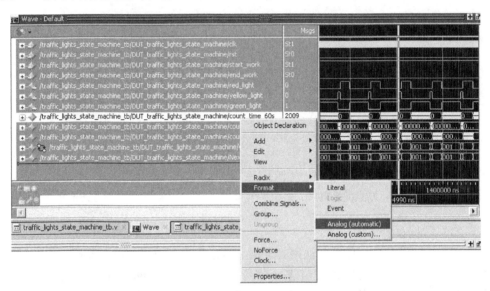

图 5.51　选择波形模式

图 5.51 中将选中信号的"Format"设置为模拟,结果如图 5.52 所示。

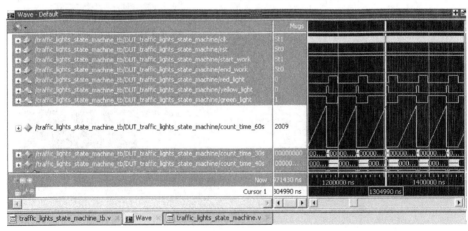

图 5.52　显示模拟波形

从图 5.52 中可以看出,信号由图 5.51 中的数字变成了图 5.52 中的三角波,观察更直观清晰。在一些情况下,比如通信系统中,升采样和降采样的中间结果就需要与 matlab 中画出的曲线对比，此时模拟波形将派上用场。

（4）波形结果对比

Modelsim 支持将上一次仿真的波形和当前仿真的波形做对比，单击 File→Datasheet 选项，弹出如图 5.53 所示的对话框。

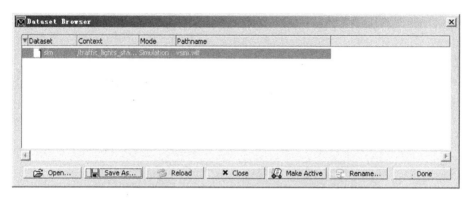

图 5.53　"Datasheet Browser" 对话框

图 5.53 中，在对话框里默认会有当前仿真的波形文件 vsim. wlf，单击下方的 "Save As…" 按钮，将这次的波形另存为 "old – wave. wlf" 文件。修改代码后，重新仿真，然后打开图 5.54 所示的对话框，单击下方 "Open" 按钮，将保存的 "old – wave. wlf" 打开，发现 "Datasheet Browser" 对话框中多了一个波形文件，如图 5.54 所示。

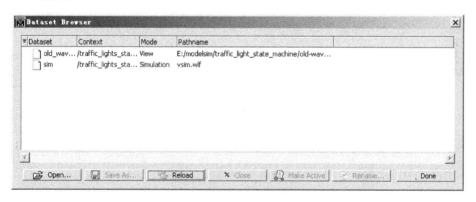

图 5.54　添加对比波形

图 5.54 中，单击下方 "Done" 按钮，回到 "Wave" 界面，发现 Modelsim 界面左侧 "Project" 窗口中多了一个 "old_ wave" 的仿真窗口，如图 5.55 所示。

图 5.55 中，"sim" 窗口是当前仿真窗口，列有当前的模块和信号，"old_ wave" 窗口是保存的上次仿真的信号，用 5.3.2 节中提到的方法将 "old – wave" 窗口中的信号添加到 "wave" 窗口中，就可以直观地对比波形。

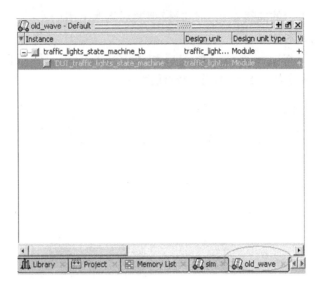

图 5.55 "old – wave" 仿真窗口

5. Tips

在 Modelsim 的使用过程中，会有一些小的技巧帮助我们快速有效地进行仿真，下面罗列主要的几点。

（1）利用 Modelsim 工具建立 testbench. v

除了可以自己手写建立 testbench. v 之外，在 Modelsim 中有一个工具也可以帮助我们建立 testbench. v 模板。将鼠标选中 . v 文件编辑窗口，对应的工具栏中会出现 "Source" 选项，如图 5.56 所示。

图 5.56 "Source" 选项

注意，如果鼠标选中左侧 "Project" 窗口，对应的工具栏如图 5.57 所示，所以鼠标放在不同的窗口，对应的工具栏选项是不同的。

图 5.57 "Project" 对应的工具栏

选中 "Source" 之后，在下拉菜单中选择 "Show Language Template"，会在下面的窗口中增加一个 "Language Templates" 的窗口，如图 5.58 所示。

选中 "Create Testbench"，弹出如图 5.59 所示的对话框。

图 5.59 中，在"work"库下面会出现在工程中建立的所有 .v 文件，选择要仿真的模块，在这里只有一个模块"traffic_lights_state_machine"，单击"Next"按钮，出现图 5.60 所示的对话框。

图 5.60 中的对话框里可以选择 testbench.v 的文件名称，默认情况会直接用选中的模块名后面加"_tb"作为 testbench.v 文件名，用户也可以根据需求自行修改，"Options"选项中 3 个都需要勾选，完成后单击"Finish"按钮。完成后会根据待仿真 .v 文件的输入输出端口生成 testbench.v，结果如图 5.61 所示。

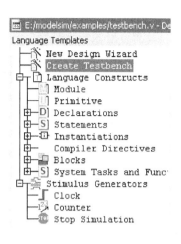

图 5.58　Language Templates 示图

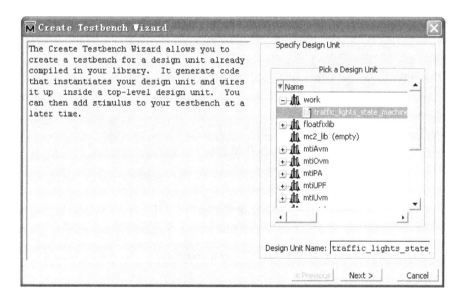

图 5.59　Creat Testbench Wizard 示图 1

图 5.60 是用工具生成的 testbench.v 模板，只有基本的输入输出信号和仿真模块，用户需要在这个基础上对信号初始化（initial 块）、添加激励信号等，进一步完善测试程序。

（2）恢复传统界面

一般来说，打开 Modelsim 工具后，各个窗口的位置如图 5.23 所示，如果在实验过程中用户打乱了窗口的位置，可以通过下面这个选项一键恢复图 5.23 的排列

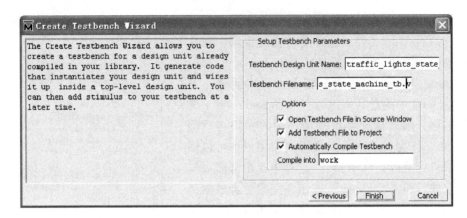

图 5.60　Creat Testbench Wizard 示图 2

```
Ln#
1      module traffic_lights_state_machine_tb  ;
2
3      parameter S1    = 4'b0100 ;
4      parameter S2    = 4'b1000 ;
5      parameter IDLE  = 4'b0001 ;
6      parameter S0    = 4'b0010 ;
7        wire  [0:0]  green_light   ;
8        reg   [0:0]  start_work    ;
9        reg   [0:0]  end_work      ;
10       reg   [0:0]  rst   ;
11       wire  [0:0]  red_light   ;
12       reg   [0:0]  clk   ;
13       wire  [0:0]  yellow_light   ;
14       traffic_lights_state_machine    #( S1 , S2 , IDLE , S0 )
15        DUT (
16         .green_light (green_light ) ,
17         .start_work (start_work ) ,
18         .end_work (end_work ) ,
19         .rst (rst ) ,
20         .red_light (red_light ) ,
21         .clk (clk ) ,
22         .yellow_light (yellow_light ) );
23
24     endmodule
```

图 5.61　生成的 testbench. v

关系，单击工具栏中"Layout"一项，选中其中的
"Simulate"即可一键恢复图 5.20 窗口模式，如图 5.62
所示。

　　图 5.62 中选择"Simulate"模式，Modelsim 界面恢
复默认的窗口排列。

　　(3) 调试中修改代码

　　当调试发现问题需要修改代码的时候，需要去代码
编辑窗口重新输入，但此时可能出现无法输入的情况，
光标放在代码行却无法修改，这个问题需要检查工具栏
中"Source"选项下的"Read Only"是否被勾选，如果

图 5.62　恢复默认窗口模式

勾选，将其勾掉，再次进入代码编辑窗口修改代码即可。如图 5.63 所示。

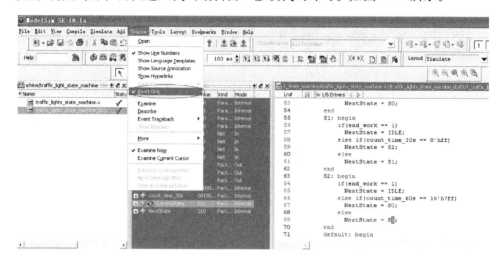

图 5.63　修改代码

图 5.63 中，在 "Source" 下拉列表中左键单击 "Read Only"，如图 5.63 中所圈选项，即可去掉前面的对勾，进入右边的编辑界面修改代码。修改完代码后，重新编译修改的代码，然后再重新启动仿真。

5.4　小　　结

本章主要包含两方面内容，一方面对数字电路设计进行概述，包括一些基本语法和规范，并举例说明组合逻辑电路和时序逻辑电路；另一方面对数字电路设计中用到的仿真工具 Modelsim 进行了总体说明，从 Modelsim 的特点应用到基本使用方法，再延伸到一些高级用法，不仅囊括了建立工程、建立仿真环境、启动仿真、观测仿真结果等基本内容，还包含了使用过程中的一些小技巧，比如命令方式、do文件的使用等。整章以交通灯为实例贯穿全文进行详细说明，从交通灯的数字电路设计到用 Modelsim 进行实例仿真，使读者能够更加清晰直观地了解数字电路的设计和仿真流程，深入理解工具的使用。

第 6 章　数字逻辑综合及 Design Compiler

6.1　逻辑综合概述

逻辑综合是 RTL 代码与门级网表之间的桥梁，是数字系统设计中的关键过程。逻辑综合既关系到 RTL 代码的逻辑功能能否按预期的目标实现，又关系到后端布局布线是否能达到理想的效果。所以逻辑综合效果的好坏直接影响到数字系统的性能、面积和功耗等方面的优劣。

6.1.1　逻辑综合的定义及发展历程

在上一章我们讨论了如何用硬件描述语言来设计数字系统层次的结构模型。首先我们有一个需要解决的问题，然后用一个想法去解决这个问题，再将这个想法用 RTL 代码去描述，包括定义数字电路的层次结构；定义设计中的寄存器结构与规模；定义设计中的组合电路功能。

接下来我们要将这个 HDL 设计的模型映射成可制造的电路器件的门级网表，并且保证映射后的器件能执行预期的功能，这就是逻辑综合。就像 C 语言中编译器连接 C 语言和机器语言一样，逻辑综合连接了 HDL 代码和门级网表。图 6.1 是一个系统开发的基本设计流程。

图 6.1 中，"综合"部分将是本章讨论的重点。"综合"之前的设计步骤在第 5 章中已经进行了详细阐述，本章将不再赘述。

逻辑综合是随着 20 世纪 80 年代 VHDL、Verilog HDL 的产生、发展而诞生，并逐渐成熟的。最初的逻辑综合器支持的 HDL 语法形式较少，其智能程度及综合效率都比较低。设计者只能应用 HDL

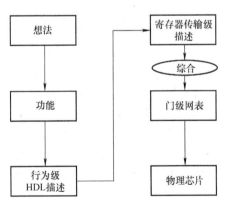

图 6.1　系统开发的基本设计流程

代码中的一部分来进行设计，所以给电路设计带来了大量的困难。随着逻辑综合技术的不断进步，逻辑综合器的执行效率和优化能力都有了很大程度上的进步。为了提高电路的集成度、缩短设计周期，从 20 世纪 90 年代开始，行为综合方法应运而生。它开始于算法描述及 HDL 行为建模，由行为综合工具根据设计的行为描述，自动生成对应的门级网表。

后来伴随着其他新的硬件设计描述语言（System Verilog、System C 等）出现，现在的综合器所支持的语言也趋近多样化。设计工程师可以灵活地选择设计语言来完成各个层次的设计。

6.1.2　逻辑综合的流程

数字电路的逻辑综合由 3 部分组成：综合 = 转化 + 逻辑优化 + 映射。

第一步是用 read 命令将 HDL 代码转化为通用的布尔门阵列，也就是 GTECH（generic technology）库中的逻辑器件。这个库中的器件没有时序和负载的特性，它仅仅是 Design Compiler 用来表示器件的一个符号，只有 Design Compiler 能识别它。

第二步是根据设计工程师对电路预期功能的要求，对 GTECH 网表施加时序、功耗和面积等各方面的约束，使其能达到设计的目标。

第三步用 compile 命令，将电路按照设计的约束优化和综合，使其能满足设计的目标或约束，并且映射到特定厂家目标工艺库中的逻辑器件，此时的网表包含了厂家的工艺参数。

第四步用 report 命令，产生各种设计报告，设计工程师可通过这些报告分析评估该网表是否满足预期需求。若不满足预期需求，可对设计约束或者 RTL 进行修改直到满足需求为止。

最后用 write 命令，将满足设计需求的门级网表以 ddc 的格式保存在磁盘上。

整个流程如图 6.2 所示。

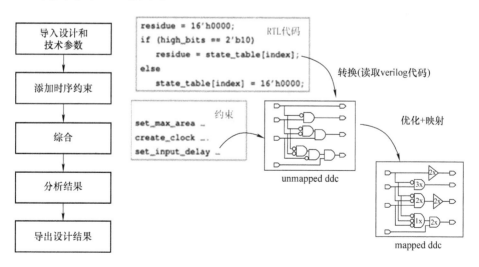

图 6.2　逻辑综合流程

综合的结果和设计提供的约束有着直接关系，通过添加的各种约束来让综合工具优化我们的设计，并使其满足设计目标。

　　设计工程师提供约束指导综合工具，综合工具使用这些信息尝试产生满足时序要求的最小面积设计。如果没有提供约束，综合器会产生非优化的网表，该网表可能不能满足设计师的要求。

　　图 6.3 是综合结果的时序和面积折中曲线，可见设计的结果或是面积大，延时短，或是面积小，延时长，或是两者都适中。

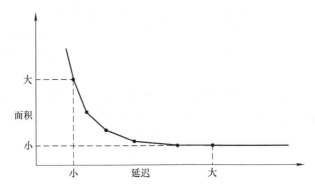

图 6.3　时序和面积的权衡关系

6.2　Design Compiler 简介

　　Design Compiler 是 SYNOPSYS 综合软件的核心产品，简称 DC。DC 自 20 世纪 80 年代末问世以来，在 EDA 市场的综合领域，一直处于领导地位。几乎所有的大型半导体厂商和集成电路设计公司都使用它来设计 ASIC。它提供约束驱动时序最优化，并支持众多的设计类型，把设计者的 HDL 描述综合成与工艺相关的门级设计；它能够从速度、面积和功耗等方面来优化组合电路和时序电路设计，并支持平直或层次化设计。

6.2.1　Design Compiler 的功能

　　DC 功能强大，利用 DC 可以灵活地处理各种设计上的问题，设计工程师只需关心一些思想性的设计考虑，大量枯燥繁琐的任务可以交给 DC 处理。设计人员利用 DC 可以完成以下工作。

　　1）利用用户指定的门阵列、FPGA 或标准单元库，生成高速、面积优化的 ASIC；

　　2）能够在不同工艺技术之间进行设计转换；

　　3）探索设计的权衡，包括延时、面积和在不同负载、温度、电压情况的功耗等设计约束条件；

4）优化有限状态机的综合，包括状态的自动分配和状态的优化；

5）当第三方环境仍支持延时信息和布局布线约束时，可将输入网表、输出网表和电路图整合在一起输入至第三方环境；

6）自动生成和分割层次化电路图。

DC 具有较好的兼容性，能支持大量的文件格式，来协调综合上下游流程的工作衔接，大大缩短了设计的开发周期，其支持的输入输出格式见表 6.1。

表 6.1　DC 兼容的数据格式

数据	格式
Netlist	Electronic Design Interchange Format（EDIF）
	Logic Corporation netlist format（LSI）
	Mentor Intermediate Format（MIF）
	Programmable Logic Array（PLA）
	Synopsys equation
	Synopsys state table
	Tegas Design Language（TDL）
	ddc
	Verilog
	VHDL
Timing	Standard Delay Format（SDF）
Command Script	dcsh，Tcl
Cell Clustering	Physical Design Exchange Format（PDEF）
Library	Synopsys library source（.lib）
	Synopsys database format（.db）
Parasitics	Standard Parasitics Exchange Format（SPEF）
	Detailed Standard Parasitics Format（DSPF）
	Reduced Standard Parasitics Format（RSPF）

6.2.2　Design Compiler 的使用模式

DC 有两种模式供用户使用，一种是命令行模式 Design Compiler；另一种是图形化界面模式。

使用命令行模式时，需要在 unix 命令行下输入指令"dc_ shell"，即：

unix % dc_shell

这时屏幕上会显示：

dc_shell >

在这种使用模式下，设计工程师通过在"dc_ shell >"命令行里输入命令与综合工具进行人机交互。也可以把多个命令编写成脚本，然后在命令行下用 source 命令执行该脚本，则可批量处理命令操作。脚本可以反复使用，可移植性较好，有利于团队协作与工作承接。

使用图形化界面模式时，在 unix 命令行后输入命令"design_ vision"，即：

unix %　design_vision

则可启动图形化界面。在图形化界面下，设计工程师可以通过鼠标单击各个选项按钮来与综合工具进行人际交互。适合于不习惯于输入命令的工程师及 DC 的初学者使用。在图形化界面的最下部分是命令栏，用户也可通过在命令栏输入命令与DC 交互，如图 6.4 所示。

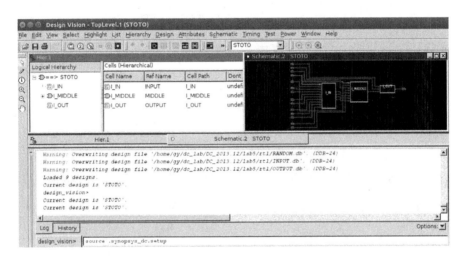

图 6.4　DC 图形化界面 Design Vision

6.2.3　DC – Tcl 简介

Tcl 是 Tool command language 的缩写，发音为"tickle"，意思是工具命令语言。它最初是由加州大学伯克利分校的 John K. Ousterhout 开发出来的。Tcl 的功能非常强大并且易于学习。它广泛应用于网络通信、计算机管理、网页设计和各种应用。它是一种脚本语言，易于控制和扩展应用。它是一种公开的工业标准界面语言。SYNOPSYS 公司的大多数工具：Design Compiler、Prime Time、Physical Compiler 和 Formality 等都支持 Tcl。

DC – Tcl 在 Tcl 的基础上，扩展丰富了 Tcl 的功能，使用者既能灵活方便地使用 Tcl 命令，又能根据电路特性，对设计进行分析和优化。由于越来越多的工具支持 Tcl，不同工具之间的命令移植也更加方便。

DC – Tcl 所提供的编程结构，即变量、循环和子程序等，有利于 SYNOPSYS 的命令建立脚本。特别说明的是，DC – Tcl 所写的脚本，并不适用于 Tcl shell。DC – Tcl 把 Tcl 集成到 SYNOPSYS 的工具里。

　　Tcl 命令可以用两种方式执行，一种是在 DC – Tcl 里交互式地执行，见例 6.1；另一种是批处理模式，如例 6.2 所示。

例 6.1

dc_shell ＞　echo"Running my. tcl⋯"

dc_shell ＞　source　– echo　– verbose　my. tc

例 6.2

unix ％　dc_shell　– f my. tcl ｜ tee　– i my. log

　　unix 命令 tee 既可以在屏幕上显示运行结果，又可以把结果写到指定的文件里。

　　Tcl 命令可以由一个字或多个字组成，字与字之间由空格分隔。Tcl 脚本由一系列的命令组成，如果在一条命令中需要换行，则要加上"＼"分隔。例 6.3 为一个典型的 DC – Tcl 脚本。

例 6.3

reset_design

create_clock　– period 10　＼[get_ports Clk]

set all_in_ex_clk　＼[remove_from_collection　＼
　　＼[all_inputs]　＼[get_ports Clk]]

set_input_delay　– max 6　– clock Clk $all_in_ex_clk

set_output_delay　– max 9.6　– clock Clk　＼[all_outputs]

set_operating_condition　– max　WCCOM

set_wire_load_model　– name　ZeroWireload

set_driving_cell　– lib_cell INVD1BWP12TM1P $all_in_ex_clk

set　MAX_LOAD　＼[expr　＼
＼[load_of tcbn40lpbwp12tm1pwc/AN2D1BWP12TM1P/A1] ∗ 10]

set_max_capacitance $MAX_LOAD $all_in_ex_clk

set_load　＼[expr $MAX_LOAD ∗ 4]　＼[all_output]

　　Tcl 的变量名由字符、数字和下划线组成。变量前加"$"，表示变量的替换，与 C 语言和 Verilog 不同，不需要首先声明变量，可以是任意长度字符串，见例 6.4。

例 6.4

Tcl 命令	结果
set　x　45	45
set　y　x	x
set　y　$ x	45
set　y　$ x+$ x	45 +45
set　y　$ x.8	45.8
set　y　$ x6	no such variable

　　Tcl 可以在一个命令里嵌套使用另外一个命令的返回值，用［　］将嵌套命令包住即可。在例 6.5 中，第三个例子先执行 expr $ x　-9，结果为 25，再执行set　y　"x - 9 is25"。"expr"是进行数学运算的 Tcl 函数。

例 6.5

Tcl 命令	结果
set　x　34	34
set　y　［expr $ x + 2］	36
set　y　"x - 9 is［expr $ x -9 ］"	x - 9 is 25

　　"#"为 DC – Tcl 的注释符号，如果要注释一行，在该行前需要加注释符"#"；如要在同一行加注释，注释符"#"前需加分号，见例 6.6。

例 6.6

#Variables common to all RM scripts

#Script：dc_setup. tcl

#Version：C – 2009. 06 – SP1（November 13,2015）

#Copyright（C）2007 – 2009 Synopsys，Inc. All right reserved.

create_clock　– period 10 ［get_ports Clk］;#create the clock

　　"∗"和"?"是 DC – Tcl 的两个通配符，"∗"表示 0 至 n 个任意字符，"?"表示 1 个任意字符。

　　例如：

dc_ shell > help report ∗

表示列出所有 report 开头的命令

dc_ shell > set_ output_ delay 2 – clock Clk ［get_ ports out ∗］

表示把输出约束加到以 out 开头的所有端口上。

在 DC 中，每个设计有 6 个设计实体组成，它们分别是 design、port、cell、pin、net 和 clock，前 5 个设计实体在网表中都有定义，clock 是个特殊的端口，用下面的命令定义时钟。

create_clock　– period　4　［get_ports clk］

例 6.7 和例 6.8 分别展示了 6 个设计实体在 Verilog 代码和线路图中的表达。

例 6.7

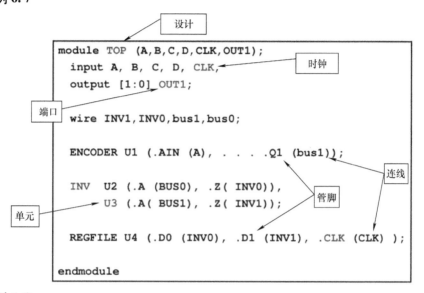

例 6.8

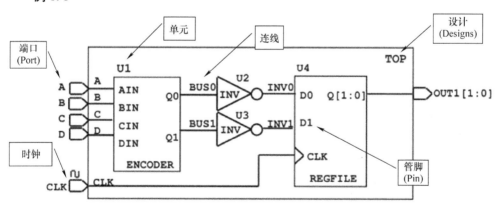

命令 get_ * 能返回到当前设计中，包括 DC 的 memory 和库中的设计实体。get_cells 返回到设计中的单元和实例，get_clocks 返回到当前设计中的时钟，get_designs

返回 DC memory 中的 designs 等，如例 6.9 所示。

例 6.9

dc_shell > get_designs ∗

{TOP　ENCODER　REGFILE　PLL}

dc_shell > get_ports{C? O ∗}

{OUT[0]　OUT[1]}

dc_shell > get_pins ∗/Q ∗

{I_ENC/Q0　I_ENC/Q1　I_REG/Q[0]　I_REG/Q[1]}

命令 all_∗ 和 get_∗ 一样，能返回到当前设计中的实体，不同的是 all_∗ 能返回所有索引物集，如例 6.10 所示。

例 6.10

dc_shell > all_inputs

{A　B　C　D　CLK}

dc_shell > all_outputs

{OUT[0]　OUT[1]}

dc_shell > all_registers

{I_REG/Z_reg[0]　I_REG/Z_reg[1]}

6.3　Design　Compiler 综合设计

前文简单介绍了逻辑综合和 DC 工具，这一节将详细介绍如何通过命令和 DC - Tcl 脚本将 RTL 代码综合并优化为能达到预期设计目标的门级网表。

6.3.1　启动工具及初始环境配置

首先创建一个 DC 工作目录，在这个目录里存放着 RTL 代码、库文件和约束文件等，所有文件都存放在这个目录里，DC 也将在这个目录启动。这个目录称为 CWD（Current Working Directory，当前工作目录），如图 6.5 所示。

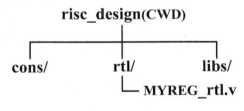

图 6.5　DC 工作目录

在 unix 命令行中进入 CWD，再输入 dc_ shell 即可进入 DC，操作如下：

unix ％ cd risc_design

unix ％ dc_shell

在 DC 启动的过程中会自动执行一个名为 ".synopsys_ dc.setup" 的脚本，这是一个隐藏文件,在 CWD 中用"ls – a"命令才可以看到。这个脚本中就配置了一些 DC 综合的初始环境。例 6.11 就是一个初始环境配置脚本,一般情况下这个脚本中会配置一些初始化设置和项目相关变量,如综合库和别名的设置等。

例 6.11

```
# ------------------------------------------------------
#   Aliases
# ------------------------------------------------------
alias  h  history
alias  rc  "report_constraint  – all_violators"
alias  rt  report_timing
alias  page_on  {set sh_enable_page_mode true}
alias  page_off  {set sh_enable_page_mode false}
####################################################################
# Logical  Library  Settings
####################################################################
set_app_var    search_path  " $search_path ../ref/libs/mw_lib/sc/LM ./rtl ./
scripts"
set_app_var    target_library        sc_max. db
set_app_var    link_library          " *  $target_library"
set_app_var    symbol_library        sc. sdb
```

这个文件一般存在于 3 个目录之中,优先级最高的是 DC 用户运行的当前目录,也就是 CWD 中的 . synopsys_dc. setup。其次是用户的宿主目录中的 . synopsys_dc. setup。优先级最低的在 $SYNOPSYS/admin/setup 目录,如图 6.6 所示。

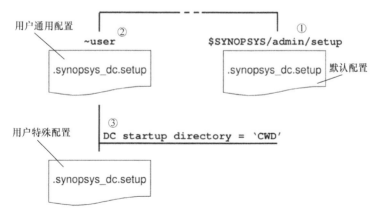

图 6.6　. synopsys_ dc. setup 所在目录

6.3.2 综合库

如前所述，电路的逻辑综合包括 3 个步骤：转化 + 逻辑优化 + 映射。当映射成电路图时，我们必须知道要映射到哪个半导体厂商的器件库，那么 DC 是如何知道每个逻辑单元的延迟的？半导体厂商会提供 DC 兼容的工艺技术库文件，我们使用这些文件进行综合。图 6.7 为 .lib 库格式描述的单元。

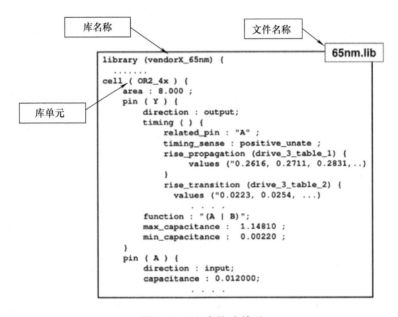

图 6.7 .lib 库格式单元

从图 6.7 中可以看到这个库的库名。每一个 cell 有一个 cell name，接下来花括号里面的是这个 cell 的各种信息，有这个 cell 的面积，还有各个 pin 的信息。pin 信息中包含了这个 pin 的名称，还有这个 pin 的输入输出方向、时序信息和功能等。

DC 在综合电路时，最终都映射到目标库上。DC 会在库中选择功能正确的逻辑门单元，使用库中的时序信息来计算电路的路径延迟。target_ library 是 DC 的保留变量，设置这个变量可以选择不同的综合库文件进行综合，例如：

dc_shell > set_app_var target_library sc_max. db

link_ library 也是保留变量，用于分辨读入设计中的逻辑门和子模块的功能，例如：

dc_shell > set_app_var link_library " * $target_library"

" * "表示 DC 先搜索内存里已有的库，一般放在$target_library 之前。读入设计时，DC 会自动地先搜索内存中已有的库，然后再搜索$link_library 中其他的库。当我们读入的是门级网表时，需要把 link_library 设成指向生成该网表的目标库。

否则 DC 将找不到网表中的器件。DC 搜寻变量是通过$search_path 指定的目录查找。

符号库由半导体供应商提供，它包含了各种库单元在设计电路图中的图形化信息。DC 利用符号库产生电路示意图，必须用 DC 的图形化界面 design vision 才能看到。当用户产生了一个电路，DC 会在门级网表和 Symbol library 找到一一映射的关系。例如：

dc_shell > set_app_var　symbol_library　sc. sdb

6.3.3　Design Compiler 综合流程

在配置好初始环境并且启动 Design Compiler（DC）后，就开始了 DC 综合的流程。图 6.8 展示了 DC 综合几个基本的步骤，下面就这几个步骤进行介绍。

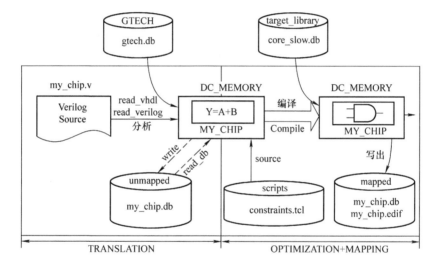

图 6.8　DC 综合的基本步骤

1. 读入设计文件

DC 综合工具的输入是 RTL 代码，所以在综合的第一步是将已经写好的 RTL 设计文件读入到 DC 的 memory 中。在读入层次化结构的设计中，综合工具需要知道哪一个文件是顶层文件，所以用户需要指定顶层文件。有两种方式完成这一步骤，一种是 read_ file 的方式，另一种是 analyze + elaborate 的方式。

命令 read_verilog 和 read_vhdl 分别等价于命令 read_file – format verilog 和 read_file – format vhdl，分别用于读取 Verilog 和 VHDL 写成的 RTL 设计代码（还有 read_ddc，read_sverilog 等）。

如例 6.12 中，先后用 3 个 read_verilog 命令读取了 A. v、B. v 和 C. v 3 个设计文件，DC 会认为最后一个读取的文件 C. v 中的设计为顶层设计，A. v 和 B. v 是它的子模块。

例 6.12

dc_shell > read_verilog   A. v

dc_shell > read_verilog   B. v

dc_shell > read_verilog   C. v

如例 6.13 中，用一个 read_verilog 命令加花括号 {} 读取了 A. v、B. v 和C. v 3 个设计文件，DC 会认为花括号列表中第一个读取的文件 A. v 中的设计为顶层设计，B. v 和 C. v 是它的子模块。

例 6.13

dc_shell > read_verilog   {A. v   B. v   C. v}

为了避免人为因素导致的错误，建议用户在使用完 read_file 命令后用 current_design 命令显示指定顶层进行设计。例 6.14 中用 current_design 命令显示指定 MY_TOP 为顶层设计。

例 6.14

dc_shell > read_verilog   {A. v   B. v   TOP. v}

dc_shell > current_design   MY_TOP

将 RTL 代码读取到 memory 中并指定设计顶层后，DC 会调用自己的 GTECH 库，将 RTL 转化为 GTECH 网表存在 memory 中。这个网表中的器件没有时序和负载的特性，它仅仅是 DC 用来表示器件的一个符号，只有 DC 能识别它。

另一种方式是 analyze + elaborate。analyze 命令首先会把 Verilog 或 VHDL 源文件读进 DC 的 memory 中，并检查语法规范，报出 warning 和 error。然后会将 RTL 源代码转换成二进制格式的中间文件，存放在 CWD 中。elaborate 命令会将 analyze 产生的二进制中间文件转换为 GTECH 网表，并且指定顶层设计。在命令中加选项 - parameters 能设置设计中的参数，这是在读文件过程中唯一能改变设计参数的方法。elaborate 命令还自动地执行了 link 命令（read_ file 不会执行 link，后文还会详细介绍这个命令），完成了链接操作。elaborate 命令对于 VHDL 代码允许选择不同的结构体。如例 6.15，设计顶层为 MY_TOP，并且用户指定的参数设置会代替源代码中的默认参数。

例 6.15

dc_shell > analyze - format verilog {A. v   B. v   TOP. v}

Compiling source file . /A. v

Compiling source file . /B. v

Compiling source file . /TOP. v

　……

dc_shell > elaborate MY_TOP - parameters "A_WIDTH = 8, B_WIDTH = 16"

　……

Current design is now 'MY_TOP'

表 6.2 是两种读入文件方式的比较。

表 6.2　两种读入文件方式的比较

比较	read_file 命令	analyze ＋ elaborate 命令
输入文件格式	支持 Verilog、VHDL、ddc、db、SDF 和 System Verilog 等多种文件格式	只支持 Verilog、VHDL 和 System Verilog 3 种文件格式
参数设置	不允许改变参数默认设置	允许改变参数默认设置
VHDL 结构体	不允许选择结构体	允许选择结构体
链接设计	必须再单独用 link 命令作链接	包含了 link 命令的链接功能
设置顶层设计	需要用 current_ design 命令指定顶层	elaborate 命令指定顶层

2. 链接设计

对于一个完整的设计，它的每个单元必须都关联到库中的元器件，并且描述它的每一个引用，这个过程就叫作链接。链接可以用 link 命令执行，这个命令会用到 link_library 和 search_path 两个系统变量去解释设计中的各种应用。如上文所述，elaborate 命令中包含了 link 命令的操作，而如果用 read_file 读入文件，则必须用 link 命令链接。

在 link 命令后加上 check_design 命令是一个好习惯。check_design 命令能够检查当前设计的内部表达的一致性，能发现一些问题并报出 warning 和 error。比如一些未连接 pin 和一些递归的层次结构都可以发现并报错，如例 6.16 所示。

例 6.16

dc_shell > link

Linking design 'MY_DESIGN'

Using the following designs and libraries：

——

＊（3 designs）　　　　　　　　　/home/gy/dc_lab/DC_2013. 12/lab3/rtl/MY_

DESIGN. db，etc

cb13fs120_tsmc_max（library）/home/gy/dc_lab/DC_2013. 12/ref/libs/mw_

lib/sc/LM/sc_max. db

1

dc_shell > check_design

Information：Design 'MY_DESIGN' has multiply instantiated designs. Use the '-multiple_designs' switch for more information. （LINT－78）

1

3. 添加设计约束

我们为了让电路实现预期的期望，达到设计的目标，会添加关于时序、面积和功耗等方面的约束，DC 会根据这些约束对设计进行有效的优化。为了增强脚本的可读性，这里建议用户可单独建立一个约束的 Tcl 文件，然后在运行 DC 的脚本中用 source 命令执行该约束脚本。这样不容易出错，而且脚本思路清晰，可读性好。关于怎样添加约束，下一节会详细介绍。

在执行完约束脚本后，建议用户执行 check_timing 命令。这个命令可以报告出当前设计的时序属性，未施加约束的节点，以及一些潜在错误和警告，供设计者参考，再进一步完善约束脚本，如例 6.17 所示。

例 6.17

dc_shell > source MY_DESIGN. con

1

dc_shell > check_timing

Information：Changed wire load model for 'DW01_sub_width5' from '（none）' to 'ForQA'. （OPT – 170）

Information：Changed wire load model for ' ∗ SUB_UNS_OP_5_5_5' from '（none）' to 'ForQA'. （OPT – 170）

......

Information：Changed wire load model for ' ∗ SUB_UNS_OP_5_5_5' from '（none）' to 'ForQA'. （OPT – 170）

Information：Updating design information... （UID – 85）

Information：Checking generated_clocks...

Information：Checking loops...

Information：Checking no_input_delay...

Information：Checking unconstrained_endpoints...

Information：Checking pulse_clock_cell_type...

Information：Checking no_driving_cell...

Information：Checking partial_input_delay...

Warning：there are 21 input ports that only have partial input delay specified.

（TIM － 212）

－－－－－－－－－－

Cin1［4］

Cin1［3］

Cin1［2］

Cin1［1］

Cin1［0］

4. 编译综合

添加设计约束后，就要命令 DC 根据约束的要求将 GTECH 网表中的逻辑器件映射到变量\$target_library 中指定库中的实际电气器件。这里需要用到 compile 命令，这个命令可以综合和优化当前设计中从逻辑层到门级网表层的部分。它的优化过程是根据用户施加的约束驱动的。

compile_ultra 命令除了具有和 compile 一样的功能外，还提供了更强大的优化功能。它能提供对时序、面积、功耗等方面的并发优化手段来优化高性能设计，例如它能打破模块之间的边界，进行边界优化。它也能在算法层面优化，并且提供高级的时序分析以及关键路径的重编译，如例 6. 18 所示。

例 6.18

dc_shell > compile_ultra

Alib files are up － to － date.

Loading db file '/home/gy/eda/Synopsys/dc/dc _2009/libraries/syn/dw _foundation. sldb'

Warning：DesignWare synthetic library dw_foundation. sldb is added to the synthetic_library in the current

command. （UISN － 40）

Information：Evaluating DesignWare library utilization. （UISN － 27）

```
===========================================================
| DesignWare Building Block Library  |    Version    | Available |
===========================================================
| Basic DW Building Blocks      | C － 2009. 06 － DWBB_0912 |    *    |
| Licensed DW Building Blocks    | C － 2009. 06 － DWBB_0912 |    *    |
===========================================================
```

Information：Sequential output inversion is enabled. SVF file must be used for formal verification.

（OPT － 1208）

Loaded alib file '../alib-52/sc_max.db.alib'

Information：Ungrouping hierarchy U1_ARITH before Pass 1（OPT-776）

Information：Ungrouping hierarchy U_COMBO before Pass 1（OPT-776）

Information：Ungrouping hierarchy U_COMBO/U2_ARITH before Pass 1（OPT-776）

compile_ultra 命令还可以添加各种选项，使其具有更加符合设计者需求的优化功能。读者可在 DC 的终端下输入 man compile_ultra 来获得命令帮助信息。DC 的其他命令及内置变量都用 man 命令来获得命令的用法及选项。

5. 报告分析

编译综合完后，就得到了对应目标库的门级网表。但这个网表是否完全满足约束，我们并不知道。我们可以用 report_* 命令来产生各种报告，通过这些报告，可以了解到设计的一些信息。report_timing 返回的是设计的时序报告，report_constraint 返回的是设计规则和时序违反约束，report_area 返回的是面积报告等。例 6.19 是命令 report_timing 返回的报告，最后一行的（VIOLATED）表示设计违例。设计工程师需要修改约束或者 RTL 代码来消除违例。

例 6.19

dc_shell > report_timing

****

Report ：timing
    - path full
    - delay max
    - max_paths 1

Design ：MY_DESIGN

Version：C-2009.06-SP5

Date ：Sat Jan 9 13：40：30 2016

****

Operating Conditions：cb13fs120_tsmc_max Library：cb13fs120_tsmc_max

Wire Load Model Mode：enclosed

 Startpoint：a1[3]（input port clocked by clk）

 Endpoint：I_IN/a_reg[3]

    （rising edge-triggered flip-flop clocked by clk）

 Path Group：clk

Path Type：max

Des/Clust/Port	Wire Load Model	Library
STOTO	8000	cb13fs120_tsmc_max

Point	Incr	Path
clock clk（rise edge）	0.00	0.00
clock network delay（ideal）	0.00	0.00
input external delay	1.90	1.90 f
a1[3]（in）	0.05	1.95 f
U384/Z（mx02d1）	0.23	2.18 f
U387/ZN（nd12d1）	0.05	2.22 r
U381/ZN（nd03d0）	0.09	2.31 f
I_IN/a_reg[3]/D（dfnrn4）	0.00	2.31 f
data arrival time		2.31
clock clk（rise edge）	2.10	2.10
clock network delay（ideal）	0.00	2.10
clock uncertainty	−0.10	2.00
I_IN/a_reg[3]/CP（dfnrn4）	0.00	2.00 r
library setup time	−0.08	1.92
data required time		1.92
data required time		1.92
data arrival time		−2.31
slack（VIOLATED）		−0.39

6. 保存网表

通过以上步骤我们得到了所需要的门级网表，可以用 write 命令将生成的网表文件保存在磁盘上，可以通过 −format 选项选择保存文件的格式。如例 6.20 所示，可以是 .v 格式、.vhd 格式和 .ddc 格式。其中 .ddc 格式是 SYNOPSYS 内置的内部数据库文件格式，.ddc 文件不仅有网表中的器件连接信息，还包含网表的时序信息。它是二进制格式文件，SYNOPSYS 工具读取它速度很快，是前端设计人员交付后端设计的最佳选择。

例 6. 20

dc_shell > write　– format　ddc

Writing ddc file 'MY_DESIGN. ddc'.

1

dc_shell > write　– format　verilog

Writing verilog file '/home/gy/dc_lab/DC_2013. 12/lab3/MY_DESIGN. v'.

1

例 6. 21 为结合以上步骤编写的 DC 运行脚本。在 DC 终端用 source 命令执行该脚本就可自动完成以上综合的每个步骤。有利于简化综合操作流程以及完成交互式的任务。

例 6. 21

```
## Run Script

read_verilog    MY_DESIGN. v
current_design    MY_DESIGN
link
check_design

source    MY_DESIGN. con
check_timing

compile_ultra

report_timing
report_design

write    – format    ddc     – output    MY_DESIGN. ddc
exit
```

以上就是使用 DC 进行逻辑综合的基本流程。经过这 6 个步骤以后，我们将得到一个较为满意的门级网表，前端设计工程师就可以把它交付给后端部门进行下一步的设计了。

6.4　静态时序分析与设计约束

静态时序分析是一种重要的逻辑验证方法，设计者通过静态时序分析结果来修改和优化逻辑，直到满足要求为止。本节将着重讲述电路静态时序分析和如何通过分析的结果添加适当的约束，以保证设计能达到预期的功能。

6.4.1　静态时序分析

在进行综合时，DC 用内建的静态时序分析工具 Design Time 来估算路径的延迟以指导优化，并用 Design Time 来产生时序报告，如图 6.9 所示。

静态时序分析可以不通过动态仿真就确定电路是否满足时间的约束。静态时序分析主要包括 3 个主要步骤。

1）把设计分解成时间路径的集合；

2）计算每一条路径的延迟；

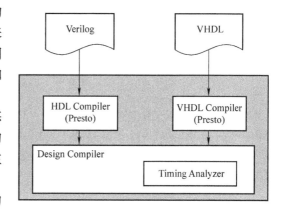

图 6.9　DC 的静态时序分析

3）所有的路径延迟都要做检查，把它与时间的约束比较，看它们是否满足约束的要求。

DC 通过下面的方法把设计分解为时序路径的集合。每条路径都有一个终点和一个起点。

起点：

◆ 除了时钟以外的输入端口；

◆ 时序器件的时钟端口。

终点：

◆ 除了时钟以外的输出端口；

◆ 时序器件除时钟端口外的其他输入端口。

如图 6.10 所示，CURRENT_DESIGND 的时序路径的起点有 A、B、FF2/CLK_IN 和 FF3/CLK_IN，终点有 C、D、FF2/D 和 FF3/D。将这些起点和终点连在一起可以得到 4 条时序路径，分别为 path1、path2、path3 和 path4。

为了便于分析时序，时序路径又被分组。路径按照终点控制它的时钟进行分组，如果路径不被时钟控制，这些路径被归类为默认路径组。我们可以用 report_path_group 命令来报告当前设计中路径分组情况。

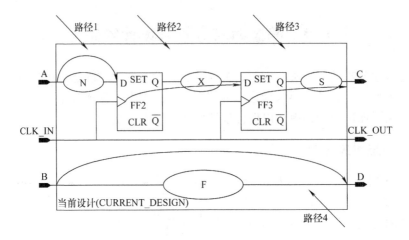

图 6.10　时序路径

如图 6.11 所示，图中共有 5 个终点，CLK1 控制 3 个终点，共有 8 条路径。CLK2 控制一个终点，共有 3 条路径。输出端口为一终点，它不受任何时钟控制，只有一条路径，属于默认组。这 12 条路径被分为 3 个路径组分别是 CLK1、CLK2 和默认路径组。

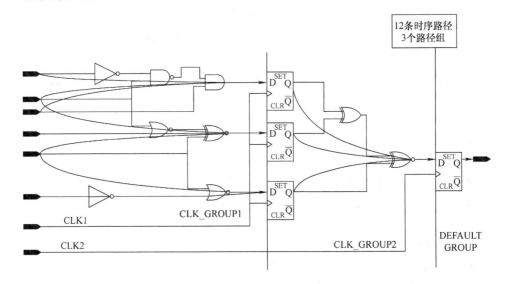

图 6.11　时序路径组

在计算路径延迟时，DC 把每一条路径分成时间弧，时间弧描述单元或连线的时序特性。单元的时间弧由工艺库定义，包括：

◆ 单元的延迟；

◆ 时序检查（触发器的 setup/hold 检查、clk→q 的延迟等）。

连线的时间弧由网表定义。路径的延迟与起点的边沿有关，图 6.12 中，假设连线延迟为 0，如果起点为上升沿，则该条路径的延迟等于 1.5ns。如果起点为下降沿，则该条路径的延迟为 2.0ns。这说明单元的时间弧是边沿敏感的。

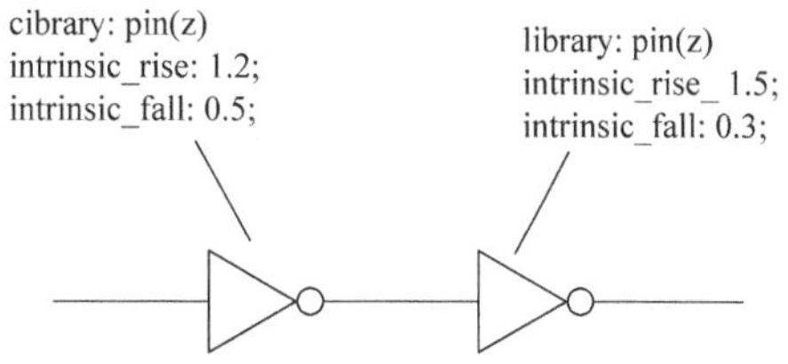

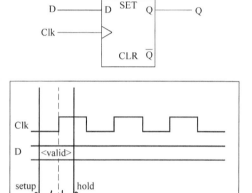

图 6.12　时间弧的边沿敏感

6.4.2　亚稳态

每个触发器都有规定的建立时间和保持时间参数，这些参数存放在由制造厂商提供的工艺库文件中。假如触发器由时钟的上升沿触发，在这个时间参数范围内，输入的数据信号是不允许发生变化的。否则在信号建立或保持时间中对其采样，得到的结果是不可预知的，有可能是"0""1""Z"或"X"，这就是亚稳态。在数字前段综合中，一般只考虑建立时间（Setup Time）。保持时间（Hold Time）在后端设计中考虑，如图 6.13 所示，数据的有效时间至少要满足"setup"和"hold"的总和。

图 6.13　亚稳态时序图

6.4.3　时钟的约束

图 6.10 中提到了 4 种时序路径，分别是寄存器间的路径、输入路径、输出路径和组合逻辑路径。接下来我们对这 4 种路径的时序约束逐一进行介绍。首先寄存器间的路径可以通过约束时钟来实现。

如图 6.14 所示，寄存器之间存在组合逻辑 X，寄存器 FF3 的建立时间为 0.2ns，可通过下面这条命令，将一个周期为 2ns 所示时钟施加在端口 Clk 上，并取名为 MCLK（命令中的 2 表示 2 个时间单位，时间单位在技术库中定义，此例中时间单位为 1ns，后文中的命令也类似）。

dc_shell > create_clock － period 2 － name MCLK ［get_ports Clk］

通过这条约束命令，DC 可以计算出 X 逻辑的最大延迟为 2ns － 0.2ns = 1.8ns。如果 X 逻辑延迟超过 1.8ns，则寄存器 FF3 采到的值为亚稳态，所以 DC 会尽力综合将 X 逻辑的延迟限制在 1.8ns 以内，在满足时序约束的前提下，DC 会保

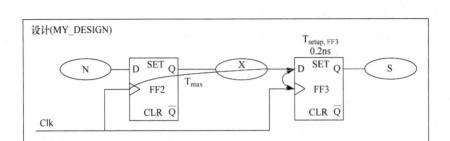

图 6.14　寄存器间的时序路径

证电路的功耗和面积尽可能小。

　　寄存器时钟端的时钟由于经过了前级时钟树的各种器件的作用，波形已经不再是理想时钟（ideal clock），没有那么规则，如图 6.15 所示。所以在考虑时钟约束的时候要考虑到它的 uncertainty、latency 和 transition。

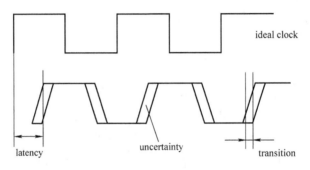

图 6.15　理想时钟与实际时钟

　　uncertainty 描述的是时钟跳变时间的不确定性，这种不确定性来源于 3 个方面，分别是 jitter、skew 和 margin。jitter 指的是时钟源的抖动，skew 是指不同寄存器始终端口之间的时钟偏差，margin 指的是工程余量。时钟的 uncertainty 可以通过 set_clock_uncertainty 命令设置，下例接图 6.14 进行说明。

dc_shell > create_clock – period 2 – name MCLK [get_ports Clk]

dc_shell > set_clock_uncertainty 0.3 MCLK

　　由于时钟存在不确定性，所以对 X 逻辑的约束较为苛刻，即允许 X 逻辑的最大延迟为 2ns – 0.3ns – 0.2 ns = 1.5ns。

　　latency 指的是时钟沿到来的延迟。为了平衡时钟到达不同寄存器之间的延迟，在时钟树上要加入缓冲器（buffer），这些 buffer 延迟加上线延迟就产生了 latency。latency 分为两种，一种是时钟源到被综合模块时钟端口之间的延迟，叫作 Source Latency。另一种是被综合模块时钟树上的延迟，叫作 Network Latency。set_clock_latency 命令默认设置是 Network Latency，如要设置 Source Latency 可加选项

– source，如图 6.16 所示。

dc_shell > set_clock_latency – source 4 [get_clocks Clk]

dc_shell > set_clock_latency 3 [get_clocks Clk]

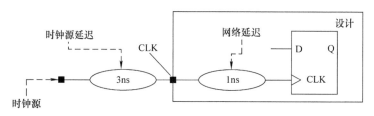

图 6.16 Clock Latency

时钟的跳变沿在实际电路中并不是瞬时变化的，而是有一定的坡度，transition 描述的就是这个坡度的持续时间，如下例所示。

dc_shell > set_clock_transition 0.5 [get_clocks Clk]

6.4.4 输入输出路径的约束

上一节我们通过约束时钟来约束了寄存器间的时序路径，这一节我们要讨论的是模块输入输出路径的约束。

如图 6.17 所示，要综合组合逻辑 N，我们必须提供给 DC 被综合模块前一级模块输入路径上的组合逻辑 M 的延迟，DC 才能计算出逻辑 N 的最大延迟。如下例所示，我们用 set_ input_ delay 设置 M 逻辑的延迟在 0.6ns 以内，其中 – max 选项表示 M 逻辑延迟最大不超过 0.6ns，后面中括号内返回的是除了时钟端口以外的所有输入端口的物集。为了不产生亚稳态，从 FF1 的时钟端的上升沿，到 FF2 时钟端的上升沿捕获，中间信号传输限制在一个时钟周期内完成。由此可以计算出被约束逻辑 N 延迟为 2ns – 0.2ns – 0.6ns = 1.2ns。

dc_shell > create_clock – period 2 [get_ports Clk]

dc_shell > set_input_delay – max 0.6 – clock Clk [remove_from_collection \
[all_inputs] [get_ports Clk]]

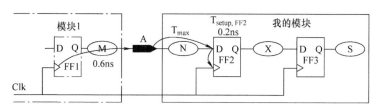

图 6.17 输入路径的约束

如图 6.18 所示，要综合组合逻辑 S，我们必须提供给 DC 被综合模块后一级模块输入路径上的组合逻辑 T 的延迟，DC 才能计算出逻辑 S 的最大延迟。如下例所示，我们用 set_ output_ delay 设置 S 逻辑的延迟在 0.7ns 以内，其中 – max 选项表示约束逻辑延迟最大不超过 0.7ns。为了不产生亚稳态，从 FF3 的时钟端的上升沿，到 FF4 时钟端的上升沿捕获，中间信号传输限制在一个时钟周期内完成。由此可以计算出被约束逻辑 S 延为 2ns – 0.1ns – 0.7ns = 1.2ns。

dc_shell > create_clock　　– period　2　［get_ports　Clk］

dc_shell > set_output_delay　　– max　0.7　– clock　Clk［all_outputs］

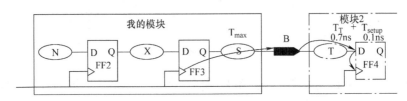

图 6.18　输出路径的约束

6.4.5　组合逻辑路径的约束

组合逻辑路径的约束有两种情况，第一种如图 6.19 所示，被综合模块中存在时序逻辑。要综合组合逻辑 F，我们先要对前级模块中的逻辑 E 进行设置。其次还要对后级 G 逻辑进行设置。如下例所示，设置了逻辑 E 最大延迟不超过 0.4ns，逻辑 G 的最大延迟不超过 0.2ns。为了不产生亚稳态，从 FF1 时钟端的上升沿，到 FF4 时钟端的上升沿捕获，中间信号传输限制在一个时钟周期内完成。由此可以计算出被约束逻辑 F 延迟为 2ns – 0.4ns – 0.2ns – 0.1ns = 1.3ns。

dc_shell > create_clock　　– period　2　［get_ports　Clk］

dc_shell > set_input_delay　　– max　0.4　– clock　Clk［get_ports　B］

dc_shell > set_output_delay　　– max　0.2　– clock　Clk［get_ports　D］

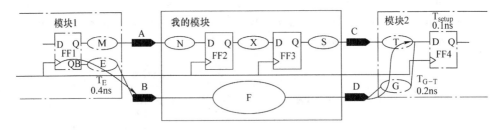

图 6.19　组合逻辑路径的约束

另外一种情况如图 6.20 所示，被综合模块中没有时序逻辑器件，也没有时钟端口。在这种情况下我们就必须设置一个虚拟时钟，才能对模块添加约束。如下例所示，我们先用 create_clock 命令建立了一个周期为 2ns 的虚拟时钟 VClk，因为我们并没有指明这个时钟来自于哪个端口，所以这是一个虚拟的时钟。通过这个 VClk，我们可以设置逻辑 M 和 T 的延迟。为了不产生亚稳态，从 FF1 时钟端的上升沿，到 FF4 时钟端的上升沿捕获，中间信号传输限制在一个时钟周期内完成。由此可以计算出被约束逻辑 Combo 延迟为 2ns − 0.4ns − 0.2ns − 0.1ns = 1.3ns。

dc_shell > create_clock　− period　2　− name　VClk

dc_shell > set_input_delay　− max　0.4　− clock　VClk　[get_ports B]

dc_shell > set_output_delay　− max　0.2　− clock　VClk　[get_ports D]

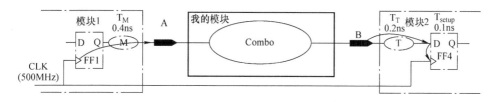

图 6.20　组合逻辑路径的约束

6.4.6　时间预算

上文我们介绍了如何使用 set_ input_ delay 和 set_ output_ delay 设置前后级模块逻辑延迟。可是在实际设计中，由于电路比较大，需要对设计进行划分。在一个设计团队中，每一个设计者负责一个或几个模块。我们有时候不知道前后级模块的延迟为多少，所以无法准确地设置前后级的组合逻辑延迟，如图 6.21 所示。

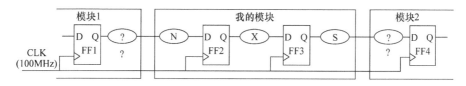

图 6.21　时间预算（通用）

SYNOPSYS 建议我们可以将一个时钟周期的 60% 时间留给前级逻辑和后级逻辑，40% 的时间留给自己设计的被综合逻辑。这样每个设计者就留下了 20% 的工程余量给相互之用，这样的预算就可以保证在模块拼接时不会出现亚稳态。如图 6.22 所示，时钟周期为 10ns，每个设计工程师在综合自己模块时需要约束自己的输入和输出模块在 4ns 之内。

dc_shell > create_clock　− period　10　[get_ports CLK]

dc_shell > set_input_delay　− max　6　− clock CLK　[remove_from_collection \
　　　[all_inputs] [get_ports CLK]]

dc_shell > set_output_delay　− max　6　− clock CLK　[all_ouputs]

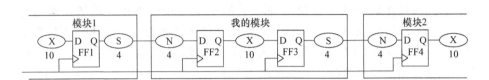

图 6.22   时间预算

6.4.7   设计环境约束

上文中我们用 create_clock、set_input_delay, set_output_delay 等命令来设置电路约束。但为了保证电路的每一条时序路径，特别是输入/输出路径延迟约束的精确性，我们还应该提供设计的环境属性，如图 6.23 所示。

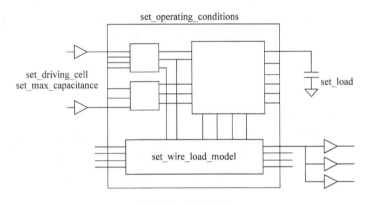

图 6.23   环境约束

每一个逻辑器件的延迟都与这个器件的输出负载和输入转换时间相关，其输出转换时间也与这个器件的输出负载和输入转换时间相关。即:

Cell_Delay   =   f（Input_Trans, Outout_Load）

Output_Tran   =   f（Input_Trans, Outout_Load）

因此，为了精确地计算输出电路的时间，DC 需要知道输出器件所驱动的总电容负载。在默认情况下，DC 会认为输出端口外部电容负载为 0。我们可以用 set_load 指定外部电容负载为一常数值，如图 6.24 所示。也可以用 load_of 命令指定工艺库中某一器件的引脚为负载，如图 6.25 所示。

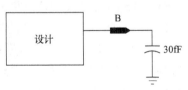

图 6.24   指定常数负载

dc_shell > set_load［expr｛30.0/1000｝］［get_ports B］

dc_shell > set_load［load_of my_lib/AN2/A］［get_ports B］

对于输入，为了精确计算输入电路的时间，DC 需要知道到达输入端口的转换时间。在 DC 中用 set_driving_cell 命令明确说明输入端口是由一个真实的外部单元驱动。默认情况下，DC 假设输入端口上外部信号对应的转换时间为 0。但是如果我们用 set_driving_cell 命令在输入端加上了一个驱动，DC 将会计算实际的转换时间，如图 6.26 所示。

dc_shell > set_driving_cell　– lib_cell　OR3B　〔get_ports A〕

or

dc_shell > set_driving_cell　– lib_cell　FD1　– pin　Qn　〔get_ports A〕

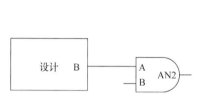

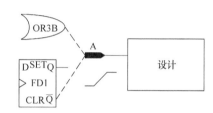

图 6.25　指定实际器件负载　　　　图 6.26　指定驱动器件

如上文所述，在实际设计中，由于电路比较大，需要对设计进行划分。在一个设计团队中，每一个设计者负责一个或几个模块。设计者往往不知道每个输入端口的驱动和输出端口的负载，因此设计者要对输入输出端口预测，预测需要遵守以下几个准则：

1）保守起见，假设输入端口由驱动能力很弱的单元驱动；

2）限制每一个输入端口的输入负载；

3）估算输出端口驱动的模块数目。

第 1 条和第 3 条上文已经介绍，对于第 2 条可以通过 set_max_capacitance 命令限制附加在输入端口上的电容负载值。

工艺库单元通常用"nominal"电压和温度来描述周围环境特性，例如：

nom_process：　　　1.0

nom_temperature：　25.0

nom_voltage：　　　1.8

如果电路在不同的"nominal"电压和温度的条件下工作，我们需要为设计设置条件。在半导体厂商提供的工艺库中会放入不同的工作环境，可以用 set_operating_conditions 命令把工作条件加在设计上。可以用 report_lib libname 命令将所有工作条件列出来，例如：

Operating Condition：

Name	Library	Process	Temp	Volt
typ_25_1.80	my_lib	1.00	25.00	1.80

| slow _ 125 _ 1.62 | my _ lib | 1.05 | 125.00 | 1.62 |
| fast _ 0 _ 1.98 | my _ lib | 0.93 | 0.00 | 1.98 |

设置工作条件用下面的命令：

dc _ shell > set _ operating _ conditions　– max"slow _ 125 _ 1.62"

WLM（Wire Load Model，线负载模型）是根据连线的扇出来估算连线的 RC 寄生参数，一般由半导体厂商建立，用户也可以建立自己的线负载模型，例如：

Name	:	160KGATES
Location	:	ssc _ core _ slow
Resistance	:	0.000271（千欧每单位长度）
Capacitance	:	0.00017（皮法每单位长度）
Area	:	0
Slope	:	50.3104（外推斜率）

Fanout	Length
1	31.44
2	81.75
3	132.07
4	182.38
5	232.68

设置线负载模型用下面的命令：

dc _ shell > set _ wire _ load _ model　– name　160KGATES

综上所述，可以将所有的设计约束建立为一个 DC – Tcl 脚本，在使用工具时直接用 source 命令执行该脚本就可以完成所有约束，如例 6.22 所示。

例 6.22

```
## MY _ DESIGN. con

reset _ design

set all _ in _ ex _ clk [remove _ from _ collection [all _ inputs] [get _ ports clk]]

create _ clock　– period 8　[get _ ports clk]
set _ clock _ latency – source　3　[get _ clocks clk]
set _ clock _ latency　2　[get _ clocks clk]
set _ clock _ uncertainty　0.5　[get _ clocks clk]
set _ clock _ transition　0.25　[get _ clocks clk]
```

set _ input _ delay　　－ max 4. 8　　－ clock clk　$ all _ in _ ex _ clk

set _ output _ delay　　－ max 4. 8　－ clock clk　[all _ outputs]

set _ operating _ conditions　　－ max"slow _ 125 _ 1. 62"

set _ wire _ load _ model　　－ name　160KGATES

set MAX _ LOAD [expr [load _ of ssc _ core _ slow/buf1a1/A] * 10]

set _ driving _ cell　－ lib _ cell inv1a1 $ all _ in _ ex _ clk

set _ max _ capacitance　$ MAX _ LOAD　$ all _ in _ ex _ clk

set _ load [expr $ MAX _ LOAD * 4] [all _ outputs]

6. 4. 8　多时钟同步设计约束

如图 6. 27 所示，图中有多个时钟，但这些时钟都是来自同一个时钟源。分别由 3GHz 的时钟通过 9 分频、6 分频、4 分频和 3 分频得到了 CLKA、CLKC、CLKD 和 CLKE。但在被综合的模块中只有 CLKC 时钟驱动模块内的寄存器，其他的时钟都没有对应的端口。因此，它们不驱动被综合模块的任何寄存器，它们主要用于为输入/输出端口做约束，可能会出现一个端口有多个约束的情况。那么如何设置多时钟同步约束呢？

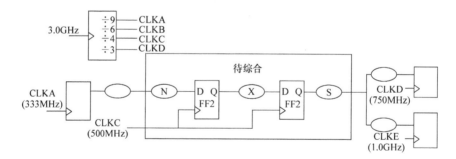

图 6. 27　多时钟同步设计

CLKC 在被综合的模块中有对应的端口，则其定义就与单时钟一样，即：

dc _ shell > create _ clock　　－ period　2　[gets _ ports CLKC]

由于 CLKA、CLKD 和 CLKE 在要综合的模块中没有输入端口，因此需要使用虚拟时钟。虚拟时钟不驱动任何寄存器，它主要用于说明相对于时钟的 I/O 端口延迟。DC 将根据这些约束，决定设计中最严格的约束，如图 6. 28 所示。

dc _ shell > create _ clock　　－ period　2　[gets _ ports CLKC]

dc _ shell > create _ clock　　－ period　3　－ name　CLKA

dc _ shell > set _ input _ delay　　－ max　0. 55　－ clock　CLKA　[gets _ ports IN1]

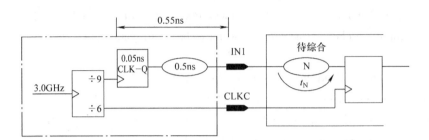

图 6.28 多时钟同步输入约束

进行上述约束后，DC 会找出波形上升沿间隔的多种情况，然后按照最严格的情况进行综合约束。如下图 6.29 所示，逻辑 N 必须满足：$t_N < 2 - 0.55 - t_{setup}$ 和 $t_N < 1 - 0.55 - t_{setup}$ 两个不等式中最严格的情况，即：$t_N < 1 - 0.55 - t_{setup}$。

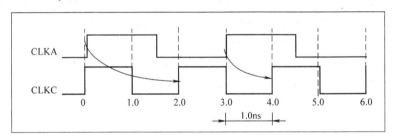

图 6.29 多时钟同步时钟

对于输出电路，我们用同样的方法定义虚拟时钟和施加约束。如图 6.30 所示，其中 – add _ delay 选项的意思是输出端口 OUT1 有两个约束。如果不加该选项，第二个 set _ output _ delay 将覆盖第一个 set _ output _ delay 命令。

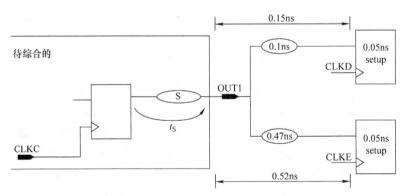

图 6.30 多时钟同步输出约束

dc _ shell > create _ clock – period 〔expr 1000/750. 0〕 – name CLKD

dc _ shell > create _ clock – period 1 – name CLKE

dc _ shell > create _ clock　– period　2　– name　CLKC　[get _ ports CLKC]

dc _ shell > set _ output _ delay　– max 0.15　– clock CLKD [get _ ports OUT1]

dc _ shell > set _ output _ delay　– max 0.52　– clock CLKE　– add _ delay　\

　　[get _ ports OUT1]

　　DC 会找出波形上升沿间隔的多种情况，然后按照最严格的情况进行综合约束。如图 6.31 所示，逻辑 S 必须满足：$t_S < 1 - 0.52$ 和 $t_S < 0.67 - 0.15$ 这两个不等式中最严格的情况，即：$t_S < 0.48$。

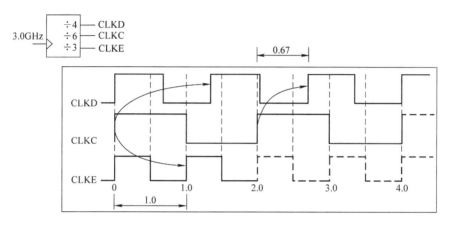

图 6.31　多时钟同步时钟

6.4.9　异步设计约束

　　上文讨论的所有电路都是同步电路，各个时钟都是来源于同一个时钟源。但在实际的数字系统中可能会存在不少来自不同时钟源的异步电路，这些时钟来自不同的时钟源，时钟之间频率和相位都没有固定的关系。一些时钟在我们的设计中没有对应的端口。在进行异步电路设计时，设计者要注意产生亚稳态，如图 6.32 所示。

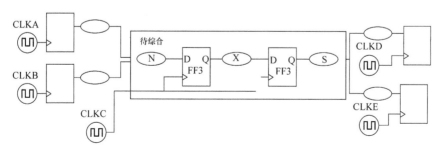

图 6.32　异步电路设计

为了避免产生亚稳态问题，可以在设计中考虑使用双时钟触发器，或者用异步 FIFO 等电路连接不同时钟域的边界路径等。对于穿越异步边界的任何路径，必须禁止对这些路径做时序综合。由于不同时钟域间的相位关系是不确定的，一直处于变化中，所以对这些路径做时序约束没有意义，只会浪费 DC 的计算时间。我们用 set_false_path 命令解除异步路径的时序约束，如图 6.33 所示。

dc_shell > create_clock - period 2 [get_ports CLKA]

dc_shell > create_clock - period 2 [get_ports CLKB]

dc_shell > set_false_path - from [get_clocks CLKA] - to [get_clocks CLKB]

dc_shell > set_false_path - from [get_clocks CLKB] - to [get_clocks CLKA]

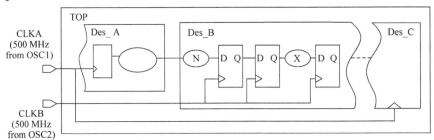

图 6.33 异步电路约束

6.4.10 多时钟的时序约束

前面的设计约束中，我们默认了信号变化要在一个时钟周期内完成，并且达到稳定值，以满足寄存器建立时间和保持时间的要求。但是在有些设计中，某些特殊的路径并不能或者不需要一个时钟周期内完成。如图 6.34 所示，时钟周期定义为 10ns，按设计规格，加法器的延迟为 6 个时钟周期。那么该如何约束电路呢？

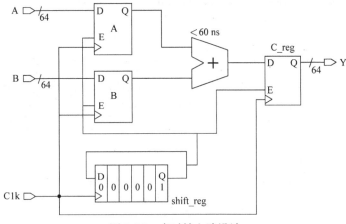

图 6.34 多时钟电路设计

如图 6.35 所示，DC 将会仅仅在第 6 个时钟上升沿，即 60ns 处，建立时序分析。这里允许加法器最大延迟是：$60 - T_{\text{setup}}$。

dc_shell > create_clock -period 10 [get_ports Clk]

dc_shell > set_multicycle_path -setup 6 -to [get_pins C_reg[*]/D]

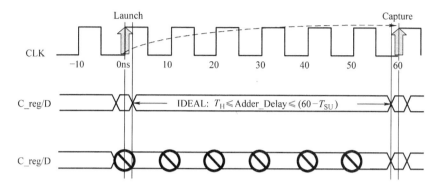

图 6.35 多时钟建立时间约束

默认的保持时间分析是在建立时间分析的前一周期。如果照这样分析，DC 会在 50ns 处分析电路有无违反保持要求，即要求加法器的最小延迟为：$50 + T_{\text{hold}}$。

要用 DC 综合出一条同时满足上述两个约束的路径会极大增加电路的复杂度。在时间为 60ns 的时刻，引起寄存器 C_reg 的 D 引脚变化是在时钟 Clk 在 0ns 时刻的触发沿。所以应该在 0ns 处做保持时间检查，如图 6.36 所示。

dc_shell > set_multicycle_path -hold 5 -to [get_pins C_reg[*]/D]

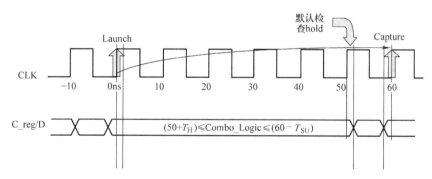

图 6.36 多时钟保持时间约束

保持时间将会提早 5 个时钟周期，所以加法器 d 允许延迟为 $T_{\text{hold}} <$ 加法器允许的延迟 $< 60 - T_{\text{setup}}$。

图 6.37 是另一个多时钟周期的例子，图中乘法器运算为 2 个时钟周期，加法器运算为 1 个时钟周期，其约束为

dc_shell > create_clock -period 10 [get_ports Clk]

dc _ shell > set _ multicycle _ path　　 – setup 2　　 – from FFA/CP　 \
　　　　　　 – through Multiply/Out　　 – to　 FFB/D

dc _ shell > set _ multicycle _ path　　 – hold 1　　 – from FFA/CP　 \
　　　　　　 – through Multiply/Out　　 – to　 FFB/D

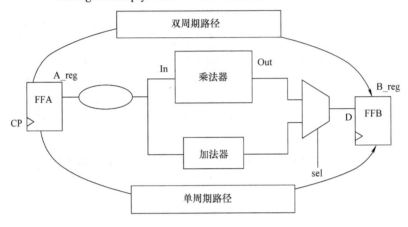

图 6.37　多时钟电路设计

6.5　基于状态机的交通灯综合

状态机是时序逻辑与组合逻辑完美结合的典型实例。前面章节我们介绍了 DC 的基础知识和基本用法,本节将通过基于第 5 章中状态机的交通灯实例来介绍 DC 是如何完成一个设计的综合的。

我们在进行综合前必须有的两个文件。一个是目标库文件,通常是 . db 格式的二进制文件。另外一个是交通灯的 RTL 源文件,也就是 5.2.2 节中的交通灯例 5.1。

首先创建用来做综合的文件夹,取名为 lab。在文件夹中添加 RTL 源文件,DC 运行脚本,约束文件和目标库文件,当然还有 DC 自启动文件 . synopsys _ dc. setup,如图 6.38 所示。

图 6.38　综合文件夹 lab

在启动脚本 . synopsys _ dc. setup 里对各种库进行了设置，在终端运行 DC 即会执行脚本中的内容。该脚本设置目标库，链接库和符号库，如例 6. 23 所示。

例 6. 23

```
set _ app _ var target _ library        sc _ max. db
set _ app _ var link _ library          " * $ target _ library"
set _ app _ var symbol _ library        sc. sdb
```

在操作系统终端启动的 DC 后，就可以在 DC 终端用 Tcl 命令对综合器进行操作。在这里我们将这些命令都集中在 DC 运行脚本 dc. tcl 中，我们只需在 DC 终端用 source 命令启动这个脚本就可以完成全部综合任务，该脚本如例 6. 24 所示。

例 6. 24

```
read _ verilog        traffic _ lights _ state _ machine. v
current _ design      traffic _ lights _ state _ machine
link
check _ design


source    MY _ DESIGN. con
check _ timing


compile _ ultra


report _ timing  >  MY _ DESIGN. tim


write  – format ddc  – output MY _ DESIGN. ddc
```

从这个脚本可以看出，首先用 read _ verilog 读入 RTL 文件，并且设置顶层文件，再链接。命令 source MY _ DESIGN. con 启动了约束文件。然后是 compile _ ultra 命令进行综合编译。report _ timing > MY _ DESIGN. tim 命令是将时序报告新建在一个叫作 MY _ DESIGN. tim 的文件里。最后是将编译生成的网表以 ddc 格式的形式保存下来取名为 MY _ DESIGN. ddc。其中的约束文件 MY _ DESIGN. con 如例 6. 25 所示。

例 6. 25

```
reset _ design


set all _ in _ ex _ clk [ remove _ from _ collection [ all _ inputs ] [ get _ ports clk ] ]


create _ clock         – period   8    [ get _ ports clk ]
set _ clock _ latency    – source   3   [ get _ clocks clk ]
```

```
set _ clock _ latency        2     [ get _ clocks clk ]
set _ clock _ uncertainty    0. 5   [ get _ clocks clk ]
set _ clock _ transition     0. 25  [ get _ clocks clk ]


set _ input _ delay    – max  4. 8  – clock clk  $ all _ in _ ex _ clk
set _ output _ delay   – max  4. 8  – clock clk  [ all _ outputs ]


set _ operating _ conditions    – max "cb13fs120 _ tsmc _ max"
set _ wire _ load _ model       – name    8000
set   MAX _ LOAD  [ expr [ load _ of cb13fs120 _ tsmc _ max/bufbd7/I ] * 10 ]
set _ driving _ cell    – lib _ cell   bufbd1  $ all _ in _ ex _ clk
set _ max _ capacitance  $ MAX _ LOAD  $ all _ in _ ex _ clk
set _ load    [ expr $ MAX _ LOAD * 4 ] [ all _ outputs ]
```

首先该脚本用 reset _ design 命令重置设计，也就是将 DC memory 中先前的约束清除。接着设置了一个名为 all _ in _ ex _ clk 的变量用来表示除了时钟以外的所有输入端口。后面几条命令是创建时钟及对时钟的约束。接着用 60% 的时间预算约束输入输出端口逻辑的延迟。最后是设置模块的驱动部件和所带的负载。

运行完这两个脚本后，得到的时序报告如例 6.26 所示。表头含有报告类型，默认选项信息、设计名称、工具版本号和时间信息。下方是工作环境、目标库名和线负载模型。接着下面是报告出的关键路径起点和终点、路径组和时序路径的类型。再下边就是时序报告的主体，分为三个竖栏，第一个竖栏里是时序路径上的各个节点，第二竖栏是前一个节点到本节点的时间差，最后一栏是从起点到本节点的时间累积总和。报告又分为上下两张表，上表是信号通过该时序路径到达终点的时间情况，下表是被约束时钟信号情况下，信号要求应该到达终点的时间情况。要求到达时间减去实际到达时间得到的结果为正数，则说明该时序路径没有违例，符合时序要求。否则，则表示该时序路径违例，不符合时序要求。

例 6. 26

```
* * * * * * * * * * * * * * * * * * * * * * * * * * * * * * * * *
Report : timing
        – path full
        – delay max
        – max _ paths 1
Design : traffic _ lights _ state _ machine
Version: C – 2009. 06 – SP5
Date    : Mon Feb 29 20:32:03 2016
```

* *

Operating Conditions: cb13fs120 _ tsmc _ max　　Library: cb13fs120 _ tsmc _ max
Wire Load Model Mode: enclosed

Startpoint: rst (input port clocked by clk)
Endpoint: count _ time _ 60s _ reg[3]
　　　　　(rising edge – triggered flip – flop clocked by clk)
Path Group: clk
Path Type: max

Des/Clust/Port	Wire Load Model	Library
traffic _ lights _ state _ machine	8000	cb13fs120 _ tsmc _ max

Point	Incr	Path
clock clk (rise edge)	0.00	0.00
clock network delay (ideal)	5.00	5.00
input external delay	4.80	9.80 r
rst (in)	0.06	9.86 r
U68/ZN (invbd2)	0.71	10.57 f
U75/Z (ora211d1)	0.76	11.33 f
U67/ZN (inv0d1)	0.26	11.59 r
U123/ZN (aoi211d1)	0.29	11.88 f
count _ time _ 60s _ reg[3]/D (dfcrq1)	0.00	11.88 f
data arrival time		11.88
clock clk (rise edge)	8.00	8.00
clock network delay (ideal)	5.00	13.00
clock uncertainty	−0.50	12.50
count _ time _ 60s _ reg[3]/CP (dfcrq1)	0.00	12.50r
library setup time	−0.03	12.47
data required time		12.47
data required time		12.47

data arrival time　　　　　　　　　　　　　　　　　　　　　　　－ 11. 88

- -

slack（MET）　　　　　　　　　　　　　　　　　　　　　　　　　0. 59

　　完成综合后会得到一个 . ddc 格式的文件，如
图 6. 39 所示。这就是交通灯的门级网表，可将该
文件交付给后端部门进行下一步的设计工作，综
合流程到此结束。

MY_DESIGN.ddc

图 6. 39　门级网表文件

6.6　小　　结

　　本章主要对逻辑综合及综合工具 Design Compiler 进行了介绍说明，包括逻辑的
定义、发展简介和逻辑综合的流程。之后介绍了综合工具 Design Compiler 的功能，
使用模式及 DC – Tcl 脚本语言。接着介绍如何使用 Design Compiler 进行设计综合以
及静态时序分析及时序约束。最后以第 5 章中基于状态机的交通灯设计为例，介绍
了使用 Design Compiler 进行综合的基本流程，使读者对综合和 Design Compiler 的操
作有了初步的认识和理解。

第7章 数字电路物理层设计工具 IC Compiler

数字电路物理层设计也叫数字后端设计，是将综合工具产生的门级网表转化为集成电路制造所需要的版图信息的过程。具体而言，就是将网表中的门单元转化为制作在晶圆上的元器件，同时将网表中各个端口间的连接关系转化为实际的金属线和通孔，并且电路的时序要符合实际工作的约束要求。整个芯片后端设计的过程大致可分为设计输入与布局规划、布局综合与优化、时钟树综合与优化、布线、后端数据输出与验证等 5 个阶段。目前数字电路的后端设计常用的工具有 SYNOPSYS 的 IC Compiler、Cadence 公司的 Encounter 和 Mentor 公司的 Olympus – SoC 等。

7.1 IC Compiler 简介

IC Compiler（ICC）是 SYNOPSYS 公司推出的物理层设计 EDA 工具，能够完成从 Netlist 到 GDSII（版图文件类型）的所有流程，在业界得到了广泛应用。

从工艺角度来看，ICC 可以满足从较早的 $0.35\mu m$ 到最新的 20nm 乃至更小节点的芯片物理设计需求。目前的 ICC 已经可以支持 double patterning（DPT）甚至 multiple – patterning 对后端设计带来的特殊需求。此外对于 FinFET 这类前沿技术，SYNOPSYS 公司也通过与工艺厂商的合作开发让 ICC 能够在物理设计的各个阶段予以支持。

从设计方法来说，ICC 可以较好地支持层次化（hierarchical）设计，并能在较早阶段进行全芯片的分析；满足大规模复杂芯片设计的需求；在综合中能同时考虑到多工艺角、多电压域的设计参数，保证了最终优化后结果的质量。ICC 在设计的各个阶段都进行扫描链的优化，在保证了 DFT 设计覆盖率的同时不对芯片性能产生太大影响。

在交互界面方面，ICC 既能在图形化界面对设计直接进行操作，也可以用 Tcl 脚本进行高效率的自动化运行。在操作系统中安装完 ICC 后在终端输入 icc _ shell 即可启动 ICC，可以通过加上选项 – gui 以直接启动图形界面，其他的启动选项可以通过 – help 查看，用户可以通过自己需求来选择。

图 7.1 是 ICC 启动后的默认界面，其功能区分布与大多数 SYNOPSYS 的工具相符。最上端是菜单栏，可以通过下拉菜单来进行相关操作。下面是工具栏，包括了一些常用的 GUI 操作按钮。中间有一段灰色区域在默认条件下没有界面，如果打开电路的 schematic 图会显示在其中。再下面是 ICC LOG（操作日志），以及命令输入框。

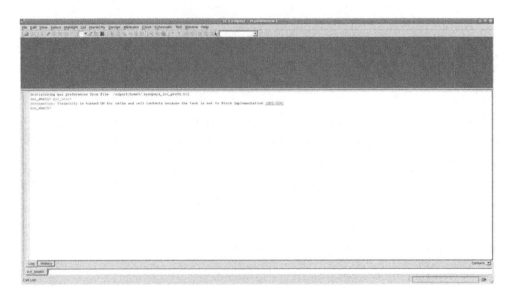

图 7.1　ICC 启动后的默认界面

当通过 ICC 读入设计网表后会出现 layout（版图）界面，如图 7.2 所示，可以看到整个芯片的版图，可以直观地看到整个芯片在设计过程中的变化，检查设计是否符合设计人员预期。

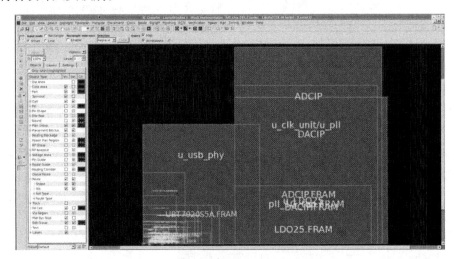

图 7.2　ICC 读入设计网表后出现的 layout（版图）界面

接下来我们将根据 IC Compiler 进行数字电路物理层设计的步骤逐一介绍它的原理、功能及操作，使读者能够了解并初步掌握其使用方法。

7.2 IC Compiler 物理层设计的数据准备

后端设计所需数据大致可分为三大类：逻辑层数据、物理层数据和设计数据。逻辑层数据主要包括标准单元、PAD（焊盘）单元、存储器单元及其他宏单元的 db 文件。物理层数据一方面是所有单元的 Milkyway 文件；另一方面是与芯片工艺相关的 tf 文件和 Tlu + 文件。设计数据最基本的就是前端综合生成的网表和约束文件，如果设计中还有其他需求则需提供相应的文件，比如有扫描链的芯片需要扫描链描述文件，再比如电压域比较复杂的芯片要有 UPF 文件。下面我们分别对这三类文件及其设置进行介绍。

7.2.1 逻辑层数据

如前面所述，ICC 中使用的逻辑层数据主要是 db 文件，其文件内的信息与 lib 文件相同，只不过经过压缩转化成了二进制文件，因此不可阅读或编辑。但 db 文件大大减小了前端综合与后端设计时对内存的需求，加快了运算速度。设计人员可以阅读、编辑 db 文件对应的 lib 文件，DC 与 ICC 都可以将其转化为 db 文件。

以一个模拟单元为例，lib 文件的格式大致如下。

1. 文件头

文件头中先定义了单元库的名称、提供商名称、版本序号、设计时间、工艺、电压、温度（PVT）单位及参数；随后定义了接下来单元定义中要使用的时序和功耗查找表。

2. 单元定义

单元定义以单元名称来标识，首先会介绍单元功能、面积、端口以及逻辑设计约束（最大扇出、最大 transition、最大电容）等信息；随后主要提供单元的时序与功耗信息。提供的方式就是用在文件头中定义的查找表，根据不同的输入 transition 和不同的输出负载提供相对应的值。综合与优化单元的延时信息、建立保持时间要求、计算功耗时单元上的功耗均需查表而得。

通常情况下，IP 库的提供商都会提供不同工艺角条件下的 lib 文件。如果有自行设计的单元，需要用 SPICE 仿真得到时序、功耗信息后自行编辑。

随着工艺的进步，上述的查找表方式在最新的工艺节点上的偏差越来越大，一种新的复合电流源（Composite Current Source）模型被提出，以得到更为精确的时序、功耗及噪声信息，目前在 90nm 及以下的工艺节点中被越来越广泛地使用，ICC 也支持这类模型的使用。要注意的是 CCS 模型的 lib 文件无法阅读，而且使用中使用的内存资源要远大于传统模型，运算的时间也会相应加大。

7.2.2　物理层数据

物理层数据中的 tf 文件通常由工艺厂提供，文件中主要包含了每层掩膜层的层号、连接层信息、在 EDA 工具中显示的颜色与线条、最小宽度和最小面积等信息。ICC 在布线时就是根据 tf 文件中关于金属层和通孔层的信息为依据的。

Tlu + 文件也是一种二进制文件，无法用编辑器阅读或编辑，它包含了从多晶硅到顶层金属各层的电阻电容相关参数。随着节点工艺的进步，当前电路延时中连线延时所占的比例越来越高。ICC 通过 Tlu + 文件来计算电路中每个节点的电阻电容寄生参数，并最终得到连线上的延时。Tlu + 文件通常也是由工艺厂商提供，但有些情况下工艺厂商提供的是 ift 文件。ift 文件提供了每层金属和通孔的层厚和电容介质参数等，可以通过 StarRC 来将 ift 文件转化为 Tlu + 文件，方法为在 terminal 下运行命令：

grdgenxo – itf2TLUPlus – i < itf＿file > – o < tlu +＿file >

要注意的是 – itf2TULPlus 必须是第一个选项以及其中字母的大小写不能出错。此外还需要一个 map 文件，用来将 tf 文件中的掩膜版层名称与 Tlu + 层名称对应起来，该 map 文件通常也由工艺厂商提供。

Milkyway 库提供了所含单元的物理信息，通常每一个单元都会有一个 FRAM view 和 CEL view，FRAM view 中只包含了单元的基本信息，如单元的形状大小、端口位置和金属层等信息；而 CEL view 则提供了单元在每一层掩膜上的图案信息。当然如果是要进行 IP merge 的单元，其提供的 CEL view 往往与 FRAM view 相同，避免需保密的信息泄露。ICC 在布局布线时只采用 FRAM view，在版图检查和导出时才使用 CEL view，这样可以使得布局布线所需的内存资源大大减少。

在芯片设计前需要准备好芯片中所有用到的单元的 Milkyway 库，不仅包括逻辑库中的所有单元，而且还需要一些 physical only（物理）的单元，如标准单元和 IO 中的 dummy cell（虚拟器件）以及某些特殊的宏单元。通常情况下标准单元和 IO 的 Milkyway 库由 IP 提供商提供，而 memory（存储器）和宏单元的 Milkyway 需要后端设计人员用另一款 EDA 工具 Milkyway 根据 GDS 文件或 lef 文件来生成。

7.2.3　设计数据

设计数据包括：设计的门级网表（用 Verilog 或 VHDL 格式）；约束文件（SDC），里面包括了芯片端口上的约束、时钟定义及其他相关的设置。显然芯片的网表和约束信息是必须提供给 ICC 的，通常由前端的 Design Compiler（DC）负责输出。另外还有一些跟设计相关的文件可以根据项目需求添加，如想增加芯片的可测试性可以在芯片内部采用扫描链设计，这就需要 scandef 文件，该文件内部介绍了各条扫描链是如何输入输出并连接的，同样由 DC 提供；如果芯片对功耗指标比较敏感，希望在后端设计阶段就能够提供工作模式下较为准确的功耗，可以提供

saif 文件，文件中标注了各个节点的翻转信息，该文件可以由动态仿真结果 VCD 文件转换而得。另外 ICC 还支持《IEEE 1801—2013》定义的 UPF 文件，如果芯片上有复杂的电源网络，可以用 UPF 文件来描述。

除了利用上述文件，也可以采用让 DC 输出 DDC 文件来提供相关信息，但缺点是文件本身是二进制文件，无法用普通的编辑器编辑。在设计初期，后端人员还是需要对设计有些了解，有些情况还需要对设计文件进行修改，因此还是推荐使用传统的文件格式。

下面介绍上述数据的设置与 ICC 中设计数据库的建立。

7.3　创建设计数据库与后端数据的设置

准备完相关的库文件和设计数据后，便可开始编写 ICC 的脚本文件。首先开始的是基础设置的脚本，可以将相关的文件路径及文件名在脚本里进行指定，并且用宏变量来替换，便于后续文件的编写与反复利用。主要的设置内容及设计数据库的创建在下文中进行介绍。

7.3.1　逻辑库设置

ICC 中针对逻辑库的设置主要是 search_path、target_library 和 link_library 这 3 个系统变量及命令 set_min_library。其中 search_path 需要包含所有逻辑库文件所在的目录，这样在设置 targe_library 和 link_library 中的 db 文件时，只需文件名即可，不需要再加上其存放的路径，其设置脚本为：lappend search_path ［glob. / lib/logic/ * /］。

target_library 要包含优化时要用的库，因此只需要包含标准单元库在需要进行优化的工艺角下的 db 文件即可，如：set_app_var targe_library "std_ff. db std_ tt. db std_ss. db"。

link_library 中需要包含设计中所有单元在不同工艺角下的 db 文件，如

```
set_app_var link_library    " $ target_library              \
                            io_ff. db io_tt. db  io_ss. db   \
                            mem_ff. db io_tt. db io_ss. db   \
                            ana_ff. db  ana_tt. db  ana_ss. db "
```

set_min_library 用于将除了数字单元库之外的逻辑库指定 max lib 和 min lib 之间的关系，例如：set_min_library io_ss. db – min_version io_ff. db。

7.3.2　物理库设置

tf 文件和 Milkyway 库只需要设定参量即可，与 db 文件设定方法不同的是需要指定其路径，因为 ICC 不会去 search_path 中寻找相关文件。

```
set MY _ TF     ". /lib/phy/abc _ 1p9m. tf"
set MY _ REF _ LIB      ". /lib/mw/std                        \
                          . /lib/mw/io                         \
                          . /lib/mw/mem                      \
                          . /lib/mw/ana"
```

7.3.3　其他文件设置

而网表文件、Tlu + 文件则与 db 文件相同，可以将路径保存在 search _ path，直接调用即可，添加 search _ path 方式如：lappend search _ path ". /lib/tech " 。

7.3.4　创建设计数据库

设定完后就可以在 ICC 中创建整个芯片设计对应的数据库，其脚本为

```
create _ mw _ lib   my _ chip. mw    \
  – open                              \
  – technology       $ MY _ TF        \
  – mw _ reference _ library   $ MY _ REF _ LIB
```

该数据库同样属于 Milkwyay 库，只不过包含了整个芯片的设计信息及参考数据的信息。但需要注意的是其中的网表、约束、tf 文件内信息是存储在数据库内的，但逻辑库和物理库内和 Tlu + 文件则只是存储了其路径和名称。这样设计的原因也是因为这两类库文件非常大，如果每个设计都将库文件再存储一遍对硬盘资源的消耗就非常大，但这就要求保持库文件位置稳定，否则在路径调整后可能就无法打开原来的数据库了。

7.3.5　库文件检查

创建完数据库后便可以检查库文件，操作方法为

```
set _ check _ library _ options  – all
check _ library
```

该操作可以检查逻辑库与物理库是否符合后端设计需求，以及它们所包含的单元是否一致，是否有单元冗余。对于检查中发现的问题必须予以重视，检查是否有库单元设置的问题，否则很可能会导致无法正确地读入设计文件。

7.3.6　网表导入

在检查完库文件的正确性后便可导入网表文件：

```
read _ verilog   top _ chip. v
current _ design top _ chip
uniquify
```

save _ mw _ cel – as top _ chip

其中第一条命令是读入网表文件，读入后 ICC 会启动 Layout 界面；第二条 current _ design 和第三条 uniquify 与 DC 中的命令相同，分别用于指定层次化设计中的顶层模块以及将多次调用的单元专一化；第四条则是在 ICC 的数据库中保存一个叫 top _ chip 的 cell，同一个数据库中不同的 cell 是可以被不同 terminal 下的 ICC 分别编辑。如果用 DDC 文件的话以上 4 条命令则可以转为 1 条：

import _ designs top _ chip. ddc   \
                        – format ddc   \
                        – top top _ chip

7.3.7   Tlu + 文件设置与检查

现在便可设置 Tlu + 文件及 map 文件，命令为
set _ tlu _ plus _ files \
            – max _ tluplus   abc _ 1p9m _ max. tluplus \
            – min _ tluplus   abc _ 1p9m _ min. tluplus \
            – tech2itf _ map abc _ 1p9m. map

为了确保设置的文件正确，通常会在设置完后马上检查一次，命令为 check _ tlu _ plus _ files。

7.3.8   电源网络设置

用 HDL 描述的网表文件通常会省略电源、地网络的描述。但在单元库中，每一个标准单元或者 IO 单元都有其电源、地端口，设计中需要指定其电源、地端口如何连接。因此需要用 derive _ pg _ connection 命令来指定其正确的连接网络。单电源域的设计中通常会使用如下命令：

derive _ pg _ connection – power _ net power – power _ pin VDD \
                        – ground _ net ground – ground _ pin GND

其中，power 和 ground 为芯片上电源、地网络的名称；VDD 和 GND 为单元上的端口名称。这条命令的作用就是在芯片中创立了名称为 power 的电源网络和 ground 的地网络，并将所有单元上的 VDD 端连到 power 上，所有的 GND 连到 ground 上，要注意的是该操作的连接只是在逻辑层面，物理层面上没有任何变化。该命令不但需要在读入网表后进行，在随后进行每一次优化操作后都要重新运行一次该命令，并在最终 LVS 检查前的网表导出时再进行一次，只不过在后续操作时不会重复创建 power 和 ground 网络，只是将新出现的单元连接到电源和地网络上。这样操作看上去似乎没有太大必要，特别对于单电源芯片，由于只有一组电源、地，而且所有 IO 上的电源、地端口都会连接成环，所有的标准单元也会排在 side row 上，后续会有专门的命令将其铺上电源、地轨道，从物理版图上看似乎不会有电源连接的问

题，没有必要在逻辑层面连接一次。但事实上如果没有 derive _ pg _ connection 命令，即使在单电源芯片上也有可能由于设计人员的疏忽而导致有些端口没有连到正确的电源、地网络上，而由于缺乏逻辑上的连接关系，在后面进行 LVS 检查时就会出错，因此即使在单电源芯片上也需要进行 derive _ pg _ connection 命令。

而对于多电压设计而言，通常需要有 UPF 文件来定义其多个电源域。所以先要导入 UPF 文件 load _ upf my _ chip. upf。

随后需创建 UPF 中定义的电源、地线并连接：

derive _ pg _ connection – create _ nets

derive _ pg _ connection

7. 3. 9　TIE 单元设置

在网表中某些门单元的输入需要接固定电平，在电路实现中可以选择直接与电源、地相连，方法是在每一次用 derive _ pg _ connection 连接完电源、地后再执行一次 derive _ pg _ connection – tie，或者直接用 derive _ pg _ connection – all。但这样就会将器件的栅极直接连到电源、地网络上，如果有大的电流波动就可能将器件击穿，这类现象在工艺节点小于 130nm 的时候会比较容易发生，因此单元库厂商通常会提供一类特殊的单元（TIE 单元），根据输出电平分为 TIE HIGH 单元与 TIE LOW 单元。

使用 TIE 单元后逻辑单元的输入端口就与 TIE 单元的输出相连，不再直接连到电源、地网络上，而是相当于插入了一个大电感，可以提供直流通路，但会抑制电流的波动，增强了电路 ESD 能力。不过 TIE 单元的使用会增加芯片面积，设计人员应当根据电路的实际情况来决定是否使用。通常单元库中的 TIE 单元会设置上 dont _ use 或者 dont _ touch 属性，使得 EDA 工具在综合优化的时候无法使用，因此如果需要使用 TIE 单元必须先将其 dont _ use 和 dont _ touch 属性去掉，随后 ICC 就能在综合优化中自动添加 TIE 单元，另外要注意的是如果选用 TIE 单元就不能在 derive _ pg _ connection 时加上 – tie 选项或者 – all 选项，否则会导致部分电路依然直连电源、地而不是接 TIE 单元。

7. 3. 10　导入 SDC 文件并进行时序约束检查

导入 SDC 文件使用命令：read _ sdc . / netlist/ top _ chip. sdc。

主要的 SDC 语句包括以下几个。

1）set _ operating _ conditions，该命令可以用来指定 analysis _ type 为 BC _ WC 或者 on _ chip _ viaration，两种方法的差别在后续章节有详细介绍，这里主要介绍该命令用 – max 和 – min 所指定的 max/min operaing condition 。在每一个 lib 文件中都会定义 operating condition，但这里一定要指定标准单元库中的 operating condtion。如果 set _ operating _ conditions 中指定了 max _ lib/min _ lib，ICC 会在指定的 lib 中

寻找对应的 operating conditon，如果没有指定 lib，就会从 link _ library 里逐个寻找。每一个 operating condition 中都会有 PVT 参数，对于标准单元库以外的逻辑库，就根据 max condition 所对应的 PVT 参数寻找所需要的逻辑库，而 min condition 则根据 max condition 和 set _ min _ library 来寻找。该命令在 DC 综合时的用法往往与 ICC 的不同，因此需要根据实际情况修改。

2）create _ clock/create _ generated _ clock，用来建立片上时钟，需要指定时钟源、周期数等信息。

3）set _ clock _ latency/set _ clock _ unertainty 等，均用来对时钟进行描述。

4）set _ input _ delay/set _ output _ delay，用来对输入电路和输出电路进行时序约束。在电路中，大多数电路处于寄存器与寄存器之间，可以由时钟周期来约束。但与芯片 IO 相连的组合逻辑电路不属于任何一条时钟电路能够约束的范围，因此需要用 set _ input _ delay 和 set _ output _ delay 来约束。

读入 SDC 后需要进行时序约束检查，通常需要运行 6 种检查命令，分别如下。

check _ timing：检查所有的电路是否都有约束，如果没有约束，会导致后续优化时不会优化其中的电路，并很有可能导致时序不符合要求却无法在时序报告中发现。通常来说电路没有时序约束的原因有 3 种：寄存器单元的时钟端口没有设置时钟，或者设置有问题；IO 输入端没有设置 input _ delay；IO 输出端没有设置 output _ delay。

report _ timing _ requirements：该命令可以报出所有的 false path 和 multicycle 路径，便于设计人员检查时序设置是否符合设计需求。

report _ disable _ timing：可以报出电路中所有 disable timing。

report _ case _ analysis：可以报出所有设置了 set _ case _ analysis 的端口或端点，以方便设计人员检查是否有不正确的设置。

report _ clock – skew：可以报出所有时钟的 delay、uncertainty 等信息。

report _ clock：用来检查是否有时钟设置了 propagated 属性，如果有时钟设置了的话，需要用 remove _ propagated _ clock – all 来去除。时钟的 propagated 属性表示时钟树的延时需要采用实际的单元延时来计算，否则直接采用 SDC 中设置的时钟树延时来计算，在 CTS 前，都需要用 SDC 中设置的延时，只有在 CTS 后有了真实的时钟树才能用 propagated 属性。

7. 3. 11 定时序优化参数

ICC 的时序优化受到不少参数的影响，其中不少参数会影响整个设计过程，包括布局、时钟树综合、布线等各个阶段的时序优化。由于这类的参数通常无法随设计而保持，因此建议将其保存在一个专门的文件中，每次打开设计库后运行一次。主要的时序优化参数有几个。

1）set _ app _ var timing _ enable _ multiple _ clocks _ per _ reg true，在设计中某

些寄存器在不同的状态下可能会有不同的时钟，默认设置下 ICC 只会检查最恶劣的那种情况，而这种情况往往是前后寄存器运行不同的时钟，因此在芯片实际运行中是不会发生的。较好的方法就是将该参数设置为 TRUE，同时在不同时钟间设置上 false path，使得 ICC 可以检查真实能发生的各种时钟情况。

2）set_fix_multiple_ports_nets – all – buffer_constants，默认条件下 ICC 对于一个单元驱动多个输出是不会引入多个 buffer（缓冲器），这样可以减小单元面积，但也容易导致驱动能力不足，使得片外时序出现违例。为了避免这种情况发生，建议每一个输出都由单独的器件来驱动，设置上该命令后便可实现该目的。

3）set_host_options – max_conres < N >，该命令可以使优化过程多核运行，N 为 ICC 运行时的多核数量。设置多核后可以有效减小布局和布线时的运行时间，也可以大大减少系统由于内存溢出而导致的 ICC 运行崩溃。

4）set_auto_disable_drc_nets – constant false，在默认条件下布局过程中 ICC 不会对时钟网络和固定电平线路插入 buffer，时钟网络会在后续时钟树综合的时候生成时钟树，而固定电平网络就直接由 TIE cell 驱动。但由于 TIE cell 的驱动能力有限，线路上容易受到串扰电容的影响而发生波动，为了避免该情况发生可以设置该参数，这样在布局的时候 ICC 就会在固定电平线路上也插入 buffer，提高线路的驱动能力，防止串扰电容的影响，当然这样会增大电路的面积，设计人员也应当根据实际电路情况来决定。

5）set_dont_use < lib_name/cell_name >，可以用来设置设计中不希望出现的单元，比如某些驱动能力过大或者过小的反相器、缓冲器，或者是某些端口数较多面积却较小的单元（在复合运算单元中比较常见），如果布局密度太高会容易导致 congestion 难以优化。

6）set_prefer – min < lib_name/cell_name >，可以设置希望用于 hold 违例线路的单元。比如可以设置中等驱动能力的 delay cell。

7）remove_attribute < lib_name/cell_name > dont_use，库中的某些单元由于并非每种设计都能兼容，会默认有 dont_use 属性，防止设计人员无意间使用，如 TIE cell 和 clock – gating cell 等。如果设计中需要这类单元，需要将其 dont_use 属性去掉。检查这类单元的属性可以用 get_attribute < lib_name/cell_name > dont_use/dont_touch。

8）set_app_var enable_recovery_removal_arcs true，在默认情况下 ICC 不会进行 recovery 和 removal 检查（如寄存器的异步复位端口），如果设计人员希望对这类约束进行检查及优化，可以设置该参数为 true，在时序报告中也可以看到 recovery 和 removal 的时序路径。

9）set_app_var physopt_power_critical_range/physopt_area_critical_range < t >，这两种参数可以在进行功耗或者面积优化时避免优化到某些时序上余量较小的路径，防止这类路径由于余量不足在后续优化后出现时序违例。默认的这两个参量值都为 0，通常可以设置为时钟周期的 5% ~ 10%，也可以随着设计的进行而逐渐减小。

10）其他时序参数设置。

除了上述参数外，ICC 还有不少其他的参数，不少参数的默认值与 PrimeTime 的设置并不相同，为了能够实现更好的时序结果对照，可以按照下面的设置语句进行设置，参数具体的信息可以参考 ICC 内部手册，并酌情使用。

set _ app _ var timing _ use _ enhaced _ capacitance _ modeling true

set _ app _ var dont _ bind _ unuse _ pins _ to _ logic _ constant true

set _ app _ var timing _ input _ port _ clock _ shift _ one _ cycle false

set _ app _ var ignore _ clock _ input _ delay _ for _ skew true

set _ app _ var high _ fanout _ net _ threshold 0

set _ clock _ gating _ check － setup 0 [all _ clocks]

set _ clock _ gating _ check － hold 0 [all _ clocks]

set _ app _ var timing _ input _ port _ default _ clock true

set _ app _ var timing _ edge _ specific _ source _ latency true

set _ app _ var timing _ enable _ non _ sequential _ checks true

set _ app _ var timing _ gclock _ source _ network _ num _ master _ registers 10000000

如果要将所有的系统参数设置为默认值，只需要运行下述命令 set _ app _ var * － default，其中“ * ”是匹配符，可以替换为任意的参数名称。如果需要 ICC 列出所有非默认值的系统参数，可以运行 report _ app _ var － only _ changed _ vars * 来获得。

11）时序设置检查。

为了保证时序约束与设计符合设计人员的预期，需要在设置完相关参数后进行一次检查。检查的命令如下：

set _ zero _ interconnect _ delay _ mode true

report _ constraint － all

report _ timing

set _ zero _ interconnect _ delay _ mode false

当 set _ zero _ interconnect _ delay _ mode 为 true 时，ICC 在进行时序计算时不考虑连线上的延时，只计算单元上的延时。如果在这种情况下依然有很大的时序违例，便很有可能是时序约束或者设置上的错误，需要根据报告中的具体路径来检查。如果只有很小的延时违例，通常可以在后续优化过程中优化掉。

7.4 不同 PVT 角下综合优化的设置方法

当工艺节点在 130nm 及以上时，后端设计时只需要用 BC _ WC 的 analysis _

type，即使用最慢的 PVT（Process、Voltage、Temprature）用于 setup 时序检查；用最快的 PVT 进行 hold 时序检查。

然而当半导体工艺节点的发展到了深亚微米，即 100nm 以下后，芯片上不同区域的晶体管性能上的差别、运行时温度的不一致，以及芯片的电源网络不平衡所导致器件的电压差别，使得无法用单一的 PVT 来描述整个芯片。由此导致芯片上的时序检查无法用传统的 BC_WC 分析来保证。比如，芯片某条时序路径的 hold 违例可能不是发生在 PVT 最快的情况下，而在数据路径为最快、时钟路径为较快的路径上，因此我们需要针对时序检查的数据路径和时钟路径采用不同的 PVT 参数来保证芯片流片后能够正常工作。为此可以采用 OCV（On_Chip_Variation）来进行时序检查，实现用不同的 PVT 参数来计算数据路径与时钟路径。

另外，随着 DFT 设计的普及，大规模数字芯片往往需要包含用于 MBIST 和 DFT 的工作状态。而这类工作状态与普通工作状态有着不同的时序约束，其活动电路也不相同。需要使用 ICC 中的 scenario 来将芯片的不同工作状态，用不同 PVT 参数的搭配区分开来。

7.4.1　scenario 的建立

用 create_scenario < scenario_name > 便可以建立一个新的 scenario，只需要 scenario 名字没有使用过即可，但最好是有一定的规律性并体现 scenario 的特点，以方面后期调用。

建立完 scenario 后可以设置 scenario 选项，命令为 set_scenario_options – setup true | false – hold true | false – leakage_power true | false。

7.4.2　PVT 角设定

首先读入 SDC 文件，如果使用了 scenario 功能，需要在每个 scenario 中运行 SDC 文件，因为绝大多数时序约束语句只有在当前 scenario 中有效。如果芯片有 DFT 和 BIST 电路，往往需要有一个专门的 SDC 文件，而不能用普通功能状态下的 SDC 文件来代替。

上面已提到过的 set_operating_conditions 具体设置方法如下：

set_operating_conditions \
　　– analysis_type on_chip_variation \
　　– max < pvt_max > – max_lib < pvt_max_lib >\
　　– min < pvt_min > – min_lib < pvt_min_lib >

其中 analysis_type 用来指定 BC_WC 还是 OCV，– max 和 – min 为 lib 中的 condition name，– max_lib 和 – min_lib 为 lib 中的 lib name，通常而言 lib 名就是 db 的文件名，但还是需要打开 lib 文件查看。

在深亚微米工艺下，通常要为每种工作功能模式（function、DFT、BIST）分别建立一个 FAST 和一个 SLOW 的 scenario，如果单元库厂商提供了 FAST/SLOW 以及 less FAST/SLOW，可以在 FAST scenario 中使用 FAST 为 min lib，less FAST 为 max lib；在 SLOW scenario 中使用 less SLOW 为 min lib，SLOW 为 max lib。然而如果单元库厂商没有 less FAST/SLOW，就需要用单元延时拉偏的方法来模拟片上 PVT 参数不平衡所导致的单元延时的差别。设置的方法为对 FAST scenario：

> set _ operating _ conditions － max FAST － min FAST　\
> 　　　　　－ analysis _ type on _ chip _ variation
> set _ timing _ derate － late 1. 1

即一部分电路用最快的 PVT 参数下单元的延时，另一个部分电路在最快单元延时的基础上增加 10% 的延时，从而模拟实际电路中单元 PVT 参数不完全相同的情况。对 SLOW scenario 则为

> set _ operating _ conditions － max SLOW － min SLOW　\
> 　　　　　－ analysis _ type on _ chip _ variation
> set _ timing _ derate － early 0. 9

除了设置电路整体的拉偏参数，ICC 也支持更为精确的拉偏方法：AOCVM（Advanced On – Chip Viaration Modeling）。使用 AOCVM 可以提供每一种单元的拉偏系数，这样电路上的延时计算就更加精确，为此预留的时序余量可以相应地减小一些。如果单元库厂商提供了 AOCVM，推荐设计人员在设计中使用，所需要用到的命令包括

> set _ app _ var timing _ aocvm _ enable _ analysis true
> read _ aocvm cell _ derate _ table

除了设置不同工作模式下的 FAST 和 SLOWscenario 外还可以设置一个专门用于静态功耗的 scenario，设置通常为

> set _ operating _ conditions － max FAST　\
> 　　　　　－ analysis _ type on _ chip _ variation
> set _ scenario _ options － setup false － hold false － leakage _ power true

此外，对于使用单元延时拉偏的情况下，在计算数据路径和时钟路径时，往往路径开始部分是有重叠的，如果是同一个时钟域，该情况更为普遍，共享路径所占比例也更高。对于同一段电路，由于拉偏参数的存在会得到不同的延时，这样会使得时序检查过于悲观，不利于后续优化。如果不希望对共享电路进行拉偏，可以设置

> set _ app _ var timing _ remove _ clock _ reconvergence _ pessimism true

除了上述的设置，ICC 中还有不少设置只针对当前 scenario 有效，设计人员在多 scenario 设计中应当注意这一点，包括在上一节中提到的读入 SDC 文件，读入 Tlu + 文件均需在每个 scenario 下进行一遍。在 ICC 的 manual 中针对每一个命令都有关于它对于 multi – scenario 的支持，对于不熟悉的命令和参数应当根据 manual 中的介绍来进行设置，防止其工作状态与设计人员预期不符。

7.5 宏单元与 IO 布局

从图 7.2 中 layout 界面可以看出，虽然设计已经读入 ICC，但所有的例化单元都放置在原点处，没有任何物理摆放信息，需要设计人员创建一个布局空间来进行摆放。

7.5.1 IO 布局与芯片布局空间创建

在开始创建新的布局平面前首先要指定 IO 的排布，指定一个 IO 摆放位置的语句为 set _ pad _ physical _ constraints － pad _ name ＜ PAD _ NAME ＞ － side ＜ SIDE _ NUM ＞ － order ＜ IO _ ORDER ＞

其中参数 side 指定了 IO 所在的边，"1"为屏幕上的左边，"2"为上边，"3"为右边，"4"为底边；参数 order 表示 IO 在指定边的排布顺序，其中"1"和"3"两边从下往上数，"2"和"4"两边从左往右数。除了用顺序来表示 IO 的排布外，命令也提供了用绝对值表示的方法，将 － order 改 － offset 即可，"1"和"3"两边的用 IO 单元底边的 Y 轴坐标；"2"和"4"两边用 IO 单元左边的 Y 轴坐标。

另外如果网表中没有例化数字电源、地 IO 单元和 corner 单元，则需要在 IO 排布之前用 create _ cell 将其添加到设计中去。由于 IO 相关的命令数较多，通常会将其放入一个专门的脚本文件。

完成 IO 排布的脚本后便可以创建芯片布局空间，命令为

create _ floorplan － control _ type width _ and _ height － core _ width ＜ CORE _ WIDTH ＞ － core _ height ＜ CORE _ WIDTH ＞ － left _ io2core ＜ LEFT _ SPACE ＞ － right _io2core ＜ RIGHT _ SPACE ＞ － top _ io2core ＜ TOP _ SPACE ＞ － bottom _ io2core ＜ BOTTOM _ SPACE ＞

其中，core 部分的表示方法有多种，可以用上文中使用的 － core _ width 和 － core _height 来直接指定 core 的宽度和高度，也可以采用其他方式如利用率等指标来确定。ICC 中只有在 core 部分有 site row，即摆放标准单元的空间，而 IO 和模拟模块既可以放在 core 内部，也可以放在外面。但要注意的是 core 的面积不可以比标准单元加上模拟模块的面积小，有的时候模拟模块会包含 IO，其大小要比真实的 core 部分的电路大，会导致无法创建合适大小的 core，如果出现这类问题可以在 Milkyway 中将模拟模块的 FRAM view 做成只有包含 core 内部电路的大小，而 CEL view 还是原始大小，之后便可以正常地创建布局空间。"right _ io2core"是用来表示 IO 面向 core 的边与 core 边界的距离，这部分空间通常用来走 IO 的连线和放置数字电路的 ring，设计人员可根据需求来设定。

创建完布局空间后可以看到 IO 单元已经放置在了整个芯片的周围，不过通常情况下会有一些空隙，这个时候需要插入 IO 单元的填充单元（Filler），以保证 IO

单元的供电网络成型，如果 IO 之间的距离较大，推荐使用 IO 供电单元来填充，这样可以提供更好的 ESD 保护；另外如果有数字 IO 与模拟 IO 的交接处，还需要使用 IO 隔离单元，具体特殊 IO 使用方法需参考 IO 单元库的使用指南。

此外，在某些场合下需要用 ICC 生成芯片数字部分电路，其外形往往不是规则的形状，这种情况下就要采用 initialize _ rectilinear _ block － poly ｛corner _ list｝来创建布局空间。由于没有外部 IO 单元，需要为所有的 port 指定位置和金属层，方法为

set _ pin _ physical _ constraints ［ get _ ports clk ］　\\
　　　　　　　　－depth 0. 2　　－ width 0. 2　　－ location ｛x y｝

7.5.2　宏单元的摆放

完成了芯片布局空间的创建后可以看到，芯片中所用的宏单元和标准单元都还放置在芯片外面，接下来首先要放置宏单元的位置。设计人员可以采用 ICC 自动摆放的脚本来进行，其大致流程如下：

1. 设置宏单元摆放相关参数

主要通过 set _ fp _ placement _ strategy 命令来进行，如 － min _ distance _ between _ macros（设置宏单元直接最小距离）和 － sliver _ size（能够在宏单元之间插入标准单元的最小宽度）等。设置完后可以用命令 report _ fp _ placement _ strategy 来确认。另外也可以通过 set _ keepout _ margin 来对标准单元在宏单元周围的布局进行约束。

2. 进行初步布局

使用命令 create _ fp _ placement 可以将所有未固定的宏单元和标准单元布局完毕，可以通过调整命令中的相关选项来调整布局效果。

3. 通过布线 congestion 来判断宏单元的布局是否合理

通过命令 route _ zrt _ global － congestion _ map _ only true － exoloration true 可以看到整个芯片的 congestion 的情况，从而判断宏单元的布局是否符合要求。如果有部分区域布线密度过高就需要调整，如某些宏单元之间的区域较小，如果没有设置为不可布标准单元的区域，就有可能出现布线密度过高的情况。如果芯片整体布线密度都非常高，则需要调整芯片的面积，通过增大面积来改善。

4. 通过多次布局来挑选最优化的宏单元布局方式

通过调整 set _ fp _ placement _ strategy 及 set _ fp _ macro _ options 可以尝试不同的自动布局结果。通过布线 congestion 以及 QoR 来对布局结果进行比较，挑选最佳的结果作为后续步骤的基础。需要注意的是挑选完布局结果后需要将所有的宏单元固定，方法为 set _ dont _ touch _ placement ［all _ macro _ cells］，否则会在后续的步骤中引发错误而无法正常运行。

从实际应用中来看，虽然 ICC 提供的自动放置宏单元的方式能够实现不错的设

计效果，但与设计人员手动摆放还是有差距。设计人员应当根据整个芯片的形状大小、供电端口位置、各个宏单元所在模块的大小、功耗情况来合理规划宏单元摆放位置，在保证宏单元供电需求的前提下，让逻辑相近的单元尽量靠近，使后续的综合更容易满足时序约束。当然设计人员也可以先采用自动布局命令、然后手动修改的方式来进行。在完成后将所有宏单元的位置导出成一个单独的脚本，下次再布局时直接运行该脚本即可。

7.6　电源网络的设计与分析

在完成了宏单元的布局后便可以进行全芯片的电源、地网络排布，目的是让所有的单元都能有正常的供电。随着半导体工艺的进步，器件的供电电压也随之降低，对电源网络上压降的要求也进一步提高。为了实现该目标，当前的芯片上都会采用密度较高的电源、地网络，同时也需要注意电源、地网络对信号布线空间的影响，防止由于布线 congestion 过高而导致返工。

传统的方法可以分为三步进行：设计电源、地环（ring），设计电源、地条（strap），连接宏单元和标准单元电源、地接口。

7.6.1　设计电源和地环

电源、地环通常由高层金属围绕数字电路组成。数字电路外部的电源、地 IO 或者 LDO 通过将电源输出端连接到电源、地环为数字电路供电；而电源、地环则通过内部的电源、地条和其他电源、地连线将电源供应到所有的数字单元。通过电源、地环，外部的电源供应可以均匀地分布在芯片各个方向，并且能够减小数字芯片噪声对外部其他电路的影响。因此电源、地环通常会选用较宽的金属线来布，其方法为

create _ rectangular _ rings – nets VDD/VSS – left _ offset ＜ value ＞ – left _ segment _layer ＜ METAL _ LAYER ＞ – left _ segment _ width ＜ value ＞ – right _ offset ＜ value ＞ – right _ segment _ layer ＜ METAL _ LAYER ＞ – right _ segment _ width ＜ value ＞ – bottom _ offset ＜ value ＞ – bottom _ segment _ layer ＜ METAL _LAYER ＞ – bottom _ segment _ width ＜ value ＞ – top _ offset ＜ value ＞ – top _ segment _ layer ＜ METAL _ LAYER ＞ – top _ segment _ width ＜ value ＞

其中，带 offset 的选项表示电源、地环与 core 的距离；带 layer 的选项表示电源、地环所使用的金属层；带 width 的选项表示金属线宽。

7.6.2　设计电源和地条

电源、地条由金属线在数字电路上方呈棋盘状分布。可以将外围环上的电源供应到芯片内部区域。为了保证电源、地条不影响芯片的信号线布线，电源、地条的

金属走向要与信号走向相同，金属线宽度也不宜过宽，可以通过加大电源、地条密度来保证供电网络的供电能力。其命令为

create ＿ power ＿ straps － direction vertical/horizontal － start ＿ at － nets ｛VDD/VSS｝ － layer ＜ METAL ＿ LAYER ＞ － width ＜ value ＞ － configure groups ＿ and ＿ step － num ＿ groups ＜ value ＞ － step ＜ value ＞ － pitch ＿ within ＿ group ＜ value ＞

其中，－ width 代表金属线宽度；－ configure 表示电源、地条布置的方式。

7.6.3　连接宏单元和标准单元

这两步均是将单元的电源、地端口连接到已有的电源、地网络（ring 和 strap），宏单元使用的命令为 preroute ＿ instances，而标准单元的电源、地连接通常采用一层金属轨道的方式，其命令为 preroute ＿ standard ＿ cells。在某些设计中，设计人员可能还希望在数字电路的周围和宏单元周围加入 end caps，其方法为

add ＿ end ＿ cap － respect ＿ keepout ＼
　　　　　　　　－ fill ＿ corner

derive ＿ pg ＿ connection

除了采用上述的传统方法，目前 ICC 也提供了一种基于模板的方法来完成电源、地网络的方法（Template － Based Power Network Synthesis，TPNS），可以用来替换传统方法的前两步。TPNS 也可分为 2 步：

1. 设置 power plan template

template 文件内部定义了电源网络所要采用的每一层金属的间距、宽度及其他定制化信息，与传统方法中各使用一层金属用来放置纵向/横向电源条不同，使用 TPNS 的设计中往往需要应用多层金属来作电源、地网络（MESH），通常而言高层金属宽度相对较大，间距也较大，而低层金属宽度较小，密度则较高。当然具体设计还是要根据电路实际出发，保证线路 congestion 不出现大面积的违例为目标。使用下面的命令可以例化一个具体的 template 用于电源、地网络的综合。

set ＿ power ＿ ring ＿ strategy ＜ inst ＿ name ＞ － template my ＿ template. tpl；my ＿ template

设置完电源网络综合的 template 后，可以利用 GUI 界面中的 power plan strategies 界面来预览根据现有的设置所生成的电源、地网络。设计人员可以直观地进行检查，有问题可以反复快速迭代。

2. 生成电源、地网络

使用命令 compile ＿ power ＿ plan － ring 来自动生成 ring，使用命令 compile ＿ power ＿ plan 来自动生成 mesh。

完成 mesh 的生成后，宏单元和标准单元连线方式与传统流程一致。在得到完整体的电源、地网络后，需要用命令 analyze ＿ fp ＿ rail 来对芯片整体的压降进行一

次计算，确保没有任何区域的压降大于库文件中所定义的电压值，防止由于电压过低而导致单元延时计算偏离库文件所提供的值，导致芯片无法正常工作。

由于电源、地网络的生成，芯片的布线空间进一步压缩，特别是 starp 下方的区域布线空间相对而言更加有限。可以采用下面的方式来调整标准单元的布局空间。

set _ pnet _ options – partial {metal _ layers}

set _ pnet _ options – complete {metal _ layers}

采用 – partial 的方式可以将低层金属 straps 下方的区域设定为标准单元端口的禁区；采用 – complete 则会将 STRAPS 下方的区域设置为整个标准单元的禁区。随后依然采用 create _ fp _ placement 及 route _ zrt _ global – congestion _ map _ only true – exploration true 来进行自动布局与 congestion 计算，检验是否还符合 congestion 的要求，如果不符合还需要调整电源、地网络甚至调整布局来反复迭代。

完成了电源、地网络后需要再次对芯片的时序进行检查。由于时钟树综合还未进行，因此时钟网络依然当作零延时的 ideal net 进行计算，因此不存在需要进行 hold 违例检查的情况。但其他的高扇出网络，如复位网络需要进行 buffer tree 的综合，使用命令 optimize _ fp _ timing – hfs _ only，随后采用下面的命令来检查芯片的时序信息。

report _ qor;

report _ constraint – all

create _ qor _ snapshot

如果芯片的时序信息符合设计者的要求，便可以将布局情况导出到 DEF 文件中，方法为 write _ def – fixed – blockages – specialnets – output my _ chip. def，导出 DEF 文件可以用于后续的 ICC 流程，也可以用于二次 DC 综合，即在综合中导入物理层信息，使得综合中对线路的负载能有更准确的估计，从而提高综合质量。

如果时序检查后的结果不符合设计人员预期，可以采用 optimize _ fp _ timing 来进一步优化，如果还是不符合，就需要考虑调整布局方案，直至符合要求，导出 DEF 文件为止。

7.7　标准单元的布局与优化

完成了电源、地网络的综合后便可进行标准单元的布局综合与优化了，如果采用了 DC 二次综合则需要读入二次综合后的网表与之前的 DEF 文件。在正式进行布局综合与优化前，可能还有一些准备工作需要进行，以下逐一进行介绍，不过根据芯片实际情况的不同设计人员需要进行一定的取舍。

7.7.1　检查是否需要添加 tap cell

如图 7.3a 所示中的标准单元可以通过顶边和底边附件的通孔给衬底供电，而图 7.3b 中的单元只是在顶部和底边有金属连线，无法给衬底供电。对于图 7.3b 中的单元，就需要在标准单元阵列中添加 tap cell 来给 N 阱和衬底供电。

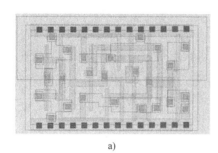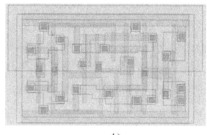

a) b)

图 7.3　a）顶边和底边附件通孔给衬底供电，b）顶部和底边的金属连线无法给衬底供电

添加 tap cell 的命令为

add _ tap _ cell _ array – master _ cell _ name ＜TAP _ CELL＞　\
　　　　　　– pattern stagger _ every _ other _ row – distance ＜value＞

其中，pattern 选项可以配置 tap cell 放置的方式；distance 选项可以用来控制 tap cell 的密度，具体的选择与取值还需要根据所使用的标准单元库的说明来决定。

7.7.2　spare cell 的标识

如果芯片中使用了 spare cell（暂时没有实际功能对应，主要用于后期 ECO），必须将其进行标明，否则会在综合中被优化掉（在 DC 与 ICC 的综合优化中，凡是对最终输出没有影响的单元都会被视为不必要的单元而删除）。标识的方法与 DC 中的标识方式相同，即要将单元的 is _ spare _ cell 属性设置为 true，如 set _ attribute［get _ flat _ cells * spares *］is _ spare _ cell true，随后 ICC 的各个综合优化步骤都不会将其删除。

7.7.3　检查设计输入文件与约束

使用 check _ physical _ design – stage pre _ place _ opt 及 check _ physical _ constraints 来检查布局综合所需的文件与设置是否齐全，相关设置是否符合设计人员预期。如有违例需要及时查看，并修正问题，相对于后续步骤而言，之前的步骤计算所需用时较少，因此在这个阶段修正问题能够极大地减少整个项目的运行时间。

7.7.4　确认所有路径已经被正确地设置

一方面要保证所有的时钟路径上保持为 ideal net，包括 clock/data 混合路径。

设计人员应当注意到，数据路径上的 buffer tree 是为了保证 DRC 参数符合要求的同时，实现更小的延时和面积，而时钟树的综合则是为了保证时钟延时的匹配，不保证绝对延时，因此两者的优化目标是有差别的。当然我们在前端设计时应尽量避免使用 clock/data 混合路径，但如果为了某些设计目标而不得不采用时需要特别地注意，应当首先保证它们在作为时钟路径时能够符合要求。

另一方面要注意的是在 ICC 综合优化时，是将路径分为不同的 group 来优化的。默认情况下会将属于不同时钟域的信号分为不同的 group。这中间就有可能产生由于输入输出延时的设置，而导致输入或者输出部分的路径成为时序检查最恶劣的路径，从而导致优化时无法优化寄存器到寄存器之间的路径。为了解决该问题，通常会将端口相关的路径单独组成一组，相关的脚本如下：

foreach scenario [all _ active _ scenarios] {

current _ scenario $ scenario

group _ path – name INPUTS – from [all _ inputs]

group _ path – name OUTPUTS – to [all _ outputs]

group _ path – name COMBO – from [all _ inputs] – to [all _ outputs]

}

随后便可以进行 ICC 布局综合与优化的核心命令：place _ opt，主要的选项有以下几个。

– optimize _ dft：可以执行扫描链重排序，使得扫描链的顺序可以根据物理上的位置关系重新排布。

– power：可以进行漏电的优化。

– area _ recovery：可以在非关键路径上优化掉 buffer 单元。

– congestion：使用更强大的消除 congestion 违例的算法。

– spg：使用 SPG 综合的初步布局结果。

完成 place _ opt 后依然采用 route _ zrt _ global – congestion true – exploration true 检查电路 congestion 情况，使用 report _ constraint – all _ violators 检查时序情况。

如果时序检查后有较多违例的路径，设计人员一方面要查看 report _ constraint 的结果，看违例路径主要集中在哪些时钟域下，如果集中在某些时钟域，特别是频率较高的时钟域内，则需要将其优化权重加大，ICC 默认情况下所有的路径优化权重均为 1。修改权重可采用命令 group _ path – name main _ clk – weight 5。如果违例数量较多，还可以加大 critical range，即增大路径优化的范围。在很多情况下，优化次关键路径（sub – critical path）反而可以取得较好的优化结果。设置 critical range 的方式为 group _ path – name main _ clk – critical 0. 5。

要注意的是 group 命令只对当前 scenario 有效，如果违例的路径存在于多个 scenario 中，需要在每个 scenario 下逐个设置。

之后可以采用 psynopt 命令来对 congestion 和 timing 进行优化，具体的命令选项可以根据实际情况来选择设置。

如果 psynopt 之后还是存在小面积的 congestion 违例，可以使用 refine ＿ place-ment ＿coordinate ｛X1 Y1 X2 Y2｝ 来对指定坐标的区域进行布局上的优化，即优化中只会移动已有单元的位置，不会修改已有的数字电路网表。

如果优化后符合要求，即可将结果保留进行后续设计；如果不符合要求，可能还需要进一步优化甚至从布局开始迭代。

7.8　时钟树综合与优化

完成了标准单元的布局与优化后，保证芯片的时序满足 setup 的要求，没有大的 congestion 违例，没有 DRC 的大范围违例，便可进行时钟树的综合与优化。

7.8.1　综合前的检查

在正式进行时钟树综合前首先进行相关检查。

（1）check ＿ physical ＿ design ＿ stage pre ＿ clock ＿ opt

可检查布局是否已经符合时钟树综合的需要，时钟是否正确地定义。

（2）check ＿ clock ＿ tree

可进一步检查时钟树的设置及相关定义是否符合综合要求。

确认时钟树综合前序操作已经完成后，可以将时钟网络上的 ideal net 属性去除，如 remove ＿ ideal ＿ network ［all ＿ fanout ＿ flat ＿ clock ＿ tree］。

7.8.2　时钟树综合设置

随后便可进行时钟树综合的相关设置，主要设置步骤如下：

1. 设置时钟树综合相关的 DRC 值

在一个设计中，时钟网络往往会需要比其他电路更为严格的 DRC 要求，以保证时钟树上的延时和 transition 相对稳定，使得最终的 skew 不超过设计预期。设置针对时钟树的 DRC 可采用 set ＿ clock ＿ tree ＿ options ＿ clock ｛my ＿ clocks｝ ＿ max ＿ cap ｜ ＿ max ＿ tran ｜ ＿ max ＿ fanout ＜value＞，如果没有 ＿clock，即针对全部时钟域设置。

在执行时钟树综合的核心命令 clock ＿ opt ＿ only ＿ cts 时会分两步执行，第一步称为 CTS，可以生成初步的时钟网络，并符合用户设置的时钟树 DRC 要求；第二步称为 CTO，进行时钟树的优化，主要优化时钟树 skew 的匹配，并使得时钟树延时最小，默认条件下不进行 DRC 的检查和优化，有可能在优化 skew 和延时时恶化了时钟树的 DRC。为了避免这种情况的发生，可以设置 set ＿ app ＿ var cto ＿ enable ＿ drc ＿ fixing true，这样在 CTO 时依然进行 DRC 的检查和优化，但同时要注意这类的优化并非没有代价，有可能带来 skew 匹配结果的恶化以及时钟树单元的增多。

2. 设置时钟树综合优化目标

如上文所述，在 clock_opt - only_cts 的第二步过程中会对 skew 和时钟树延时进行优化，在默认条件下 ICC 会将两者的目标都设置为 0ns，这在某些设计中并非必要，反而会导致时钟树中的单元数量过多，甚至引起 congestion 的违例而需要重新布局。改变默认情况的方式为

set_clock_tree_options - clock {my_clocks} - target_early_delay < value >

set_clock_tree_options - clock {my_clocks} - target_skew < value >

同样地，如果没有 - clock 设置就会对所有时钟树生效。

如果需要对不同的 scenario 分别设置期望的 skew，需要用 set_clock_tree_optimization_options - corner_target_skew 来进行设置。

3. 设置时钟树单元

时钟树综合与优化需要 buffer 单元与反相器单元，默认情况下 ICC 会使用 target_library 中的所有单元进行时钟树综合，通常一个库里面不是所有的 buffer 与反相器都是上升/下降时间对称的，因此会引入不必要的 skew，为了避免这种情况的发生，我们需要为 ICC 指定一组或者多组专门的 buffer 单元与反相器单元用于时钟树综合与优化，设置方法如下：

set_clock_tree_references - references < cell_list_1 >

set_clock_tree_references - sizing_only - references < cell_list_2 >

set_clock_tree_references - delay_insertion_only - references < cell_list_3 >。

如果设计相对简单，可以只设置第一条，即 cell_list_1，可以把所有可用于时钟树的单元都放入 cell_list_1，ICC 时钟树综合与优化过程中就只会使用 cell_list_1 中的单元。

如果设计有一定的复杂度，推荐使用全部 3 条设置，可以将一小部分驱动能力较大的单元放在 cell_list_1 中，这部分单元只会在 CTS 时使用；将所有驱动能力的单元放在 cell_list_2 中，这样在 CTO 的过程中 ICC 可以有较大的自由度来进行优化；将一些特殊类的单元如 delay cell 放置在 cell_list_3 中，专门用于 hold 修复。完整的设置可以避免 ICC 综合优化时使用设计人员不愿意看到的单元类型，实现更好的设计结果。

4. 时钟树 skew 设置

在默认条件下，ICC 会将同一个 master_clock 下的时钟树做 skew 匹配，如果设计中 master_clock 与 generate_clock 之间没有数据交互路径，或者相互之间已经按照异步时钟的方式处理了时钟域之间的数据交互路径，则可以将 generate_clock 设置为 exclude_pins，这样两个时钟树会进行单独的 skew 匹配，降低了 skew 匹配的难度，减小了所需的时钟树单元数量，如图 7.4 所示。

如果要将图 7.4 中分频后的时钟与主时钟分割开来，可使用命令 set_clock_tree_exceptions - exclude_pins [get_pins DIV_FF/CLK]。

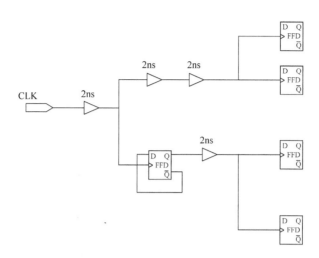

图 7.4　两个时钟树进行单独的 skew 匹配

此外，在默认条件下，ICC 不会对不同 master_clock 之间的数据路径做 skew 匹配，因为在大多数情况下，两个时钟源不同就应当在设计中采用异步时钟信号处理，无须做 skew 匹配。然后如果设计中两组时钟虽然定义成了不同的 clock，但其实有相同的来源，相互之间视为同步时钟进行数据交互，就需要对这两组时钟做 skew 匹配，设置的方法为 set_inter_clock_delay_options – balance_group "CLK1 CLK2"，随后的 clock_opt 命令中需要添加选项 – inter_clock_balance。

如果设计中使用了宏单元，需要数字电路负责提供时钟，需要保证其 db 文件中正确地定义了时钟端口及其时序查找表，否则 ICC 不会对其进行 skew 匹配。如果 db 文件中没有正确定义端口信息，又不方便修改它，则需要采用语句 set_clock_tree_exception – stop_pins [get_pins my_macro/CLK]或者 set_clock_tree_exception – float_pins [get_pins my_macro/CLK]。两者的区别主要是 stop_pins 可以视为寄存器单元的时钟端口，float_pins 则只是宏单元的时钟端口，距离内部寄存器单元还有内部时钟树结构。但无论采用哪种方法都可以将该端口定义成一个明确的时钟端口，随后 ICC 便会对该端口进行 skew 匹配和延时插入。

5. 对已有时钟树的处理

如果在 DC 综合阶段，设计人员已经加入了全部或者部分的时钟树，推荐在后端设计时将其删除，重新进行时钟树的生成，删除已有时钟树的命令为 remove_clock_tree – clock_tree [all_clocks]。但如果需要保留部分的时钟树单元，可以采用 set_clock_tree_exceptions – dont_touch_subtrees {preserving_clk_tree}或者 set_clock_tree_exceptions – dont_size_cell {dont_size_clk_cells}。

6. 对时钟布线规则的定义

在 ICC 布线中，默认的布线规则来自于 TF 文件中对每一层金属的定义。由于时钟信号的特殊性，其布线规则不同于默认的布线规则，例如会采用双倍宽度、双倍间距的布线规则，使得时钟网络不容易受到信号串扰的影响，保证芯片的正常工作。定义非默认布线规则的方法为

define _ routing _ rule CLK _ ROUTE _ RULE \
            – multiplier _ width 2   \
            – multiplier _ spacing 2

在某些设计中还需要定义非标准的通孔规则，方法为加上选项 – cuts 或者 – via _ cuts，详细情况可参考 ICC 手册及具体的 TF 文件。

定义完后还需将规则应用于具体的时钟树：

set _ clock _ tree _ options – clock _ tees [all _ clocks] \
                – routing _ rule CLK _ ROUTE _ RULE

对于非默认布线规则，还可以设置 shield，就是在信号线的两边再添加上保护线，用于将该信号线与其他信号线彻底隔开。如果某些时钟线频率较高或者驱动力不强，可能需要加上 shield，具体的方法可以查看命令 create _ zrt _ shield 的相关介绍。

7.8.3 执行时钟树综合核心命令

完成了上述设置后，就可以进行时钟树生成的 3 个核心命令。

1. clock _ opt – no _ clock _ route – only _ cts

运行这一步命令可以生成完整的时钟树，完成后应当根据具体的单元来计算时钟网络的延时，因此执行完后需要在所有的 scenario 下运行命令 set _ propagated _ clcok [all _ clocks]，并更新时钟延时 update _ clock _ latency。

随后可以通过 report _ timing/report _ constraint – all 来检查各个 scenario 下的时序情况，通常而言，如果时钟树相关的设置没有大的问题，setup 不会有较大的违例，但是由于之前一直将时钟网络视为零延时网络，会在初步时钟树生成后产生 hold 违例。如果某 scenario 下有较大程度的 hold 违例，就需要在后续步骤中进行 hold 修复，设置方法为 set _ fix _ hold [all _ hold _ fix _ clocks]。要注意的是没有大范围违例的 scenario 和时钟不需要设置 fix _ hold 的属性，否则会加入过多的延时单元，增加芯片的 congestion 反而会导致时序的恶化。

2. clock _ opt – no _ clock _ route – only _ psyn

这一步命令用于对时钟树的优化，具体的优化选项可以根据实际情况进行添加，主要的选项有 – area _ recovery 和 – power 等。随后可以再次运行 report _ con-straint – all 来保证没有大的 setup 及 hold 违例。如果还有较大的违例，也可以采用 psynopt 来优化，如果还不行就要根据具体路径违例原因来处理了。

3. route_zrt_group – all_clock_nets

可以将所有的时钟网络完成布线，完成之后再报一次时序，如果没有问题就可以进入布线阶段。

7.9　芯片布线与优化

在完成了芯片所有的时钟树综合与优化后便可以进入布线（也有翻译为绕线）阶段，如上一节所述时钟网络的布线已经在时钟树综合的时候完成了，因此这一节所述的主要是针对其他信号布线。

7.9.1　布线前的检查

与前面环节类似，布线开始前也需要进行相关的检查操作，主要的检查操作包括以下几个。

1. check_physical_design

用来确认设计已经完成了布局，所有的 PG 端口都已连到了对应的电源地网络上。

2. 确保所有的时钟树综合已经完成，没有任何 ideal net 和 high fanout net

采用命令：

check_physical_design – stage pre_route_opt

all_ideal_nets

all_high_fanout – nets – threhold < value >

可以看到是否还有遗漏的时钟网络没有进行时钟树综合，确认完成后可以进行布线的相关设置。

7.9.2　ICC 布线相关设置

ICC 中与布线相关的设置主要包括以下几点。

1. 设置优化迭代次数

默认情况下 ICC 的优化迭代次数为 10，如果设计较复杂或者工艺非常先进，需要默认的优化次数达不到设计人员的预期，可以加大优化迭代次数，命令为 set_route_opt_strategy – search_repair_loop < value >。

2. 设置连线 RC 计算模型

与 CTS 时相同，默认的连线 RC 计算模型为 Elmore，如果希望更精确的结果可以采用 Arnoldi 模型，命令为 set_delay_calculation_options – postroute arnoldi。

3. 多倍通孔设置

在 ICC 默认设置下，普通信号连线采用单倍最小线宽，金属线间使用单个通孔，这样可以减小金属层的大小，便于布线。然而在深亚微米工艺条件下，通孔的工艺可靠性降低，如果依然采用单个通孔用于所有的信号线，会使得连线出问题的概率较大，影响芯片最终的成品率。ICC 中使用多倍通孔代替单个通孔的算法大致有 3 类，分别为 postroute、concurrent soft – rule – based 及 concurrent hard – rule – based。postroute 的设置方法为

　　　set _ route _ zrt _ common _ options　　\
　　　　　　– post _ detail _ route _ redundant _ via _ insertion　medium

随后的 detail route 就会尽量使用双孔单元。

　　而 concurrent soft – rule – based 的设置方法为

　　　set _ route _zrt _ common _ options　　\
　　　　　　　　– post _ detail _ route _ redundant _ via _ insertion　medium　\
　　　　　　　　– concurrent _ redundant _ via _ mode reserve _ space　　\
　　　　　　　　– concurrent _ redundant _ via _ effort _ level　medium | high

随后的 detail route 会采用更加密集的方式来使用双孔单元。

　　最后一种，也是使用双孔单元最激进的方式 concurrent hard – rule – based 的设置方法为

　　　set _ route _ zrt _ common _ options　　\
　　　　　　　　– post _ detail _ route _ redundant _ via _ insertion　medium　\
　　　　　　　　– concurrent _ redundant _ via _ mode insert _ at _ high _ cost　\
　　　　　　　　– concurrent _ redundant _ via _ effort _ level　high　\
　　　　　　　　– eco _ route _ concurrent _ redundant _ via _ mode　reserve _ space　\
　　　　　　　　– eco _ route _ concurrent _ redundant _ via _ effort _ level high

如果设计人员希望采用多通孔单元，尽量设置

　　　set _ route _ zrt _ detail _ options – default true
　　　set _ route _ zrt _ detail _ options　　\
　　　　　　　　– optimize _ wire _ via _ effort _ level medium|high

设置后可以在布线中产生较多的单层金属长连线，避免产生不必要的通孔，更容易生成多倍通孔所需空间。

4. 进行串扰相关设置

通过 set _ si _ options 和 set _ route _ opt _ zrt _ crosstalk _ options 可以设置布线时对串扰的相关设置，通常需要将避免串扰的选项打开，并设置串扰优化阈值

　　　set _ si _ options – route _ xtalk _ prevention true \
　　　　　　　　　　　　　– route _ xtalk _ prevention _ threshold ＜ value ＞

这里的阈值指的是串扰的电压值相对于电源电压的比值，其他串扰相关的设置可以查看上述两个命令的说明，根据设计的具体需求进行设置。

5. 进行特殊单元及特殊区域的布线规则设置

在芯片中，特别是数模交界处，往往对布线有特殊的要求，如某些区域不能走

数字信号，某些区域不能走某层金属线，或者某些接口连线必须用某层金属线连出等，这些规则可以使用命令 create _ route _ guide 来告知 ICC，但推荐第一次生成时采用 GUI 界面，如图 7.5 所示。

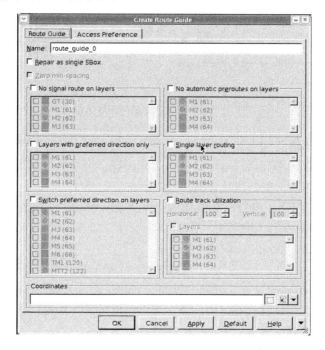

图 7.5　采用 GUI 界面进行特殊单元及特殊区域的布线规则设置

通过 GUI 界面设定完后可以从 history 框中复制命令以备后续采用。设定完相关设置后 ICC 便会在随后的布线中遵守相关规则。

7.9.3　天线效应简介与设置

天线效应是布线中需要避免产生的一种现象，其产生的原因如图 7.6 所示。

图 7.6　天线效应

在芯片制造过程中，金属层淀积所引入的电荷会聚集在 MOS 管栅极，当电荷聚集过多就可能将沟道击穿。当然如果栅极与前面负责驱动的器件已经相连，可以通过有源区将聚集的电荷转移。由于电荷量与金属层面积成正相关，因此要避免天线效应就需要保证栅极在与前级驱动相连之前没有太大面积的金属连线。如采用图 7.7 所示的跳线连接方式就可以避免天线效应。

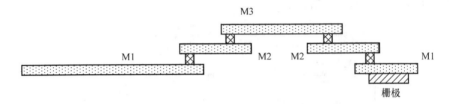

图 7.7   跳线连接方式避免天线效应

当然除了采用跳线的方式在设计中也可以用在栅极与二极管相连的方式来避免电荷聚集，但考虑到增加器件有可能增加芯片面积，至少会增大布线密度，因此采用跳线的方式是解决天线的最优方式。

ICC 中默认情况下不会针对天线效应进行优化，设计人员首先应当输入工艺所规定的天线效应特征值，命令为

define _ antenna _ layer _ rule \
      – mode < value >   – layer < METAL _ LAYER > \
      – ratio < value >   – diode _ ratio < values >

通常来说每层金属都会有对应的值，可以将其放入一个专门的脚本文件以方便调用。调用后还需要设置 set _ route _ zrt _ detail _ options – antenna true，随后的布线命令便会针对天线效应进行优化。

7.9.4   执行布线命令

完成相关设置后可以进行初步的布线，操作命令为 route _ opt – initial _ route _ only。

虽然是初步的布线操作，但实际上同样进行了 global routing、track assignment 和 detail routing 这 3 个阶段的布线，因此得到的是完整的布线结果，即片上所有的数字电路连线均已连接，只不过在该命令下不会对单元的位置和驱动能力进行任何优化，只是将单元之间的连接关系用具体的连线体现出来而已。如果是非常简单的设计，可以将该结果作为最终的布线结果，进行下一阶段的工作（ECO 阶段或者是 DRC，LVS 等 sign – off 检查与修改）。如果是相对复杂的设计，可以将该结果用于时序检查、congestion 检查和特殊单元布线要求检查等。其中时序结果由于考虑到了具体的连线，因此可以去掉时钟裕量（clock uncertainty），以在布线中取得更优的结果。根据检查结果优化布线设置，然后便进行正式的布线命令

route _ opt – skip _ initial _ route \
        – xtalk _ reduction

相比初步的布线命令，这一步的操作考虑到了实际连线上的延时，因此能实现

更好的时序优化效果。可以在布线之后再次进行时序检查，如果还有一些无法容忍的违例，需要调整布线的相关设置或者采用 route_opt – incremental 的方式继续优化；如果符合设计人员的预期，便可以使用命令 verify_zrt_route 对布线违例情况进行检查，即检查是否有天线效应的违例；是否有违反 TF 中布线规则（如最小间距）；以及用户自行设定的布线是否有违例的情况。检查完后如果只有数量较少的违例情况，设计人员可采用 route_zrt_detail – incremental true 来进行修正，如果有数量较大的违例情况，设计人员就需要具体来查看一下违例的情况，看是否有布线规则（包括 TF 中的和用户自定义的）不合理处，或者是局部 congestion 过高，难以修正的情况存在，如果有的话需要首先修正这类错误，然后再进行修正，直至修正完成所有错误。

7.10　芯片 ECO 与设计文件导出

完成布线操作后，如果前端设计人员发现了某个小 bug，或者需要微调一下功能，如果推倒重来，是非常耗费时间，就有可能导致芯片版图无法按时流片。这个时候就需要进行 ECO（Engineering Change Order，工程命令变更），根据之前的设计是否预留了备用单元（spare cell）可以将 ECO 流程分为 Freeze silicon ECO 和 unconstrained ECO。ICC 内集成了完整的 ECO 所需功能，这里主要针对这两套流程进行介绍。

7.10.1　Freeze silicon ECO

Freeze silicon ECO 由于有预留的备用单元，不需要进行重新布局，只需重新布线即可，因此相对容易，主要针对一定范围内的功能调整，缺点是要浪费一定的面积。大致的流程如下。

1）导出当前的网表，命令为 write_verilog my_netlist. v，随后在该网表的基础上进行修改，得到 eco 网表。

2）读入 eco 网表，命令为 eco_netlist – by_verilog_file eco_netlist. v。

3）在 spare cell 的基础上进行布局，命令为 place_freeze_silicon。

4）重新布线，命令为 route_zrt_eco。

7.10.2　unconstrained ECO

与 Freeze silicon ECO 不同，unconstrained ECO 的步骤就涉及调整单元布局，因此不宜进行大范围的调整，否则可能会影响到整体的时序，其步骤如下。

1）读入修改文件。使用命令 eco_netlist – by_tcl_file – eco_commands eco_netlist. tcl 读入进行单元修改的 tcl 代码，里面主要包括 disconnect_net、create_net 和 connect_net 等语句，适用于对设计进行微调。如果改动较大，也可

以采用 Freeze silicon ECO 的方法进行。

2）针对改动单元进行布局，命令为 place _ eco _ cells – eco _ changed _ cells。

3）针对改动部分进行布线，命令为 route _ zrt _ eco。

在修正完所有的布线违例后，需要再次报一次时序，确认没问题后就可以进行设计导出。

7.10.3　设计结果导出

在完成了芯片布线或者 ECO 之后，需要将最终设计的网表、版图及寄生参数数据导出，以便进行后仿、DRC、LVS 检查等 Sign – off 检查。需要导出的文件包括以下几个。

1. 网表文件

命令还是 write _ verilog，但需要注意的是做 LVS 检查所需的网表往往和做后仿真的网表有区别。前者往往需要包括所有的单元（即使为 physical – only），而后者只需要有实际功能的单元即可。另外两者对总线的要求也不一样，做 LVS 检查需要将总线打散成单独的线，而后仿真不需要。

2. 版图文件

首先需要有一个 map 文件，将 TF 中的层对应到 GDS 文件中的层次，指定导出 map 的命令为 set _ write _ stream _ options – child _ depth ＜ value ＞ – map _ layer tf2gds. map，其中 – child _ depth 选项用来指定导出的 hierachy 层次，– map _ layer 来指定所需要用的 map 文件。

随后便可以用命令 write _ stream – format gds – cell ＜ my _ cell ＞ . / my _ de-sign. gds 来导出指定 CEL 的 GDS 文件。

3. 寄生参数文件导出

后仿时需要各个节点的延时信息，因此需要各个节点的寄生参数。导出的方式为 write _ parasitics – format SPEF – output my _ design. spef。

7. 11　小　　结

本章主要围绕 ICC 进行数字后端设计的各个流程进行介绍，从数据的准备阶段开始，到数据输出为止，着重介绍了后端数据准备与设置，布局，时钟树综合及布线等步骤。从实际操作出发，兼顾介绍设计原理，让读者能够真正认识并掌握使用 ICC 进行数字后端设计的技术。

第8章 数字电路物理层设计工具 Encounter

随着工艺尺寸不断降低，大规模数字集成电路设计面临的挑战越来越多，数字后端物理实现的规模越来越大。先进工艺节点的物理设计对功耗、面积等参数有着近乎极致的追求，这对设计工具的性能提出了更高的要求。目前在业界，能够完成大型数字设计物理实现的工具屈指可数。真正被业界广泛接受并在国内广泛使用的数字后端物理实现工具只有 SYNOPSYS 公司的产品 ICC（IC Compiler）以及 Cadence 公司的产品 Encounter（Encounter Digital Implementation System，EDI）。两者均是面向在先进工艺节点进行物理实现设计的半导体设计工具，可进行高达 1 亿个甚至更多晶体管的物理实现，并具有低功耗等设计功能。

本章主要介绍 Cadence 公司的 Encounter 设计工具，首先我们介绍 Encounter 的发展历史，接着介绍 Encounter 设计输入文件及设计输出文件格式，然后主要讨论使用 Encounter 进行物理设计实现的流程细节及技巧。

8.1 Encounter 工具发展历史

Encounter 与 ICC 是两大 EDA 软件巨头博弈的产物。它们的发展历史，也可以看作是微电子 EDA 业界风云变幻的历史。

早在 20 世纪 80 年代后期，微电子 EDA 厂商即呈现出两强对峙的局面：SYNOPSYS 基本垄断了前端技术，占有将近 6 成市场；Cadence 基本垄断了后端技术与验证技术，占有将近 8 成的市场。其他 EDA 公司虽然生存着，但市场份额与利润都不足称道，公司运转举步维艰。而此时的 Cadence 的后端软件名叫 Silicon Ensemble（SE），也是最早的 APR（Automatic Place&Route，自动布局布线）类软件。

1991 年，4 名 Cadence 的中国雇员离职并成立了 Arcsys，推出了 APR 类软件 ArcCell。4 年后，Arcsys 与做验证技术的 ISS 合并，加强公司的竞争能力 ，合并后，公司取名 Avanti。

1996 年，Avanti 公司卷入与 Cadence 的商业机密窃取案，为了使工具销售合法化，Avanti 采用"洁净室"手段重写其 Arccell 的源程序，新产品称为 Milkyway Database 与 Apollo。

2001 年 7 月，Avanti 公司败诉，需向 Cadence 赔偿 1.95 亿美元，创下硅谷知识产权官司中，公司对公司最高赔偿金额的刑事案件。半年后，SYNOPSYS 8 亿美元收购 Avanti。之后，Apollo 更新称为 Astro，也就是 ICC 的前身。

反观 Cadence 公司，由于在 5 年时间中陷入与 Avanti 公司的官司中，技术进展并不明显。而 SE 因并非 Timing Driving，注定其并不是 APR 的主流技术发展方向。于是 Cadence 收购工具 First Encounter 和 Nano Route 以及 Celtic 等，逐步将其整合，称为 SoC Encounter，也就是现在 EDI 的前身。

现在的 EDI，已经变成了一个完整且可调整的从 RTL – to – GDSII 的 EDA 辅助设计系统，在低功耗和混合信号设计的设计闭合与签核（Sign – off）分析方面，实现了全流程的覆盖。

EDI 具有强大的性能，包括：可实现 1 亿或者更多的晶体管，1000 个以上的宏模块摆放；运算速度超过 1GHz；超低的功耗预算，以及拥有大量的混合信号内容。工具主要面向从事尖端 40nm 及更先进工艺节点设计的半导体公司，在业界拥有很强的竞争实力。

8.2　Encounter 设计流程介绍

使用 Encounter 进行后端物理实现的设计流程如图 8.1 所示。

首先是数据准备方面的工作，对于 EDI 来说，APR（Automatic Place&Route）之前需要准备的数据主要有：综合后的门级网表（.v）、具有时钟定义及时序约束的综合约束文件（.sdc）、物理库文件（.lef）和时序库文件（.lib）等。详细的文件内容、格式等介绍 8.3节会有涉及。

在数据准备完毕并导入工具之后，即可开始布图规划（FloorPlan）。布图规划主要包含下面 4 方面内容：完成对电源域及电源网络方面的定义（power – plan）；宏模块（Macro）的摆放及约束；标准输入输出单元（IO）的摆放；标准单元（standard cell）布局（Place）约束。

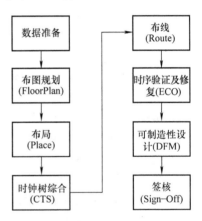

图 8.1　EDI APR 流程

待布图规划完成后，工具会依据布图规划中的物理约束信息及 SDC 中的时序约束信息进行布局。

时钟树综合（CTS）在布局完成后进行，其目的是通过构造时钟网络结构来驱动芯片中所有的时序逻辑单元（例如寄存器等）。

CTS 后，下一个步骤即是布线（Route），布线分为全局布线与局部布线，指在满足种种物理约束的前提下根据电路网表提供的电学连接关系将各个单元连接起来。

然而在布线后的时序分析中，往往还是存在若干时序违例（Time Violation）的时序路径。如果数目较少，一般通过小范围的改动即可使之满足要求，这种改动称作 ECO（Engineering Change Order）。

时序验证以及 ECO 之后，需要进行芯片的可制造性设计（DFM）。DFM 包含范围很广，而在 APR 流程中的 DFM 主要是进行诸如 double via 和 spread wire width 等优化，预防制造过程中由于加工的偏差使得芯片的功能失效。

后端设计最后的步骤为签核（Sign－Off），签核内容包括下面的内容：功能一致性检查、时序检查、物理验证（DRC、LVS、ERC 等）、确保给出的 GDS 文件为正确的版本进行最终的流片。由于本章着重点在 EDI 的使用，关于此部分内容并不详细展开。

8.3　数 据 准 备

本节将详述在数据准备方面的工作。数据准备分为三方面的内容，分别是设计数据准备、物理库准备和时序库准备，三者在 APR 流程中缺一不可。

8.3.1　设计数据

设计数据是指前端移交给后端的数据，包括经综合后的门级网表（.v）及具有时钟定义、时序约束的综合约束文件（.SDC）。门级网表和 RTL（Register Transfer Level）网表应具有逻辑功能上的一致性。由于硬件描述语言的复杂性，在此处并不加以展开，请参照本书 Modelsim 相关章节内容加以学习完善。图 8.2 是一个简单的门级网表实例，一个简单的一位全加器的 RTL 网表、门级网表及电路图，可以比较三者之间的关系，它们是等价的，都是对于同一电路的不同描述形式。

```
Module FA_behav(A, B,
Cin, Sum, Cout );
input A,B,Cin;
Output Sum,Cout;Reg Sum,
Cout;
Reg T1,T2,T3;
always@ ( A or B or Cin )
begin      Sum = (A ˆ B)
 Cin ;      T1 = A & Cin;
           T2 = B & Cin ;
           T3 = A & B;
           Cout = (T1|
T2) | T3;
endendmodule //行为级代码
```

```
Module FA_struct (A, B,
Cin, Sum, Cout);
Input A,B,Cin;
Output Sum,Count;
Wire S1, T1, T2, T3;
// — statements — //
xor X1 (S1, A, B);
Xor X2 (Sum, S1, Cin);
and A1 (T3, A, B );
And A2 (T2, B, Cin);
And A3 (T1, A, Cin);
or O1 (Count, T1, T2,
T3);endmodule //门级网表
```

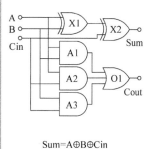

Sum=A⊕B⊕Cin

Cout=AB+Cin⊕ (A+B)

图 8.2　一位全加器的不同描述形式

SDC（Synopsys Design Constraints）文件基于 TCL 语言，应用于 APR 流程中约

束电路的面积、时序、功耗等关键信息。其包含 4 方面内容，分别为版本、单位、设计约束、注释。在其中设计约束是 SDC 文件中最重要的部分，它描述了对于时钟的定义及对于时序的约束。

8.3.2 逻辑库数据

Liberty library format（.lib）是由 SYNOPSYS 公司研发的，用于描述单元的时序和功耗特性的文件格式。根据工艺的复杂度及设计要求，现阶段普遍应用 3 种模型，它们分别为非线性延时模型（NLDM）、复合电流源模型（CCSM）以及有效电流源模型（ECSM）。其中，CCSM 及 ECSM 不仅包含了时序和功耗属性，还包含了噪声信息，所以与 SPICE 模型的误差可以控制在 2% ~ 3% 以内，而 NLDM 则一般与 SPICE 模型的误差在 7% 以内。以文件大小而论，在相同工艺条件下描述相同电路结构，采用 CCSM 模型的 liberty 文件大小一般是采用 NLDM 模型 Liberty 文件的 8 ~ 10 倍。

Liberty 文件一般包含两部分，第一部分是单元库的基本属性；第二部分是每个单元的具体信息。

单元库的基本属性包括如下信息：单元库的名称、单元库采用的基本单位、电路传输时间及信号转换时间的百分比、时序和功耗采用的查找表（Look – up table）模板等内容。

单元的具体信息包括如下内容：单元的延迟时间、漏电流功耗（Leakage power）、内部功耗（Internal power）等内容。它们在 liberty 内部是以二维或者三维查找表（Look – up table）的形式进行描述和表征的，而查找表为精准的 SPICE 模型仿真得出。

图 8.3 即在某工艺条件下的 rise cell delay 及 rise output transition 与 input transition 及 output load capacitance 的查找表及列表的关系，可以快速地从查找表中通过 input transition 以及 Output load 之间的关系得到 cell delay 的值。

```
lu table template(tmg ntin oload 4x3) {
    variable_1 : total output net capacitance ;
    variable_2 : input_net_transition ;
    index_1("1, 2, 3, 4");
    index_2("1, 2, 3");
}
    timing() {
        related pin : "A" ;
        sdf_cond : "B===1'b0 && CI===1'b1" ;
        timing_sense : positive_unate ;
        timing_type : combinational ;
        when : "!B&CI" ;
        cell_rise(tmg ntin oload 4x3) {
            index_1("0.03, 0.06, 0.09, 0.12");
            index_2("0.098, 0.587, 1.077");
            values("0.227, 0.234, 0.258, 0.271",\
                   "0.322, 0.329, 0.341, 0.359",\
                   "0.431, 0.440, 0.463, 0.476");
        }
        rise_transition(tmg ntin oload 4x3) {
            index_1("0.03, 0.06, 0.09, 0.12");
            index_2("0.098, 0.587, 1.077");
            values("0.095, 0.203, 0.325, 0.454",\
                   "0.498, 0.579, 0.756, 0.837",\
                   "0.827, 0.934, 1.026, 1.059");
        }
}
```

Cell		Output Load(pF)			
Delay(ns)		0.03	0.06	0.09	0.12
Input	0.098	0.227	0.234	0.258	0.271
Trans	0.587	0.322	0.329	0.341	0.359
(ns)	1.077	0.431	0.440	0.463	0.476

Output		Output Load(pF)			
Transition(ns)		0.03	0.06	0.09	0.12
Input	0.098	0.095	0.203	0.325	0.454
Trans	0.587	0.498	0.579	0.756	0.837
(ns)	1.077	0.827	0.934	1.026	1.059

图 8.3　某工艺条件下查找表及列表关系

8.3.3　物理库数据

Library exchange format（.lef）是最早由 Cadence 研发的针对 APR 流程的物理设计库文件格式。根据内容及作用的不同，它可以分为两类，分别是 tech lef 及 cell lef。

其中，tech lef 中定义了设计的工艺信息，包括各层金属及通孔的详细设计规则。如果按照文件内容进行分类，可以将其分为 4 类，它们是：

1）单位：定义了 lef 中的单位与国际单位制单位的转换因子。

2）金属层信息：定义了金属层的物理属性等内容。

3）通孔信息：定义了通孔的物理属性等内容。

4）通孔阵列：定义了大金属上的通孔阵列的布局方式和物理属性。

cell lef 包含的是单元库中所有单元的物理信息。它会对于 Cell 内部的 pin 属性及物理属性进行文本化的描述，同时它也通过 OBS 语句来描述单元的不可布线区域。

图 8.4 即为某工艺条件下的一个实例 cell lef 文件，可以看到其中对于 pin 属性及 cell class 等方面的定义。

8.3.4　数据准备常用的指令与流程

在此节，首先讲述 EDI 界面下菜单栏的内容，其次讲解如何使用 EDI 图形化界面及脚本进行基本的数据读入，设计存储与读入等基本的操作。

图 8.5 为 EDI 的运行主界面，

```
MACRO sram_s512x8
        CLASS RING ;
        FOREIGN sram_s512x8 0.0 0.0 ;
        ORIGIN 0.0 0.0 ;
        SIZE 109.920 BY 67.385 ;
        SYMMETRY X Y R90 ;

        PIN A[0]
                DIRECTION INPUT ;
                USE SIGNAL ;
                PORT
                        LAYER M3 ;
                        RECT 55.550 0.000 56.070 0.520 ;
                        LAYER M2 ;
                        RECT 55.550 0.000 56.070 0.520 ;
                        LAYER M1 ;
                        RECT 55.550 0.000 56.070 0.520 ;
                END
        END A[0]

        PIN A[1]
                DIRECTION INPUT ;
                USE SIGNAL ;
```

图 8.4　某工艺条件下实例 lef 文件

可以看到主界面的最上方为菜单栏，提供软件所有的功能菜单。菜单栏下方为工具栏，提供 EDI 在运行过程中的常见工具。屏幕右侧为 Layer 控制，与 Virtuoso 的 LSW 窗口比较类似，可以控制 EDI 的显示属性。

菜单栏如图 8.6 所示，它是 EDI 图形化界面（GUI）的核心，基本上 EDI 所有的常见功能都可以通过图形化界面加以实现。其中 File 栏是 EDI 的数据读入等文件读入或存储类操作，Edit 栏是 EDI 的常见操作如编辑、撤销等，View 是 EDI 的视图显示类操作如 Zoom in、Zoom out 等，而 Partition、Floorplan、Power、Place、Optimize、Clock、Route 等分别为 EDI 的物理设计流程步骤的详细操作。Timing 菜单内是与时序相关的选项。包括 MMMC（Multi Mode Multi Corner）的配置、时序

菜单栏

工具栏

Layer
控制

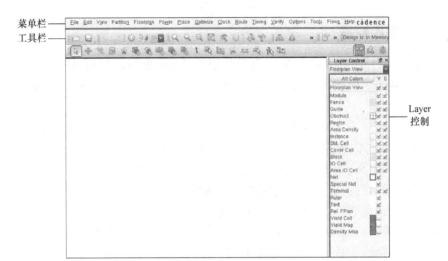

图 8.5 EDI 运行主界面

分析的设置等。Verify 菜单是 EDI 的物理验证菜单，在其中可对设计的基本的 DRV（Design Rule Violation）、连接关系等进行分析。Tools 是 EDI 的常见工具栏，比如 EDI 经常使用的 Design Browser（查找 instance、nets 等相关内容）和 Violation Browser（查看 violation 相关内容）等功能可以在这里找到。

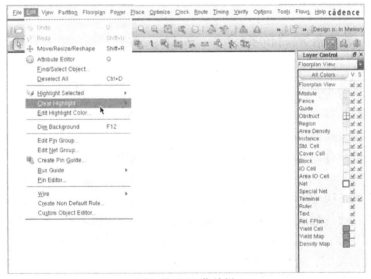

图 8.6 EDI 菜单栏

图 8.7 为 EDI 基本工具栏的内容，第一行为基本操作，图标按照从左到右顺序依次为 Import Design、Save Design、Undo、Redo、Attribute Editor、Highlight、Color Editor、Zoom In、Zoom Out、Fit、Zoom Selected、Zoom Previous、Redraw、Ungroup、Group、Design Browser、Violation Browser 和 Summery Report。可见，其基本分类按照菜单栏顺序进行，涵盖了菜单栏中除物理设计流程步骤的详细操作外的所有基本操作。

工具栏的第二行最右侧三个按钮是设计的 View 选项，从左到右三个 View 依次为 Floorplan View、Omoeba View 以及 Physical View。其中，Floorplan View 主要应用于 Floorplan 规划，Omoeba View 主要是为了观察设计层次以及模块位置，Physical View 为了观察芯片最终状态与布线信息。

基本工具栏的第二行是对于版图的操作工具栏。注意 View 选项的状态将会影响到基本工具栏第二行的可使用工具，比如在 Physical View 下，Create Place Blockage 工具就是无法使用的，而在 Omoeba View 下，可使用的工具只有 Select、Move、Create Ruler 以及 Query Area Density。

图 8.7　EDI 工具栏（Floorplan View 下）

下面讲述使用 EDI 进行设计的读入的方法。

首先，启动 EDI 设计环境，在菜单栏中依次选择 File→Import Design，或者在基本工具栏第一行选中 Import Design 操作，打开 Import Design 窗口，如图 8.8 所示。

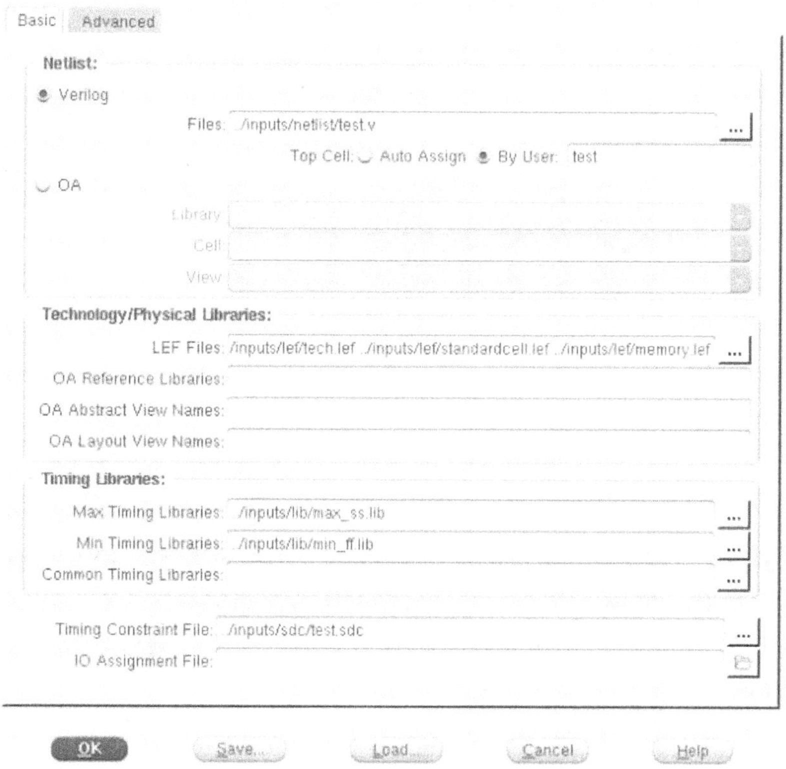

图 8.8　EDI Import Design 界面

在窗口中依次填写：Verilog 网表位置（综合后网表，可手动制定 Top Cell），lef 文件（有顺序区分，techlef 需要放置在首位），Max Timing Libraries 及 Min Timing Libraries 以及 Timing Constraint File。单击"确定（OK）"按钮即可完成设计的读入。

　　当然，上述步骤也可通过命令行完成，也可以将上述所有设置通过 Import Design 窗口的 save 选项存储为一个 *.conf 环境配置文件，通过命令行加载该文件即可完成设计的导入。

　　数据读入后的界面如图 8.9 所示，其中，左侧深色方块显示的是设计中的模块大小信息及其 util（utilization，利用率）信息，中间带横向条纹的正方形是芯片尺寸信息，通过调节芯片（Die 及 Core）的形状可以实现物理设计工程师的物理设计预期。芯片右侧深色方块为设计中的 Hard macro。

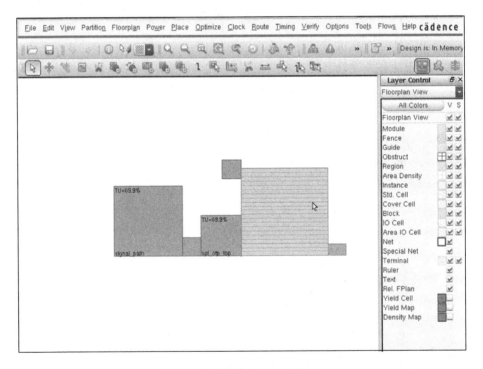

图 8.9　设计读入后显示界面

　　设计的读入与存储分别可以通过 File→Restore Design 与 File→Save Design 来加以实现。注意 Data Type 的选择，本章节中的所有存储类型均为 *.enc 文件类型，在其目录下方存储有数据引用路径、lef 路径、引擎设置等信息。图 8.10 为 Save Design 与 Restore Design 的窗口信息。

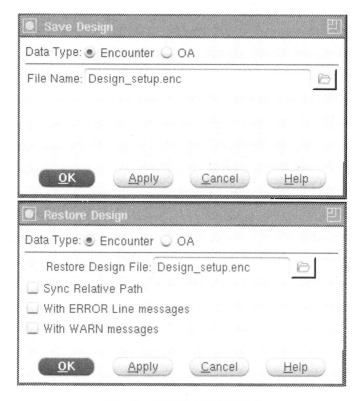

图 8.10　设计读入后显示界面

8.4　布图规划与布局

APR（Automatic Place&Route）流程中，布图规划（Floorplan）和布局（Place）是极为重要的步骤之一。因为在 APR 流程中，布图规划和布局人为干涉较多，一个优秀的布图规划和一个糟糕的布图规划，区别可能不仅仅是面积、功耗、性能等指标的细微区别，而是在一个设计中是否存在诸多失效风险。不确定的风险，带给产品的则往往是漫长的迭代周期，高昂的 FA（Failure Analysis，失效分析）费用。而这样的产品，由于失去了市场窗口和性价比优势，被市场规律所淘汰就成为了必然。

本节将详述 Floorplan 和 Place 的主要概念及常用操作。

8.4.1　布图与 IO 排布

数字芯片结构一般如图 8.11 所示，包含内核功能电路与外围 IO（输入输出）电路。布图规划，首先就需要确定设计的类型。由于设计复杂度不同，芯片一般分为 Pad limited 和 Core limited 两类。所谓 Pad limited，就是相对的设计较少而输入输出端口较多，造成输入输出单元成为限制芯片最终面积的瓶颈。而所谓 Core limited，就是相对输入输出端口较少，而设计复杂度较高，造成设计的面积成为限制芯片最终面积的瓶颈。

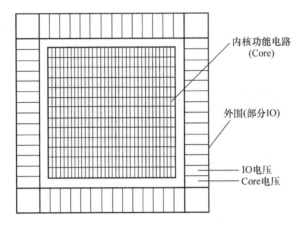

内核功能电路
(Core)

外围(部分IO)

IO电压
Core电压

图 8.11　数字芯片结构

针对 Pad limited 的设计，如何正确排布输入输出端口顺序使其与产品封装一致，如何复用端口尽量减小输入输出端口数目，是否采用交错型结构（stagger）代替线性型（liner）结构来在单位宽度放入更多的 IO 数目等往往在实际设计中是工程师较为关注的重点。而线性型和交错型的比较如图 8.12 所示。

而 Core limited 的设计，按照模拟 IP 形状或者数字设计规模作为制约芯片设计的关

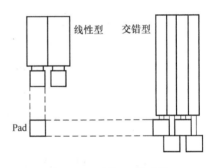

线性型　交错型

Pad

图 8.12　两种 IO 的比较

键因素加以区分。针对模拟 IP 形状限制了芯片面积的情况，实际设计中，一般是数字物理设计工程师与模拟版图设计工程师进行沟通和协作优化，将模拟 IP 形状优化成为数字 APR 流程中较为容易进行 Floorplan 的形状；而数字设计规模限制芯片面积的情况，则需要逻辑综合工程师与数字前端工程师进行充分的沟通，进行设计的充分优化。

在 IP 的摆放规律上，一般业界都是遵循"金角银边草肚皮"的原则，模拟 IP 尽量放置在芯片角落及边缘，以求标准单元在布局的时候能拥有一个较为规整的形状及拥有更多的布线资源。当然，此原则也需要模拟 IP 的出 pin 位置尽量满足布线的要求，否则会对后续步骤中的布线带来较大困难。如图 8.13 所示，Stdcell1 和 Stdcell2 假定为两个位置固定的标准单元，则可看到 IP 位置的移动，对于三者之间

的连线（图 8.13 中虚线所示）有着较大的影响。IP 放置在芯片角落及边缘的时候，连线的总布线长度会减小很多。

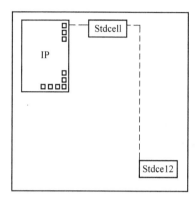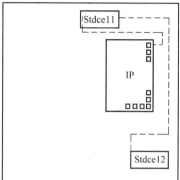

图 8.13 IP 放置位置对于布线的影响

8.4.2 电源网络设计

电源网络的设计在芯片设计中的重要性毋庸置疑，因为电源与地是整个芯片的全局变量，稍微有所差池就会因为电源与地的问题导致芯片的最终失效。

涉及电源网络方面的概念主要有下面几条。

1）Global net connect，全局电源连接，即将 Verilog 网表中声明的电源与地网络，TIEhi 和 TIElo 单元，与各模块的电源、地端口在顶层进行电学连接的定义。

2）Power ring，电源环线，即 Core 部分的电源线，其与供电 IO 相连接，主要承担向 Core 供电的任务，一般为环状结构，也可是多边形（polygon）结构。

3）Stripe，电源条线，一般为纵向按照一定距离连接 Power ring 的金属线，起着降低电源、地 IR drop 的作用。

4）Follow pins，一般为两重含义，即可指单一标准单元的电源与地，也可以理解为标准单元拼接后形成的 Power rail。

图 8.14 为一个设计实例，表征上述几个概念在实际设计中所处的位置。

8.4.3 标准单元的布局与优化

标准单元的布局与优化是在布局规划之后进行的一个步骤。

布局规划了标准单元的摆放区域，布局的作用就是利用工具通过识别不同单元之间的连接关系，优化连线，将标准单元放置在布局规划的区域内的操作。需要注意的是，尽管本步骤可以通过工具自动完成，但是操作者设定的标准单元区域形状对于实际的布线难易度会有较大程度的影响。比如在实际芯片设计中，长方形的区域在同等面积情况下会比 L 形或者 T 形更容易进行优化。再比如在一个 4 层布线资

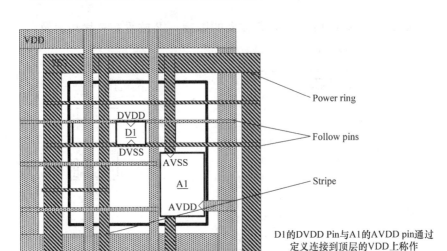

图 8.14　电源网络涉及的基本概念

源可利用，底层标准单元只使用 M1 进行走线的设计中，"瘦高型"比"矮胖型"更容易进行优化。这是因为 M1 占用了底层布线资源，所以纵向布线资源有 M2 和 M4，而横向布线资源只有 M3 和 M1 局部，根据平衡纵向及横向布线资源的原则，要求芯片设计形状要"瘦高"而非"矮胖"。

8.4.4　布图规划与布局常用指令与流程

布图规划与布局流程主要使用菜单栏 Floorplan、Power、Place 三个菜单指令下的操作内容。基本操作包括：任意形状 Floorplan 的编辑，相关 block 的放置；特殊单元的放置；Global net connect 的制定；Power ring 和 Stripe 的编辑，Follow pins 的连接；布局；布局后优化。下面将详述如何利用 EDI 进行上述基本操作。

1）Floorplan 编辑。Floorplan 编辑常用操作主要有下面 3 条：选择 Floorplan→Specify Floorplan、选择 Floorplan→Relative Floorplan – Edit Constraint、选择 Floorplan→Clear Floorplan。其中，第一个操作主要功能为制定 Floorplan 的形状和大小。第二个操作主要功能为制定几个不同模块间的尺寸约束。第三个操作主要功能为全部或者指定部分清除 Floorplan 中内容。下面分别加以讲述。

首先，选择 Floorplan→Specify Floorplan 选项，打开 Specify Floorplan 窗口如图 8.15 所示，选择使用 Size 的方式来进行设计：Specify→Size。选择使用 Core 的 Size 来定义设计：Core Size by→Aspect Ratio，设置 Ratio 为 1.94，设置 Core Utilization 为 0.122。选择适当的 Core 到 Boundary 为 Power ring 留出空余。设置 Core Margins by→Core to Boundary 到 Left Right Top Bottom 为 15μm（可根据设计实际情况进行微调）。

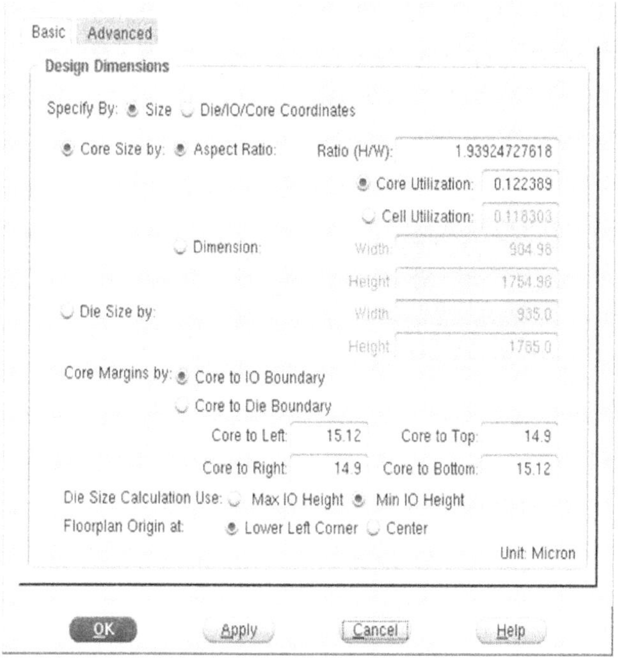

图 8.15　Specify Floorplan 窗口

其次，选择 Floorplan→Relative Floorplan→Edit Constraint，打开 Relative Floor-plan 窗口，如图 8.16 所示。但由于本次设计中只有一个 Hard macro，并不用对于几个 macro 距离进行约束，所以无需对 Relative Floorplan 进行设置。

图 8.16　Relative Floorplan 窗口

如果需要清除 Floorplan 局部，例如 Power Special Routes，可选择 Floorplan→Clear Floorplan 进行修改，弹出的 Clear Floorplan 窗口，如图 8.17 所示。

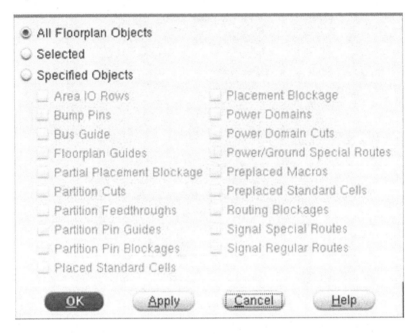

图 8.17　Clear Floorplan 窗口

2）特殊单元的放置：在 Floorplan 阶段，会有部分特殊单元需要首先放置在芯片的 Core 区域内部。其中，最普遍的两类为 Tie High/Tie Low 单元和 Welltap 单元，前者的作用是作为网表中 1' b0 和 1' b1 的输入，使得输入 Pin 不直接与电源、地连接。后者是标准单元区域的衬底接触，通过多个单元共用一个衬底接触来节约设计区域的面积。Tie High/Tie Low 单元的添加可使用操作 Place→Tie hi/lo cell→Add 来进行添加，Welltap 可利用操作 Place→Physical cell→Add Well Tap 打开 Add Well Tap Instance 窗口来增加。Add Well Tap Instance 窗口如图 8.18 所示。

3）Global net connect 的制定：Global net connect 是对于电源与地连接关系的定义。该定义可以通过 Power→Connect Global nets 打开 Global net connection 窗口加以定义。Global net connection 窗口如图 8.19 所示。

4）Power Ring 和 Stripe 的编辑：在此步骤主要使用的操作分别为 Power→Power Planning→Add ring、Power→Power Planning→Add Stripe 与 Route→Special Route。它们的作用分别为：增加设计需求尺寸的 Power ring 到芯片设计区域，增加设计需求尺寸的 Stripe 到芯片设计区域，使用 Special Route 进行 Followpins 与电源环线与电源条线的连接。

首先是 Power ring 的形成，选择操作 Power→Power Planning→Add Ring，弹出

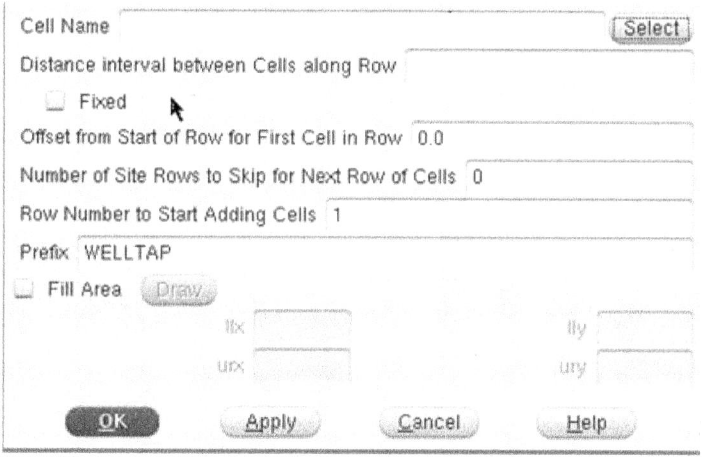

图 8.18　Add Well Tap Instance 窗口

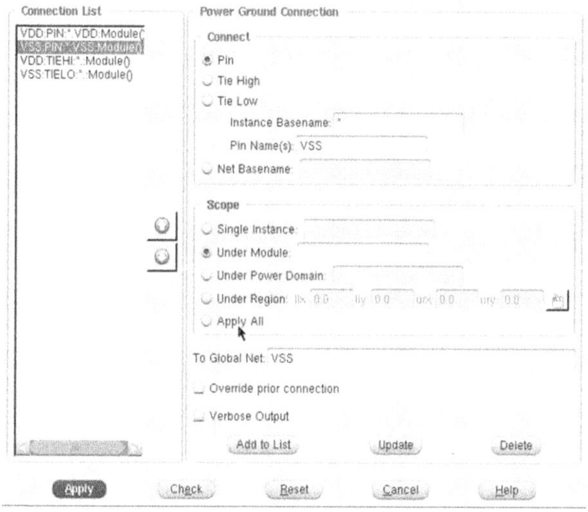

图 8.19　Global net connection 窗口

Add Rings 窗口如图 8.20 所示。在 Nets 填入 VSS VDD，即需要生成 Power Ring 的电源与地的 Global net 名称。由于本章节设计均不包含 IO cell，所以 Power Ring 选择紧贴 core 区域即可，因此在 ring type 区域选择 around core boundary。在 ring configuration 区域，由于本设计选择工艺顶层金属为 M5，所以选择 Top 与 Bottom 使用 M5 横向走线，Left 与 Right 使用 M4 纵向走线，Width 与 Spacing 分别设置为 7μm 与 0.5μm。以上数值在实际设计中均可酌情调整。

其次是 Stripe 的形成，使用操作 Power→Power Planning→Add Stripe，弹出 Add Stripe 窗口如图 8.21 所示。与 Power ring 的添加类似，Nets 选择 VSS VDD，由于 Stripe

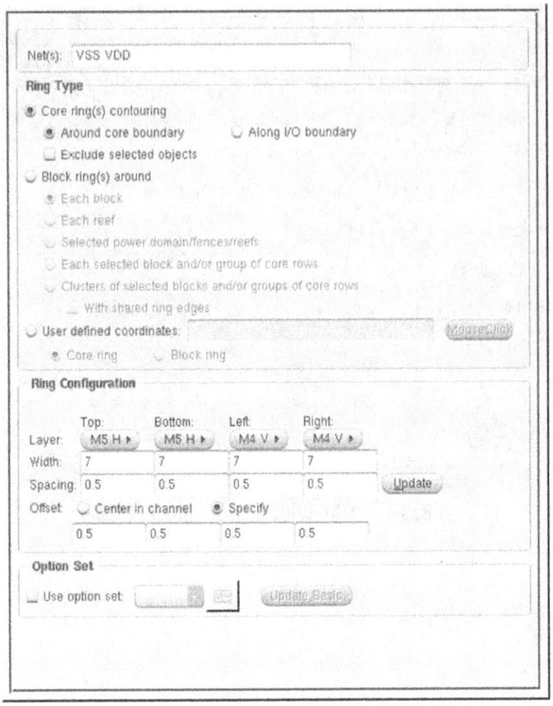

图 8.20　Add Rings 窗口

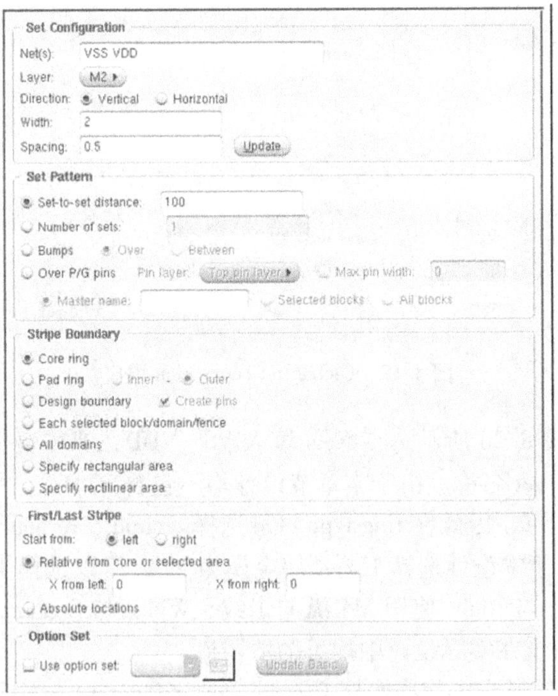

图 8.21　Add Stripe 窗口

横向添加相对会占用更多布线资源，所以选择纵向添加，并使用 M4 生成电源条线。操作为在 Layer 选择 M4，Direction 选择 Vertical。Set – to – set distance 为两组 Stripe 之间的间距，本设计将此值设定为 100μm。其余选项均使用默认值即可。

最后进行 Follow pins 的生成：使用操作 route – special route，弹出 Sroute 窗口如图 8.22 所示。在 Net 处选择 VSS VDD。其余使用默认值即可。

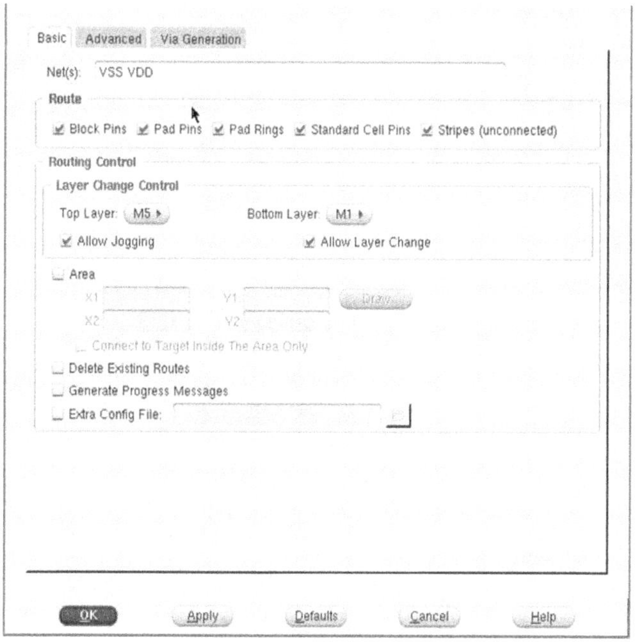

图 8.22　Sroute 窗口

在完成本步骤之后的芯片设计版图局部如图 8.23 所示（已使用 Zoom In 功能进行放大）。

5）布局：使用操作 Place→Place Standard Cell，调出 Place 窗口如图 8.24 所示。使用默认值即可。

6）布局后优化：使用操作 Optimize→Optimize Design，调出 Optimization 窗口如图 8.25 所示。使用默认值即可。即 Design Stage 选择 Pre – CTS，Optimization Type 选择 Setup。

到此步骤完成后的芯片如图 8.26 所示。

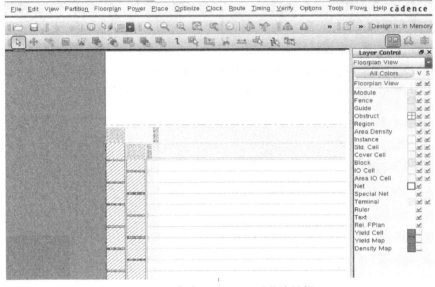

图 8.23 完成 Power plan 后芯片局部

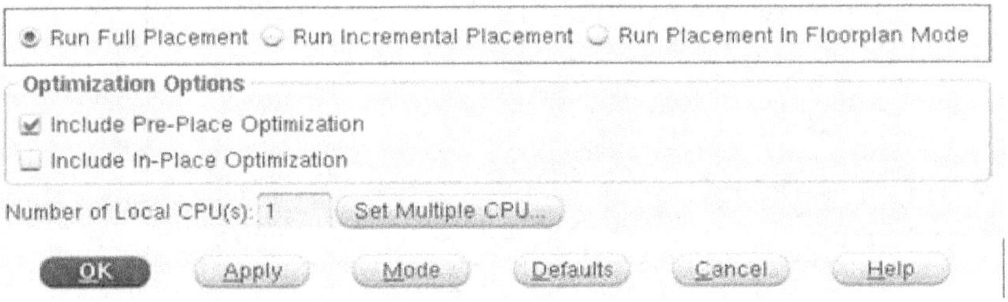

图 8.24 Place 窗口

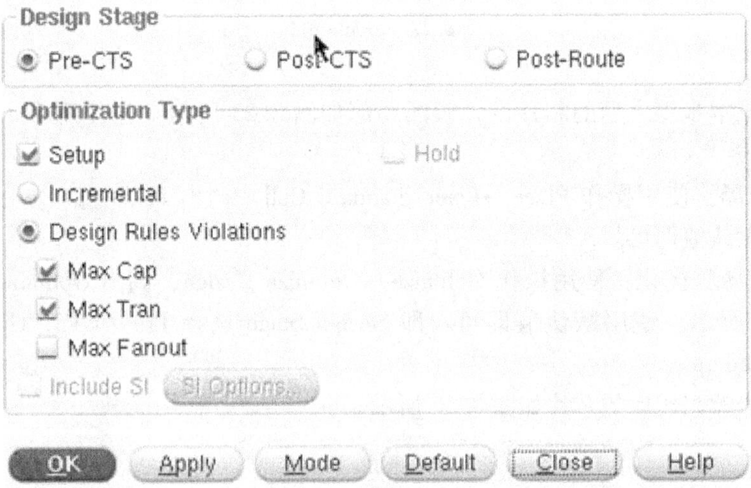

图 8.25 Optimization 窗口

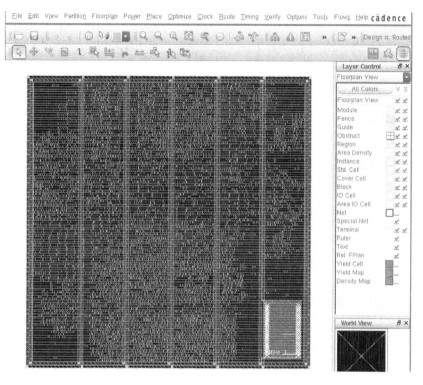

图 8.26　Optimization 后芯片局部

8.5　时钟树综合

时钟树综合（Clock Tree Synthesis）是数字物理设计中的重要步骤，其目的在于平衡到所有寄存器 CLK 端的延时，使得设计的时序更容易满足。

本节将详述关于时钟树综合的主要概念及常用操作。

8.5.1　时钟树综合简介

时钟树综合前的时钟网络如图 8.27 所示，呈发射状。为了平衡寄存器到时钟端口的延时，时钟树综合通过许多专用的时钟缓冲单元来搭建平衡的网状结构。时钟树有一个源点，一般是时钟输入端（clock input port），也有可能是 design 内部某一个单元输出脚（cell output pin），目的就是使所用终点的 Clock 时序满足设计要求。

时钟树综合之所以在数字物理设计流程中进行而非在综合时进行是因为：在综合时，所有寄存器位置未知，所以时钟根节点到寄存器 CLK 端延时并不确定，也就无法控制时钟树综合后最终的时钟偏移（skew）值。也就是基于如上原因，时

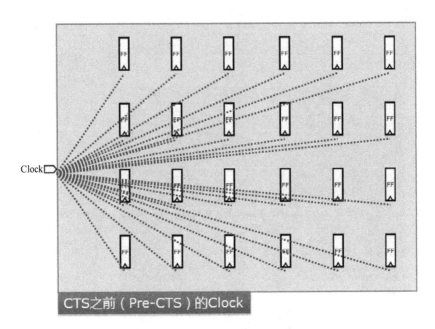

图 8.27 时钟树综合前的 Clock

钟树综合这一步骤在数字物理设计流程中，一般在布局完成后进行。

具体到 Encounter 工具，Encounter 的时钟树工具现在版本使用的有两个时钟树综合引擎（CK 及 CCopt），两者均有读入 SDC 约束的能力。也就是说如果 SDC 约束到位，那么在 Encounter 进行时钟树综合的时候可以无需进行其他设置，直接进行时钟树生成。但是在工程中，一般进行逻辑综合的工程师与进行物理设计的工程师往往并不是同一个人，前端在进行时序约束的时候很难考虑到寄存器位置等物理信息，造成 SDC 的时钟约束与实际设计需求有所偏差。所以需要物理设计工程师在此步骤根据前端设计的需求，进行时钟约束的一些修改，并完成时钟树的生成。

CK engine 是现阶段 Encounter 的默认 CTS 引擎（目前最新版本为 13. X，而在 14. X 之后的版本默认引擎会更新为 CCopt）。使用 CK engine 进行时钟树综合，与使用 ICC 进行 CTS 的方法大同小异，都是将 CTS 划分为两个阶段：时钟树生成与时序优化。时钟树生成是在 ideal clock 的基础上，通过 ctstch 文件的控制，生成符合约束条件的时钟树（如果约束条件太强使得综合无法达到，则返回迭代后的最优值）。时钟树生成后的时序优化是根据时钟树生成的结果进行设计的时序优化。

CCopt 是 2011 年 Cadence 并购 Azuro 公司后嵌入到 Encounter 流程的一个点工具，它可以为设计提供功耗（时钟树功耗降低达 30%，芯片总功耗降低达 10%）、性能（对于 GHz 的设计而言时钟树频率可提升 100MHz 之多）、面积（时钟树面积减少达 30%）方面的改进。之所以有如此的性能，与它的工具构建思路和 CK engine 不同有很大关系，它并不区分时钟树生成与时钟树生成后端时序优化，而是将两者合并到一起进行，通过时序优化驱动时钟树的生成，这就使得时钟树生成时的常规约束条件（例如 skew）在使用 CCopt 的条件下变得并不十分重要（当然，也可以将 skew 作为 CCopt 的一个约束量），从而得到更好的设计质量。更好的时钟树设计质量带来的 tradeoff 是工具运行时间的增加，在现有版本下，运行 CCopt 的时间相比较 CK engine 会增加很多。但是时间的增加主要是由于两个公司工具的融合造成数据格式的相互转换时间过长，相信随着 CCopt 完全嵌入 Encounter 流程，该问题会被迅速解决。

8.5.2　时钟树流程与优化

本节以 CK engine 为例来详细介绍 Encounter 时钟树综合的方法。CK engine 需要的输入文件为 ctstch 文件，控制时钟树生成的级数、长度和单元等信息。

首先使用操作 clock – synthesize clock tree，出现 synthesize clock tree 窗口，如图 8.28所示。

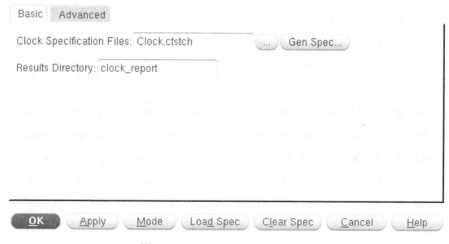

图 8.28　synthesize clock tree 窗口

可单击"..."按钮选择 ctstch 文件路径，也可选择"Gen Spec..."按钮生成一份新的 ctstch 文件模板，在此基础上进行简单修改即可成为一份可行的 ctstch 文件。

图 8.29 即为 generate clock spec 窗口。首先，在 Output Specification File 中选择 ctstch 文件的存储位置，其次，在 Cells List 中选择时钟树的 cell，一般选择中等驱动能力的时钟树专用 Buffer 和 Inverter 作为时钟树单元。本节选择 CLKBUFV2 _ V33、CLKBUFV4 _ V33、CLKBUFV6 _ V33、CLKBUFV8 _ V33 和 CLKBUFV12 _ V33 等 5 个单元，单击"Add"按钮将 Cells List 中的单元加入 Selected Cells 中。请注意 CLKBUF 由于单元延时较小，应用于设计中会使得面积增大，所以一般使用 set-DontUse 在非时钟树生成阶段加以禁用。最后，单击选择"OK"按钮，保存 ctstch

文件，并返回到 synthesize clock tree 窗口。此时可使用 Vi 等文本编辑工具编辑 ct-stch 文件的内容，使得时钟树的约束结果最优化。

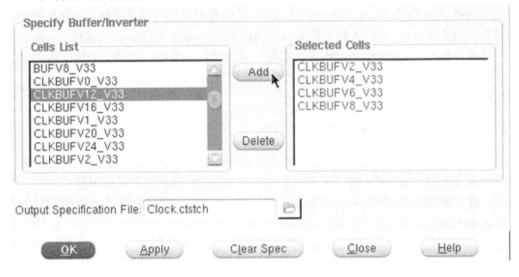

图 8.29　generate clock spec 窗口

在返回到 synthesize clock tree 窗口之后，单击"OK"按钮开始时钟树综合 (CTS) 并完成时钟树相关布线。

时钟树综合完成后，进行 CTS 后时序优化。使用操作选择 Optimize→Optimize Design，调出 Optimization 窗口，如图 8.30 所示。将 Design Stage 选择为 Post – CTS，Optimization Type 选择 Setup 和 Hold，其他选项使用默认值即可。

图 8.30　generate clock spec 窗口

进行完此步骤后可使用 Browser clock tree 等工具观察时钟树结构并进行优化。至此时钟树综合相关内容告一段落。

8.6　芯 片 布 线

芯片布线（Route）是传统 APR 流程的关键步骤。在这一步骤，设计者通常通过控制布线器的各种属性约束来进行布线器对于整个芯片的布线。在没有布线器的时候，这一流程通常由人手工完成，而布线器的出现，极大解放了人力，使得芯片设计者可以将精力专注于更有创造性的领域，以实现更有挑战性的设计。布线在数字设计流程中根据先后步骤可分为全局布线（Global Route）、详细布线（Detail Route）以及布线修复（ECO Route）。而根据它的布线目的可分为特殊布线（Special Route）和一般布线，其中，特殊布线又分为电源布线以及时钟树布线，分别在布图规划以及时钟树综合的时候得以应用。

本节将详述关于芯片布线的主要概念及常用操作。

8.6.1　芯片布线工具简介

EDI 的布线器称作 NanoRoute，该工具与 ICC 的 Zroute 都是业界领先的布线器。在 2010 年左右，美国加利福尼亚州 Magma（微捷码公司）的布线工具 Talus 占据了相当的市场份额，但在国内，由于 EDI 和 ICC 的强势，其他布线器的使用率均较少。

NanoRoute 是业界领先的布线与互连优化工具，可应用在数字流程中进行关于时序、面积、信号完整性和可制造性等的快速优化收敛。它既可以嵌入到 EDI 的数字流程中，也可单独作为布线器使用。由于兼容了传统的基于 grid 的布线器的优点，并具有一定的 off – grid 自由度，NanoRoute 可以很自由地处理 28nm 以下工艺节点中存在的 3D 效应对于时序、面积、功耗以及可制造性等的影响。

8.6.2　特殊布线

特殊布线分为电源布线以及时钟树布线。根据 EDI 的数字流程，电源布线在布图规划的时候进行；而时钟树布线在时钟树生成之后进行，先于时钟树生成后的时序优化以及信号线的布线。下面将分别加以讲述两者的区别及特点。

电源布线是使用布线器对于 Power ring、Stripe、Follow pins 进行布线的步骤，其中，Power ring 及 Stripe 要求尽量使用顶层及次顶层进行布线，其原因首先在于现在主流工艺中越接近顶层，金属最小线宽（Width）及金属厚度一般越大，如果使用顶层金属进行一般信号的布线，由于最小线宽很大，布线资源相对于下层金属相对紧张。其次，由于金属厚度较大，则使得单位宽度的顶层金属相对于下层金属在同样的温度条件下具有更大的单位宽度电流密度（Current Density）。综上所述，顶层金属更适合用作电源布线，电源线的宽度需要通过设计评估最大工作电流、最大瞬态电流以及电流密度计算而得。

时钟树布线是使用布线器对于时钟树从根节点（rootpin）到叶节点（leafpin）根据时钟树综合的时序约束进行布线的过程，由于时钟树通常具有频率大、翻转快的特点，对于噪声比较敏感，因此在高频时钟应用中，一般采用双倍线宽双倍间距配合电源屏蔽（shielding）的方式进行布线，同时在时钟树周围会添加一定量的 Decap 单元以减小噪声的影响。

8.6.3 一般布线

一般布线分为全局布线、详细布线和布线修复。

全局布线（Global Route）的意义在于布线规划的目标。从而利用其速度快可快速收敛的特性为耗时较长的详细布线（Detail Route）做规划。全局布线的目标主要有下面几条：时序（Timing），使得关键路径延时尽量小，避免时序短板出现；拥塞（Congestion），调整关键区域走线数目，避免局部拥塞出现；信号完整性（Signal Integrity），避免串扰的出现。

详细布线（Detail Route）相对于全局布线，可以看作为一种局部布线。它的目的是将同一条线网与所有终端相连，并在连接过程中避免出现诸如短路、开路以及违反设计规则等情况的出现。

布线修复（ECO Route）往往伴随 ECO 操作，是对于详细布线的局部修改。

8.6.4 芯片布线流程与优化

在进行时钟树综合（CTS）及时钟树综合时序优化之后，后端流程进行到布线与布线后时序优化。本章节详细介绍以 NanoRoute 布线的方法及布线后进行时序优化的方法。

首先，使用操作 Route→NanoRoute→Route，出现 NanoRoute 窗口，如图 8.31 所示。按照默认设置即可，单击"OK"按钮运行 NanoRoute。

NanoRoute 之后进行时序优化，如图 8.32 所示，使用操作 Optimize→Optimize，Design，Design Stage 选择 Post‐Route，Optimization Type 选择 Setup 和 Hold。单击"OK"按钮进行时序优化。

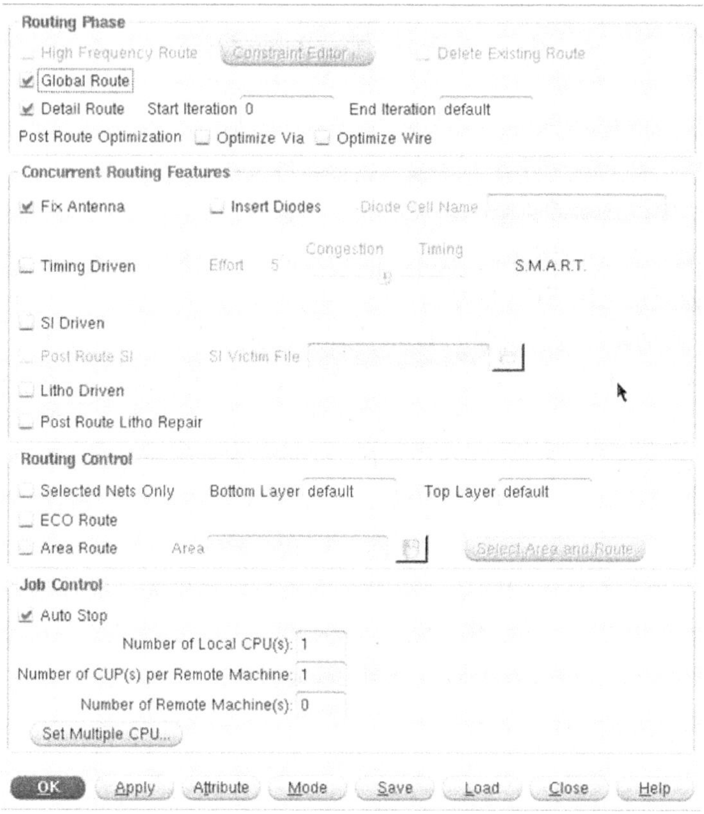

Routing Phase

High Frequency Route   Constraint Editor   Delete Existing Route

☑ Global Route

☑ Detail Route   Start Iteration 0   End Iteration default

Post Route Optimization   ☐ Optimize Via   ☐ Optimize Wire

Concurrent Routing Features

☑ Fix Antenna   ☐ Insert Diodes   Diode Cell Name

                              Congestion   Timing

☐ Timing Driven   Effort 5   S.M.A.R.T.

☐ SI Driven

☐ Post Route SI   SI Victim File

☐ Litho Driven

☐ Post Route Litho Repair

Routing Control

☐ Selected Nets Only   Bottom Layer default   Top Layer default

☐ ECO Route

☐ Area Route   Area   Select Area and Route

Job Control

☑ Auto Stop

              Number of Local CPU(s): 1

Number of CUP(s) per Remote Machine: 1

        Number of Remote Machine(s): 0

Set Multiple CPU...

OK   Apply   Attribute   Mode   Save   Load   Close   Help

图 8.31   NanoRoute 窗口

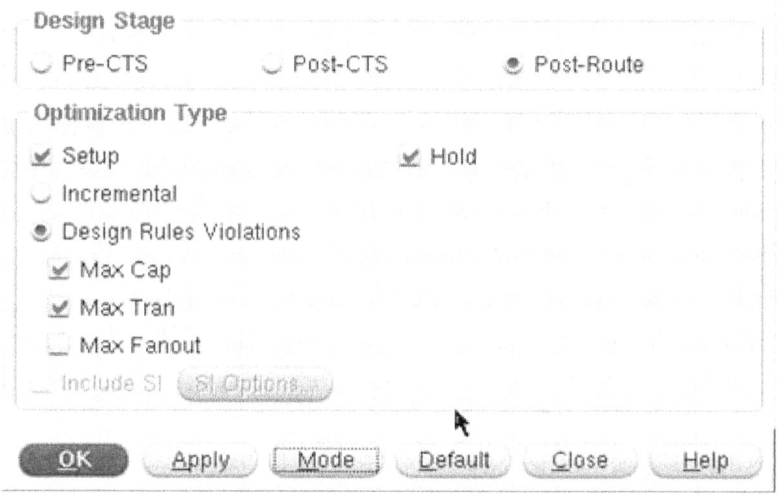

Design Stage

○ Pre-CTS   ○ Post-CTS   ● Post-Route

Optimization Type

☑ Setup   ☑ Hold

○ Incremental

● Design Rules Violations

  ☑ Max Cap

  ☑ Max Tran

  ☐ Max Fanout

  ☐ Include SI   SI Options

OK   Apply   Mode   Default   Close   Help

图 8.32   NanoRoute 窗口

8.7 芯片 ECO 与 DFM

在布线的时序优化之后，芯片就可以进行验证并最终完成签核（Sign – off）了。但是由于工具之间彼此有工具偏差的存在以及前端设计需求不断更迭，会有在芯片布线后时序以及功能改变的需求。为了快速解决此类问题，现在的物理实现工具均具有 ECO 功能，所谓 ECO 是指工程改变命令（Engineering Change Order），常见用于时序修复的 EDI ECO 指令有 ecoAddRepeater、ecoChangeCell 和 ecoDeleteRepeater 三条。而功能改变所引起的 ECO 流程通常又分为 pre – mask 和 post – mask 两种，两者的区别在于是否除了 spare – cell 外，还可以引入新的 eco – cell。在定义 eco – cell 之后后端读入 ECO 网表，和 ECO 之前的 place 和 route，可以进行正常的后端 ECO 处理流程。需要注意的是：ECO 修改组合逻辑比较容易，但如果动到寄存器的话，需要格外小心，因为它有可能影响到时钟树，进而造成大量的时序违例。

可制造性设计（DFM，Design For Manufacture）是指为了提升制造过程中的良率在芯片物理实现过程中的优化步骤，具体到数字物理实现流程，主要包括下述步骤：Wire spreading、Redundant VIA、CMP Metal Fill。

8.7.1 ECO 流程与优化

常见用于时序修复的 EDI ECO 指令有 ecoAddRepeater、ecoChangeCell 和 ecoDeleteRepeater，它们的作用分别为插入指定单元、改变指定单元以及删除指定单元。本小节以 ecoAddRepeater 为例，介绍如何使用 ECO 指令进行时序方面的 ECO 修正。

首先，使用 report _ timing 报告最差路径的时序（Hold 检查），报告结果如图 8.33 所示。

可以看到，Hold 有约 0.062ns 的违例，违例并不大，因此考虑使用 ECO 指令进行修复。由于 Hold 的修复方式为增加数据路径的延时，所以考虑在数据路径使用 ecoAddRepeater 增加一个 buffer，从而使之满足时序要求。

使用操作 OPtimize – interactiveECO，调出 InteractiveECO 窗口，如图 8.34 所示。可以使用 Net 或者 Terminals 的方式来指定插入 buffer 的位置。由于在时序报告中可以清楚知道违例 Hold 路径上最后一级寄存器的端口名称，所以使用 Terminals 的方式插入 buffer。选择 Terminals 中的 Listed Terminals 选项，在后面的空格中填入 instance 的 pin（D 端）。在 New Cell 中选择插入的单元，本节选用 BUFV1 _ V33。其余选项使用默认选项，单击"Apply"按钮插入 buffer。

进行 ECO 修复后的时序报告如图 8.35 所示，注意加入的 instance 为 FE _ ECO165 _ scn _ sig _ a，由于其 cell delay 为 0.28，使得 Slack 为 0.136，最终满足时

```
****************************************************************
Path 1: VIOLATED Hold Check with Pin signal_path/u_time2digital/sig_a1_reg/CK
Endpoint:   signal_path/u_time2digital/sig_a1_reg/D (v) checked with  leading
edge of 'clk128m'
Beginpoint: sig_a                          (v) triggered by  leading
edge of '@'
Other End Arrival Time      0.443
+ Hold                     -0.160
+ Phase Shift               0.000
= Required Time             0.283
  Arrival Time              0.221
  Slack Time               -0.062
    Clock Rise Edge               0.000
    + Input Delay                 0.000
    = Beginpoint Arrival Time     0.000
  Timing Path:
+------------------------------+----------+------------+-------+---------+----------+
|                              |          |            |       | Arrival | Required |
|          Instance            |   Arc    |    Cell    | Delay |  Time   |   Time   |
+------------------------------+----------+------------+-------+---------+----------+
|                              | sig_a v  |            |       |  0.000  |  0.062   |
| scan_mux/g1322               | A2 v -> ZN v | IOA21V2_V33 | 0.218 |  0.218  |  0.280   |
| signal_path/u_time2digital/sig_a1_reg | D v | SDRNQV2_V33 | 0.003 |  0.221  |  0.283   |
+------------------------------+----------+------------+-------+---------+----------+
    Clock Rise Edge               0.000
    = Beginpoint Arrival Time     0.000
  Other End Path:
+----------------------------------------------------+----------+--------------+-------+---------+----------+
|                                                    |          |              |       | Arrival | Required |
|                     Instance                       |   Arc    |     Cell     | Delay |  Time   |   Time   |
+----------------------------------------------------+----------+--------------+-------+---------+----------+
| clkgen                                             | clk128M ^ | clkgen       |       |  0.000  | -0.062   |
| clk128M__L1_I1                                     | I ^ -> Z ^ | CLKBUFV24_V33 | 0.154 |  0.154  |  0.092   |
| signal_path/u_time2digital/FE_ECOC163_clk128M__L1_ | I ^ -> Z ^ | CLKBUFV24_V33 | 0.179 |  0.333  |  0.271   |
| N1                                                 |          |              |       |         |          |
| signal_path/u_time2digital/FE_ECOC164_clk128M__L1_ | I ^ -> Z ^ | CLKBUFV24_V33 | 0.110 |  0.443  |  0.381   |
| N1                                                 |          |              |       |         |          |
| signal_path/u_time2digital/sig_a1_reg              | CK ^     | SDRNQV2_V33  | 0.000 |  0.443  |  0.381   |
+----------------------------------------------------+----------+--------------+-------+---------+----------+
```

图 8.33　设计 Hold 违例报告窗口

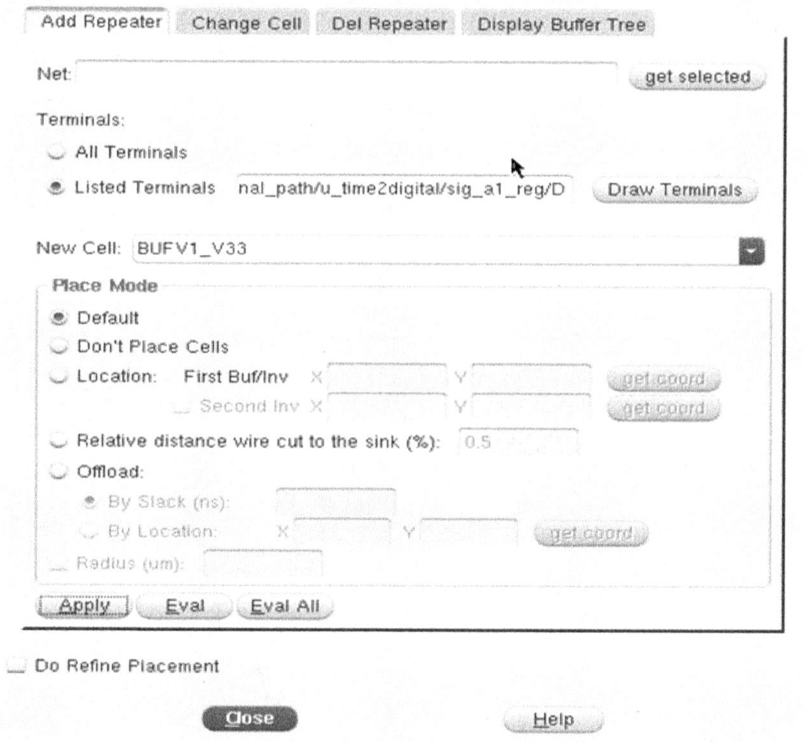

图 8.34　InteractiveECO 窗口

```
*******************************************************************
Path 1: MET Hold Check with Pin signal_path/u_time2digital/sig_a1_reg/CK
Endpoint:   signal_path/u_time2digital/sig_a1_reg/D (v) checked with  leading
edge of 'clk128m'
Beginpoint: sig_a                  (v) triggered by  leading
edge of '@'
Other End Arrival Time         0.443
+ Hold                        -0.174
+ Phase Shift                  0.000
= Required Time                0.269
  Arrival Time                 0.405
  Slack Time                   0.136
    Clock Rise Edge                    0.000
    + Input Delay                      0.000
    = Beginpoint Arrival Time          0.000
  Timing Path:
  +--------------------------------+-----------+---------+-------+---------+----------+
  |            Instance            |    Arc    |  Cell   | Delay | Arrival | Required |
  |                                |           |         |       |  Time   |   Time   |
  +--------------------------------+-----------+---------+-------+---------+----------+
  |                                | sig_a v   |         |       |  0.000  |  -0.136  |
  | scan_mux/g1322                 | A2 v -> ZN v | IOA21V2_V33 | 0.122 | 0.122 |  -0.014  |
  | FE_ECOC165_scn_sig_a           | I v -> Z v | BUFV1_V33 | 0.280 | 0.403 |   0.266  |
  | signal_path/u_time2digital/sig_a1_reg | D v | SDRNQV2_V33 | 0.002 | 0.405 | 0.269 |
  +--------------------------------+-----------+---------+-------+---------+----------+

    Clock Rise Edge                    0.000
    = Beginpoint Arrival Time          0.000
  Other End Path:
  +--------------------------------+-----------+---------+-------+---------+----------+
  |            Instance            |    Arc    |  Cell   | Delay | Arrival | Required |
  |                                |           |         |       |  Time   |   Time   |
  +--------------------------------+-----------+---------+-------+---------+----------+
  | clkgen                         | clk128M ^ | clkgen  |       |  0.000  |  0.136   |
  | clk128M__L1_I1                 | I ^ -> Z ^ | CLKBUFV24_V33 | 0.154 | 0.154 | 0.290 |
  | signal_path/u_time2digital/FE_ECOC163_clk128M__L1_ | I ^ -> Z ^ | CLKBUFV24_V33 | 0.179 | 0.333 | 0.469 |
  | N1                             |           |         |       |         |          |
  | signal_path/u_time2digital/FE_ECOC164_clk128M__L1_ | I ^ -> Z ^ | CLKBUFV24_V33 | 0.110 | 0.443 | 0.579 |
  | N1                             |           |         |       |         |          |
  | signal_path/u_time2digital/sig_a1_reg | CK ^ | SDRNQV2_V33 | 0.000 | 0.443 | 0.579 |
  +--------------------------------+-----------+---------+-------+---------+----------+
```

图 8.35　插入 buffer 后的时序报告窗口

序要求。请注意，在 ECO 指令后很可能会给设计带来 route 方面的局部违例问题，所以一般会在 ECO 操作后增加 ECO Route 进行修正。

设计全部完成之后的时序分析及整体版图如图 8.36 所示，可见时序并无问题。进行到此步骤即可以进行验证方面的工作，EDI 设计流程至此就可以画上句号。

```
        optDesign Final Summary

+-----------------+------+--------+--------+---------+--------+---------+
| Setup mode      | all  | reg2reg| in2reg | reg2out | in2out | clkgate |
+-----------------+------+--------+--------+---------+--------+---------+
|      WNS (ns):  | 0.006| 0.006  | 2.476  |   N/A   |  N/A   |   N/A   |
|      TNS (ns):  | 0.000| 0.000  | 0.000  |   N/A   |  N/A   |   N/A   |
| Violating Paths:|  0   |   0    |   0    |   N/A   |  N/A   |   N/A   |
|      All Paths: | 2222 |  1093  |  1147  |   N/A   |  N/A   |   N/A   |
+-----------------+------+--------+--------+---------+--------+---------+

+-----------------+------+--------+--------+---------+--------+---------+
| Hold mode       | all  | reg2reg| in2reg | reg2out | in2out | clkgate |
+-----------------+------+--------+--------+---------+--------+---------+
|      WNS (ns):  | 0.099| 0.384  | 0.099  |   N/A   |  N/A   |   N/A   |
|      TNS (ns):  | 0.000| 0.000  | 0.000  |   N/A   |  N/A   |   N/A   |
| Violating Paths:|  0   |   0    |   0    |   N/A   |  N/A   |   N/A   |
|      All Paths: | 2222 |  1093  |  1147  |   N/A   |  N/A   |   N/A   |
+-----------------+------+--------+--------+---------+--------+---------+

+-----------+------------------------+------------------+
|           |         Real           |      Total       |
| DRVs      +------------------------+------------------+
|           | Nr nets(terms)| Worst Vio | Nr nets(terms)|
+-----------+---------------+---------+------------------+
| max_cap   |     0 (0)     |  0.000  |     0 (0)        |
| max_tran  |     0 (0)     |  0.000  |     0 (0)        |
| max_fanout|    16 (16)    |   -25   |    22 (22)       |
+-----------+---------------+---------+------------------+
```

图 8.36　设计完成后时序报告窗口

8.7.2　DFM 流程与优化

DFM 常见操作有 Wire spreading、Redundant VIA、CMP Metal Fill 等，本节以 Redundant VIA 的添加为例，介绍 DFM 常见操作。

首先使用操作 Route→NanoRoute→Mode，出现 Mode setup 菜单，如图 8.37 所示。将 Effort 设置为 High（由于设计 density 不高），点选 Number Of Cuts，将 Use Via Of Cut 设置为 2，将 Swap Via 设置为 multiple cut。单击 "OK" 按钮返回 Nano-Route 界面，继续单击 "OK" 按钮可以进行通孔的优化，可以在 Encounter 运行的 log 文件中得到插入 multiple cut 的信息。注意该步骤需要 Tech lef 中有 multiple cut 的定义，如果缺乏该定义则无法添加 Redundant VIA。

图 8.37　Mode setup 窗口

8.8　小　　结

本章主要介绍后端物理层实现工具 EDI（Encounter），首先介绍了 Encounter 的发展历史，其次介绍了 EDI 设计相关基本概念及使用 EDI 进行物理设计的基本流程，最后详细讨论了使用 EDI GUI 界面进行物理设计实现的流程细节及技巧。通过本章的学习，读者会对 EDI 有一个概况性的了解，不论对数字前端或者定制版图设计人员均具有借鉴意义。

第9章　集成电路反向分析 EDA 技术

随着集成电路产业的发展，集成电路相关知识产权的保护也变得非常重要，对一个集成电路产品进行反向分析，得到电路的结构与相关参数是界定相关公司是否侵权的一种非常重要的方法。本章主要介绍反向分析相关的 EDA 工具，包括元器件识别，电路整理与数据的处理方法，提供集成电路知识产权保护相关 EDA 工具上的知识。

9.1　集成电路反向分析概述

集成电路反向分析（Reverse Engineering，RE）也称反向设计或反向工程，之所以称为"反向分析"是相对于"正向设计"而言的。正向设计采用自顶向下（top down）的设计方法，即从设计思想出发，通过电路或逻辑设计得到芯片网表，最后设计完成用于生产的版图。与之相反，反向分析采用自底向上（bottom up）的设计方法，是通过对芯片内部电路的提取、分析与整理，实现对芯片技术原理、设计思路、工艺制造、结构机制等方面的深入洞悉，可用来验证设计框架或者分析信息流在技术上的问题，也可以助力新的芯片设计或者产品设计方案。

正向设计是一种设计方法，通过正向设计可以把设计思想转变成芯片实物。而反向分析则是以学习设计技巧、提高设计经验、配合和完善正向设计为目的，因此严格说来反向分析并不是一种设计方法，而是促进和完善正向设计的一种工具和手段，是正向设计有益的、必要的补充。正反向设计流程对比如图 9.1 所示。

总之，集成电路反向工程是以分析、评价为目的进行研究或在研究基础上创作出具有独创性集成电路的再现过程，是符合国内外法律法规规定并受到集成电路行业认可的重要研究方法。集成电路反向分析有利于缩短技术探索周期，降低新技术研发成本和风险。正确合法应用反向工程，有利于后进者提升自主研发能力，实现技术突破及赶超，从而促进产业整体的创新发展。

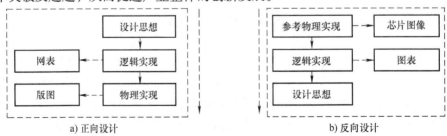

a) 正向设计　　　　　　　　　　　　　　b) 反向设计

图 9.1　正反向设计流程对比

9.1.1　反向分析技术的主要应用

反向分析技术在竞争分析、专利分析、技术分析和芯片仿制等方面有着广泛的应用。

（1）竞争分析

竞争分析（Competition Analysis，CA）是指通过反向分析技术获取竞争者产品的成本和技术等信息的一种商业行为。竞争分析是从技术上了解竞争对手真实情况的最为直接的手段。在高端市场上，竞争者关注的是产品性能，因此竞争分析内容大多为技术路线和技术优势等信息；而在低端市场上，成本分析成为竞争分析的重点。竞争分析通常由专业的反向分析公司完成，并以报告的形式提供给客户，一份完整的技术性竞争分析报告通常会提供封装基本信息、管芯基本信息、设计架构、设计技术、制造工艺等。

（2）专利分析

当集成电路知识产权受到侵犯时，传统的司法取证方式一般很难实施，利用反向分析的方式获取侵权证据成为最主要的技术手段。随着技术发展，这种服务于集成电路侵权取证的反向分析技术逐步发展成一门独立的技术，服务于布图设计侵权的称为版图相似性分析，服务于专利侵权的称为专利分析（Patent Analysis，PA）。版图相似性分析的司法实践很少，而专利分析则应用广泛，其技术方案和商务模式也比较成熟。

根据专利的类型，专利分析可分为系统专利分析、封装专利分析、电路专利分析、工艺专利分析和软件专利分析共五种类型，其中电路专利分析应用最为普遍。

专利分析作为专利侵权取证最重要的一种手段，不仅可以保护自身利益免受侵犯，而且通过专利分析、专利买卖和专利授权相结合的方式还可以成为抵御国外强权竞争的一种重要方式。

（3）技术分析

集成电路设计行业的发展历程就是一个不断参考、学习、改进和创新的过程。技术分析是以学习设计技巧、提高设计经验和完善正向设计为目的，利用反向分析技术来获取芯片相关技术信息的一种技术手段。在设计规划阶段，技术分析可以帮助设计人员规划并确定设计目标和设计路线；在系统级设计阶段，技术分析在模块划分、电源线地线布局和时钟规划等方面能够提供有益的信息；在电路和逻辑设计阶段，技术分析可以启发设计思路、帮助发现问题以及寻找解决问题的线索；在版图和制造阶段，技术分析可以对集成电路生产线的选择提供帮助。

（4）芯片仿制

芯片仿制是在要求芯片接口完全兼容、正向设计难以实施的情况下，利用反向分析技术完成芯片设计的一种方法。芯片仿制时，需要按照参考芯片图像背景，并基于目标工艺的设计规则完成版图设计。设计得到的版图既同参考芯片版图保持基本一致，又能够满足目标生产线的工艺规则要求。

在芯片仿制时，选择合适的工艺线是保证项目成功的重要因素。目标工艺与参考芯片工艺差异度越小，版图仿制的修改程度也就越小，器件延迟和各种寄生参数等与参考芯片就越接近，芯片仿制的成功率也就越高。通常情况下，参考芯片的生产厂商和工艺线信息是无法获得的，因此芯片仿制时需要根据参考芯片的版图信息和工艺分析报告来选择与参考芯片尽可能匹配的目标工艺线。

反向分析是集成电路产业颇具争议的一项技术，其争议性主要源于反向分析技术的不当使用可能会对知识产权产生侵害。关于"反向分析是否合法"的问题经常被提出。

中国于 2001 年颁布实施的《集成电路布图保护条例》第 4 章第 23 条指出："当事人为个人目的或为评价、分析、研究、教学等目的而复制受保护的布图设计以及在上述基础上做出具有独创性布图设计的，可以不经布图设计权利人的许可，也不向其支付报酬。"

各国法律对集成电路反向工程的认可，其实质是把反向工程作为布图设计专有权的一种例外，这既是对产业惯用做法的肯定，也是行业健康发展的需要。集成电路布图设计对思想的表达无法做到作品创作的随意程度，它受到技术、工艺、材料等多种因素的制约，其思想的表现形式非常有限。如果过度保护这种表现形式非常有限的设计思想，必然导致垄断，这对行业健康发展非常不利。因此，在一定的条件下允许反向工程，既是对布图设计复制权的一种限制，也是鼓励技术进步的一种手段。

在进行芯片仿制时，应当关注适用条件，避免知识产权纠纷。芯片仿制在以下三种情况下是完全合法的：

1）芯片仿制不是用于获取商业利益。当军用芯片被禁运、限运或停产，正向设计又无法满足兼容性要求时，芯片仿制便成为唯一可行的设计方式。出于国家安全的考虑，在非商用领域有限度进行的芯片仿制并不违反知识产权法。

2）仿制芯片的专利和著作权已经失效。集成电路的著作权和专利权均有一定的有效期限。我国的《集成电路布图设计保护条例》规定"布图设计专有权的保护期为 10 年，自布图设计登记申请之日或者在世界任何地方首次投入商业利用之日起计算，以较前日期为准。但是，无论是否登记或者投入商业利用，布图设计自创作完成之日起 15 年后，不再受本条例保护"。我国《专利法》规定"发明专利权的期限为 20 年"。因此，当仿制芯片的知识产权失效后，进行芯片仿制不构成侵权。

3）芯片仿制单位得到了芯片原设计者的授权。一些设计公司型号较老或者销售不佳的芯片产品已经停产，这样已经使用了该芯片的系统厂商就无法获得芯片供货来源。这时系统厂商可以向芯片原设计单位申请授权，在授权被许可的情况下对芯片进行仿制。

9.1.2　反向分析技术的主要流程

反向分析主要应用于集成电路的技术分析、专利分析、芯片仿制等方面，不同的应用有着不同的设计流程。芯片仿制是利用反向技术完成一个完整的芯片设计，其流程通常如图 9.2 所示，包括芯片前处理、网表提取、电路整理分析、版图设计和流片生产等环节。

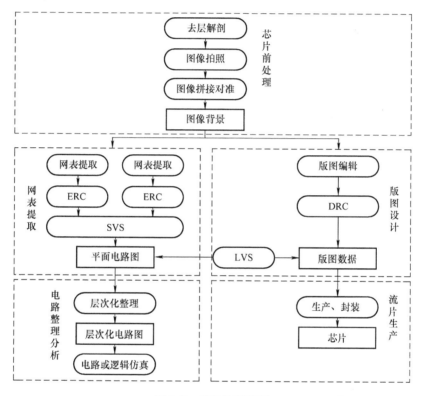

图 9.2　芯片仿制流程

芯片前处理包括封装去除（通常采用化学刻蚀方法）、管芯解剖（采用化学刻蚀法、化学机械抛光法、等离子刻蚀法等技术手段，逐层去除金属层和多晶层，得到每个解剖层次样片，衬底层样片还需要进行染色处理以确定掺杂类型，从而便于确定器件结构类型）、图像采集（在一定放大倍数下用光学或电子显微镜进行图像采集得到各个芯片解剖层次的图像阵列，光学显微镜的照片是彩色的，电子显微镜有更高的分辨率，通常小于 $0.25\mu m$ 工艺的芯片采用电子显微镜拍照，但其照片是黑白的，其衬底染色层也需要用光学显微镜拍照，以分辨掺杂类型，便于器件类型分析）和图像处理（包括图像变形纠正、图像倾角纠正、图像翻转、图像色彩和亮度调整等图像预处理，同层图像拼接和邻层图像对准处理）等步骤，通过前处理可以得到包含参考芯片所有版图信息的芯片图像数据库。

网表提取是基于芯片图像进行单元、互连线等各种版图元素的识别，并得到芯片网表的过程。提取得到的芯片网表通常包含一系列模拟器件和基本数字单元，以及这些器件和单元端口的连接关系信息。网表通常是以文本文件的形式进行描述，也可以转换为与连接关系等效的平面电路图形式。

对于提取得到的网表（或平面电路图），还需要进行电路整理分析，在保证电路连接关系不变的前提下将其转化为层次化电路图，还原其原始的设计架构和功能模块，这样就可以了解参考芯片的设计思想、设计技巧和设计特点。电路整理后还需要进行电路或逻辑仿真，通过仿真可以验证网表提取的正确性，也可以修正由于工艺移植带来的器件参数值的偏差。

版图设计是参照图像背景，按照目标工艺的设计规则进行版图绘制的过程。它是芯片仿制中重要而独特的一个环节。版图绘制完成后，还需要同网表进行 LVS 验证，以发现网表提取或版图绘制中的错误，从而提高芯片仿制的成功率。版图设计结束后，还需要对版图进行后仿真，以验证和优化版图移植后的时序和功耗等性能。

以上工作都完成后，就进入到芯片制造环节。这个环节包括掩膜版制作、流片生产、芯片封装和芯片测试等。

9.1.3 反向分析 EDA 技术

早期的反向分析多采用人工方法，逐层芯片解剖后，显微镜拍照得到大量照片，洗印出来用胶带粘接，得到各图层的完整纸质图片。用笔在纸质照片背景上做各种单元标记和线网标记，在图纸上手工画出提取的电路，最后录入计算机。这种方式只适合引线层数较少、规模较小的集成电路，对于规模稍大些的电路，需要耗费大量的时间和人力，而且容易出错。

随着芯片特征尺寸不断缩小，设计规模和金属层数不断增加，反向分析的难度变得越来越大，反向分析技术对反向 EDA 软件的依赖度也越来越高。

反向分析的流程复杂，在不同的设计环节需要利用不同的 EDA 软件进行辅助设计。反向分析技术涉及面较广，包括芯片制造工艺、化学分析、各种设备的使用和维护、软件工程、电路和版图设计技术等领域。需要解决海量图像数据管理、标注数据管理、网表数据检查和网表生成、团队协同工作和自动识别等关键技术问题。

反向分析过程中必须高效地管理芯片的图像、电路、版图等数据。目前千万门级的芯片反向分析工程往往包含 TB 量级的图像数据，提取得到的网表、版图等设计数据也往往达到数 GB 至数百 GB。这就要求实现高效可靠的数据库，对这些图像数据和设计数据进行统一管理，并且要满足多用户并发访问和操作的要求。

大规模的芯片反向分析是一个非常复杂的管理过程。由于芯片反向分析的时间往往只有数周至数个月，一个百万门级芯片反向分析往往需要投入数十名工程师同时开展，其项目管理难度相当大。当前芯片分析的规模已经进入到千万门量级，在设计周期不可能显著增加的情况下，投入的人员会越来越多，因而导致工程管理的难度越来越大。

正是由于反向分析具有上述特点，因此需要建立一套完善的反向分析方法来进行数据和人员管理，确保设计结果的质量和效率。

在国际范围内，专业提供芯片分析服务的公司有很多，其中比较著名的有 Chipworks、Techinsights、Integrated Circuit Engineering 和 Taeus 公司等等。

北京芯愿景公司是国内提供反向分析服务的一家知名公司。芯愿景公司除了提供反向分析服务，还提供专业而全面的反向分析 EDA 软件，涵盖了从图像采集处理、网表提取、版图设计、电路分析验证等芯片分析所有环节。

显微图像采集和处理系统（Filmshop）：支持光学和电子显微镜的大规模图像采集，及 IC 全景图像的同层无缝拼接和异层精确对准，适用于 4TB 量级图像采集、65nm 以上工艺、千万门级规模的 IC 图像处理。具体包括光学图像采集软件 Filmshop Digitizer、SEM 图像采集软件 Filmshop Scanner、图像拼接对准软件 Filmshop Integrator、图像处理软件 Filmshop Tools、图像数据库生成器 Fimshop Packer 等。

集成电路分析再设计系统（ChipLogic Family）：用于 IC 技术分析中的网表提取和电路分析，采用集中式数据存储，支持细粒度操作级数据同步及多用户并发处理，提供了线网自动提取算法和单元自动搜索算法来提高分析效率，适用于超大规模数字电路 IC 项目。具体包括：数据库服务器软件 ChipLogic Datacenter、网表提取软件 ChipLogic Analyzer、布图分析软件 ChipLogic Layeditor、系统管理软件 ChipLogic Manager、逻辑功能分析器 ChipLogic Master 等。

集成电路分析验证系统（Hierux System）：用于 IC 技术分析和知识产权分析，包含电路编辑、电路整理、版图设计等模块；基于自主 HDB 数据库引擎，提供四亿门级电路提取和两千万门级电路整理能力，适用于复杂层次结构的 SoC 等产品；还可用于 IC 全定制版图的设计和验证。具体包括：数据同步服务器软件 HieruxServer、网表提取软件 HieruxExtractor、功能分析软件 HieruxDesigner、电路编辑软件 HieruxComposer、版图设计软件 HieruxBuilder、命令执行软件 HieruxOperator、标准单元识别软件 HieruxRecognizer、布图相似性比较软件 HieruxComparator、专利出版软件 HieruxPublisher、应用程序框架软件 HieruxTicker、数据交付软件 HieruxReporter 等。

图 9.2 中图像前处理部分可以由显微图像采集和处理系统（Filmshop）来完成，得到芯片完整的图像数据。然后用集成电路分析再设计系统（ChipLogic Family）完成网表提取，可以用 ChipLogic Family 中的 ChipLogic Master 进行电路整理，但采用集成电路分析验证系统（Hierux System）进行层次化电路整理效率更高。整理完成的电路可以导出 EDF 和 verilog 等数据格式，然后可以用 Cadence 公司 IC 设计软件导入进行仿真分析。

芯愿景反向提取流程图如图 9.3 所示。本章将结合芯愿景公司的反向分析 EDA 软件对反向分析技术中的关键环节进行简要介绍，主要是网表提取 ChipAnalyzer 和电路整理 HxDesigner，更详细的分析方法请参考软件的使用说明。

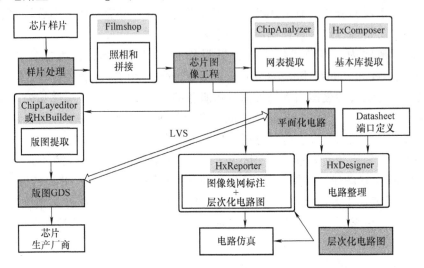

图 9.3　芯愿景公司反向提取流程图

9.2　电路网表提取

　　简要来说，网表提取由下述几个流程步骤组成：

　　1）创建工作区：定义全芯片或模块为工作区。网表提取工作并不是只在一个工作区中完成，为了便于管理，一般会分若干个工作区，然后通过复制、合并工作区等操作进行数据交互。

　　2）框取工作区中所有的模拟单元及数字单元，并进行检查。

　　3）提取工作区中的数字单元，并在 HxComposer 中同步建立电路图。

　　4）将 ChipAnalyzer 中的数字单元同 HxComposer 中的单元进行库验证，并检查数字单元提取的正确性。

　　5）分模块进行线网提取。

　　6）在打平模式工作区中合并全部模块线网到顶层，在层次化模式工作区中合并全部模块的宏单元到顶层。

　　7）通过 ERC 检查线网的正确性。

　　8）导出顶层网表工作区的网表到 Hierux 软件生成顶层电路图。

9.2.1　网表提取概述

　　芯片图像数据类似于图 9.4 所示，主要由阱染色层（Sub）、多晶层（Poly）及各金属层组成。表 9.1 是常见的 P 衬底 CMOS 工艺芯片图像对应的版图信息。

　　网表是由若干个单元以及单元端口之间的互连关系构成的。网表提取的过程实际上就是利用芯片图像识别出对应的版图信息，并结合电路知识将芯片图像抽象为一系列模拟器件和数字单元及其端口互连关系，从而得到全芯片网表或者特定模块网表的过程。

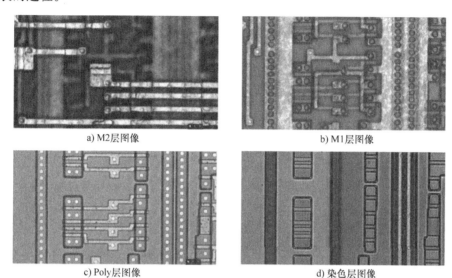

a) M2 层图像　　　　　　　　　　　　　　　b) M1 层图像

c) Poly 层图像　　　　　　　　　　　　　　d) 染色层图像

图 9.4　一个两层金属布线芯片的各解剖层图像

表 9.1　常见 P 衬底 CMOS 工艺芯片图像对应的版图信息

图像层名称	可见的版图层信息
阱染色层（Sub）	N 阱（Nwell）、P 衬底（Psub）；P 注入层（P - implantation）；N 注入层（N - implantation）。其中 P 型区域图像为深暗色、N 型区域图像为亮白色
多晶层（Poly）	有源区（Active Area）；多晶层（Poly）；接触孔（Contact）
第 i 层金属（Mi）	Mi；Mi 向上连接的第 i 层通孔 VIAi
顶层金属（Mtop）	Mtop

　　模拟器件是集成电路中的最小功能单位，包括电阻、电容、电感、二极管、晶体管、MOS 管等。由于生产工艺和版图结构不同，每种模拟器件又可以分为多个类型，如 CMOS 工艺中常见的电阻包括阱电阻、注入电阻、多晶电阻等类型，而在双极工艺和 BiCMOS 工艺的芯片中，还存在基区电阻、发射区电阻、高值薄层电阻、外延埋层电阻等类型。通过芯片的 Sub 层、Poly 层、M1 层通常可以判断每种模拟器件的具体类型。模拟模块主要由若干个模拟器件及其互连关系构成，模拟模块中也往往包含少数数字单元。

　　数字单元包含两个概念：基本数字单元和数字宏单元（数字模块）。基本数字单元主要包含反相器、与非门、或非门等组合逻辑单元，以及锁存器、触发器等时序逻辑单元。这些单元的版图紧凑，逻辑功能简单，一般包含几个到几十个模拟器件。基本数字单元可以通过 Sub 层、Poly 层、M1 层（有时也包括 M2 层）等图像层被设计人员识别并绘制电路图。数字宏单元往往对应一个较大的矩形或多边形版图区域，通常包含若干个基本数字单元，并且利用金属引线层和通孔层来实现数字单元的互连关系。

模拟模块、数字模块的电路图（或网表）无法通过识别芯片图像进行直接绘制，需要将其当成一个独立的网表提取任务，即先提取所有的基本器件和基本数字单元，再绘制所有的单元端口连接关系。模块也往往被称为宏单元、宏模块。

模拟器件和基本数字单元通常都有若干个功能端口。在版图实现上，这些端口往往位于 M1 层，有时也可能位于 Poly 层或 M2 层，端口位于更高金属层的情况则比较少见。所有的金属层、Poly 层和通孔层实现了这些端口之间的互连。在完成单元提取的基础上，设计人员还需要根据参考芯片的金属层和 Poly 层的图像，进行引线和通孔标注，以得到所有的端口互连关系，最终得到全芯片或特定模块的网表数据。

由上面的内容可见，网表提取的过程主要包括单元提取和线网提取两个核心环节。

在完成单元提取和线网提取后，网表提取 EDA 工具可以直接将所有的单元标注和线网标注信息转换为一个电路图（或网表）。该电路图主要由模拟器件或基本数字单元及其端口互连线网组成，不能直接看出参考芯片的原始设计层次，因此一般称之为"平面电路图"。通常平面电路图比较杂乱，难以反映电路功能，需要通过电路整理将平面电路图整理成为易于理解的、能够反映参考芯片原始设计思想的层次化电路图。

ChipLogic Family 是由北京芯愿景软件技术有限公司开发的芯片反向数据提取软件，是客户端 – 服务器（client – server）架构的软件系统，可以很好地支持多客户端并行操作。

ChipDatacenter 是整个系统的核心管理软件，负责管理服务器上所有芯片分析工程的图像数据和提取数据。同时，能够实时响应各客户端的数据操作、实时刷新所有客户端数据，从而确保多用户的无缝协同工作。

一个 ChipDatacenter 可以同时管理多个分析工程，每个分析工程的图像和提取的数据分别存放在软件安装位置的 image 和 project 目录下，在数据提取过程中，用户在客户端提取的所有数据都被记录在 project 目录下的相应数据文件内。

ChipManager 是整个 ChipLogic Family 软件的管理软件，用于进行用户管理、工程管理和连接管理。

ChipAnalyzer 是 ChipLogic Family 中最重要的客户端软件，可以用来实现基于多层芯片图像输入数字单元和模拟器件、绘制各层引线等图像标注，并对标注进行

ERC 检查, 最终获得整个芯片或者芯片中特定模块的网表数据。

ChipLayeditor 是 ChipLogic Family 另一个非常重要的客户端软件, 可以用来实现基于芯片图像进行全芯片或者芯片中特定模块的版图绘制和验证, 从而得到符合特定芯片工艺规则的版图数据。

ChipLogic Family 系列软件无需安装, 解压即可使用, 注意解压根目录不要有汉字。有时候可能需要安装 vcredist_x86. exe 软件包, vcredist_x86. exe 是 VC + + 必备的函数运行库文件, 一般使用 VC 开发的程序需要这个运行库才可以正常运行。

查看 ChipDatacenter 服务端电脑的 HostID, 即 MAC 地址, 可以在 DOS 窗口通过命令行 ipconfig – all 或 getmac 命令得到本地连接的 Physical Address, 或运行 ChipDatacenter \ Bin 目录下的 ChipHostId. exe 命令得到。

将 HostID 提供给芯愿景公司, 得到有效的授权 license 文件, 复制到 ChipDatacenter \ License 目录下。

从芯愿景拿到的图像数据解压后有 Image 和 Project 两个目录, 将它们放到 ChipDatacenter 软件目录下。

启动 ChipDatacenter \ bin 目录下的 ChipDatacenter. exe 文件, 注意, 在 Windows7 和 Windows10 系统下, 需要以管理员方式启动, 否则客户端无法连接到服务器。

项目负责人通过 ChipManager 软件创建用户, 设定用户密码, 进行工程管理。

客户端运行 ChipAnalyzer \ Bin \ ChipAnalyzer. exe, 启动 ChipAnalyzer 软件, 输入用户名、密码和服务器 IP 地址。

9.2.2　网表提取流程

图 9.5 为 ChipAnalyzer 网表提取参考流程。单元提取和线网提取是核心步骤。

单元提取是识别并标注出模拟器件或数字单元, 线网绘制是将各层引线绘制出来并添加引线孔, 然后将单元与线网连接, 得到整体电路网表。

绘制线网和单元提取可以由多组人员同步进行, 其中线网提取相对简单, 稍加培训就可以掌握; 而单元提取则要求工程师具有一定的电路、版图知识和提取经验。

在单元提取前, 最好将整个芯片的电源和地的线网绘制完成, 便于单元识别时确定器件类型。

在网表提取过程中, 可以借助 EDA 软件的 ERC 功能进行错误检查, 根据检查结果进行修正, 直至通过。

最后, 将网表数据导出, 用于后续电路的层次化分析整理。

1. PIN 引脚分析

为了便于后续的模块划分和提取, 在进行电路网表提取前, 通常首先需要确定

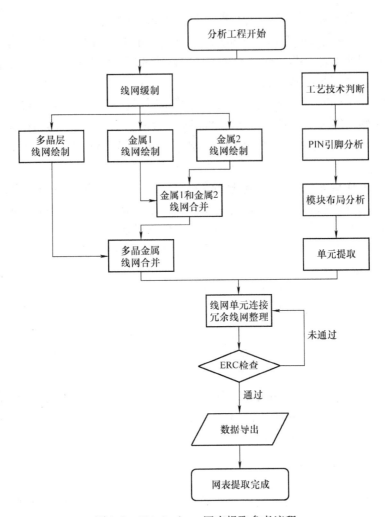

图 9.5　ChipAnalyzer 网表提取参考流程

芯片引脚，即绑定关系分析。绑定关系是指芯片引脚同管芯焊盘的连接映射关系。引脚编号、名称等信息可以从芯片 datasheet 或芯片使用手册等资料中获取，焊盘位置关系可以从去除封装后的管芯上得到，因此绑定关系分析就是通过一些技术手段获取引脚和焊盘的连接方式。芯片设计时，往往会预留一些测试焊盘，这些焊盘不参与芯片绑定。另外，为了便于版图布局并确保芯片性能，芯片中会设置多个功能相同的焊盘（如电源和地）。因此焊盘与引脚不一定是一一对应的，在数量上也不一定相同。在很多情况下，仅仅通过焊盘与引脚的信息推测封装的绑定关系是不够的，还需要一些技术手段来分析它们之间的连接关系。

　　对于陶瓷封装和金属封装的芯片，可以直接用机械法去除外壳，开盖拍照，确定绑定关系。

塑料封装芯片也可以采用开盖法，但比较麻烦，需要用硝酸或硫酸等腐蚀剂在芯片表面开出一个空洞，把整个管芯和绑定线都裸露出来，但不破坏芯片功能，通常需要使用开盖机来进行，效率不高。对于塑料封装，通常采用 X 射线透射分析法。X 射线无法穿透金属封装的铜质管壳，因此无法通过 X 射线方式进行金属封装的绑定分析。而塑料封装和陶瓷封装都可通过 X 射线透射分析方法来分析。这两种封装的管壳材质为环氧树脂和碳化硅，都可以被 X 射线穿透。而芯片的绑定线通常为金丝，X 射线无法穿透，金丝在 X 射线成像中为黑色线条。

图 9.6 是使用 X 射线透射方法进行塑料封装绑定关系分析的实例。其中图 9.6a 是从芯片 datasheet 上得到的芯片引脚定义图；图 9.6b 为 X 射线拍照的绑定图像，绑定线为金丝，在图中体现为黑色细线；图 9.6c 为芯片封装去除后拍摄得到的管芯概貌图，从中可以获得焊盘布局和数量。

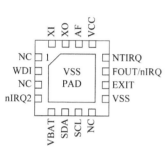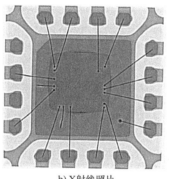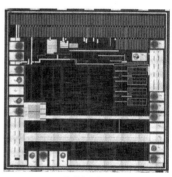

a) 芯片引脚定义图　　　　　　　b) X 射线照片　　　　　　　c) 管芯概貌图

图 9.6　X 射线法相关的图像

2. 模块布局分析与宏单元命名

在进行网表提取之前，必须先整体研究芯片的各层图像（主要是 M1 层和 Poly 层），统一分析芯片的整体模块布局，从而了解芯片的层次结构，确定所有模块的边界位置。此时，全芯片的网表提取任务，就可以分为各模块网表提取任务以及顶层网表提取任务。对于每个模块，应该评估其网表提取难度、工作量和工期等因素，选择合理的提取方案，并安排合适的工程师进行网表提取。

如果能够获得芯片的 Datasheet 或者其他相关资料，通过仔细分析芯片的版图图像，就可以准确地将 Datasheet 内的功能模块和版图模块对应起来，从而可以为每个版图模块进行宏单元命名；如果无法获得 Datasheet 等资料或其不够详细，通常只能根据模块的电路类型进行命名。

在芯片的正向设计过程中，通常会为芯片中的每一个电路模块预先规定一个矩形或多边形的版图区域，通常为了更好地隔离，各区域间的间距较大，并在每个模块外围用电源或地信号组成隔离环。可以据此区分各模块。

模拟区和数字区的版图具有明显的差异，模拟区的器件尺寸和器件间距均较大，金属引线的布线方式以及引线宽度也相对随意；数字区的器件尺寸则较小，布局紧凑，金属引线的布线方式、引线宽度也比较规范。

不同的设计方法得到的版图风格差异是非常明显的，可以很容易地根据芯片图像来区分不同的设计方法，从而确定模块的边界。

规模较小、版图结构较为简单的芯片，往往仅使用了一种芯片设计方法，此时整个芯片就体现为一个版图模块，全芯片的网表提取结果只包含两个层次：顶层单元和基本单元。规模较大、版图结构比较复杂的芯片，往往会在整体上采用通用单元设计方法，其中的版图模块则可能采用全定制、门阵列或标准单元设计方法，每个模块对应的芯片版图往往体现为边界明显的矩形或多边形区域，边界上的金属引线通常就对应这个模块的 I/O 端口。此时，全芯片的网表提取结果包含三个层次：顶层单元、模块和基本单元；对于规模更大、版图架构更为复杂的芯片，整体上通常采用通用单元设计方法，其部分较复杂的版图模块也可能是通过通用单元设计方法实现的，也就是说，模块可以进一步划分为子模块。此时，全芯片的网表提取结果将包含更多层次：顶层单元、各级模块（宏单元）以及基本单元。

3. 网表提取的主要流程

利用 ChipAnalyzer 进行网表提取主要包括单元提取、线网绘制、电学规则检查（Electrical Rule Check，ERC）、网表数据导出等环节。

（1）单元提取

不同设计方法的模块，其网表提取的难度和工作量差异是较大的。例如，标准单元模块内的单元种类通常为数十个到数百个，其功能相对简单，并且标准单元模块的线网布线也比较有规律，稍有经验的工程师就可以进行单元提取和线网提取；而全定制数字模块的单元则较为复杂，单元提取较难且容易出错。

参考芯片的工艺复杂度对于网表提取的影响也是很大的。简单工艺的模拟模块网表提取较为简单，而特殊工艺（如 BCD 工艺、深 N 阱工艺等）模拟模块的网表提取则要求工程师具有丰富的工艺知识、版图知识以及网表提取经验。

进行单元提取时，首先需要基于参考芯片的图像背景进行单元标注。进行单元标注时通常需要利用 M1、Poly 和 Sub 等图像层，部分规模较大的单元还可能需要利用 M2 层甚至 M3 层图像。

芯片中的单元往往都是复用的，即版图和电路图均相同的同类单元在芯片中可能多次出现。单元标注的内容主要包括：代表单元边界的方框标注、代表单元名称的文本标注、代表端口名称和端口方向的端口标注。在完成某类单元的第一个单元位置处的单元边界、单元名称和单元端口等标注编辑后，可以将这些标注复制到该类单元的所有其他实例位置处，或者在工程面板的单元栏内选中单元模板并用鼠标拖拽到图像窗口内。通常将一类单元的第一个标注位置称为"单元模板"，而将该类单元的所有标注（含单元模板位置）称为该单元模板的"单元实例"。每个单元实例都具有唯一的实例名称，如 X23、P44、Q2345 等。单元模板是芯片分析中专门引入的概念。在具体的提取过程中，设计工程师往往只需要对单元模板处的单元实例进行单元提取标注，而对于实例图像与单元模板图像一致的位置，可以通过直接添加一个单元模板实例的方式完成实例标注，不需要逐个对单元实例进行独立标注。

在 ChipAnalyzer 的工作窗口内可以以矩形框形式定义单元模板。在定义单元模板时可以输入单元模板的名称，该名称可以被任意修改。

在工程面板的单元栏内可以显示所有定义的单元模板列表，并显示每个模板的大小、实例数等信息。

相对于单元模板，每个单元实例的摆放方向可能存在水平镜像、垂直镜像、旋转等情况，因此共有 8 种摆放方向。单元模板处的实例默认是正向放置，在其左上角有一个 30°角的斜杠指示其方向，而其他实例的摆放方向可以通过斜杠的位置和角度来显示其摆放方向。

如果已定义的两类单元模板 A、B 相同，可以将它们合并为同一个单元模板 A，合并时可以指定模板 A、B 的相对方向。

ChipLogic 支持多用户协同工作，因此为了数据安全，每个工作区内的数据是相互独立的。对于一个芯片分析工程或者特定模板，建议始终在一个工作区内进行单元提取和修改，可以通过工作区合并或者发送单元模板操作来同步单元工作区和网表工作区内的单元模板和实例。

（2）线网绘制

在 ChipAnalyzer 中推荐两种线网绘制模式：逐层绘制模式和线网跟踪模式。线网的逐层绘制模式适用于标准单元模块。正向设计中标准单元模块往往采用自动布局布线，引线、引线孔都比较有规律。逐层绘制线网，然后合并，绘制连接孔，便于检查，防止漏画或多画连接孔，同时合并后可以将冗余的线网进行清理，使网表更加简洁。而对于采取全定制设计的数字电路、模拟电路、存储电路以及数/模混合电路等宏单元模块，往往采用线网跟踪模式进行网表提取，可以从引脚或某一已知功能的信号节点开始绘制线网，直至与该信号连接的所有线网绘制完成，然后再进行下一信号线的绘制，通过此种方式绘制的线网结构清晰，但容易遗漏线网或连接孔，不适合大规模设计。

（3）电学规则检查（ERC）

ChipAnalyzer 提供了非常丰富的 ERC 功能，通过 ERC 检查，网表提取可以达到很高的质量。

（4）网表数据导出

ChipAnalyzer 工作区数据可导出为 Verilog、EDIF 200、Hierux 电路图等标准格式，用于后续电路的分析和整理。

4. 工作区管理

ChipLogic Family 软件引入了工作区的概念。工作区是在整个图像范围上指定的一个工作区域，工作区包括许多用来定义物理单元以及它们之间连接线的标注，在工作区中这些标注被单独地放置，被标注的坐标基于图像的像素点。

一个 ChipLogic 工作区内的数据同其他工作区是完全独立的，用户在当前工作区内的操作不会影响其他工作区内的数据。软件允许多个用户同时打开同一个工作区进行并发的数据操作并实时同步所有客户端的数据。可以通过合并指定工作区内的数据来实现工作区之间的数据更新。

ChipLogic Family 支持多用户实时协同操作。当多个用户在同一工作区内工作时，任意用户的操作结果将被服务器实时记录，并且被发布到所有其他客户端。这样，多个用户可以实时、并发地进行数据提取，从而大大节省项目工期。

在进行网表提取时，通常应该预先为顶层单元和每个宏单元建立一个工作区文件夹，在每个文件夹内管理基于顶层单元或宏单元的系列工作区，这个系列工作区对应了不同提取阶段的数据提取状态。

一般情况下，项目经理往往首先将整个芯片区域划分为几个较大的工作区，然后将每个工作区分配给一个或一组用户进行数据提取，所有的工作区数据提取完毕后，项目经理再负责将这些工作区数据合并起来。如果一个工作区所对应的子区域较大，项目小组负责人还可以继续进行任务的划分、分配和合并。

如果要对一个 N 层线网的区域进行线网提取，用户可以创建 N 个均对应于该区域的工作区，在这些工作区内分别以某个特定引线层的图像为背景绘制该层的引线数据。

之所以建议创建多个工作区分别进行单层线网的绘制，其最主要的原因是为了保证用户操作的独立性，防止其他用户的数据操作对当前用户工作的误删、误连等干扰。

将每层引线数据基本绘制完毕后，可以将邻层的引线数据合并起来，识别连接这两个相邻引线层的通孔数据。可参考表 9.2 的工作区划分和命名方法。

表 9.2　ChipAnalyzer 系列工作区划分及命名

工作区名	具体工作
NETLIST_A_CELL	进行模块 A 的单元提取
NETLIST_A_M1	绘制模块 A 的 M1 引线
NETLIST_A_M2	绘制模块 A 的 M2 引线
NETLIST_A_M3	绘制模块 A 的 M3 引线
NETLIST_A_VIA2	将 NETLIST_A_M2 和 NETLIST_A_M3 合并至本工作区；绘制引线孔 Via2
NETLIST_A_VIA1	将 NETLIST_A_VIA2 和 NETLIST_A_M1 合并至本工作区；绘制引线孔 Vial
NETUST_A	将 NETLIST_A_CELL 和 NETLIST_A_VIA1 合并至本工作区；进行单元连 PIN，并通过 ERC 发现并修改错误；最后导出网表数据或电路图

9.2.3　模拟单元提取

在网表提取时，必须预先准备一个模拟器件库，这个库内需要包含所有可能用到的模拟器件，其中，每类模拟器件都具有专门的器件名称、图形符号以及一系列模型参数。很多 EDA 工具都提供了通用的模拟器件库，如 Cadence 公司的 analogLib 库，芯愿景公司的 CELLIX_ANALOG 库等。很多 EDA 厂商也提供了基于特定工艺线的模拟器件库。具体进行网表提取时，应该根据实际情况选用模拟器件库。表 9.3 显示了芯愿景公司的 CELLIX_ANALOG 库中的主要模拟器件，该库内容与 analogLib 库类似，但是器件种类要丰富得多。表 9.4 则显示了常见模拟器件需要提取的器件参数。

对于简单的模拟电路提取，可以直接基于 analogLib 库内的器件进行。很多芯片中的模拟器件比较复杂，即使同类模拟器件也往往存在多种不同的版图结构，此时即使尺寸等属性相同，它们的电学属性也各不相同。例如，在一个 BiCMOS 芯片中，可能存在多晶电阻、阱电阻、基区电阻等多种电阻，每种电阻的方块电阻值是有很大差异的，因此不能提取为同一种电阻。芯片分析工程师经常需要独立创建一个新的模拟器件库，对应各种在提取过程中遇到的模拟器件。对于 analogLib 库内的每个器件，可以将其复制为新建模拟库内的多个器件，并为每个器件单独加上与其版图结构对应的相关属性。以上述电阻为例，可以将 analogLib 库内器件类型 res 复制到新建模拟器件库内，并逐个命名为 RESPOLY、RESWELL、RESBASE 以分别对应多晶电阻、阱电阻、基区电阻，并为每个电阻添加方块电阻等属性。

表 9.3　CELLIX_ANALOG 库中的主要模拟器件

器件类型	器件说明
PMOS	3 端 P 沟道 MOS 管
PMOS4	4 端 P 沟道 MOS 管
NMOS	3 端 N 沟道 MOS 管
NMOS4	4 端 N 沟道 MOS 管
NEDA	3 端扩展漏区 N 沟道 MOS 管
NEDA4	4 端扩展漏区 N 沟道 MOS 管
PEDA	3 端扩展漏区 P 沟道 MOS 管
PEDA4	4 端扩展漏区 P 沟道 MOS 管
MOSCAP	MOS 电容
PIPCAP	双层多晶电容
MIPCAP	金属多晶电容
MIMCAP	双层金属电容
FCAP	叉指电容
RNWELL	N 阱电阻
RNPLUS	N 注入电阻
RPPLUS	P 注入电阻

（续）

器件类型	器件说明
PMOS	3 端 P 沟道 MOS 管
RPOLY	多晶硅电阻
RBASE	基区电阻
POLYFUSE	多晶硅熔丝
METALFUSE	金属熔丝
VNPN	纵向 NPN
VPNP	纵向 PNP
LNPN	横向 NPN
LPNP	横向 PNP
FALPNP	场辅助横向 PNP
FALNPN	场辅助横向 NPN
DIODE	二极管
PROBESQU	方形探针
PROBECRS	十字探针
LOCT	八边形电感
LSQU	方形电感

如果已经确定了将来流片的厂商工艺，模拟器件库可以通过厂商提供的 PDK转换得到，这样可以减少将来电路分析时元器件替换的工作量。方法如下：

首先进行器件模型导出：在 Cadence 软件中导出 PDK 的 edif 文件，用 Hierux-Composer 软件新建 Hierux 库，将 edf 导入，这样，PDK 库内所有器件的图形符号将全部导入到 Hierux 内。

然后将器件参数模型导出：在 Cadence 的 CIW 窗口中输入 cdfDumpAll（"PDKlibName" "cdffileName"），将 Cadence 的 CDF 导出，其中，PDKlibName是 PDK 库的名字，cdffileName 是要导出的 cdf 文件名，在 HieruxComposer 内，导入上述 CDF 文件，这样，Cadence PDK 库的所有器件的 CDF 参数就导入到 Hierux 库中了。

注意：通过 edif 格式进行的导入导出存在大小写变换问题，如果原来的 PDK库存在单元名、引脚名、线网名大小写混用，则还需手动对生成的库进行相应的修改。

对于常见的 CMOS 工艺的芯片，除金属电容等极少数特殊器件外，Sub 层、Poly 层和 M1 层这三层图像通常就已经包含了构成模拟器件的所有版图信息，根据这几层图像就可以提取模拟器件。

可以先从电源和地 PAD 端口处跟踪绘制全芯片的电源地线网络，这样就能够比较容易地分辨出器件的类型（在 NWELL 工艺里，通常 NWELL 接高电位，可以是电源，或悬浮的高电位，NWELL 里的是 PMOS 管。P 衬底接地，P 衬底上的是 NMOS 管）。

在进行模拟器件提取时，对于当前提取区域内的每一个模拟器件都需要完成如下步骤：

1）识别每个模拟器件的具体类型，如 PMOS、NMOS、RPOLY、MIMCAP 等，并进行唯一的实例编号。

2）在图像上标注每个模拟器件的边界、类型、编号、端口名称等信息。

3）测量并标注每个模拟器件的各项参数，例如宽度、长度、面积等。各种模拟器件的典型参数名称见表 9.4。

在 ChipAnalyzer 软件中，可以定义各种模拟器件模板。对于每个模拟器件模板，都必须选择模拟器件库内的一种模拟器件类型，同时在 ChipAnalyzer 中每个器件的端口，其名称和方向都必须与模拟器件库内完全一致。每个模拟器件模板都应该输入宽度、长度等各项参数值，这些值可以从芯片图像上直接测量得到。

提取过程中，如果器件种类和 l、w 等参数完全一致，可以直接复制已有的器件，从而产生一个新的实例。通过创建模拟器件模板和复制模拟器件实例，可以完成整个工程或者某个模块内模拟器件的提取。

模拟器件种类较多，本节后续内容只对常规 N 阱 CMOS 工艺中最常用器件类型的提取进行简单介绍。如果想做到精确提取，需要多参考芯片生产厂家的 PDK，了解各类器件结构组成以及版图设计规则，即使如此，有时候也无法准确提取器件类型和参数，需要结合后续的分析、仿真等过程来确定。

表 9.4　各种模拟器件需要提取的参数

参数名称	描述	适用于
w	宽度	绝大多数模拟器件
l	长度	绝大多数模拟器件
m	重复数	绝大多数模拟器件
bn	衬底连接	PMOS，NMOS
s	串联数	各种类型电阻
r	电阻值	各种类型电阻
c	电容值	各种类型电容
area	面积	二极管、晶体管
di	电感内侧周长	电感
do	电感外侧周长	电感
n	电感匝数	电感

（1）电阻提取

对于电阻，提取时需要判断其电阻类型，提取长度、宽度、串并联数量等参数，并相应计算其方块电阻数。芯片反向分析中，参考芯片的原始工艺往往是未知的，工程师只能选取与参考芯片接近的工艺线的工艺参数中的方块阻值，将其乘以提取的方块数，得到估算的电阻值，并在后续的分析、仿真等过程中确定合理的电阻值后修改方块数。

在 ChipAnalyzer 内可以测量并填入电阻的长度 l 和宽度 w，软件可以通过自动计算，将 l/w 的值作为参数 r 的值。通常，电阻的两个双向端口 MINUS 和 PLUS 是可以互换的。

CMOS 电路中常见的电阻有阱电阻（RNWELL、RPWELL）、注入电阻（RP-PLUS、RNPLUS）、多晶电阻（RPOLY）、金属电阻（RMETALN）等。

a) 多晶硅层图像   b) 染色层图像   c) ChipAnalyzer 中的标注图像

图 9.7   多晶硅电阻

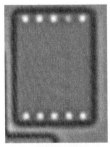

a) 多晶硅层图像   b) 染色层图像   c) ChipAnalyzer 中的标注图像

图 9.8   注入电阻

图 9.7 是多晶硅电阻相关的图像。芯片前处理时在染色前会将多晶硅去掉，所以，RPOLY 在染色层是没有痕迹的，通过多晶硅层和染色层，可以较容易地分辨出多晶硅电阻。

在双多晶工艺中，由于 POLY2 的电阻率远高于 POLY1，一般使用 POLY2 制作

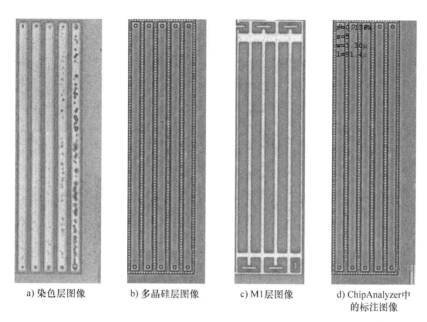

　　a) 染色层图像　　　　b) 多晶硅层图像　　　　c) M1层图像　　　　d) ChipAnalyzer中
　　　　　　　　　　　　　　　　　　　　　　　　　　　　　　　　　　　　　　的标注图像

图9.9　N 阱电阻

电阻，所以提图时一般只标注 RPOLY 即可。在单多晶工艺中，POLY 电阻和管子栅的制作也是不一样的，经常会有颜色的区分。

　　多晶电阻的电阻值比较精确，可以用来计算电流值和电压值，所以，阵列型的电阻通常是多晶电阻。

　　另外一种比较常用的电阻是注入电阻，如图9.8 所示。是对衬底或者阱进行一细长条形的高掺杂注入。和多晶电阻不同，注入电阻在多晶层和染色层都会留有痕迹，可据此判断电阻类型。N 阱里面的注入电阻为 RPPLUS，P 衬底上的注入电阻为 RNPLUS。

　　在 P 衬底上用一条细长的 N 阱作电阻，称为 N 阱电阻。因为 N 阱有较高的电阻率，N 阱电阻经常用作高阻值电阻。因为有设计规则限制，通常 N 阱电阻的宽度较宽，和多晶电阻相反，阱电阻在染色层有痕迹，在多晶层通常看不到。图9.9 是 5 个 N 阱电阻串联的示例，其参数 s 被设为 5。

　　电阻的尺寸参数包括 w 和 l，w 为电阻体的宽度，一般情况下 l 为接触孔之间的距离，但部分电阻（如高阻值的多晶硅电阻）端头和电阻本体的掺杂浓度不同，其 l 值比接触孔之间的距离要小一些。

　　（2）电容提取

　　电容由两块电极板和其中间填充的绝缘介质组成，在 CMOS 工艺中，一切可以导电的材料都可以作为电极，通常采用 SiO_2 作为介质。决定电容大小的一个重要参数为两块极板的重叠面积，需要测量的参数为重叠面积的长和宽。

　　提取电容时需要判断并标注电容类型，提取电容面积、周长、串联数量、并联数量等参数。与电阻提取和修改类似，在芯片反向分析中，也应该将参考芯片的电容面积值乘以目标工艺线中的单位面积电容 Cu，得到每个电容的估算值，并在后续的分析和仿真中确定合理的电容值后修改电容面积。

CMOS 工艺中常见的电容主要有 MOS 电容（MOSCAP）、双层多晶电容（PIP-CAP）、金属多晶电容（MIPCAP）和双层或多层金属电容（MIMCAP）等。

PIPCAP 使用 POLY1 和 POLY2 作为两极，PLUS 和 MINUS 可以互反。但要注意，虽然 PLUS 和 MINUS 可以互反，但提取时应该保证全芯片的一致性。图 9.10 为 PIP 电容图像及在 ChipAnalyzer 内的电容提取效果。

　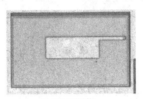　

a) 多晶硅层图像　　　　　b) M1 层图像　　　c) ChipAnalyzer 中的标注图像

图 9.10　PIP 电容

（3）电感提取

集成电路中的电感主要用于射频电路中，通常采用螺旋电感，即将导线绕成螺旋形状。因为受芯片面积限制，电感值都很小，为了在不增减面积的情况下提高电感值，一般可采用多层金属形成串联的电感。

图 9.11 显示了一个由多层金属形成的对称差分电感的图像及符号。

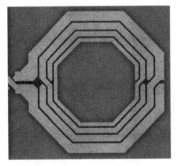　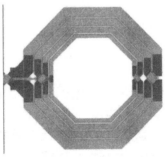

DIFF_IND_3T_RF
cdsTerm("PLUS")

cdsTerm("B")

cdsTerm("MINUS")

图 9.11　差分电感图像和符号

（4）MOS 管提取

CMOS 芯片中最常见的两种器件是 NMOS 晶体管和 PMOS 晶体管。通过衬底的类型可以判断 MOS 管的类型。对于常规的硅栅 CMOS 工艺，从多晶硅层图像可以非常容易地识别出 MOS 管，而通过染色层图像可以区分出是 NMOS 还是 PMOS。在染色层图像中，亮白色的区域为 N 型材料、灰暗色的区域为 P 型材料。在 N 阱亮区中的 MOS 管为 PMOS，而在 P 衬底暗区中的则为 NMOS。

图 9.12 显示了 MOS 管的芯片图像。上半部分是在 N 阱里的 PMOS 管，下半部分是在 P 衬底上的 NMOS 管。

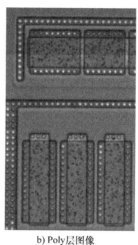

a) 染色层图像　　　　　　　　b) Poly层图像　　　　　　　　c) 标注

图 9.12　CMOS 中的 MOS 管

　　MOS 管一般被提取为含有四个双向端口 G、D、S、B 的四端器件，对于衬底接 GND！的 NMOS 管和衬底接 VDD！的 PMOS 管可以提取成为三端器件，此时除了测量并填入 w 和 l 值，还要设置衬底 bn 属性。这样一方面保证了网表数据的简洁性；另一方面又减小了衬底电位出错的可能性。

　　通常在测量 MOS 管沟道长度 l 时选择多晶硅 PL 层，在测量晶体管沟道宽度 w 时选择有源区 DF 层。

　　为了实现较大宽度的 MOS 管，在版图中经常会将多个较小宽度的 MOS 管并联在一起，形成"叉指"结构，此时通常不单独提取每个 MOS 管，而是把多个叉指的 MOS 管设定为一个 MOS 单元，并将其叉指数设置为 m 值。如图 9.13 所示为 m 值为 4 的 MOS 管图像。

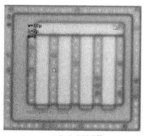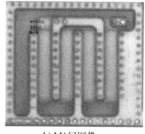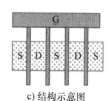

a) Poly层图像　　　　　　　　b) M1层图像　　　　　　　　c) 结构示意图

图 9.13　多叉指 MOS 管

（5）双极型晶体管提取

在标准 CMOS 工艺中，最常用的是由"P 衬底 – N 阱 – 阱内 P 有源区"组成的纵向 PNP 管（VPNP），如图 9.14 所示。

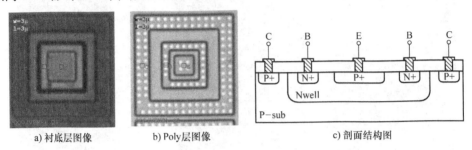

a) 衬底层图像　　　　　b) Poly 层图像　　　　　c) 剖面结构图

图 9.14　CMOS 中的 VPNP 管

在进行双极型晶体管的提取时，最关键的参数是发射极的长度 l 和宽度 w，即发射极面积，如果是多个并联，可以设置 m 参数。

9.2.4　数字单元提取

简单的基本数字单元是直接由若干模拟器件组成的管级电路，如反相器、与非门、或非门、与或非门、或与非门、传输门、三态反相器等；较复杂的基本数字单元则是由上述管级单元构成的门级电路，如缓冲器、与门、或门、与或门、或与门、译码器、多路选择器、锁存器、触发器、加法器、同或门、异或门等。

在对 CMOS 工艺进行基本数字单元提取时，一般需要利用 Sub 层、Poly 层、M1 层图像进行。

数字单元的提取流程主要分为初步摆块、逐屏扫描、模板整理、模板提取、实例枚举检查等步骤。

（1）初步摆块

如果数字单元的规模较小、重复性不高，通常采用定义单元模板（编辑单元模板方框，标注单元模板名称，命名每个单元端口并编辑其输入输出属性）并手工复制重复实例的方式进行摆块。如果数字单元的规模较大、重复性较高，则往往采用定义单元区，并搜索单元模板和确认实例的方法进行单元摆块。

标准单元模块的种类最多为数百个，每类单元模板都可能具有大量实例，同类单元模板的所有实例的特征图像层（主要是 Poly 层和 M1 层）的图像几乎完全一致。对于单元实例大量重复的模块，可以在 ChipAnalyzer 工作区内预先定义一系列单元区。随后，对于已定义的单元模板，可以选用某个特征图像层在所有单元区内进行单元搜索。搜索完毕后软件将得到一系列按照图像相似度由大到小进行排序的候选实例位置，可以由用户逐个定位并进行判断，通过确认或跳过操作来确定是否添加当前单元实例。

摆块时主要依据数字单元的图像特征进行，可以将单元模板临时定义为任意名称，如 A1、A2、…。而在后续的单元提图过程中，再将单元模板重命名为体现单元功能的名称。

（2）逐屏扫描

单元初步摆块完成后，应该对当前工作区内的逐个单元区进行扫描，如果发现存在漏摆的单元位置，则将其定义为新的单元模板或者引用一个已有单元模板的实例。

（3）模板整理

在进行单元摆块和逐屏扫描后，整个数字模块区域的单元应该已经被"摆满"，此时的单元模板边界是根据工程师对于图像本身而非单元电路的理解进行确定的，有可能存在如下主要的错误类型：①同一个单元模板被重复定义；②同一个单元模板被错误创建为两个较小的模板；③两个不同的单元模板被错误定义为一个模板。

因此在单元摆满后还应该进行单元模板整理，否则会重复提图造成工作量浪费。

在开展单元提图前，应该在工程面板的单元栏内按照单元大小进行排序，然后选中相近大小的单元，将它们同时放在一个单元比较窗口内。在此窗口内，可以比较容易地发现相同的单元模板并进行模板合并。

（4）模板提取

完成单元模板整理后，可以对单元模板进行提图建库。具体提图时，通常在工程面板的单元栏内按照单元模板的大小进行排序，并以从小到大的顺序进行逐个提图。这种按照单元大小顺序进行提图的方式有如下优点：①在单元模板整理过程中发现重复定义的单元模板时，工程师可以很容易地发现并合并这样的单元模板，从而省去了重复提图的工作量。②很多单元模板的电路图和版图都非常类似，大小接近，提图工程师按顺序提图时可以在此前提取的电路图基础上直接修改，从而加快提图建库工作。

可以利用芯愿景公司的 HxComposer 电路编辑 EDA 软件，在基本数字单元库内创建相应的单元，编辑该单元模板的图形符号和电路图。通常应该采用合适的单元命名和易于理解的图形符号以反映单元的功能。单元的电路图通常为管级或门级形式，其中的模拟器件应该从模拟器件库中引用，并基于芯片图像测量后在电路图内输入每个模拟器件的宽度、长度、面积等尺寸参数以及衬底电位等其他参数。

简单的数字单元电路内部结构可以由有经验的工程师通过手工的方式从芯片图像中识别，复杂的数字单元电路识别可以采用 ChipAnalyzer 软件标注单元内的每个模拟器件，然后导出到电路分析整理软件（如 HxDesigner）中进行整理，分析确定其功能，绘制出内部电路图。

（5）实例枚举检查

在完成单元模板提取后，还应该对所有单元实例进行统一检查，以确定实例图像同单元模板是否匹配。在工程面板的单元栏内可以选中单元模板，枚举其所有实例到输出窗口内并逐一进行检查。软件会自动按照单元实例的摆放方向和实例名称对所有实例进行排序。

数字单元标注过程中可能出现如下错误：

1）在工作区内标注的单元，没有进行相应的电路图和图形符号绘制。

2）单元名称不匹配。

3）单元端口不匹配，如端口数量、端口名称以及端口的输入输出属性等。

如果实例与模板不同，可以选中实例，点击右键选择创建为新的单元模板，以此来定义一个新的模板。

如果实例确认错误，可以选中需要修改的实例，点击右键选择改为另一个单元模板的实例，这样可以将实例指定给其他的单元模板。

图 9.15 显示了由一个 PMOS 管和一个 NMOS 管组成的反相器 INV 的芯片图像、版图和电路图。

图 9.16 显示了由两个并联的 PMOS 管和两个串联的 NMOS 管组成的双端输入与非门 NAND2 的芯片图像、版图和电路图。

常用的数字标准单元有几十种，通过大量查阅生产厂商的标准单元库，掌握其电路结构和版图结构，有助于提高数字单元提取的速度和准确性。

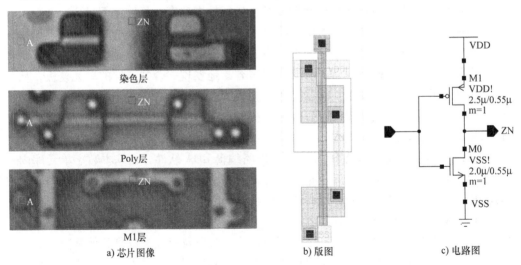

a) 芯片图像　　　　　　b) 版图　　　　　　c) 电路图

图 9.15　INV 的各种视图

9.2.5　线网绘制与检查

电路图中每个单元端口与其他端口之间的互连关系构成一个线网（net）。是通

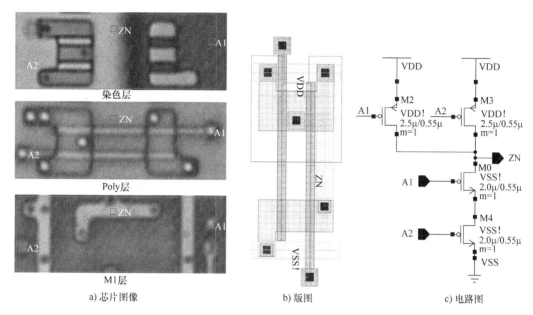

a) 芯片图像　　　　　　　　b) 版图　　　　　　　c) 电路图

图 9.16　NAND2 的各种视图

过金属层、多晶层的引线以及层间的通孔来实现的。

在网表提取时，需要通过识别不同层图像中的引线及通孔来得到参考芯片中的每个线网，并对每个线网进行唯一的线网命名。

在线网提取时，需要基于芯片的引线层图像背景，绘制各个金属层引线标注和通孔层的通孔标注。每个线网都会连接若干个单元端口。线网提取时，应该确保单元端口与线网的连接标注正确。

通常将芯片中的 Poly 层定义为第 1 层引线（Line1），金属层 M1 ~Mn 分别定义为第 2 ~ n + 1 层引线（Line2 ~ Line n + 1）。

ChipAnalyzer 推荐在一个工作区内只绘制批量单层引线。例如，可以在工作区 NET_ SC1_ M2 内绘制模块 SC1 的 M2 层引线。具体绘制时，用户可以逐屏定位，绘制每一屏内的 M2 图像层中的所有引线。每一层引线绘制完毕后，都需要进行引线检查，检查时可以临时调整引线的颜色和宽度，这样，在逐屏基于图像背景检查引线时，引线的多、漏、断、短等问题可以非常容易地被发现并修改。

完成两个邻层引线绘制后，可以将它们合并到一个新的工作区内，绘制这两层间的引线孔。

ChipAnalyzer 可以采用跳线头模式绘制引线孔。在图像窗口内可以激活一个显示为绿点的画笔，连续按 TAB 键可以使画笔逐个定位当前屏幕内的所有引线头，对于每个线头位置，如果它与相邻层引线之间存在引线孔，或者与同层引线连接，可以使用 Q 键将它们"融合"起来，融合后，引线头会自动伸缩以使得两根引线连通，并产生相邻层的引线孔或者同层拐点。

每一层引线孔初步编辑完成后，还需要逐屏检查是否存在漏识别和误识别，在检查前可以在工程面板的显示栏内设置引线孔层 ViaN 的颜色和大小（通常应尽可能设置得比较大），同时将其他层都隐藏显示，这样逐屏检查时可以很容易地发现并修改错误。

完成引线和引线孔绘制后，可以将此工作区与单元提取工作区合并为新的工作区，在此工作区内进行线网与单元引脚 PIN 的连接。此时，除了少量在原芯片版图中即为悬空的线头以外，其余的线头都是用来连接单元端口的。

连 PIN 时可以枚举每个单元模板的所有实例，然后逐个定位，并使用连接器（connector）来连接当前实例的每个端口以及其附近的线头，连接器的一端是单元 PIN；另一端可以是任意层的引线。

网表初步绘制完毕后，可以利用 ERC 发现绝大多数网表错误，并根据芯片图像背景进行修正。

通过 ERC 能够发现绝大多数线网提取错误。ERC 具有很多选项，其中对于数字电路，最重要的 ERC 的检查内容为检查一个线网是否存在多输出信号或无输出信号、输出信号是否短接电源或地信号等；对于模拟电路，最重要的 ERC 的检查内容为检查线网是否无电流源或无电流沉等。

ChipAnalyzer 的 ERC 的检查功能主要包含物理栏、逻辑栏、名字栏、模拟栏等栏目。

物理栏最重要的选项是"悬空的引线头""悬空的引脚连接器""悬空的单元实例引脚"等。对于原芯片中的实际悬空引线头和悬空引脚，可以打上悬空标记，这样软件就会忽略这些错误。

逻辑栏最重要的选项是"没有引脚的线网""没有输出的线网""多个输出的线网"等。

名字栏可以检查出当前工作区内的单元和线网名是否遵循 EDIF 200 语法规范、Verilog 语法规范，一个线网是否存在多个名字、多个不连通的线网是否同名，以及数字单元或模拟器件的实例编号前缀是否符合设定。

模拟栏最重要的是"遵循 analogLib 库命名规范""模拟器件的参数是否完整""线网上的电流源和电流沉"等选项。第一个选项可以提示用户所有的非标准模拟器件；第二个选项可以提示用户补充填入遗漏的模拟器件的 w、l 等各项参数；第三个选项可以用来检查是否需要交换 MOS 管的源漏端口或者是否存在线网断开。

一般按缺省设置进行检查即可。

9.2.6 数据的导入和导出

在网表提取过程中，可以导出脚本文件用于备份并在 HxDesigner 软件中建立标注视图。

也可以新建工作区，导入以往保存的脚本文件。

还可以导出 verilog 网表格式、基本单元列表等。

其中，最重要的是导出 Hierux 单元库，即整个电路的平面网表，用于在 HxDesigner 软件中进行层次化的电路分析整理。

若要导出 Hierux 单元库，必须具备的 3 个条件：①ChipAnalyzer 已经有提取的完整网表工作区；②HxComposer 已经建立相应的设计库和单元库；③已经安装了 EDIF 200 Parser 软件（管理用户安装），并且设置环境变量。变量名为 EDIF_TOOLS，变量值为 EDIF 200 Parser 软件的安装目录，例如"C：\ Program Files \ MIL \ EDIF 200 Parser v3.3"。

导出 Hierux 单元库的对话框如图 9.17 所示。在该对话框中，用户需要指定库定义文件（∗.hds）的路径、导出后的顶层单元名称、当前工作区内数字单元引用的数字单元库、模拟器件引用的模拟器件库等内容。

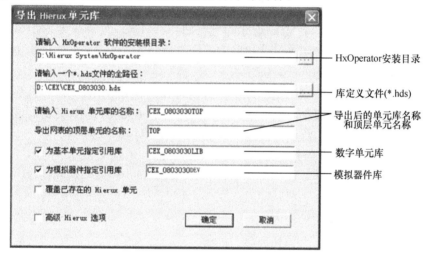

图 9.17　导出 Hierux 单元库设置对话框

其中，可以选中高级 Hierux 选项，用于归并模拟器件，如图 9.18 所示，除串联 MOS 管和归并不同尺寸的器件这两项不勾选外，一般其他的模拟器件都需归并，客户也可以根据自己的需求选择某类器件进行归并。

串联和并联的器件在模拟电路中频繁出现，通过归并规则可以将多个串并联器件合并成一个器件。对常规的模拟电路归并后，通常可以缩减 20% ~30% 的器件数量，能够显著减少层次化整理的工作量。

不同类型的模拟器件通常不允许进行归并。例如，串联在一起的一个多晶电阻与一个阱电阻不能归并。电阻的阻值一般用方块数来代替，由于多晶电阻和阱电阻的方块电阻率不同，归并后将造成错误的电阻值。同理，双多晶电容与 MOS 电容也不能进行归并。

另外，在特别注重匹配特性的电路中，只有相同尺寸的器件才能归并。例如，

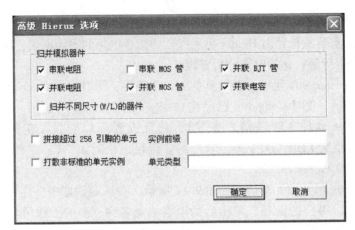

图 9.18　高级 Hierux 选项设置对话框

两个宽和长均相同的同类型 MOS 管才能进行归并，只有宽度和长度均相等的同类型电阻或电容才能归并。不同尺寸的器件进行归并会造成版图匹配信息的丢失，从而影响对电路设计技巧的分析。

若导出时报错：找不到指定设计库，找不到指定单元库，设计库中找不到网表单元实例的对应库，网表文件中的单元实例与库中的单元实例端口名称、端口属性不一致。可按照输出窗口提示信息逐一修改设计库或网表单元模板。

HieruxSystem 的数据库是由库定义文件来定义的。库定义文件中的库又可分为自定义库和引用库。自定义库是用户创建的单元库，可由用户编辑和修改。引用库只能读取，不能更改。

下面是一个库定义文件的内容：

DEFINE "CXD_DEV" "CXD_DEV"

DEFINE "CXD_IMG" "CXD_IMG"

DEFINE "CXD_LIB" "CXD_LIB"

DEFINE "CXD_SUB" "CXD_SUB"

DEFINE "CXD_TOP" "CXD_TOP"

库定义文件使用关键字 "DEFINE" 来指定自定义库，用 "INCLUDE" 来指定引用库。库定义文件是一个后缀名为 hds 的文本文件，可以用常规的文本编辑器进行修改。也可以用 HxComposer 软件用对话框来修改库定义文件。

库定义文件中可以使用绝对路径定义方式，也可以使用相对路径定义方式，其中绝对路径方式是将特定绝对路径的目录指定为单元库，而相对路径则是将与当前库定义文件的某个相对路径处的目录定义为单元库。一般情况下建议使用相对路径方式设置库定义文件。如果使用绝对路径方式，有可能造成单元库无法打开。上面的例子就是采用的相对路径定义方式。

9.3　电路层次化分析整理

9.3.1　电路分析整理概述

反向分析时，网表提取的结果是平面电路图，设计人员必须通过额外的整理步骤才能重建芯片的层次结构。

层次化整理是指利用人机交互操作和自动化算法相结合的方法，在平面电路图中识别出功能模块，自下向上地重构出层次化的电路结构，并且将各个层次的电路图绘制成易读、直观形式的过程。在不引起混淆的情况下，本章中层次化整理均简称为"整理"。图 9.19 形象地表示了层次化整理的概念：左边是整理前的平面电路图，这个电路图只有基本单元，没有任何层次；右边是整理后形成的层次化电路图，其中包含了各级功能模块。

稍微复杂的系统都会采用层次化、模块化的设计方法。通过层次化整理，平面电路图被重组成一系列较简单的模块，设计人员就能够理解电路的原理，从而掌握芯片的原始设计思想。

建立层次化电路结构的关键是识别各个层次的功能模块。功能模块具有完整的特定功能，将平面电路图中的功能模块创建成宏单元，并且将这部分功能模块子电路替换成宏单元的一个实例，那么平面电路图就得到了简化。这个过程迭代进行，最终就可以将原始的平面电路图组织成清晰的层次化结构。

由于电路整理过程中网表连接关系不能改变，常规的电路编辑软件不能很好地支持层次化整理。例如，将 Cadence 的电路编辑软件 Composer 用于层次化整理时，如果不小心复制或删除了一些引线、单元等数据并进行检查和保存（check and save），软件就会根据当前电路图产生新的网表连接关系，从而改变了网表连接关系。因此，对于"网表连接关系不能改变"的这个要求，常规的电路编辑软件不能提供任何帮助，只能由工程师自行维护。

Hierux System 是北京芯愿景软件技术有限公司推出的芯片反向分析 EDA 软件。Hierux System 采用的数据库与 Cadence 的数据库在结构上非常类似。并且，其电路图编辑器 HxComposer、版图编辑器 HxBuilder 与 Cadence 的电路图编辑器 Composer、版图编辑器 Virtuoso Layout Editor 在软件用户界面、使用习惯等方面也几乎完全一致，从而有效地减少了工程师学习该软件的时间。

作为专业的电路图分析整理工具，HxDesigner 可以帮助工程师快捷地整理电路图。不同于其他的 EDA 工具，HxDesigner 只进行电路整理，不提供改变网表连接性的电路修改功能。在整理过程中，HxDesigner 能够维持电路的连接性始终不变。因此整理电路时，不会由于人为失误造成电路的连接关系被改变。

HxDesigner 具有方便的打包和打散功能，可以将顶层单元的一部分电路打包成

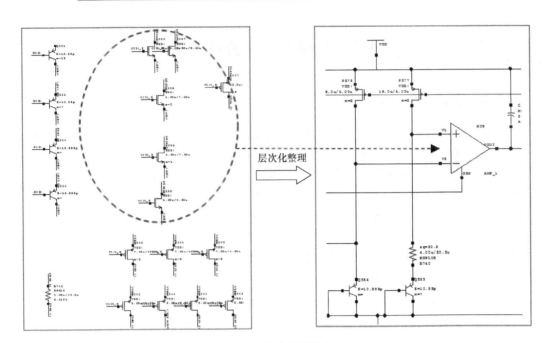

图 9.19　层次化整理的概念

一个宏单元，然后用该宏单元的符号图替换这部分电路，从而简化顶层单元。如果随后发现该宏单元的边界不合适，需要重新调整时，还可以将宏单元实例打散，恢复到初始状态。

　　HxDesigner 具有在电路图与标注视图之间进行交叉定位的功能。若电路图是从网表提取工具（如 ChipAnalyzer）中转换而来，选中电路图中的单元实例，就可以定位到标注视图中相应的单元实例。

　　HxDesigner 还提供了 Trace 面板，可以列出双击选中的线网上所有的器件，可以直接将器件从面板上拖拽至电路图中。这样，利用这个功能就可以高效地进行线网跟踪。

　　另外，HxDesigner 可以按照电路结构搜索模块，在顶层平面电路图中对已有的宏单元电路进行同构搜索，从而显著提高电路整理的效率。

9.3.2　层次化整理流程

　　HxDesigner 整理对象的平面电路图通常来源于 ChipAnalyzer，在 ChipAnalyzer 工作区中，可以进行单元实例、引线、引线孔以及文本等标注工作，ChipAnalyzer 工作区内的标注可以导出为 CSF 脚本文件，也可以通过连接性计算并导出一个 EDIF 网表文件。HxDesigner 导入 CSF 脚本文件后可创建一个标注视图（annotation view），而导入 EDIF 网表后得到一个平面电路图，这个平面电路图经过层次化整理后就可以得到最后的层次电路图。

　　层次化整理的流程如图9.20所示，任务划分可以将全芯片的平面电路图分解成若干个小的平面电路图。对于这些小的平面电路图，可以分别对其进行层次化整理，从而得到多个层次电路图。最后，多个层次电路图可以合并成全芯片范围的完整的层次电路图。对规模较小的平面电路图，通常不需要进行任务划分，可以直接对其进行层次整理。

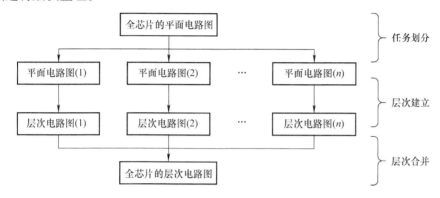

图 9.20　层次化整理的流程示意图

　　（1）任务划分

　　由于芯片在正向设计时采用了自顶向下的模块化设计，因此一个好的任务划分应该以正向设计的模块边界为依据。研究版图模块布局和分析芯片的规格说明书是确定模块边界的重要手段。

　　模块的版图是按照电路图的层次结构手工绘制出来的。各功能模块之间会有一定的间隙，在这些间隙中没有器件。另外，为了避免 CMOS 工艺的闩锁现象，通常会在功能块的边界处加上"保护环"（guard ring）结构。

　　芯片的规格说明书对芯片功能及性能规格的描述可以使工程师推测出芯片的内部结构和实现方式，引脚定义也给出了整理线索。同类芯片的规格说明书也对层次化整理有很大帮助。

　　很多芯片规格说明书中会有结构框图。结构框图显示了芯片内部的主要模块及它们之间的信号连接概况。由于层次化整理最终要创建出顶层电路图，结构框图实际上指示了顶层电路图的模块划分。

　　（2）层次建立

　　层次建立采用的是自底向上的一种整理方法，即首先在平面电路中识别出小的宏单元，然后再识别由这些小的宏单元组成的大的宏单元，该操作迭代进行直至顶层电路图被简化为包含少量大的功能模块的电路图。

　　在 Hierux Designer 中层次化整理是一个自底向上、反复迭代的过程：

　　– 在平面化电路图中识别出能构成功能模块的器件；

　　– 将这些器件创建成一个临时子电路；

— 在临时子电路中将这些器件进行排列和整理，同时进行检查，确保该临时子电路和顶层保持一致；

— 将临时子电路转化成宏单元实例。在这个过程中，Hierux Designer 会根据临时子电路的结构创建一个同样的宏单元，并自动产生一个符号图，然后用这个符号图替换平面化电路图中相应的那些器件；

— 在顶层单元中搜索该宏单元，寻找顶层单元中和该宏单元结构相同的电路，并进行替换；

— Hierux Designer 可以自动搜索指定的结构，并使用宏单元进行替换，替换实际上就是创建一个新的宏单元实例。

整理前需要识别出潜在的子电路（Subcircuit），用户可以找到构成功能模块的全部器件或部分器件，作为整理的起点。观察标注视图是否有可作为整理起点的器件，例如，模拟电路的图像中会包含大量有用的信息。观察到可以作为整理起点的器件后，选中这些器件，使用交叉定位功能，在平面电路图中选中这些器件，然后将其放到临时子电路中，就可在临时子电路中对这些器件进行整理和扩展。追踪关键信号或典型结构，将其放置在临时子电路中进行整理和扩展。

（3）层次合并

当任务划分得到的各个平面电路图均完成层次整理后，还需要将它们整合成一个完整的层次电路图。将电路图拼在一起后，顶层电路包含了来自各个电路图的若干个大的功能模块。针对此时的顶层电路继续进行层次建立步骤，将这些大的功能模块替换成更大的功能模块。

9.3.3 模拟电路的层次化整理

模拟电路都是通过全定制的方法设计出来的。在正向设计过程中，工程师依据芯片需求设计出层次化的电路图，然后先为底层的电路图建立版图，再在高层引用底层的版图单元。版图位置相关的器件在功能上往往也是相关的。因此在层次化整理过程中，完全可以按照版图位置一部分一部分地进行分析整理。

模拟电路的版图包含大量匹配器件，这些器件组成了差分对、电流镜、电流源等子电路。在整理过程中应该首先关注匹配器件，然后再考虑其他器件。差分对、电流镜等结构一般使用等值匹配，即两个器件的尺寸完全相等；而有些结构是按照倍数匹配的，多个串并联的等值电阻是实现倍数匹配的常见方法。这些等值匹配或者倍数匹配的信息可以帮助工程师寻找到整理线索。

几何尺寸较小的晶体管通常不是关键器件，在整理电路时可以先忽略。很多实用电路在设计时会考虑功耗问题，电路在待机状态下要关闭电流。控制电流关闭的器件一般几何尺寸较小，并且在版图上的摆放位置比较随意。

运算放大器和基准电压源是模拟电路中最常用的基本模块，下面以这两个模块为例讲解层次化整理方法。

　　根据运算放大器的组成结构及子电路的特点，运算放大器可按照下面的步骤进行整理。

　　（1）找到输入级的差分对

　　若运算放大器的输入端口是已知的，那么可以从端口入手寻找输入级；否则，可以根据差分对在版图上进行匹配，利用差分对的晶体管尺寸较大的特点，从芯片图像入手寻找差分对。注意，从芯片图像上找到的匹配晶体管还需要验证其引脚连接是否构成差分对，以区分电流镜中的匹配管。

　　差分对的两个晶体管的尺寸通常比较大，并且它们的版图位置也比较邻近。任何制作工艺都存在一定的误差，版图位置越邻近，工艺误差就越小。当尺寸较大时，误差带来的相对失配就越小。在图 9.21 中，总共 8 个 MOS 管构成了差分对，采用双层 ABBA/BAAB 的共质心结构，为了进一步确保晶体管的匹配，这四个晶体管的两侧还放置了陪衬 MOS 晶体管（dummy transistor）。

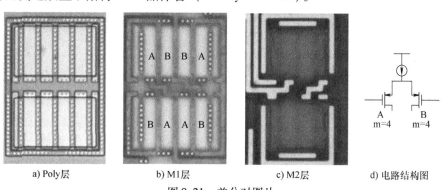

a) Poly 层　　　　b) M1 层　　　　c) M2 层　　　　d) 电路结构图

图 9.21　差分对图片

　　（2）分析差分放大器的负载电路和偏置电路

　　电流镜常用作负载或偏置，这里要注意电流镜的几种改进形式。差分放大器的负载也有可能由电流源、折叠共源共栅（cascade folder）等构成。根据差分对的输出确定后级放大器的设计方式，对每一级放大电路均需要分析其负载和偏置的实现方式。差分对的两个晶体管的尺寸一般都是 1:1 匹配的，而电流镜的晶体管可以是 1:1 匹配，也可以按一定的倍率关系匹配。在按一定倍率匹配时，电流镜通常使用多个并联的相同尺寸的晶体管来实现。图 9.22 是比例 2:2 的电流镜图片。

　　HxDesigner 可以自动搜索常用的模拟子电路，包括差分对、电流镜、反相器等。HxDesigner 子电路识别算法可以根据晶体管各个端口之间的连接关系，以及这些晶体管的参数匹配情况，自动从平面电路中找到图中的几种子电路，定位出来供工程师参考。从模拟电路的整理过程来看，工程师首先进行子电路的识别，然后再根据这些子电路识别出功能模块。通过算法来识别子电路，可以大大提高功能模块的识别效率。

　　（3）分析反馈电路设计

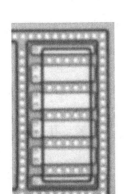
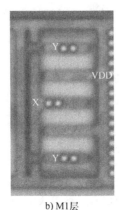
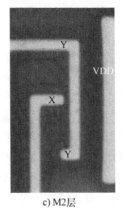
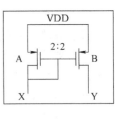

a) Poly层　　　　　b) M1层　　　　　c) M2层　　　　　d) 电路结构图

图 9.22　电流镜图片

电容和电阻是最常用的反馈器件。CMOS 电路有时候会采用源漏短接的 MOS 管作为反馈电容，采用这种电容的优点在于标准 CMOS 制造工艺即可满足要求，当然性能会比双多晶电容差一些。

（4）确定组成运算放大器的其他器件的功能

带隙基准（bandgap reference）是最常见的基准产生器，它充分利用了半导体物理特性与温度之间的变化关系，可实现与温度无关的基准电压。

研究发现，晶体管的基极和发射极之间的压差 V_{BE} 是一个与温度负相关的电压值，而当两个晶体管发射极电流不同时，这两个晶体管之间的 V_{BE} 差值 ΔV_{BE} 是一个与温度正相关的电压值。为了获得与温度无关的基准电压 V_{REF}，需要将电压 V_{BE} 和 ΔV_{BE} 按一定系数叠加在一起。晶体管的发射极电流与发射极的面积存在线性关系，因此两个发射极之间面积存在倍数关系的晶体管可以用来实现 ΔV_{BE}。电压的叠加操作则可以使用一个运算放大器来实现。图 9.23 给出了与 CMOS 工艺兼容的带隙基准的原理图。

带隙基准需要使用 V_{BE} 和 ΔV_{BE}，因此第一步就是找到产生 V_{BE} 和 ΔV_{BE} 的晶体管阵列。带隙基准电路需要用到一个单独的晶体管和若干个并联在一起的晶体管，这些晶体管的尺寸是完全匹配的。构成带隙基准的晶体管阵列很容易在芯片图像上被识别出来，因此可以作为模拟电路整理的一个重要起点线索。图 9.24 给出了一个典型的晶体管阵列实例。该阵列共有 9 个晶体管（三行三列），其中周围的八个晶体管是并联在一起的。

晶体管找到以后，根据图 9.23

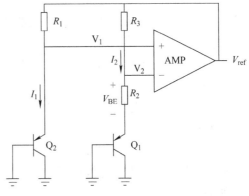

图 9.23　与 CMOS 工艺兼容的带隙基准原理图

可以通过晶体管的发射极找到电阻，然后再确定运算放大器的实现电路。

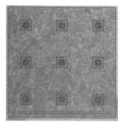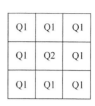

| a) 衬底层图像 | b) M1图像层 | c) M2图像层 | d) 阵列排布图 |

图 9.24　带隙基准中的晶体管阵列

9.3.4　数字电路的层次化整理

随着数字电路设计规模的不断扩大，采用全定制设计的数字电路所占的比例越来越小。大量的数字电路采用硬件描述语言建模，并通过逻辑综合和自动布局布线工具来实现。这样设计出来的数字电路在版图布局上往往实现为一整块矩形或多边形的标准单元区域。此时提取出来的平面电路图没有明显的模块边界，功能上相关联的器件可能会比较分散，因此整理这样的数字电路难度较大。

数字电路的整理线索与模拟电路有所区别：模拟电路可以依靠大量的版图信息，而数字电路更多的情况下是一些典型的电路模式，即一些特定功能的器件及其互联模式。

对数字电路进行层次化整理的重点在于找到主要的数据通路等规整电路，而一些杂散电路可以通过仿真等方式确定其功能。

缓冲器链是一种最简单的电路模式，数字电路中存在大量的缓冲器链，这些缓冲器链通常由首尾串联的若干反相器组成。

时钟树是另一种简单的电路模式。与缓冲器链不同的是，时钟树中的反相器会驱动多个后级的反相器，因此时钟树有多个输出。

同类器件共线是一种广泛使用的电路模式。同类器件共线是指若干个同类的单元实例的特定引脚连接在一起。

当器件是触发器时，其时钟端以及复位端、置位端通常都会连接在一起，这种同类器件共线的模式可以构成常见的寄存器和计数器。

另外，触发器在数字芯片中大量出现，如果多个触发器共用了时钟信号、清位信号或者置位信号，那么这些触发器就很有可能构成一个寄存器。

寄存器（register）和计数器（counter）是常见的时序功能模块，通常都是由若干个同类的触发器组成的。

图 9.25 是数据寄存器电路结构图。

图 9.26 是移位寄存器电路结构图。注意该电路图可以分为两个部分：一部分是移位寄存器本身；另一部分是组合逻辑电路。这种电路结构具有典型性，在整理此类电路图时，应区分状态记忆电路和组合运算电路。

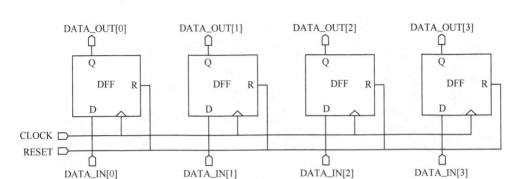

图 9.25 数据寄存器电路结构图

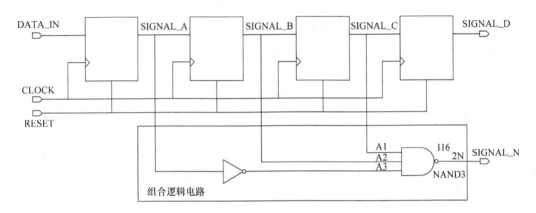

图 9.26 移位寄存器电路结构图

计数器电路常使用 T 触发器来实现。第一个 T 触发器的时钟端连接时钟脉冲，而其他 T 触发器的时钟端连接前一级触发器的输出。所有 T 触发器的复位端连接在一起，用来对计数器进行初始化。如图 9.27 所示。

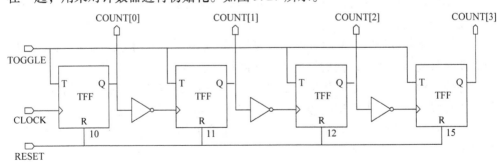

图 9.27 四位计数器

寄存器中各个触发器的时钟信号和控制信号（复位或者置位信号）是连接在一起的，这是一个重要的整理线索。在平面电路图中，如果局部区域内有多个触发器，就应该任选一个触发器查看其时钟信号，如果发现这个时钟信号还连接了其他触发器，那么就进一步查看这些触发器的复位端或置位端是否也连接在一起。

接下来需要研究寄存器的位数，这要求工程师充分掌握芯片规格说明书。例如，一个 8 位的 MCU 芯片的内部数据线应该是 8 位的，所以存储数据的寄存器包含的触发器数量应该为 8。另一个例子，某芯片的存储空间为 4K 字节，那么其地址线应该是 12 位的，因此保存地址的寄存器的位数也应该为 12 位。

同步计数器一般使用 D 触发器，异步计数器则常常使用 T 触发器。计数器中触发器的时钟端往往连接前一个触发器的输出端，这是计数器与寄存器最大的区别。

时钟信号是同步时序逻辑电路中最关键的信号之一。所有寄存器和计数器均包含了时钟信号。对芯片时钟系统的分析有助于整理出各个时序功能模块。

在整理时钟系统时，首先要研究芯片的规格说明书，确定芯片是否存在内部的时钟信号生成模块。如果存在，就应该首先层次化整理这个模块，并依此确定内部的全局时钟信号。很多情况下，时钟生成模块会包含一个锁相环。

接下来应该从全局时钟信号开始分析时钟信号的分布方法。工作频率较高的芯片采用网格法、树法、龙骨法、特定法和混合法，而工作频率较低的芯片可以使用较随意的分布方法。分析时钟分布方法后，即可确定各个模块的输入时钟信号了，这对此后分析寄存器和计数器有重要帮助。另外，时钟信号分析后还有助于发现潜在的电路提取错误。例如，组成一个 16 位寄存器的触发器的时钟端通常应连接局部时钟信号，如果没有连接时钟信号，就应该怀疑可能存在线网连接提取错误。

在缺乏芯片规格说明书的情况下，可通过观察芯片图像确定是否存在疑似 PLL 的模块。另外，还可以从局部模块开始整理，首先找到一些寄存器及其局部时钟信号，再反向推导其时钟分布网络，最后确定时钟信号是在芯片内部产生的，还是从外部直接输入的。

很多数字芯片包含存储器，存储器都是全定制设计的，它们的地址译码电路、数据通道等结构易于整理。因此可以从存储器入手找到数据总线和地址总线，然后再跟踪到芯片内部的数据总线和地址总线。

对没有包含存储器的数字芯片，可以从其数据总线外部端口或地址总线外部端口开始整理。

非重复的结构一般构成了数字芯片中的控制逻辑。控制逻辑缺乏规律性，整理比较困难。在正向设计中，工程师使用硬件描述语句对控制逻辑进行 RTL 级建模，其中包含了大量的条件判断、循环等语句。即使已经整理完毕，控制逻辑的电路图也是令人费解的，常需要通过逻辑仿真来判断其功能。

工程师本身具有的领域知识是决定层次化整理结果的关键。只有具备了一定的设计能力和经验，才可能理解并还原芯片的原始设计思想。由于篇幅所限，本章只能介绍少量典型的电路结构。就模拟电路而言，掌握诸如数/模转换器和模/数转换器、锁相环、电源管理电路、振荡器等常见的电路实现结构，对芯片电路的整理分析是非常必要的。

9.3.5 整理数据的导出

HxDesigner 可以导入和导出多种格式的数据文件，能够与其他 EDA 软件交互。表 9.5 给出了 HxDesigner 支持的文件格式和相关 EDA 软件。

表 9.5 HxDesigner 支持的文件格式和相关 EDA 软件

文件格式	支持的软件
CSF	ChipAnalyzer
EDIF 200	Cadence
CDL	Dracula, Calibre
SPICE	SPICE, HSPICE, HSim, PSPICE
Verilog	Active – HDL, ModelSim, Verilog – XL, NC – Verilog
VHDL	Active – HDL, ModelSim
Workview	ViewDraw, DxDesigner

导出 EDIF200 格式文件的对话框如图 9.28 所示。如果希望导出某个库中的所有单元，勾选"库中所有单元"。如果用户希望导出指定库中的内容，而不导出其他的内容，选择"指定需要导出的单元库"，然后填入这些库的名称，如果有多个库，中间用空格隔开；如果用户希望不导出指定库中的内容，除此之外的库都导出，选择"指定不要导出的单元库"，然后填入这些库的名称，如果有多个库，中间用空格隔开。

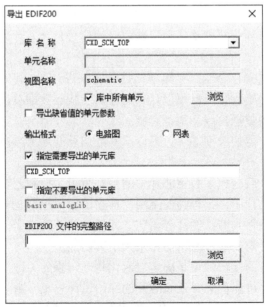

图 9.28 导出 EDIF200 对话框

HxDesigner 与 Cadence 的数据库在结构上非常类似，EDIF200 是一种标准的电路图格式，使用这种文件格式可将整理好的电路图导入 Cadence 软件进行电路的模拟仿真和版图设计。

HxDesigner 还支持 CDL 和 SPICE 网表导入导出。CDL（Component Description Language）是 Cadence 在 SPICE 格式基础上扩充而成的一种网表描述文件格式，主要用于 LVS 验证。HxDesigner 导出的 SPICE 网表可用于电路仿真器。HxDesigner 还可以支持 CDL/SPICE 语言的导入，并生成对应的电路图。

HxDesigner 同时支持 Verilog 和 VHDL。在层次化整理结束以后，使用 HxDesigner 能够生成可仿真、可综合的 Verilog/VHDL 文件。

9.4　小　　结

本章主要对集成电路反向分析的 EDA 技术进行介绍，包括相关分析流程，元器件的识别与提取方法，所得到原理图的分析与整理，最终对数据的导出也进行了介绍。这种反向分析方法在知识产权保护、对相关公司的侵权行为的界定方面具有很好的作用。

参 考 文 献

[1] SAKURAI T, MATSUZAWA A, DOUSEKI T. Fully – depleted SOI CMOS circuits and technology for ultralow – power applications [M]. Dordrecht: Springer, 2006.

[2] FOSSUM J G, TRIVEDI P. Fundamentals of ultra – thin – body MOSFETs and FinFETs [M]. New York: Cambridge University Press, 2013.

[3] SABRY M N, OMRAN H, DESSOUKY M. Systematic design and optmization of operational trans-conductance amplifier using gm/ID design methodology [J]. Microelectronics Journal, 2018, 75: 87 – 96.

[4] SAINT C, SAINT J. IC mask design – essential layout techniques [M]. New York: McGraw – Hill, 2002.

[5] SAINT C, SAINT J. IC layout basics: a practical guide [M]. New York: McGraw – Hill, 2004.